生于喧嚣年代·第一部

下海

蜀山野驴 著

中国文联出版社
http://www.clapnet.cn

图书在版编目（CIP）数据

生于喧嚣年代 . 第 1 部，下海 / 蜀山野驴著 . -- 北京：中国文联出版社，2015.5
ISBN 978-7-5059-9936-7

Ⅰ . ①生… Ⅱ . ①潘… Ⅲ . ①长篇小说－中国－当代

Ⅳ . ① I247.5

中国版本图书馆 CIP 数据核字（2015）第 114909 号

生于喧嚣年代 第一部 下海

著　　者：蜀山野驴

出 版 人：朱　　庆

终 审 人：奚 耀 华　　　　　复 审 人：周劲松

责任编辑：曹 艺 凡　　　　　责任校对：郭文静

封面设计：钟　　原　　　　　责任印制：陈　晨

出版发行：中国文联出版社

地　　址：北京市朝阳区农展馆南里 10 号，100125

电　　话：010-65389147（咨询）65067803（发行）65389150（邮购）

传　　真：010-65933115（总编室），010-65033859（发行部）

网　　址：http://www.clapnet.cn

E - mail：clap@clapnet.cn caoyf@clapnet.cn

印　　刷：重庆市白合印刷厂

装　　订：重庆市白合印刷厂

法律顾问：北京市天驰洪范律师事务所徐波律师

本书如有破损、缺页、装订错误，请与本社联系调换

开　　本：700×1000　1/16

字　　数：220 千字　印张：16.75

版　　次：2015 年 7 月第 1 版　　　印次：2015 年 7 月第 1 次印刷

书　　号：ISBN 978-7-5059-9936-7

定　　价：32.00 元

目 录

第一章
从千万富翁到身负千万债务的囚徒

1

走过布满碎玻璃的沙滩,来到防浪堤尽头的观海亭。海风呼啸,人影寂寥。黑暗中,墨绿色的海浪大团大团地向远处岸边蠕动。

"结束了吗?"我问自己。背包里塞着七八个公章,一堆营业执照。兜里还有三十多张百元大钞。这是近年来自己最阔气的一次穷途末路。破船三千钉,浪费可耻啊。

为了筹备这壮怀激烈的一跳,我已默然站立了十多分钟。

不远处的栏杆旁,有一对正在幽暗中相互摸索的男女,亲热间隙不时朝我张望。同一片飞檐下,自己幽灵般的黑色身影,令两人有些放不开手脚,只能耐心等我完事。不是我故意磨蹭,可跳海这事儿没法追求效率,得慢慢酝酿。我点燃第四支烟时,男子已不耐烦,愤然开始深入探索,女子忍不住轻声呻吟起来。现场春宫戏旁,自己站成雕塑,凝望夜潮,非礼勿视。这无情的世界,计划中一次庄严的跳海,却被身旁阵阵吟叫声搅扰,心志没坚硬,下身却猥琐地起了反应,一时竟泄了长啸而去的底气。

呆在岸上,仍然无路可走。

这已是我第三次破产。前两次还是破产商贩和破产企业家,破得理直气壮。可这次,却成了一个窝囊破产的骗子,被同伙出卖,被警察搜捕,还欠着一千多万债务。哀莫大于心死,不死也坐吃山空。这样苟延残喘,实在了无生趣。

夜潮滚涌,当真的面对夜色中泛着寒光的墨色海浪,那股对生命的眷恋油然而生。我伫立良久,想象着扎进又冷又邪恶的海水里被憋成浮肿死狗,不禁有些动摇。原计划的一声长啸终于变成一声叹息。我黯然转身离开防浪堤,告别了大海和身旁那对仍在苟且的男女。在离海滩两站路的老居民区,随意找了家50元一晚的招待所住下。

在狭窄的房间里，我叼着香烟，把最后的钱分成 10 份。按每天 300 元的奢侈标准打发余生。这年月，300 元差不多是都市小职员一个月的薪水。既然没有未来，就得拿出点自暴自弃的气度。每天早饭后，我徒步穿过闹市，来到海边呆坐，看海；每晚两瓶青岛啤酒，一份小葱豆腐，一盘白灼基围虾。等待最后的山穷水尽。

1994 年的青岛仲夏，晴空湛蓝。海边山坡上散落着一些德国人留下的老别墅，外墙斑驳骨架却结实如碉堡；旁边还有一些仿欧式房屋，像披西装打领带穿球鞋的街头混混，猥琐地蹲在这帮老绅士周围。坐在八大关的石级上，看远处隐隐约约的海，阳光下，我念叨着很多励志名言，鼓励自己继续坑蒙拐骗，顽强活下去。远处海滨浴场上，下饺子般戏水的密密人群，给人热腾腾的生活愿景。生活还在继续，太阳还在炽热闪亮，兜里还有一摞百元大钞，心里仍翻滚着渴望享乐的汩汩阳气。当夕阳西下，天渐黑，海滩人渐渐散去，路灯有气无力亮起，这才发现自己像被一针戳破的气球。翻卷着玻璃碴和白色泡沫的夜潮中，视野所达之处，海浪如无边债务滚滚而来，背后仿佛有警笛呼啸过往，正道邪路两茫茫，哀莫大于幻灭。

"黑夜是一种最古老的深渊。"在走投无路的夜晚思考人生，无论从哪个方向开始思索，最终都回归到：是浪漫跳海，还是平淡地用一瓶安眠药来寻求解脱？深夜在浅浅睡眠中睁眼醒来，忽然坠入深不见底的荒谬中，一支接一支抽烟，看黑暗中被烟头烫出的那一星光亮，睡不着。拉开灯，数钱，数着剩下的日子。妈的，想多活几天，就得省着点花。可多活几天有意思吗？没劲。

当清晨阳光照透窗帘，那股好死不如赖活着的念头瞬间如火苗腾起。内心像一座诈降的兵营，蓄着汩汩沸油等待一颗火星。看着窗外熠熠生辉的世界，我快乐地把剩下的 1000 多块，又分成了 10 份……

2

广州远达公司破产前夕，我遣散了全部公司员工。

袁律师在结算完服务费后，真诚地对我说："余董，千万别逃跑，那样的话，债主们一报案，你就成了经济诈骗犯。只要你人在，你无非是经营失误，可以要求按《公司法》进行清算，甚至可以把公司维持下去……"

人去楼空那些天，我硬着头皮端坐在气派的董事长办公室，将公司办公室的门全部打开。顾盼之间，觉得自己仿佛当年诸葛亮，大开空城，羽扇轻摇。

只可惜来访经销商没有司马懿的智商，他们看见门开着便径自走了进来。

"你们公司人呢？什么时候给我们发货？"我被这些虾兵蟹将盘问得不胜其烦。回答简化到一句：通知你们老板，下星期五在这里举行公司重要的新闻发布会。从此，不论谁来，问我什么，我总是重复这句话。为了方便外地经销商，我干脆一不做二不休，一一翻着电话本通知，让他们从祖国四面八方汇集到公司共商大计。

为了迎接经销商们驾临，我做好了充分准备。

首先，在自己住房和办公室里堆放了大量方便面和袋装食品，以免他们变成债主后，怒断我的粮草。凭着我丰富的躲债经验，最初几周，债主们情绪通常非常激动，为此，我还购买了充足的创可贴、云南白药、麝香虎骨膏等疗伤药品，以备不测。其次，在办公室里，我将几年来公司的账册、凭证整整齐齐堆放在纸箱里，供债主们随时翻阅。最后，索性将个人财产及公司剩余资产耐心清理造册，仔细一算，除了废纸般的1500万法人股，加上奔驰车、办公家具、我家里一屋子家当，竟然还有上百万市值。可挖掘潜力不小。我将股权证、车钥匙、房产证等值钱家当都装进一只鞋盒里，以争取坦白从宽的政策。一天傍晚，我下楼吃面，忽发奇想，跟老板说道："老板，我每天这样付现金太麻烦，干脆先拿1000块给你，以后每次给我记账好不好？"就这样，自己阔气地扔下十张百元钞票，成为这家面馆第一个记账消费的VIP客户。狡兔三窟，我已全部开凿完毕。

我疲惫而欣慰地躺在办公室沙发上等待破产大会来临。

大会开幕那天，公司里盛况空前。小小会议室里挤着五六十个来自天南海北的经销商。登场前，我已在卫生间镜子前审视了十多分钟。自己一身笔挺的观奇洋服，脚下是铮亮的鳄鱼皮鞋，雪白的衬衣映衬着胸前光彩熠熠的都彭领带。头发纹丝不乱，神色沉稳自如，目光决绝而坚定。恍神之间，我以为自己即将出席一个大型宴会，为赢得台下山呼海啸的掌声而刻意打扮。

"各位老板，各位朋友，让大家久等了。"我的目光扫过台下，会场一片安静，"今天让大家千里迢迢来这里，实在万不得已。公司面临生死存亡的大关口，现在远达公司的命运就在各位一念之间，希望大家能像以往一样鼎力相助。"

我曾经看过一句古话：取法其上，得乎其中。此刻如果直接向大家宣布破产清算，台下几十个烟灰缸会不约而同飞上来，这帮鞋匠的表达方式自己非常清楚。我首先表示出挽回败局的决心和勇气，如果大家不给机会，那也只好进

3

入清算程序。我沉痛地向大家介绍了公司近期对法人股投资的重大失误，以及在关键时刻银行釜底抽薪，收回贷款，让我们陷入了暂时危机。作为公司董事长，我表达了自己难以旁贷的责任，并表示，如果大家能继续支持，我将有信心反败为胜，在半年内将大家的货款结清。

会场内一片沉默，众人似乎一时没回过神来。终于，一声呼喊结束了台上台下温情脉脉的对视。

"能不能介绍一下你们公司究竟困难到什么程度？"一个经销商大声问道。

"简单说吧，还完贷款后，目前公司只剩下几万元流动资金。目前，主要的问题是，华伦公司不再供货，否则我们的业务没有太大问题。"

华伦公司代表孙律师终于按捺不住，起身道："余总，你现在不但欠我们600万货款，而且已经三个月没有结算了。根据协议，我们必须取消你的总经销权，同时还要对你提起诉讼。"

"大家听到没有？这就是我们的主要问题。"

"那我们的分销保证金怎么办？"经销商们纷纷嚷了起来。

我避重就轻回答道："如果华伦公司能够再续签半年的总经销权，那么一切都不成问题。"

"那绝不可能。"孙律师决绝地说道。

"那我就没办法了。只有提议对公司进行破产清算。"我很无辜地把公司生死大权转交到华伦公司手上，竭力想转移大家的目标。

"我操你祖宗，老子大老远跑来，不是听你球叫唤。今天不还钱，老子一把火点了这儿。"湖南的老秦率先吼叫起来。

一石激起千层浪。老秦的呐喊赢得了山呼海啸般共鸣。经销商们情绪激动起来，纷纷放出狠话，要么踏平本店，将这里夷为平地；要么是乱刃相加，将我大卸八块。我冷冷地看着台下沸腾的场面，始终不动声色。大家吼叫、暴跳了十多分钟，我始终一言不发。老秦示意大家先安静，看我怎么表态。

"余总，今天情况你看清楚了。不退钱是不可能的。说吧，我们等你答复。"老秦说道。

我环顾一周，非常冷静地问道："各位，你们今天是想来发气，还是想来解决问题？"我顿了顿，继续道，"如果想解决问题，我提三个方案：上策，保持现有供货关系，我保证在半年内与华伦公司结清账款，并逐渐归还各位保证金；中策，华伦公司直接与各位合作，本公司欠各位的保证金全部转为对华伦公司的欠款；下策，对公司进行破产清算。"

我拿出那只鞋盒，放在讲台上："这里是公司和我的全部家当。面值 1500 万元的法人股，两台汽车的钥匙，房产证，还有手表、金笔……我把公司家底都给各位交待了。现在，决定权在各位手中。当然，如果各位还不满意，认为我的命值得到 1000 万，也可以拿去抵债。我暂时在外面等着，希望大家能尽快讨论出个结果。"

说完，我大义凛然走出会议室，回到办公室沙发上，点起一支香烟，狠狠地舒了口气。会议室里吵嚷不断，各位老板正费力讨论着我的命运。自己反而有了豁出去的轻松。一旦表达了要钱没有、要命一条的态度，多日来压在眉间心上的焦虑竟然一时消解。我感到一种破罐破摔的快乐。

会议室里的争论比我想象的还要激烈。已有半个多小时过去，仍不见有一致结果。

"真是劣根性啊。"我长叹一声。真不知道这帮人怎么想的。鱼肉躺在案板上都等得不耐烦了，而主刀的人却迟迟不知该从何下手。

我将脚跷到茶几上闭目养神。会议室里拍案而起的争执声震四涯，我太累了，竟然昏昏睡去。

老秦他们出来传唤我时，见我居然嚣张地待在案板上熟睡，便愤然踢翻沙发，又跟几个家伙一路揪住我衣领来到会议室，让我从容不迫的风度很难施展。在讲台上，我恼火地推开他们："手拿开，给我放尊重些。"

当着众人面，我慢慢整理好衣服。然后，以一副大无畏的欠揍神情向台下发问："怎么样？各位，商量出结果了么？"

场内又是一片哗然，各地方言版的脏话配着口水汹涌而来。华伦公司孙律师起身示意大家安静。

"我来汇总一下大家的意见吧。"孙律师起身发言道，"我们经过反复讨论，形成的意见也只有三条。首先，我们不能同意你提出的任何一项解决方案；第二，从现在开始，我们要对你提起诉讼，不但会请求法院查封远达公司的全部资产，还要查封你所有的个人资产；第三，这段时间，我们要派驻审计人员仔细审查你公司的账目，如果发现蓄意抽逃资金，那么我们就要将你移交到公安或检察机关，以经济诈骗名义对你进行起诉。"

"既然这样，那就请便吧。"我死硬到底，保持着冷漠镇定。

当我走向门边时，却被几个经销商毫不犹豫地拦住。

"这算什么？怕我逃跑？要跑我早跑了，还需要等你们来了再行动？"我轻蔑地对拦着我的几个家伙道。

"余总，你最好配合些。我们马上就要对贵公司全面审计，在这期间，希望你能全程参与。刚才我们已经形成一致意见，审计期间，只有委屈你暂时住在这里了。"孙律师在我背后冷冷说道。

"你们想干什么？非法拘禁？姓孙的，你是律师，不要知法犯法。"我火冒三丈，对孙律师大声吼道。

话音刚落，自己脸上便狠狠地挨了一拳，把我大义凛然的造型打得七零八落。我跟跄着跌在墙壁旁，恍眼看去，老秦和几个家伙已经逼近身边，一个家伙举着椅子狠狠砸来，我举起右臂下意识地挡去，一声巨响之后，手臂疼痛难当，只好顺势倒在地上。根据自己以往丰富的挨揍经验，在这种不利局面下，只有全面收缩身体，抱头缩裆，将关键部位保护好。一阵雨点般的拳脚倾泻而来，我咬紧牙关，一声不吭。

"大家先别动手，听我说，听我说……"

先是没人理睬孙律师，渐渐大家发现听不到我的声气，以为我已经撒手西去了，这才纷纷停住手脚。

最后一脚是老秦踢出的："少跟老子装死狗。刚才不是那么横么？再来呀。"

我趴在地上，全身有一种七零八落的破碎感。老秦的话让我气冲丹田，多少年了，自己始终没有摆脱这种被人群殴的命运。我几经挣扎扶着墙慢慢站起来，血流满了脸颊。一屋子人静静地看着我。我捂了捂胸口，艰难但坚决地对老秦说道："姓秦的，欠债还钱，天经地义。但你这王八蛋不要忘了，当年你手头紧时，我是怎么帮你的。你今天干脆就给个痛快，打死我算了。"

老秦愣在一边，一副恼羞成怒，又有些理亏的尴尬神情。

"你们让开，老子今天就成全他了。"老秦为了面子还想冲过来，一只手挡在了他面前。

"行了，老秦，这家伙怎么说也是一条汉子。大家打也打了，气也该消了，得想办法解决问题了。"

我透过血水模糊的视线，看见在关键时刻主持江湖道义的，竟然是平时跟我不大合得来的经销商老周。

"那也不能这么便宜了他。"老秦气哼哼说道。

孙律师这时候一反常态，关切地打量着他面前这个血人。

"还是先给他包扎一下。要是把他打残送进医院，我们找谁还债？"孙律师说着递过来纸巾，"擦擦吧。"

"你不代表华伦公司踢几脚？要是下不了手，就给老子滚一边去。"我像一头被激怒的恶狼，已经疯狂起来。

孙律师被我血水纵横的凶恶神情吓退了几步。我很想趁着自己这副血肉模糊的造型，再发表一次感人至深的演讲。但身上千疮百孔，到处血流不止，一阵晕眩感袭来，我险些再次跌倒。

"够了。"一个声音从后排传来，我依稀听出是刘大姐。在我实在撑不住要向下软倒时，她已经走过来扶住了我。

"你们大家都听我说几句。"刘大姐向大家说道，"刚来的时候，听说几十万说没就没了，我也非常生气。大家做这行生意，钱确实不好挣。不过将心比心，你们是不是一直干干净净，从来没有欠过别人钱？老余当年宽裕的时候，亏待过我们哪个？要是我们哪天落难了，是不是也会这样，被以往的生意伙伴往死里打？"

刚才被暴打时，我穷且弥坚，不露一分怯意。但刘大姐一番话，让我再也坚持不住了。我紧握她的手，眼泪还没来得及冲出眼眶，身体便慢慢倒在了地上……

3

像电影镜头一般，我醒来时，发现自己身在病床。医生说我失血较多，还有脑震荡。自己觉得丧失最多的不是智力，而是语言。从醒来开始，便什么话也不想说。听护士描述，我猜到是刘大姐送我来的医院。她来探望时，我也不知该说什么。

"兄弟，别灰心。我那 50 万，等你什么时候有钱了再说吧。大姐也没什么可以帮你的，这次过来，身上没带多少现金，现在手头只有两千多块，你先拿着养伤。我那边还有一大堆事儿，得先走了。兄弟，听我一句话，三穷三富不到老，难过也得过。当年在我们这个圈子，你也算是大老板，如今落难了，不要总觉得委屈。千万记着，能活下去就有机会。"

我躺在床上，渐渐平静下来。脑震荡给我带来了头上的绷带、时有的晕眩感和意想不到的思维方式。一种全新观念即将脱颖而出，它跳跃、异端，充满颠覆色彩。在晕眩发作间隙，我将这些破碎的思路以一种前所未有的逻辑串接在一起：将我的债主们召集起来，成立股份制公司，债权统统转为股份。老子行游四方，能骗则骗，能挣则挣。是啊，活下去就有机会。千万不要让老子缓过气来，有朝一日让我再次飞黄腾达，一定十倍奉还，不管是报恩，还是报仇。

债主们开始轮流来看望我。我突然明白，自己现在身价上千万，即使我想破罐子破摔，债主们也不会答应了。

我的床头开始摆放起各式各样营养品，床前开始响起各式各样恭维话。不管是慰问品还是慰问话，自己一律装聋作哑，照单全收。这些几天前曾对我施展拳脚的混蛋，现在正以一种忏悔心态关注着我的病情，特别是得知我脑震荡后，深深后悔。远达公司董事长，如果有个什么三长两短，哪怕是智商减半，也是债主们的巨大损失，归还欠款的希望将变得异常渺茫。

老秦也出场了，诺诺连声，还没怎么开口，便被我骂得狼狈地滚出病房。看着他离去的背影，我审视起自己病态的仇恨观。早年被人追债，打得七荤八素、头破血流，自己其实也表示了理解。现在是否因为自己当过几天老板，欠债挨打的心态变得不再像当初那么纯洁？这种念头仅仅一闪而过。一想到这么多年身经百战，挨揍无数，却第一次被打成脑震荡，一时气血上涌，倍感颜面扫地，心理变得严重失衡。

华伦的孙律师和刘副总来看望我时，我已经可以抽烟了。对待他们，我更是顾窗外而吞云吐雾，旁若无人。

"刘总，孙律师，老子好歹也是一个公司董事长，最风光时候也有几千万身家，现在让你们毁成这个样子。今后还怎么做人？人被打了，面子没了，在本地是混不下去了。你们的债就别指望了。老子现在就盼着你们赶快告我，一旦坐了班房，政府管吃管住，什么球的债务，跟老子有什么关系？你们等着海枯石烂、六月飞雪吧……"

我得意扬扬地看着两人灰溜溜离开的背影。民不畏挨揍，奈何以拳脚惧之？真是敬酒不吃吃罚酒，老子就等着这帮贱人来伺候着。想着想着，一股躺地装死狗而后生的无赖精神油然而生。

两个多月，我一直哼哼唧唧，轮流表现出头晕、目眩、发呕等症状，躺到后背快要长疮时，才磨蹭出院。几个肇事债主不仅含泪结账，还备好了一辆别克车前来迎接。我毫不在意，根本不问到哪里就一屁股坐了进去。

"开车。"我像是对自己的司机一样，对前排驾驶员说道。

一个债主笑了起来："余总，您可真能耐，也不问问去哪里？"

"有这个必要么？"我反问道，"老子把房子、车子、股票还有公司全部都交给你们了。现在身无分文，去哪儿不一样？你们请饭，我就张口；你们举刀，我就伸头。"

"行。大哥，我服了。欠了钱还能这么牛，真让兄弟们开眼界。"

几个家伙竟然把我送回了家里，这倒让我大为意外。我环顾着熟悉的房间，禁不住有些感伤。除了曾经生活的痕迹，这里的东西很快将不再属于我。从父亲留下的陈旧老屋，到我自立门户租住的小屋，再到这个装修豪华的两室一厅大房子，几年之内，我居然已败掉三个家。人生天地间，忽如流浪汉。像我这样的败家子，几年就给自己搞一次沧海桑田。屋里的40寸东芝大彩电、顶级三洋音响、日立大冰箱，以及满屋的欧式装修，奢侈的手工地毯，代表着自己鼎盛时期的财力和时光，而今，一切都将付之流水。盛衰兴亡的走势，在别人那里是一根抛物线，在我的命运中，却是一段忽上忽下的心电图。

我洗完澡，换好衣服，开始坐在沙发上消化一脑子问号。思前想后，只有一点不容置疑，门口一定安着明岗暗哨。我打开门，呵，比我料想的还直接。门口站着两个穿着黑色背心的小伙子，但不像是道上混的朋友。

"嘿，兄弟，进来坐吧，在门口站着多累。"我老练地对两人打着招呼。

两个家伙相互看看，见我既没有恶意，也不像准备了菜刀之类兵器，犹豫片刻，便跟着我进了房间。

"余总，我们也是受公司指令，您千万别介意。"

"坐吧，别客气。"我从冰箱里拿出当初储备的啤酒和饮料，摆在茶几上，算是办招待。广州五月，已经热得出奇。我打开一罐啤酒，自斟自饮起来，两人见我毫不见外，便也跟着开了啤酒。

啤酒沁入了嘴，也沁入了心脾。在医院整整呆了两个多月，感觉与大千世界悬隔久远，一种渴望生活的感伤油然而生。从现在开始，我不再是一个拥有千万财富的老板，而是身负千万债务的囚徒，这两个愣头愣脑的家伙便是我的看守。

4

孙律师和刘总来造访，推门就愣住了。

我正和两个保安打牌，茶几上堆满烟盒、空酒瓶和袋装食品。我们都穿着短裤背心，叼着香烟，相互骂骂咧咧，一副多年知交的亲密神情。他们进门后，不仅我没有表露出惊讶神情，两个小伙子也仅仅是片刻尴尬拂过脸上，然后以主人的姿态，热情地为两位客人让座。

"小方，给你老板开两罐可乐。"我叼着烟，眼睛看着手上的牌，对其中一个保安发号施令道。

"余总，不客气。我们找你有正事儿谈。你们两个先出去。"刘总对两人挥挥手，让他们退下。

我不耐烦地扔下手中的牌，顺手打开电视。对两个不速之客爱理不理。

"余总，我们的来意你应该清楚。现在你伤也养好了，我们该解决正事了。"孙律师仍然保持着一副欠揍的正义姿态。

"什么正事？我们先讨论暴力伤害的善后呢，还是商量非法拘禁的后果呢？"

"我们经过一个月审计，发现贵公司有大量资金抽逃的痕迹。余总，我再把话说直白些。我们希望你能够想一些办法，比如说突然想起还有一个秘密账户，给我们尽可能地挽回损失。否则……"孙律师肃然道。

"否则，你们就会将我扭送派出所？告我欠债不还？太可笑了！远达公司是私营企业，账务处理有些不规范，那很正常。如果这样都能成为定罪理由，中国 90% 的民营企业家都该进班房了。"我抓住漏洞，予以狠狠的反击。

"余总，我们已经找到了充分证据，证明你们恶意抽逃资金。如果你执意保持现在这种态度，我们一定将你告上法庭。关键是，你现在根本没有实力跟我们进行法庭之外的较量。所以，一旦起诉，我们有办法让你至少坐十年大牢。"

我陷入了短暂沉默。自己百密一疏，在公司解体前混乱时分，没有对公司账目进行调整和美化。以公司当年那种运作方式，财务漏洞可以用千疮百孔来形容。这些年又经过内耗，公司账目更加破绽百出。如今自己独撑危局，所有烂账便顺理成章地扣在了我的头上，实在百口莫辩。

见我若有所思，气焰收敛，刘总继续强势攻心。

"余总，我们没时间在你这儿挤牙膏。今天无论如何，你得拿一个彻底解决方案。否则，公司通知我们，三天后，对你提起诉讼。想想吧，余总，你今年还不到 30 岁，今后还有不少飞黄腾达的机会，何必为这一点小钱，自断前程呢？"

"你们这是最后通牒么？"我小心翼翼地问道。

"你理解得很正确。"孙律师道。

"刘总，就没有别的办法通融通融了？"我恳切问道。

"除了无条件还钱，别无他法了。"刘总斩钉截铁地说道。

我长叹道："那好。既然如此，我也就彻底死心了。现在，我就给你们一个明确表态。第一，远达公司目前经营遇到困难，经过财务核算，已经资不抵债。根据《公司法》，应该对公司进行破产清算；第二，我已经将公司剩余的所有资产包括我的私人财产，全部登记造册，对债权人进行了移交。对了，就装在那天我交给你们的那只鞋盒里；第三，公司运作中，由于我监控不严，致使账务管理混乱，对此我表示深切遗憾；第四，在处理公司善后事宜全过程中，我自始至终都本着负责态度，没有一走了之，却先遭到恶意人身伤害，继而又必须接受被软禁的现实。综上，我对你们这些债主已经仁至义尽，你们执意要对我除之而后快，我也无话可说，你们请自便吧。"

两个人听得面面相觑，在经历了办公室围殴，医院死缠，持续半多月软禁之后，我的态度竟然绕了一圈，又回到了当初我公布信息时的正式外交辞令。

为了探知我的最后底线，刘总打破了沉默。

"余总，如果你保持这种不配合态度，那就不要怪我们把事情做绝了。"

"一切请便。我相信司法机关，一定会给我一个公正判决。况且，像我这样的性情中人，会不会在法庭辩论过程中，情急之下，将多年来为贵公司虚开发票，过账瞒税的事情也一并作为呈堂证供，确实也很难说。"

"这绝不可能。"孙律师义正词严否认道。

"孙律师，我那个财务经理是个十足的蠢材。我告诫过他多少次，虚开发票时，一定要正式开票，要堂堂正正地作假，千万不要开成鸳鸯票。这个胆大妄为的家伙，每次总是为蝇头小利惹麻烦。他总是在填写发票面单时，将实际数字乘以十，而底单数字却保持不变。为了减少麻烦，我将这些底单统统收藏起来，相信不到万不得已，绝不公开示人。"

房间里陷入了短暂沉默。对面两个人，似乎还没从占尽主动的位置上转换过来。

"老余，吴总可是本地手眼通天的人物，就算不上法庭，也会请道上的朋友来找你麻烦。如果你顽抗到底，那他会不会采用其他手段，就真不好说了。"刘总一脸诚恳地威胁我道。

"两位，我绝不为难你们。请回去告诉你们吴总，当年他认我这个兄弟的时候，曾经让我派车接送过他二老婆给他生的小儿子，那所学校我大概还记得。以我现在的实力，肯定没办法跟吴老板抗衡了。但我还是有几个朋友，必要时，他们可以帮着我把那个孩子接到陕西或云南的某个农民家里。"

半小时之内，我已经将两个家伙逼到了不能动弹的死角上。沉默了整整一支烟的时间，终于，刘总放弃了抵抗，向饱受奴役的债务人虚心请教。

"余总，我们确实不能这样一无所获地回去，真的要被炒鱿鱼。无论如何，你得给我们指条明路。看在这么多年相处合作份上，兄弟，算我们求你了。"

"恐怕不是炒鱿鱼这么简单吧？"

刘总看了看孙律师，欲言又止，旁边孙律师却明确地摇头示意。

"行了，你们别在我这儿浪费时间了。我等着见吴总，让他跟我谈。"我懒洋洋地躺回沙发上，悠闲地点起一支烟仰面吞吐。这两个家伙一定有鬼。

刘总这下真的急了，他拉着孙律师往外走："余总，你稍等。"

这预示着等会儿他们回来时，将有重要事情向我宣布。

10 分钟之后，两人满脸凝重地从外面走进来。

"余总，我们想跟你谈一笔生意。"刘总像是鼓足了勇气，带着拉我下水的暧昧神情。

"我现在一无所有，大家还有什么生意可谈？"

"我们商量过了，与其帮老板苦苦收账，还不如大家一起合伙发财。大家都是打工仔，就算我们一分不少把你欠公司的钱收齐，公司也不会发一分钱奖金。余总，我们觉得你确实是个人才，大家成为敌人，不如成为朋友。我们这里正好有一单生意，只要你愿意，我们来合作一把，利润大家平分。"

"说来听听。"我保持着漫不经心的模样。

"我们手上有很多客户资源，也有很多货源。有些订单，不一定要经过公司，可以由我们直接找到下家。这样一来，中间差价就成了我们的利润。为了这样的生意，我们特意注册了一家公司，专门做这些转手买卖。既然大家这么有缘，我们就干脆拉你也入伙。凭你的心理素质和经验，一定马到成功。我们想让你作这家新公司的董事长兼法人代表，也让你能够东山再起。"

天下还有这么好的事儿？给欠钱不还的老赖赠送股份，还给一个董事长位置？这么多年，大街上有多少个钱包丢在我眼前，自己都视若无睹，自然也没有被当成猪猡狠狠宰杀的后话。

"对不起，二位。我没明白你们在说什么。你看，就算我坚持不还钱，你们也不能给我既送股份，又送生意。天下哪有这样的事？脑震荡晚期也推不出这逻辑嘛。"

"生意和股份都不会白送。我们需要你用这个公司赚的钱来还账。"

"听着像那么回事。可你们都不想为华伦公司卖命，干吗还要我继续还钱？"

刘总颇为光火地问我道："是不是我不说清楚，你就不干？"

"没错。既然大家是合作伙伴，就必须了解彼此诚意。否则，一切免谈。"

我在显露威武不能屈的坚定后，此刻又流露着富贵不能淫的高尚表情。

刘总一咬牙，说道："好吧，反正大家都走投无路了，说了也无妨。我实话实说，我们其实也欠着华伦公司几百万，只是吴总现在还没发现而已。本来准备用这些钱在股市里赚钱，结果输得一塌糊涂。如果短时间里，不及时还上亏空，被他发现了，我们可就没命了。"

"不至于吧。大不了像我这样，被暴打，被软禁。"

"可没有这么简单。像他那样心狠手辣的人，不会轻易放过我们的。我们拼命逼你还钱，还不是想拆东墙补西墙。谁知道你软硬不吃。大家同是天涯沦落人，倒不如一起想办法。"刘总无奈地叹道。

在这种情况下，我确实无法再怀疑他们的诚意了。

5

除了对法人代表一职争论不休，我们的合作已经进入了实操阶段。对这一职务，我坚辞不受。理由非常充分：自己巨额债务在身，不能连累了公司。刘总拒绝的理由也很正当，他身在曹营，必须有效利用华伦公司副总身份，决不能暴露。孙律师就更强硬地表示，他必须保持法律工作者的独立身份，才能赢得信任。

眼看合作的第一步就要陷入僵局。刘总灵机一动："要不，咱们去劳务市场看看。"我们心照不宣，相视一笑。

广州的劳务市场可谓海纳百川，天南海北的打工仔，穿着汗臭发酸的短裤，又脏又皱的 T 恤衫，皮肤黝黑，头发蓬乱地挤在车站附近的大院内，里三层外三层地汇聚着，万头攒动，人山人海。来招工的厂家代表、包工头身边，总被围得密密麻麻。在这龙蛇混杂之地，有为血汗工厂挑选苦力的，有为建筑工地挑选民工的，还有打着招女工幌子来招小姐的。整个劳务市场，唯独我们衣冠楚楚的三人，是来为公司挑选法人代表的。

"老板，你要什么工种？"

我们刚刚露出选人的样子，便被围困在求职民工的海洋中。

按照事先大致商议的招聘标准，我们奋力从人堆里拖出了几个候选人。毛遂自荐的人们密密麻麻地围住身边，不肯罢休，我们连推带搡，夺路而逃。

面试是在招待所里临时租的一个房间里进行的。经过三个评委反复斟酌，入围的三个民工中，被我拖出人群的小魏全票通过。理由很简单，小魏年仅27岁，身材魁梧，面相憨厚，言语笨拙，家住大巴山以北，从现已通车的县城到他家，还得走整整一天的山路。

"我们决定录用你了。"

他有些兴奋，呐呐问道："让我干什么活？"

"让你当我们公司的董事长和法人代表，月薪 800 元。"

"管吃住不？"

这样的人才真是千金难得。

接下来需要对董事长进行包装和培训。我们将白马服装城弄来的仿名牌西服和衬衣套在小魏身上，眼前随即一亮。一个身材高大的农村暴发户呼之欲出。孙律师觉得白璧微瑕，拿过剪刀，要将绣在西服袖子上的商标剪掉。

"千万别剪。"我和老刘几乎同时出手制止。

"利源商贸公司"粉墨登场。公司的领导班子除了魏董事长，还有总经理余野、常务副总经理刘光和分管财务的副总经理孙正。三个股东每人出资两万元。办公地点就设在濠畔街附近一家招待所的一个套间里，每月租金 2000 元。办公家具是从我远达公司拖过来的。几天之内，公司大体格局基本形成。考虑到公司目前全是领导，又特意从劳务市场以 600 元的月薪招聘了一名小妹，兼任公司的接线生、接待员、业务员、秘书、勤杂工及办公室主任等。

第二章

没想到，邪路都走得这么坎坷

1

为了心无旁骛地开始新的创业历程，在老刘和孙律师全力配合下，我召开了远达公司全体债务人大会。此次大会意义深远，空前绝后。

大会上，孙律师和刘总仍然率先向我发难。他们慷慨激昂，口沫飞溅地数落着我的种种罪状，带着要将我打入地狱的坚定神色，毫不动摇地坚持要我连本带利归还欠款。其他经销商纷纷附和，场面几乎再度失控。

我平静地俯视着场内汹涌的声讨和义愤，面无表情。轮到我发言了，我带着沧桑过后的彻悟和纯净，开始演讲。

"各位债主，各位朋友。这段时间发生了很多事。远达公司的财务危机引发了一系列连锁反应，为了解决这个棘手问题，这几个月来，让大家费了很多周折。在这里，我先向大家道歉了。"说着，我深深向大家鞠了个躬，"我是个负责任的人，也是有骨气的人。否则，早就会一走了之，就算你们报警，又能判我多大的罪？这几年，公司倒闭后拍屁股走人的老板到处都是，警察管得了么？法院封得住么？我之所以要留下来解决问题，无非是要给大家一个交待。当年我也是白手起家，只要还有机会，想要翻身也不是什么难事。如果各位采用暴力和软禁手段，如今我反正烂命一条，逼急了，就远走高飞，就算跑不了，你们又能从我身上熬出多少油水？如果你们只认现钱，很好，我为各位准备的公司全部资产，从一开始就装在这支纸盒里，根本不需要法院封条。我是依法进行公司破产清算，而各位呢？大概只有等待我这里的股票突然暴涨，这个时间可能是下个月，也可能是下辈子。如果大家对上面两条出路都不满意，那么好，给我时间，给我机会，我将为各位列出一个还款计划，三年之内，我将连本带利归还各位的每一分钱。"

"那你要是中途跑了怎么办？"

"孙律师，你要是不满意这个方案：可以现在就拿走这个纸盒。"我转过脸，目光扫过台下悲喜交加的一张张面孔，继续说道，"我躺在医院的时候，思考了很久，这辈子决不欠任何人的，不管是情谊，还是现金。但也绝不会让别人欠我的。所以，当着各位我也说一句，只要本人还有一口气在，一定要咸鱼翻身，不管是帮过我的，还是揍过我的，届时一定本利结清。我再把话说直白些，你们现在只有唯一的一条路：相信我。"

台下一片沉默。几十秒尴尬凝固的寂静之后，几声寥落的掌声孤零零地响起，刘总坚定地站起身，勇敢地向我鼓起掌，随即是孙律师、老秦、老黄……场内响起了经久不息而又糊里糊涂的掌声。刘总站上台来，跟我握手，然后转向大家道：

"朋友们，大家在商言商。这几年，生意做亏就一走了之的混蛋，实在太多。余总，我们错怪你了。这段时间让你受委屈了，希望你能原谅。我代表华伦公司先表个态，我们信任有责任心的企业家，也接受你提出的还款方案。至于我个人吗，不但相信你、佩服你，而且还想交你这个朋友。"说完，紧紧握住我的手。接着是孙律师等人上前与我拍肩握手，一笑泯恩仇，场面感人至深。会场随即再次陷入混乱，大家争相与我拥抱、握手、互致感谢和慰问。

晚上吃宵夜时，刘总问道："你说的那些台词，背了多久？"

"老子是真情实意，句句发自肺腑。还用得着背？"

孙律师满脸愁苦地抹干嘴角泡沫，说道："时间紧，任务重啊。老吴这段时间垂涎女色，跟一个二流演员如胶似漆。哪天他玩儿腻了，回过头来，推翻你这个摄政王，重新整顿公司纲纪，我们可就万劫不复了。"

"现在我们三个真是难兄难弟。老余，我们瞒天过海，代表公司同意了你的还款计划，我们自己的亏空也要尽快弥补。如果没有实际行动，到时候就只有真的亡命天涯了。"老刘语重心长地举起酒杯，我二话没说举杯应合。

"你们放心。兄弟今天跟各位债主签了卖身契，赢得了三年时间。三年之内不闹出点名堂，真枉自为人了。"

"三年太长，只争朝夕。老余，明天开始，利源公司就要开张。你在明，我们在暗。订单和生产厂家，我们都有。只需要你居中协调撮合，我们就一定能财源滚滚。况且，我们手里还有一张王牌呢。"

"魏董事长。"三个人相视而笑。

2

我们三人堪称梦幻组合。白胖的刘总，心思是深不可测的马里亚纳海沟，你总是弄不明白在那张笑容可掬的肥脸后面，是想把你拖去喂狗，还是准备给你一个拥抱。一脸正气的孙律师能够在时速一百码的车上发现路边草丛里遗落的百元钞票，他记忆力更加惊人，公司财务报表每一个科目上的数字都可以倒背如流。在认识他们之前，我自以为智勇双全：论武力，自己当年曾是海口某临时黑帮的师爷级人物，惯看刀光剑影；论智谋，自己一度有望成为白云区十大杰出企业家，商场上也曾春风得意。遇到这两位高手，却不得不屏息内敛，随时听风辨气，保持高度集中的注意力。三个旗鼓相当的对手之间，基本不会大打出手，而是飞花摘叶，拈指过招。一个眼神、一句意味深长的问候，往往都是较量的开始。

我在公司报销的费用被孙律师严密控制着。有一次，我将自己吃饭的几张发票混进公司请客单据中，第二天，这几张发票被准确地剔出。刘总管理的是幕后交易。一单生意中给予1%—3%的回扣，是鞋业行业不成文行规。但跟我打交道的商家和厂家，几乎从来不拿红包来腐蚀我。后来我无意从一个商家那里得知，刘总确定的进销价格早已将水分挤干，让我在业务中变得异常廉洁。

利源公司开业数月，生意不错。盈利已达20多万。更可贵的是这个公司空前规范。在我的职业生涯中，从来没有见过这样一清如水的公司。由于自身廉政，我也不能容忍他人的非分之想。有一单生意，被我发现厂家报价每双鞋虚高1元，而售价却被压低了5角。我不动声色，在结算表里面准确反映了盈利数字。当孙律师纠正我计算失误时，我笑着说不会错。他拿着计算器按给我看，我按照真实成交价格给他重新演算一遍，他无言独上西楼，不声不响走向阳台凭栏远眺去了。从此，公司业务几乎再没出现过暗箱交易，我们赚的和花的每一分钱，都在阳光下反复晒过。

魏董事长这段时间的主要工作是扛货和送货，兼做公司保安。业余时间被我们轮流培训。培训内容，主要是背诵为他度身编制的创业史：开始是个小本经营的养猪专业户，后来干起了饲料生意，积累了几百万资本，由于竞争过于激烈，又开始从事鞋业经销，目前刚刚入行等等。除了帮他编写自传，我们还教他吃饭、喝酒的基本礼节，让他略知其中握手、入座、敬酒的概要，但宽容地保留了他许多个人习惯：诸如当着客人擤鼻涕，用手擦嘴，便后不洗手等，以还原一个个人财富将个人修养远远抛在身后的暴发户形象。最艰苦的是汉字教学，我们费了一星期时间，才教会他写出自己的名字：魏大柱。每当看到他手抓派克金笔，痛苦地在纸上雕刻自己的姓氏时，我都要仰天长叹，暴殄天物啊。为了真实再现一个拥有数百万资产的养猪专业户，让他与几个发廊妹经历实战后，我们又痛下血本，把他带到钻石天堂这样的高档夜总会。魏董坐在包间沙发上，在开始半小时里，几乎被豪华奢侈的场地、美若妖精的小姐弄得神魂颠倒，一直在喃喃自语："我当皇帝了，当皇帝了。"我们几个股东笑得前仰后合，索性将身边的小姐也一并安排在他身旁，跟他又搂又抱，直到魏董事长欲火焚身，快要七窍流血了，我们才放过他，让他跟一个最丰满的小姐共入洞房。结果苦等半个多小时后，才见小姐苦着脸出来，结账时，那位伺候董事长的小姐无论如何要加收 50% 小费。

几个月时间，魏董一直过着神仙般的日子。我们前前后后在他身上投入几万块。所谓养兵千日，用在一时。这样的机会终于到来了。

3

刘总带来了坏消息。吴总开始亲政了。这意味着我们必须加快挣钱和还债的节奏。其实，如果保持现有经营模式，我们可以合法地成长壮大。但时不我待，三个股东不得不在一个小茶楼商量公司的战略转型。

"余总，我们不能再这样小本经营。该让魏董出马做几单大生意了。"

"后天有一单生意。是一个温州老板过季前的跳货，量很大，大概有五万双凉鞋。现在是 6 月底，最多还有一个多月的零售期，他报的价是真皮每双 50 元，UV 革每双 25 元，货我看过了，款式相当不错。"刘总介绍道。

"老刘，说说你的计划。"我对他的想法已经心领神会，但仍然让他先开口。

"计划嘛，我还没有考虑成熟。我个人建议以利源名义接下这批货。"刘总滴水不漏地说道。这个老混蛋就是让你去抢银行，也一定让你感觉是发自你内心的召唤。

"孙律师，你的意见呢？"

"我觉得可以考虑先付定金，接下这批货，后面的钱再说。反正据我们了解，他非常急于出手。我们开出的条件他应该可以答应。"

什么他妈的"后面的钱再说"。两个混蛋毁人不倦，执意让我走上骗货的犯罪道路。不过法人代表又不是我，想到自己同样可以置身事外，我又怕什么呢？

"两位股东，你们可要考虑清楚，开弓没有回头箭。这一单做了，就得连做几单，然后就废了'利源'这个壳。"

两个家伙陷入沉默，然后异口同声道："你是总经理，我们按你的意思办。"

联系这单生意时，我将自己降职为业务经理，又在魏董名片上，加上了总经理头衔。整个业务流程设计得非常自然：先由刘总在温州万老板的办公室谈这一单生意，谈到一半时，我和魏董冒冒失失闯进去。

"刘总，你也在这里？"我假装他乡遇故知，当着万老板跟刘总寒暄起来。

"哦，是魏老板啊，你的鞋厂建好没有？"刘总只是简单跟我点点头，转向魏董道。

"还没有。我先来看看能不能先做些经销代理的生意。"魏董事长憨憨说道。

"那你们谈吧。我先走了。"刘总作势要离开。

万老板苦苦留下他，让我们先到外面会客室等待。我在外面抽着烟，想着屋里，刘总应该开始介绍门外这个跟他有过一面之缘的暴发户。

十几分钟过去了，刘总从房间里告辞出来，而万老板热情地将我们请进办公室。在那个树根形木质茶台上，他手忙脚乱地为我们洗出两个小杯，泡上清香宜人的铁观音。

接过魏董名片后，万老板开始试探起魏董的虚实。

"魏董，听说你很想开鞋厂？"

"我现在没生意做，也不知该做什么好？"魏董笨拙地说道。

"开厂没意思。魏总如果有兴趣，我们可以合作。我提供货源，你做经销。生产一双鞋的利润很薄，只有几块钱，做经销，风险小，利润高，值得考虑。"

"可我本钱不多。现在手上只有三百多万。我听小余说，要想做经销商，本钱一定要充足。"魏董指着我道。

万老板目露凶光盯着魏董，他一定计算出三百万不但足以扫清自己的存货，还可以狠赚一笔。

"那也不一定。看你跟谁合作。"

魏董憨憨地笑笑，不置可否。

万老板迫不及待直奔主题："现在就有一笔生意。我有一批现货，原本是出口欧洲的，报关手续办得不顺，现在想转为内销。全是优等品，价格非常便宜，如果有兴趣，我把版样拿给你看看。"说着，他几乎没征求魏董意见，便迫不及待拿出了几双鞋样。

"小余，你来看看。"魏董向我招招手。

我以一个专家姿态过来，一双接一双看个仔细："老板，这批货楦型还可以，款式也是新的，质量还行。不过嘛，这是凉鞋，快要过季了。"

魏董听了我的话，不知下面的台词，只一味坐在沙发上撮起手来。

万老板带着要把我腰斩的凶恶神情，说道："这位经理，你说话可要公道，来，来，来，我套间里还有更好的，你是专家，你来看看。"说着，拽着我单独走进里屋，并看似不经意地将门带到半掩位置。

"兄弟，你是给老板打工的吧？"老万在房间里压低声音，神秘地问我道。

"嗯。"

"你放心，我懂规矩。事成之后，我给你一个点的介绍费。"

我摇摇头，伸出三根手指进行了报价。

他无可奈何，却又坚定地点头答应了。

出门时，我们故意拿了几双样品在手里。我大声汇报道："老板，这里面的货不错，确实都是意大利进口皮料。"

魏董用肥厚的大手接过样鞋，非常外行地左看右看。

我开始里应外合，故意对万老板道："万老板，你报个价吧。"

"真皮 65 元一双，UV 革 35 元一双。"

真他妈无奸不商。这一报价已在实价上添加了30%。我故意愤然道："万老板，太贵了。你这是月初的报价，现在已经是月底了。"

"真的很公道了。余经理，你不能让我亏得血本无归啊。"

"这样吧，真皮每对 60，UV 革每对 30。一口价，怎么样？"我又转向魏董，"老板，你觉得怎么样？"

魏董点点头，迷迷糊糊说道："最多这个价。"

万老板一副祖坟被挖后的沮丧："行，行，魏老板，你说了算。钱赚不赚无所谓，算我交个朋友吧。"

签约的晚上，万老板执意请我们在狮王夜总会娱乐。进门就给我们每人发了一个小姐。魏董事长一反谈生意时的木讷，显得兴奋异常。自从让他见识了一次夜总会后，这里就是他魂牵梦萦的天堂。喝酒调情还不到 5 分钟，他就把发给自己的小姐拖进内间的榻榻米，尽显英雄本色去了。我和万老板分别搂着自己的小姐，弹冠相庆合作成功。

"万老板，这一单生意，你赚大发了，可不能忘了兄弟。"

"说哪里话。兄弟，放心，货款一到，立即兑现。来，干杯。"

"老魏刚才跟我商量，他想先付 20 万订金，货到仓库后，再全款支付。这个暴发户不懂鞋，但做过生意，我觉得可以答应他。"

"你们的仓库在哪儿？"

"就在白云区，建发广场附近。"

4

万总很快就收到了 20 万定金与合同。交货那天，他只是安排他的业务经理老吴负责运送货物，并在货物交接后，收取全额货款。

交货过程持续了整整两个小时，十多辆大货车来回穿梭到下午 4 点，才完成全部货品的交接清点。我顺手将 2000 元红包交给了吴经理，聊表心意。吴经理感谢备至，拿着我们开出的支票，兴高采烈准备去下账。正在此时，一个打扮时尚妖娆的女士走过来，向我汇报其他几单业务进展情况。从她走近我的那一刻，吴经理的眼光便不由自主粘在她脸上、身上、粉白的大腿上。我笑着介绍道：

"这是我们部门刚来的业务员，小叶。这是吴经理。大家认识一下。"

小叶大大方方对着吴经理妩媚笑道："吴经理，真是年轻有为啊。"

"哪里，哪里，都三十好几了。"老吴气息急促，谦虚地道。

"不但年轻，而且还是帅哥呦。"小叶娇声娇气说道。

短腿、秃头兼塌鼻的吴帅哥，几乎被一种士为知己者死的感激弄得手舞足蹈、语无伦次。

"哪里，哪里，叶小姐才是美貌惊人，见笑了，我现在连女朋友都没有。这怎么说呢，晚上有空么？我做东。余经理有没有意见？要不，我们一起？余经理如果太忙就算了。"

男人啊，我在心里长叹。小叶不过是我在夜总会的临时女人，一夜情缘。我见她有几分姿色能够上些台面，就临时雇佣她一天，竟然让老吴连自己姓什么都忘了，当然，最重要的是忘了在五点以前去银行下账。

"我有没有意见？我意见大了。你们两个眉来眼去，刚认识两分钟就打情骂俏，当我不存在啊！算了，老子不跟你们多说了。小叶啊，我栽培你这么久，就没见你这样对待上司。"

我咬牙切齿，带着十米开外都能感知的醋意，匆匆离开，留下这对野鸳鸯春宵缠绵去了。小叶为我们赢得了一晚时间，这一晚毫无疑问地将发生很多事情。

第二天9点左右，两个风风火火的家伙闯进了我们设在招待所的办公室。我躲进了里屋，孙律师与魏董事长开始换班登场。

"魏董事长，你们怎么能这样？我今天一早去下账，结果银行告诉我，你们账上资金根本不够，你们怎么能开空头支票？这也太过分了！"老吴嚷道。

魏董把脸一扭："孙律师，你给这位经理解释一下。"

孙律师递上一张名片："自我介绍一下，我姓孙，是利源公司特聘的法律顾问。简单说吧，昨天，利源公司验货时，发现你们送来的货大部分有质量问题，与样品有非常大的差距。我们开了50箱货，发现有40箱货有严重问题，比如，胶水脱落、后跟歪斜、楦型不正，以及最严重的皮料干皱问题。考虑到我们的支票已经开出，无法追回，只得先行将公司账上的资金划走，然后，再考虑对贵公司违约索赔。"

"这不可能。我们的货绝不可能有这么多问题。"万老板嚷道。

"把样鞋拿过来，给万老板看看。"

小妹拿出早已准备好的几双问题鞋，摆在桌上。两人左看右看，是他们厂生产的，一点不假。万老板研究了半天，有些泄气。

"各位老板，多多包涵。这样吧，我们一起去仓库检查一下，有多少不合格产品，我全部收回，同时为表示自己的歉意和诚意，我可以将每对鞋的价格再下降3元。魏董，给个面子吧。"

魏董一副麻木不仁的声音："请找我的律师协商。"

孙律师非常坚定地说道："万老板，我们有个处理意见，第一，贵公司赔偿我们双倍定金40万元，另外，再给我们20万元损失费，我们好对经销商补偿。"

"这怎么可能？不讲道理么？你们觉得货有问题，那就退货。"

"万总，你仔细看看我们的协议，违约责任中说得非常清楚，如因贵公司原因，导致我方的经营损失，应首先支付两倍的定金作为违约金，另外，还要酌情对我方损失进行补偿。现在，我代表利源公司郑重向贵公司索赔60万。"

"余经理呢，他清楚情况。让他出来，我要跟他理论。"

"这单生意，就是余经理经手的，造成公司重大损失，昨天，魏总已经将他炒掉了。"孙律师不紧不慢说道。

"你们太霸道了。货在哪儿？我要把货运回去，不跟你们打交道了。"

孙律师爽快道："只要你一次性支付60万违约金，我们将立即退货。"

"天下哪有这样的规矩？我今天就找人来，一定要把自己的货运走，否则，你们也别想办公了。"

整整两个小时，无论万老板如何暴跳如雷、上蹿下跳，魏董只是一句"请找我的律师"，而孙律师无论对方如何歇斯底里，也只有一句"请万老板到法院告我们吧"。

连续三天时间，万老板天天到我们公司上班。魏董和孙律师都不再接见了。前台李小妹总是友好地倒上一杯白开水，然后顽强地玩电脑上的挖雷游戏，面对万老板的如泣如诉，始终保持聋哑状态。一个星期后，万老板突然带领十几个人包围了公司，李小妹拨打了110，及时赶到的警察赶走了这帮暴徒。十多天后，万老板精疲力竭 让小妹给我们带话，希望能协商解决。二十天后，万老板的程门立雪终于赢得了孙律师电话，他在电话里苦苦哀求一个见面谈判的机会。一个月后，八月未央，孙律师终于在一个茶楼与万老板谈判。

这个季节的广州虽然炎热无比，但经销商们早已换上了秋鞋版样。在这个季节谈判是没有悬念的，孙律师摆出了继续研究磋商下去的从容节奏，但万老板已经奄奄一息。最后，孙律师终于被对方的眼泪和鼻涕所触动，代表魏董答应再追加50万，对这批存货进行收购。万老板千恩万谢签署了备忘录。

事实上，我们从接手货物后，一天没耽搁开始向外地经销网络低价发货，现在货款已经全面回收。总计160万元。扣除付给万老板的70万，我们净赚90万元。这是公司经营的一个里程碑。它代表着知识经济、心理经济和法律经济，我们合法完胜。它告诉我们，原来钱可以这么赚。

5

自从第一次跳货成功，我们一发不可收拾，开始在全广东范围内寻找业务。足迹遍及惠州、中山、东莞、深圳，业务也不再局限在鞋业本身，开始涉足服装帽袜、建材五金。然而，随着业务范围扩大，利源公司在业界越来越有名气，有几次刚刚自我介绍，便被对方果断轰出门外。必须刻不容缓注册新公司。公司业务也不能再局限在广东，应该走向全国。

我们与时俱进，很快便一口气注册了两家公司，除了法人代表没变，注册资金和注册地址都不相同。大源集团注册在农贸市场，广源公司则成功注册在街边的公共厕所里。与此同时，公司进行了明确分工，我和魏董负责拓展业务，刘总负责销货，而孙律师负责后续的法律事宜。

公司秘密账户上已堆积了数百万利润。期待已久的分赃大会预计将在一两单大业务后举行。我并非有太高的道德标准，只不过，睡觉是不会踏实的，戴着手铐数钱的梦境一次次令我惊醒。更令我失眠的，是躺在账上金光闪闪的400万。虽说这笔收入由我们三人共同监管，每笔支出必须由三人共同鉴章。可我跟魏董长期战斗在业务前线，前面有明坑，身后有暗井，如果撤退时掉进井里，井口定然不由分说砸下落石。胜利果实来之不易。都说骗子行业一本万利，其实是莫大的行业偏见。拐来的货通常是按三四折出手，前期还需向货主支付一成定金，中间散落在夜总会按摩房的业务成本也接近一成。七折八扣算下来，到手利润不过是货物原价的一两成。这还没算后期的若干诉讼成本。有时候，跳货数百万，落到手里的利润只有几万块。高风险，低回报，入行后，我在那条弯弯曲曲的邪路上，看到满布的荆棘、陷阱、棍棒和镣铐，这年头，各行各业都不容易。

没烟抽的深夜里，我叼着牙签思索着人生中种种盛衰与跌宕，暗暗期待再干两票油水业务，尽快结束这低附加值的生活。

经过详实的市场调查，我们终于将下手目标定在了河北某市的紫光手表厂。我在电话里咨询了刘总，这种杂牌国产手表有没有销路？两天之后，刘总就给出了答复，5000只以内没有问题。

谢厂长见我时，像他的隔世前辈东晋谢安丞相一样，拼命压抑着狂喜神色，尽力用一种平淡的语气跟我交谈。

"你们是什么公司？一下要那么多？"

我递上名片，上面写着"安达贸易集团"字样，头衔是采购部经理。

谢厂长的笑容开始不加克制地在脸上绽放……

"我不想绕弯子。谢厂长，回扣有多少？"我带着采购部老爷特有的傲慢神情，漫不经心问道。

"如果贵公司订5000只，我们给3个点。一只表大概15块钱。"

"太少了。至少这个数。"我伸出四根指头道。

协议拟好，我扔下5万定金。谈判已没有什么悬念。这样气势如虹的商家，恐怕这里很少见到。在对方盛情安排下，晚上非要设宴相请。我喝得云里雾里，然后高谈阔论。抱怨几年来为集团建功立业，自己却没有什么好处。见多识广的谢厂长深信见到了专门损公肥私的办事员，暗自拨起了算盘……

提货时，出了些麻烦。尽管我又签付了 50 万货款，谢厂长仍坚持要求付清全款，说是总公司要求的。这个老狐狸，让我追加了订金，临到提货时，又抛出全款付清的要求。协议上，语焉不详地表述着：交货后付清全款。这看似无懈可击，其实暗藏玄机。每次我们解释本条款都是指货到广州，而老谢这次却执意理解为发货即是交货。

我软硬兼施，甚至提出退货，谢厂长根本不为所动。现在订金捏在他手里，一时骑虎难下，只能祭出杀手锏。

"这样吧，我们公司的魏董事长明天出差路过这里，我请他来跟你再谈谈。"

膀大腰圆的魏董在我陪同下到来时，憨厚的暴发户气质立即引起谢厂长的极大兴趣。魏董话不多，表情木讷，肥大脸上常常浮现尺度宽阔的笑容，老款砖头式大哥大随时掏出来摆在桌上，语言处处透着人傻钱多特质，令人人有磨刀之心。

"谢厂长，业务我不太懂，都是小余在经办。听小余说你们的手表质量好，我准备多进些货。"

谢厂长笑容可掬道："欢迎，欢迎。魏董事长想要多少只表？"

"第一批 5000 只，销路好的话再要 5000 只吧。"

"那您就是我们的大客户了。"

"好说，好说。"

"谢厂长，公司现在手头有些紧，看能不能你们先发货，我等在这儿催款。保证货一到广州，公司就把余款划过来。"魏董按我教的话说道。

谢厂长犹豫不决。

"如果谢厂长为难，那就算了。今后有机会再合作吧。走吧，小余。"说着，魏董起身准备告辞。

我看着魏董木讷无神的表情，不禁感慨，这种长相的人要当起骗子来，自己哪还有活路？真没枉费几个月来夜总会歌厅里纸醉金迷的高强度训练。

谢厂长感觉箭在弦上，不得不发了。他犹豫再三，还是觉得不过耽误几天时间，况且还有人质，应该没有太大问题。于是恢复了笑脸，同意了。不过，仍然留了一手，先发货 3000 只，还派了一个办公室主任，名义是安排这几天的活动，暗中盯着我们。

晚宴席间，魏董鲸吞海喝，心安理得享受供货方的孝敬。酒足饭饱后，魏董用手擦了擦嘴角的油水，意犹未尽问我道："小余，这个地方，晚上有没有好的娱乐项目？"我看了看谢厂长，谢厂长疲惫不堪地看着我，对办公室主任说："小李，你安排魏董余经理他们去洗个澡吧。"在洗浴中心，我跟魏董又是按摩又是跟小姐鬼混，折腾到凌晨一点，才意兴阑然走出来跟大堂里歪倒在沙发上的李主任汇合。开车回酒店路上，魏董忽而说有些饿了，要求我去安排宵夜。李主任杀心沸腾地看着我们，却无奈作踊跃状道，还是我带你们去吃点烧烤吧。

第二天，我们睡到中午才醒来。洗漱出门，外面大堂是一个叫小王的司机陪同我们，李主任看似招架不住。我跟魏董仍大摇大摆等着小王伺候中饭和晚饭。但吃过晚饭，小王含泪买单后，便对我们要求安排娱乐活动的对话装聋作哑。我们并不理会小王的消极态度，自费去洗浴中心继续鬼混到深夜。到了第三天，中饭都没人管了。小王坚守在自己驾驶室岗位上，对我们任何消费都保持观望态度。捞不着油水的魏董在车上寡淡对我道，咱们尽快回广州吧，这个破地方不好玩。

货到广州，就该是我们的脱身时机。那里通常会一手接提货单，一手签支票。支票必然是空头的，故而每每对方一下账，争端便骤起。我们溜走的时间，不能太早，以免引起对方警觉；也不能太迟，否则一旦穿帮便被真正扣作人质。广州同伙通常会在货物进库时，悄悄来电让我们溜之大吉。

这次，超过了约定期限，我们却久未等到电话。待在招待所房间里，我按捺不住，悄悄拨打刘总电话，无法接通；又拨孙律师，还是不通。怪了，难道有情况？再拨前台李小妹的座机，无人接听。遭了，我心头一紧。广州那边出事了。我拉起躺在床上的魏董，咱们快走。

招待所门口，司机小王正在等我们。已经接近 12 点，到了午饭时间。我故作镇定，拉着魏董坐上小王的车，"走吧，去吃午饭。"小王懒洋洋地将我们拉到招待所附近一个东北菜饭馆，我们暗自庆幸天下太平，正拉门下车，他的手机响了，"你好，谢厂长，啊，是，是，我们在一起，在德丰路吃饭呢。好，好的，我马上通知他们……"

不用猜老子已明白，事情已经穿帮了。

"谢厂长让我们这就回去，他准备请你们吃饭。"

"不客气了，我们就在这儿吃了再回去吧。"我没理会小王，拉着魏董走进餐厅。

我们找了张桌子坐下。小王站在餐厅门口，仍在接听电话，不时还紧张地看看我们。再不行动，等会儿肯定没机会了。我向服务员打听洗手间位置，假装去上厕所，穿过厅堂来到后院，看见厕所旁有段矮墙，探头看去，墙外是一条小巷。没时间犹豫，我迅速翻墙而下，朝小巷深处快步小跑，一边掏出电话，给魏董拨去，几声响铃之后，电话里传来他憨厚声音，"喂，余总，你在哪儿啊？怎么不点菜？"我赶紧道："有情况，你赶紧到餐厅后院，翻墙离开这儿，赶快！"我快步跑到街口，气喘吁吁拦下一辆出租车。

坐在车上，我感觉头晕目眩。事情怎么会这样？魏大柱跑得掉么？自己手机应该关闭，还是等待魏大柱的电话？头绪太乱了，我已经无法回答这一切。

我让出租车开到长途车站。已经过去了半小时，魏大柱还没打来电话，只有一种可能，他被人截住了。我关闭了手机。询问售票窗口，这个时间只有一班前往武汉的长途车，自己无暇多想，买好车票，疲惫上车。

6

长途汽车沿着省道，晃晃悠悠开出了几小时，沿途已是大片大片农田，自己应该安全了。可如果魏大柱被擒，那么我们在广州的老窝将被一举端掉。这一切变故来得太突然，自己无能为力，只能哪儿黑哪儿歇。

沿途的小站，不断有人上车。座位挤满后，大量乘客开始挤在狭窄过道上，夜色缓缓降临，汽车在夜色中继续行进，我疲惫不堪沉沉睡去。

醒来时，汽车仍从容不迫向前开动，窗外夜色更浓。看看手表，已是凌晨三点。周围乘客东倒西歪睡得正熟，连没有座位的乘客都靠在椅侧，手拉车顶把手昏昏睡去。我已恢复清醒，明白自己还是得悄悄回到广州，那里还有 400 万躺在银行账上。右手习惯性地摸摸胸口，忽然一阵心惊：上衣口袋位置空空如也。自己随即找遍全身所有口袋，一无所获。

"遭了，我钱包被偷了。"我喊出声来。

周围被闹醒的乘客，只懒洋洋地默看我，像观赏事不关己的活报剧。

我大声对司机嚷道："师傅，能不能停车？我钱包被偷了！"

司机放慢车速，惊讶地扭头看我，像打量一个外星人。

"你这么大个人，不知道收好自己钱包吗？"

身旁被闹醒的乘客也开始七嘴八舌道："小伙子，你很少出门吧？这条路上小偷多着呢，有几个路口，还有几拨人上车明抢呢。"

是啊，我已经有几年没坐过火车和长途车了。那传说中的车匪路霸，以往仅仅存在于报纸里。我重新摸了摸裤袋，幸好裤兜里还有几十元钱，那应该是买票时找回的零钱。良好的放钱习惯对生存多么重要。

偷就偷吧，还能怎样呢？骗子去找警察哭诉，被小贼洗劫了？我节哀顺变，把剩余的零钱和手机一起藏好，这是自己随身全部家当。一定得想办法回到广州去，那里的秘密银行账号上存着我们的胜利果实，我租住的小屋的床底下还藏有三万现金。即便亡命天涯，也不能当叫化子。

半梦半醒在摇晃的汽车上沮丧前行，前途像车窗外灰蒙暗淡的天光。

车到武汉站，我随着人流茫然走出站台。该怎么回广州去？兜里这些零钱买车票都不够。站在长途车站嘈杂的小广场前，人来人往中，一个无依无靠的骗子忽然沉没在孤单中。跟刘总和孙律师始终联系不上，魏大柱生死未卜，前台小妹不知所踪，整个团伙仿佛一夜间烟消云散。

花了两元钱，坐公交车来到滨江路。站在堤坝上，稀疏茅草丛外，看滚滚灰色长江无精打采流过城市。身后江边大街上，一排英式小洋房，裸露着斑驳破旧的红砖外墙，混在几幢高楼旁，残破却不失气度，像一群穷困潦倒的没落绅士。这些大概是鸦片战争遗迹。老子此刻饥肠辘辘，既没体力怀春，也没心情怀古。

面对长江，点起香烟，苍凉远望。

没想到，邪路都走得这么坎坷。自己不禁长叹，沦落风尘却卖不出好价钱，今后还是走正道吧。不过，从良之前，得先弄到200元钱。买张车票，回到广州，从账上分到红利，然后隐姓埋名，跟风尘世界和如山债务相忘江湖。

夜色降临，怎么弄到车票？我想破脑袋却无计可施。这几年，自己一直从事套取几百万的高端业务，从没考虑过如何在街边弄到几百元。那种一脸猥琐跟在行人身后，拼命解释自己钱包被偷，恳求施舍几元钱的小业务，自己从未开展过。饿死事小，失节事大，确实丢不起这人。在小巷路边的小食店吃了碗面，数了数剩下的钱，不足30元。招待所都住不起了，今夕何夕？非让老子流落街头？

我给前台李小妹的中文传呼上再次发去留言。又向小店老板要了碗面汤，缓缓喝汤，静待奇迹。10分钟后，没有任何回音，只能黯然离开。

火车站候车厅，我靠在柱子旁蜷缩了两个多小时，才在连排座位中等到一个狭小空档。两侧是昏睡中的旅客，紧紧抱着自己提包，两脚踏在帆布口袋上，左右歪倒睡得毫无姿态可言。整个候车厅里大多是这样等待列车的疲惫旅客，男男女女东倒西歪睡着，却又保持警惕，随时眯缝睡眼守卫自己的行李包裹；另一些便是像我这样衣冠整洁却形迹可疑的盲流，紧紧裹着衣服，半睡半醒心有不甘地打量四周。自己很快便昏昏睡去。深夜醒来，屁股被钢椅咯得生疼。站起身来，看到大厅里一片千姿百态坐立睡觉的壮观场面。

我从尿味四溢的厕所出来，叼着最后一支烟走出候车厅。火车站广场上，路灯寂寥闪烁，偶有陌生危险的黑影悄无声息来去。一只流浪狗凑拢过来，白色卷毛半成泥浆色，它深情凝望着我，我蹲下身，点燃香烟，自己身上什么吃的都没有，只能深情回应着它的目光。相顾无言。

7

回到广州，我像大病了一场。

搭救我的，是前台李小妹的 200 元汇款。极盛时，我有千万身家；即使刚破产时，也仍然鲜衣怒马，不愁吃穿；而现在，自己却为 180 元车票钱，露宿武汉火车站整整三天。

李小妹在公用电话里告诉我，那天，警察突袭了公司。刘总和孙律师都不在，警察盘问了她整整一天。幸好公司的事情，她什么都不清楚，警察软硬兼施，始终问不出结果，只好放了她。电话里她像只惊弓之鸟，说着说着就会哭出声来。

"余总，我上个月工资也没领到，现在该怎么办？"

"给我汇 200 块钱，等我回广州……"

历经劫波，我疲惫不堪走出广元西路的长途客运站，只身回到广州，身上还剩下两枚硬币。

趁着夜色，我悄悄潜回自己的租赁房。万幸，这里一切尚好。藏在床垫下的三万现金，是我巨大的精神和经济支柱。

第二天，我冒着被警察钓鱼的危险，跟李小妹在越秀山公园见面。没有警察尾随，也没有人在谈话时将我们团团包围。

"小妹，刘总和孙律师呢？怎么一直联系不上？"

李小妹摇头道："不知道，警察来之前，我就有几天没见到他俩了。"

我低头思考片刻，沉吟道："小妹，帮我办件事。你拿着这个账号去银行打份对账单出来。"

小妹拿着我给的账户卡走进了附近一家工商银行。那是我们秘密存放共同基金的账户。当她半小时返回后，我盯着她递来的对账单看了很久很久，仿佛失明一般。账上仅剩下几十元钱，那 400 万早已在一周前被划走，划账时间正是我跟魏董待在手表厂作人质的那几天。我头晕目眩看着天空，心如死灰。应该很清楚了，孙刘两人从背后狠狠给了我一刀。只是我的私章，他们是如何弄到的？

为了证实自己的判断，我让小妹给华伦公司打电话找刘总和孙律师。对方回答，这两人都已辞职离开公司好几天了。

原来如此。这个世界对我已没有任何悬念。

我坦然拿出一摞钞票，对身旁无所适从的李小妹道："小妹，谢谢你给我寄钱，好人总会有好报。公司已经垮了。这 5000 块钱你拿去吧，另外找份工作，或者离开广州。"

"那你怎么办？"

我微笑道："我要离开广州了。再见，小妹，谢谢你。"

8

我来到苏州近郊的一个小镇上，安安静静住了半个月。那是一个开发中的旅游古镇，没人怀疑一个整天无所事事，失魂落魄的闲人。我谁也不想认识，却还是跟杂货铺的老李，小吃店的周师傅，拉三轮的小武混熟了。无论他们怎么跟我闲聊，我总是惨淡地说，跟女朋友分手了，来这里清静一下。

我在河边、桥头发呆，在二楼面朝河岸的栏杆旁，从日出坐到日落，看游人、居民，看每天重复发生的一切送往迎来。

无路可走了。

那一天在散发着腥臭的河边坐着时，突然想去看大海。是的，丁兰的家乡，那个叫青岛的美丽城市。在自己挣扎的篇章结束前，我想最后去看看她的故乡。

告别校园仿佛已是遥远往事，我已走了太多太远的路，筋疲力尽。那个在校园林荫道上流泪目送我远去的女孩，现在，还好吗？

徘徊在青岛精致秀美的街道，总感觉能跟丁兰擦肩而过。我怀着一腔荒谬深情，在走投无路的阳光海滨，黯然向命运认输。站在海边岩石上，告诉自己，你的命运已患绝症，思念不过是一剂廉价麻药，多年奋斗无非一场可笑幻觉。

身上的钱在一天天减少，我像身患绝症的病人，安静弥留。那天天减少的现金，更像我屈指可数的残留日子。

混吃等待末日。每个清晨都像一次廉价复活，每个晚上都会坠入无底虚空。

几天后一个雷雨交加的晚上，倒计时的压抑感，毫无希望的等待让我厌倦透了。苍茫大雨中，我待在路边小餐馆，自暴自弃超预算多叫了几瓶啤酒，还慷慨吩咐小馆老板在小葱豆腐和蛋炒饭之外，再摆上一桌鲍鱼、肉蟹和对虾。

"真他妈是在透支生命啊。"我笑着数了数剩下的钱。那堆钱最多可以让我再坚持五六天。无所谓了。喝到第八瓶啤酒，才渐入醉生梦死的佳境。电话响起，手机振铃在雨声中缠绵不绝。我陌生地盯着屏幕发光的手机，目光迷离，债主们一直在惦记着我，警察也在牵挂着我。我微笑着，身边时空在模糊，天地在旋转。

手机一直在响，一直在响……

第三章
随着那枚烟头闯进我的饭盒，我成了校园明星

1

我曾在一本旧书上翻到一句话：降生地是人生的第一个规定圈。

那时我已退学两年，刚沦落到摆地摊卖旧书的行当里。我叼着1.2元一包的劣质香烟，皱着眉头，看着眼下由一块0.5元劣质塑料布和几十本旧书支撑的生计，想着自己劣质的命运。无论如何折腾，根本就别想跳出这个奇怪的规定圈。现实耸立着四面高墙，像一个移动牢房。自己总被划地为禁，动弹不得，最多只能在卖旧书和盗版光盘之间做行业跨越。这种每况愈下，不断向后刷新的起跑线令人万分沮丧。从小有体面的服装商败落为地摊流动商贩，我的人生毫无根基。不要说平台，甚至一个纸糊的戏台都没有。遭遇小小挫败，就会连滚带爬，一败涂地，连发起反冲锋的路费都凑不够。这使我经常想到，如果拿到那张大学文凭，或许一切命运边界可以被重新划定。那个未被珍惜的校园，于是常常出现在自己醒着和睡着的梦里。

16岁那年，我在家乡成都意外考上了大学。

这一次成功不仅扰乱了我的生活，更将家庭的清贫生活推向赤贫的深谷。

父亲已抱病两年，靠着他的病退金和当教师的母亲的微薄工资，支撑父亲的治疗费和全家生计。

我不愿看到给我买一次水果，便必须减掉母亲凉鞋的家庭预算。不愿在饭桌上实行分餐制，将有油色和肉色的东西集中在我碗里。在我灰暗的青春中，只有一桩事情令我自豪，我从不接受怜悯和同情，从不愧对自己的贫困。没有人在沉默外表下，知道我狂妄的心事：不富贵，勿宁死！

临考前，父亲病重。职工医院成了我的第二个家。每天放学，我直接到医院复习功课，兼着照看父亲。母亲下班先在家里做好饭菜，再用饭盒装来。三个人在病房里共餐。医院的消毒水味道总是弥漫在课本中，沁透了整个16岁的夏天。

参加高考仅仅是一种惯性，一种从众行为，但当录取通知书送到家中时，考上大学的似乎更像我的父母。母亲的笑容像从厚厚云层缝隙中射出的阳光，久困病房的父亲像蒙上了一层光彩。一份名牌大学的录取书，在那个年代是神的恩赐，是照耀前途的灿烂阳光。

录取书是校长和班主任亲自送来的。看来，这份荣誉大到需要学校、老师和家长共同分享。糊里糊涂的，自己成了应试英雄。在迎来送往的热闹之后，我偶尔听到父母商量怎样应付接下来将面临的经济灾难。他们正在为入学时能让我带上500元学费而绞尽脑汁。

我喜欢看书。没钱买书，放假时常骑车去市区的省图书馆借阅。那个等待入学的夏天，我被一本小说弄得超脱尘世：主人公从一介赤贫，成为亿万富翁。在故事结尾，他将自己所有的财产全部换成钞票，堆放在游泳池中。面对这个灿烂辉煌的金池，他却不可饶恕地浇上汽油，将它们烧成一片飞灰。我的理想，截至于燃烧前那个堆满现金的泳池。

学校就在本地，离家不过十多公里。报到那天，父母却像我要远别似的，千叮万嘱，依依相送。在车站，汽车开动时刻，坚强的母亲终于没能忍住满脸纵横的泪水，在视线能及的地方一直挥手相送。这似乎已不再是十公里的离别，而是一生的告别。

我闷不做声，任由汽车颠簸摇晃，没有幻想、没有欣喜地走进校门。不关心哪里是我的教室和寝室，穿梭在报到大厅的新生哪些将是我的同学，又会有哪些人和事会在我心中沉淀一生。我只带着整个家庭竭泽而渔所拼凑的600元钱，开始这陌生的校园生活。

2

学校里，唯一可以挣钱的便是考试分数。

大一整整一年时间，我的生活基本集中在教室、宿舍、食堂和图书馆。吃饭记公式，走路背单词，不在乎风清月白的浪漫校园夜晚，不对着漂亮女生的背影长吁短叹，与校花们的身影或目光擦身而过也从不产生美好幻觉。

男生寝室是个充满性压抑的场所。每晚，在大家忙着性幻想，或是用语言获得微弱性快感时，我总是躲进自己的蚊帐，为自己的奖学金而奋斗。由于表现得太缺乏正常欲望，寝室里我被称为"余公公"。

为了刻苦学习，我不但扼杀了风花雪月情怀，更被人视为阉党，忍辱负重到可歌可泣的地步。遗憾的是那几年校园，厌学之风尚未蔚然兴起。只要看看班上有多少神色木然、眼光呆滞的同学，就会知道在争夺奖学金的道路上竞争有多么激烈。

一年的学习成果让我非常失望，全年考试收入只有60多块钱。自己节衣缩食，废寝忘食，却所获微薄。暑假来临时，我投入到家教行列中，一个月便获得了三倍于奖学金的收入。这彻底动摇了自己发奋学习的决心。

假期的校园空旷寂静。我坐在荷花盛开的无人湖边，认真反思着自己一年的生活。七情六欲如江海波涛翻滚心头。自己身在这偌大学校，如一片树叶回归森林。渺小，平凡，衣食寒伧，不苟言笑。每天只老实占据着寝室一张床、教室一张桌，生活中最大的传奇是到了月底还有足够菜票。我从不参加集体活动，即使是不花钱的。相信班上有大半同学记不清我的名字，自己走进和离开人群，都像清风过往，很难被注意。最伤心的并不是那种默默无闻的平凡，而是像我这样林荫下的木头，池塘边的英语复读机，校园中比比皆是。想做一只特立独行的呆鸟都不可能。

我总是循规蹈矩，打饭时老老实实排队，按期归还图书，在公众场合很少弄出声音，对于国家大事缺少见解，待在热闹校园有如幽居空山。从入校到现在，我一共闯过三件大祸：丢了30块钱；摔坏同寝室小马的收音机；拣到一块电子表却被失主当场揪住。

作为一个其貌不扬、沉默寡言的男生，我静守着被人忽略的偏安生活。无可奈何地像群众演员般渐渐成为校园背景，被女生们视若无睹，只暗暗幻想着日后如此这般用耀眼成就来纠正她们可怜的视力。

3

随着那枚烟头闯进我的饭盒，我就此打破了自己谨小慎微的生活，竟然以一种最不擅长的方式成为校园明星。

处在经济勉强平衡状态，没人比我更清楚一次活动的成本，更别提发动一场战斗。因此，不惹是非的原则从未动摇。但那枚烟头还是准确地飞到自己碗里。

那一天正午的阳光，晃动着耀眼光芒。我平端着一碗面条走向食堂门外的石桌，那是享受阳光和午餐的上佳座位。温暖的阳光，泛着红油和肉末的刀削面，生活如此美好。当一枚精确如激光制导的烟头飞进我碗中，我竟愣了半天。顺着弹道来向，我看见一个勇悍的男生，坐在旁边石凳上若无其事看着我。自己在几秒钟便判断出无论从身高、体重和气势上，均处于明显劣势。这时候，唾面自干无疑是最明智的选择。尽管我已在用汤勺将烟头污染的区域全面清除，但没听到一声道歉似乎心有不甘。我抬起头又看了看肇事者。

"有什么好看的？有病啊。"

世界上大概有一半战争源于意识形态分歧。我恳请他道歉的目光，却受到有病的质疑。我决定有退路地捍卫公理。

"你把烟头扔进我碗里，总该道个歉吧？"我故作微笑道。

"算你倒霉。我扔的时候又没看到你，烟头是你自己端着碗接住的。"

刚才烟头飞进碗里，我不表示异议，只说明战力受到蔑视。现在听到如此辩解，感觉智力也受到污辱。

"不管怎么说，我希望你道歉。"

"老子今天心情不好，再啰啰嗦嗦的，老子不客气了。"

"请你道歉！"我站起来，端着被烟头污染的那碗面，走向那个高个男生。力量与体形的对比权衡，让位于另一种陌生冲动。

我不知道自己逼近时，是否已带去了一种战争暗示？但随着他一脚踢翻我手中饭盒，正式宣布战斗开始。在饭盒咣当落地、面条漫天飞舞的同时，我集中毕生之力的一拳，正中对方脸部。一个巨大物体向后踉跄倒去，战斗在三秒之后结束。高个男生手捂着脸倒在地上，指间有细细血流渗出。围观同学眼见胜负已决，上前来将我劝开。

我像做梦一般，被浑浑噩噩带回寝室。一路仍止不住浑身颤抖。刚才的一拳终结了自己受国家义务教育以来，从未打架斗殴的历史。坐在寝室里，我脑中飞速转过许多念头：自己的饭盒还遗落在食堂外的地上；我一拳便打败了高大的对手；我会不会受处分？

"余野，你知不知道闯祸了？"小马的问话使我从恍惚中游离出来。我默不作声，以为他说的是学校处分。

"你知道刚才惹到谁了？泰哥，你没听说过么？"

"谁？"我并不太在意，不管是谁都已经倒在我铁拳下。

"校园一霸，打架打得快退学了。"

"就这武功还配称作校霸，我也算是为民除害了。"我沉浸在一拳击倒校霸的光荣中。

"今天你运气好，他正好落单。平时他身边总有不少跟班。哎，听说他表哥是黑社会，平时没人敢惹。"

听了小马夸张的介绍，自己反而平静了下来。自从周润发和刘德华创造了义薄云天的江湖形象后，校园里经常涌现这些涉黑团伙和黑帮大哥。他们穿着价值几十元的黑色劣质西服，呼啸成群，横行舞厅，经常让学校舞会中途变为拳击赛。他们经常威风凛凛地占据着校园小卖部桌椅，将那些夹着书本、埋头走路的老实学生，作为另一个帮派假想敌，以莫名其妙的理由将学子们打得书本横飞、落花流水。只要有人数上的优势，他们就会英勇挑起战端。女生聚集的地方，他们江湖豪情往往高涨。不知想在拳脚飞舞间隙捕获眼波流转，还是想让女生们欣赏他们行凶后扬长而去的背影？这帮业余歹徒纵横校园，薪尽火传，代代不绝。

自己以往没有奢侈余钱，可以在舞会上见识他们的拳脚功夫；也从不在公众场合崭露头角，成为他们意欲消灭的目标。今天，完全是那枚烟头使我糊里糊涂扔掉了避世龟壳，在校园散打界一战成名。

我并没成为大家眼中的英雄，反倒成为他们怜悯的对象。晚上去食堂吃饭时，小马离我的距离至少在五米以上。他深信"泰哥"为了复仇，即将率领大队人马荡平整个食堂。一连两天，我好端端活在校园中。小马松了口气："你运气真好……"不祥的空气终于在寝室散开，大家正常吃饭，正常上课。

周末，吃完晚饭，我回到寝室，扭开桌上台灯，平静地摊开晚自习课本。一阵密集又嘈杂的脚步声从走道处传来，由远而近。我刚刚竖起耳朵，想听风辨气。寝室门"咣当"一声被重重踢开，一群气势汹汹的家伙破门而入，为首的正是那天被我一拳打倒的家伙。

在自己愕然那一秒，脸上便有一记重拳光顾。幸好这第一记铁拳便把我打翻在床上，使后面的拳脚施展不太方便。我自然而然将全身缩成一团，忍着雨点般密集落下的重拳飞腿，完全记不清有多少拳脚袭来，只觉得天昏地暗，直到疼得失去知觉……

寝室里不知何时恢复了平静。在昏迷间隙，我慢慢挪动身体。一阵阵尖锐的疼痛从身体各个部位传来，我始终没叫喊一声。

当我勉强坐起时，才发现同寝室几个人正面面相觑看着我。小马脸色惨淡，像刚刚见证过惨烈杀场。

"帮我打盆热水。"我镇定地对着小马说道。鲜血从头上几个位置流出，在脸上纵横交错。

"还是先去医院吧。"

我摇摇头："不用。"

小马端盆子的时候，其他几个同学弄来了开水和毛巾。

我检点着身上的伤口：背上和腿上有几块青肿地方，牙齿松了几颗。左脸比右脸厚出一些，鼻子在流血，头上顶着两个大包，其中一个皮破血流，另一个完好高耸。内伤方面很难说，腿上和肩部有淤血，头昏得厉害，思考能力几乎减半。

寝室里桌椅翻倒，水瓶胆碎了一地，地上满是玻璃碴和水迹，书本、装饰品四处飞散，一派浩劫景象。

看到每人脸上的愤愤之情，我缓缓说道："连累大家了。"

我用清水洗净全身血迹，脸上横竖贴上三条创可贴，头上用一条纱布包着，隐隐有鲜血渗出，像二战硝烟中劫后余生的伤兵。

那个晚上，此起彼伏的伤痛与内心无法遏制的羞辱，使我不能睡眠，几乎睁着眼睛过了半夜。

4

我一连在寝室修养了三天。足不出户。小马热心地帮我打饭、找药，其他同学也嘘寒问暖。大家一反往日平淡交往的态度。毕竟，我已从平凡中脱颖而出，成为全校被泰哥一伙毒打的七八个受害者之一。

一个星期后，我基本活动自如。没有被摧残后的自暴自弃，没有遭受暴打后的胆战心惊，生活似乎回到创伤前的状态。自己脸上伤痕犹在，却神色平静，按时上课，去图书馆晚自习，在寝室内做一些恢复性肌肉活动。同寝室人无不佩服我重创后积极投入生活的勇气，以及正确对待打架斗殴的态度。

只是有一天，我单独拉着小马嘱咐，如果这几天自己有什么事情，请他帮着把我的行李收拾好。善良的小马承受不了这诀别般的托付。

"余野，阿泰他们不会再来了，如果他们敢来，我们就用法律来保护自己。"

"别多心，小马。"我笑道，"我可能被弄得太紧张了。"

我已经暗中观察阿泰行踪好几天了。他是机械工程系学生，比我高两年级，经常在西校区活动。每次他身旁总有几个同伙，神气活现簇拥而行，时而旁若无人站在路中间闲聊，时而围坐在冷饮店凳子上，向路过的女生怪叫，吐瓜子壳。

我衣服里随时藏着一支短铁棍。在午间课后远远观察了几天，一直找不到下手机会。

那天下午趁着上体育课，我又来到西校区碰运气。上帝果然按照我心愿，安排了这样一个决斗机会。阿泰一个人正悠闲地坐在冷饮店喝水。我强忍住怦怦心跳，放松手臂和小腿，步履稳重地走向阿泰。离他只有几十米时，他骤然看见我，脸上的古怪神情难以言述：那种故作镇定，刻意蔑视，却混合着戒备和恐惧的表情，依次变换交替，随着我步步走近，最终把紧张的肌肉僵硬在脸上。

在离他只有几米时，我们目光粘在一起。他右手紧紧抓住椅子，眼睛盯着我，想从我目光中探索下一步行动。我突然从衣服中抽出铁棒，以难以置信的速度疯狂向他扑去。关键的第一棒被他举起椅子挡开，自己用力过猛，短棒砸中椅子后脱手而出。这样一来，我几乎成了刺秦的荆轲，除暴任务眼见功败垂成。阿泰抢起椅子砸来，我闪身躲开，随即一脚将他手中椅子踢飞，稳住了局面。现在两人手中都没了兵器。我和身扑上，以一种毫无章法，不辨部位的拳脚猛烈进攻。阿泰被我的疯狂气势所震慑，连连后退，我拳脚相加，却再没有一拳击中要害。经过一连串无效猛攻，自己体力消耗过大，后面招式无以为继。喘过气来的阿泰开始向我猛烈反攻，我胸口连中两记重拳，向后退了几步。眼见败局将至，自己突然大叫一声，再一次没头没脑扑了回去。几个回合后，他就看出了，我这种只知出拳，毫不顾闪避的打法已经不是在打架，而是在拼命。当他几次有效命中反而激起我更加疯狂的攻势时，他终于胆怯，忽而转身向后跑去。

我穷追不舍，决不给他搬兵的机会。我们从大路打到草坪，从林荫道打到施工荒地，在工地上他扔石块阻击我，我也捡起石块还击，这个类似特洛伊战争的交锋场面，让空中石块飞舞，却没有一块命中对方。投石战斗结束，他接着跑，我接着追。快到后校门时候，他突然吼叫着转身扑来，猛烈发起反冲锋。我一时措手不及，被打得连连后退。在战局关键时刻，我如有神助的拳头终于狠狠击中他左眼。这一拳彻底摧毁了他的反攻斗志，不顾一切地向校外奔逃。我一直追到河边。我们隔着一张石桌对峙着，各自喘着粗气，眼睛死死盯住对方。

我知道今天不跟他彻底分个胜负，就别想在这学校待下去。于是不待体力恢复，便又冲上去跟他扭打起来。到这时候，我们都没有多少力气，拳来脚往，只图有架势，再没有刚才飞沙走石的声势。几个回合，我们便抱在一起，开始了更为惨烈的肉搏战。两人在地上翻来覆去，他几次利用体重优势将我压在身下痛击，却总被我连踢带咬将他推翻。几次反复，我们实在没了力气，彼此架住对方胳膊，侧躺在地上僵持着。

"你，到底想干什么？"他上气不接下气地问道。

"打。"我的简短决心，并没有伴随着行动，手脚无论如何也抬不起来。

"老子……不会放过你……老子要带人……弄死你。"他气都喘不过来，还在唠唠叨叨。

"好，老子……今天就杀了你。"我忽而奋力抽出被他扳住的手臂，狠狠给他脸上一拳，打破了十多分钟的僵局。

我一发不可收拾，开始一拳拳向他脸上招呼。尽管每打一拳就要喘几口气，但拳出必伴有他的呻吟声。这个时候我已完全靠着意志在打，只觉得手机械在动，开始他还能格挡几下，后来便再无招架之功。

我索性骑在他身上，怎么省力怎么打，哪个部位没有防御便往哪儿落拳。他躺在地上，用手死死挡着脸，顽强用嘴来还击，描绘我将有十倍于今日的惨状。趁着我疏于防范，他几次蓄足力气想突然掀翻我，均被我迎头痛击，将他打回地上睡着。几次偷袭无果，他干脆以静制动，躺在地上装死狗。

"别装死，有种起来再打。"

每当他响应我号召，挣扎着想爬起来时，总被我一脚踢翻。几次后，无论我怎样鼓励，他死活赖在地上，决不起来。

我靠在树旁，耐心地陪了他个把小时。旁边不时会有人围观，但这种冗长慢节奏的拳击方式，观赏性明显不强，好奇的观众已经更换了几拨，弄明白怎么回事便离开。这期间只要他略有动作，我便毫不犹豫将他打翻。天色将暮时，河边人影罕见，犯罪的阴影徘徊，恐惧感和黑夜一起来临。

我头脑昏昏地抽下他的皮带，喘着粗气，开始捆他的双腿。

"大哥……别打了……我们讲和吧……"看来恶斗中，他脑子始终保护得不错，现在躺在地上还想体面地求饶。

"讲和？老子今天一不做二不休，等会儿就把你捆好扔河里。"

他终于意识到我大概已经精神失常，绝望一举将他的意志彻底摧垮。他忽而痛哭流涕起来，这是业余歹徒遭遇职业暴徒时的真诚忏悔。

"大哥，我错了……从今往后，我再不敢惹你，你饶了我吧……"他眼泪不但模糊了双眼，更让他脸上的血、水、泥灰交汇，十足一只土狗模样。

我喘着粗气，禁不住笑起来："妈的，终于撑不住了？想要活命，拿支烟来。"他闭着眼睛在身上乱摸，一无所获。我从他裤袋里找到已在激战中弄扁的烟盒，从一盒断烟中选出两支半截烟，自己点上一支，又往他嘴里塞了一支。

"你打算在这睡一晚上？起来吧。"深吸一口烟后，我变得宽容起来。

他挣扎着爬了几下，没能撑起来。当意识到变态对手已恢复理智，自己生命脱离了危险，他反而变得虚脱。"大哥，我动不了……求你把我弄回去吧。"

我并不比他好到哪去。只是一口气吊着，要把胜利局面撑到最后。既然对手选择当战俘，我就得想法把他弄回去。我架着他肩膀，一路半拖半扛把他往校门方向挪动。

"妈的，你使点劲行不行？要不要我打碗饭来你吃了再走？"就这样，我边骂边拖边休息，艰难朝前走，不到一公里的路我们竟用了半个多小时。把他扔在寝室楼下时，我已经快累得半死，全然不顾旁边观者如堵。

恶战归来，自己筋疲力尽，新伤旧创一起迸发，血染征衣。满头满脸被尘土和血渍覆盖，衣衫破损，皮鞋开口。跟这个混蛋几场会战之后，自己损失了近三分之二的衣服，念及此，身痛之后复又开始心痛。

5

经此一役，不仅阿泰深遭重创，在医院休养了半个月，他那一伙校园黑帮也再没有在校园显眼地方集结。尽管我成功协助校方打掉一个涉黑团伙，却仍没逃掉学校的警告处分。这张处分通告，让我成了校园明星。关于我单身除暴的传奇，流传了多种版本。每次小马想探求事件真相，我总是笑而不答。

我企图回归平静生活的愿望从此落空。走到食堂，会有人帮我排队；在满员的餐桌前，会有空位自动出现；走在路上会有陌生同学，笑着跟我点头招呼。

在小超市遇到阿泰，他已完全是一副良民打扮。自己意外地用拳头改造了一个校园失足青年。他尴尬地向我张望，在我没打定主意是忽略他存在，还是赏他一个冰冷眼神时，他却主动递上一支香烟："余哥，抽烟。"

我不客气接过烟，他赶紧点上火。我既不想把他视为仇人，也不想跟他划清黑白界限。学校处分通告上，我们俩排名不分先后，都赫然在榜。

"余哥，咱俩是不打不相识。"

"嗯，大家都躺了几天，算是扯平……"

以后，每逢在学校碰上，阿泰总不顾自己大着一把年纪，"余哥"、"余哥"

喊得顺口。接着便是递烟、点火等一气呵成的动作。起初自己还有些不适应，特别是当着他随从，他仍然恭恭敬敬跟我打招呼。不过一想到改造这帮贱人，自己实在功不可没，也就没什么不好意思的。

"老余，我从没见过像你这样的。那次我带人到你寝室，那样狠打，你都一声不吭。当时我就觉得心虚，天天提防着，结果还是出事儿了。"跟阿泰混熟后，他经常怆惘回顾往事，对挨揍经历念念不忘，"老余，打架你绝对三流水平，但没人像你那样，又变态又玩命。那天你要带把菜刀，我还有活命嘛？"

我以武力改变了阿泰，他也以他的方式改变了我。几个月前，我们还像是互相厮杀的仇家，现在我们竟然共同坐上牌桌、酒桌，称兄道弟起来。我挽救了这个冒牌黑社会成员，他却引我在赌桌上发现自我。

自从一个寂寞无聊的晚上，自己没有走向图书馆，而是在阿泰盛邀下，不知深浅来到了他的赌窝，从此走上了一条不归路。如果没有阿泰，我真不知道何时才能发现自己的天赋所在。我对赌的悟性仿佛与生俱来，坐上牌桌便像回归精神家园。不论麻将、纸牌，不管什么玩法，上手即熟，无师自通。令人销魂的赌窝和令人物我两忘的牌桌，强烈吸引着我。从此每到晚上，我便会穿越校园浪漫的林荫道，风雨无阻地来到阿泰寝室。

没用多少时间，我便在牌桌上打得他们四处告借。"老余，你他妈不仅是亡命徒，还是个天生赌徒。"阿泰输钱时候常常抱怨。不到两个月，我便帮助校方端掉了隐藏在学生宿舍的一个赌窝。我身上早已穿上阿泰一伙在牌桌上赞助的西服，又陆陆续续添置了衬衣、领带和新皮鞋，当我觉得皮带质量太差，想换一条时，便再也找不到他们踪影。平时被阿泰们用作赌场的寝室，竟传出了朗朗的英语阅读声。

6

在那个阳光洒满校园的下午，我正在寝室中打发着无所事事的忧伤时光，身负我一百多块赌债的阿泰终于出现了。

"老余，走，去看选美。"

"什么选美？"

"校舞蹈队选队员。"

"都快毕业的人了，关你什么事啊？"

"美化校园，人人有责，这个都不懂？"

"老子到处找你打牌，不见人影。舞蹈队选人，你兴奋得跟选妃似的，有病啊？"

"老余，像你这样不管打架打牌都要打出人命的家伙，明显属于性压抑晚期。老哥毕业前，无论如何要帮你物色个女朋友，消除校园不稳定因素。"

我们挤进活动中心时，里面已站满了人。本校舞蹈队大大有名，曾两次获得全市高校比赛冠军。前来应选的人才济济，许多平时隐姓埋名的活宝都载歌载舞现了形。

我们先就看见一条好汉登场应试，身段结实过人，看着像是来打擂的。随着一段激昂的乐曲，那位好汉闻声而动，左一个箭步，右一个踢腿，两手交错，在空中划着大开大合的线路，降龙十八掌招式清晰可见。脚下抽空转过两圈后，两臂随即凝立千钧，脸显慷慨之色，势若铁锄在手。接下来是一个女生，走的也是刚猛套路。摇滚节奏一响，手脚便奔放起来，满场扭动，其间不乏打谷子、插秧等写实性很强的动作，动作欢快而充满力量，大概是在演绎丰收场面。

"阿泰，干脆你也上去练练。"

阿泰笑得欢实："你比我能打，还是你上。"

前排观众挡住了我的视线，我没看到接着上场的选手。随着观众轻轻的赞美声，我好奇之下，再次挺直脖子，恢复了长颈鹿造型。

人一生会遇到很多宿命关头。就像帕里斯失魂落魄地见到海伦，为整个特洛伊带回了陷落命运。当我第一眼见到舞台上这个女孩，我便感觉到自己的命运难以逃避地陷落。在脆弱的大学时代，感情的洪水会随时泛滥，一个美好的背影、一头飘散的秀发、一个羞涩的微笑，都会让我们孤独的爱漫无边际生长。此刻，我却深深感到一种穿透内心的针刺，细而尖锐，像被某种高贵的精神挫败。舞台上这个清雅秀美的女孩，旁若无人地沉浸在自己的舞蹈中，脸上布满光辉，显得光彩照人。毫无疑问，从此，在我心里编撰的长篇情感小说中，前面的女主角将被统统赶走，只剩下这个被人群环绕的孤独舞者。

"长相、身材都不错，舞跳得还行。就是太傲，大一女生都这样，稍有几分姿色，就是公主派头……"

我没理阿泰。

"我最烦这些冷美人，你知道她们平时走路身上哪里最累？脖子。眼睛随时翻到天上，像在找不明飞行物。"阿泰还在唠唠叨叨。

当女孩离开舞台，消失在后台，照耀我梦想的光芒随之黯淡。阿泰没发现我心智已遭到较大破坏，对着元神出窍的我的躯壳，点评着环肥燕瘦的参赛选手。直到选拔赛结束，我们随着哄散的人群离开活动中心，阿泰才发现我沉默的时间已超过了两堂课的长度。

在欢送阿泰毕业离校的酒桌上，半斤江津白酒在胸口燃烧的阿泰，忽而搂着我肩膀说道：

"老余，我在这儿算是白混了。书没怎么读，想当大哥，又差点被你打残；四年时间一个女朋友也没交上，想在牌桌上找些乐子，结果每月有一半生活费交到你手上。老哥临走前，送一句话给你。你这家伙身上有股狠劲，日后注定是个人物，但千万别被女人绊住手脚……"

—

第四章
阳光洒在盛夏的校园，明亮而眩目

1

阿泰毕业那年秋天，我和小马成了业余校园诗人。

本来我靠着催人上进的武侠小说抵御忧愁，但小马说《金刚经》中有更大的智慧。同寝室两年多，小马的思维迷宫始终让我感到费解。他研究的课题通常是科学家们无法企及的领域，诸如，他的前生是姓王还是姓郑？该如何偿还他前生欠下佛堂的灯油钱？默念《金刚经》中哪段经文才能确保在麻将桌上百战不殆？

大学三年级的生活像跑到马拉松中后段，疲惫，漫长，看不到终点。无处可去的周末夜晚，校园各个角落弥漫着别人的爱情。寂寞的荆轲和高渐离总是提着啤酒瓶，在路灯照耀的台阶上击节高歌。两位燕赵慷慨之士的歌声使方圆五十米内情侣不驻。尽管如此，远处林荫道上过往的亲密身影，还是让大家心里装下几本厚厚的感伤小说。

这风清月白的夜晚，我们放弃了对"月亮是否是外星飞船"的研究，转而相互研究。这通常是各人编写自传和回忆录的时间。曾经以为自己二十年经历，如沧海波澜起伏，结果不到半个小时就讲得山穷水尽，不得不将同学朋友经历一律视为己出。这样的倾诉，让我们相互感动。两颗闪光的心相知恨晚。以往，对我和阿泰在相互打得半死后建立的奇特友谊，小马总是嗤之以鼻。现在，共同的寂寞让我们友谊加速发展。壮怀激烈时分，我拍打桌椅言必称慷慨二字，他呼啸着告诉我人生还有战斗。

激情易消，感怀难灭。我们开始对微妙的感情生活不吐不快了。开始还半遮半掩，谈到性起，便热烈搞起创作来。小马将在校两年来收集的女生们的微笑、擦肩而过的眼神，无意中碰撞在一起的目光，全部演绎成无声的感情故事，感叹着自己一再错过。进而更检讨从高中以来，由于自己个性孤傲，使全班三分之二女生蒙受伤心。我在教科书里泡了一年，在阿泰赌窝里鬼混了一年，实在缺乏高质量感情素材，只能在小马的情感历程中，默默怀念那个人群中的孤独舞者，一个连名字都不知道的清秀女孩。斑斓夜色中，几个空啤酒瓶伴着两个抒情诗人度过感怀良多的夜晚。

2

很多年后，我才明白，很多人是带着秘密任务来到人世。每天从你身边擦身而过的成千上万人中，有些人会莫名沿着复杂路径跟你的命运轨迹交错，照亮你的生命，或是点亮你的孤独。当你感觉没有方向时，或许是因为一些人还没有出现，尚未带来推动你人生情节的能量。他们有的将为你拉开舞台幕布，有的直接参与到你繁盛跌宕的人生段落。你看着自己生命中人来人往，那些过眼云烟般的告别、重逢与邂逅，无不带着宿命般的深意。

多年后，在老鼠奔窜的棚户区破败阁楼上，在火车呼啸往来的红砖白漆老旧站台旁，在蚊虫飞舞浊臭不堪的民工窝铺里，在寂寞面对盛大城市灯火的总统套房中，在雨水模糊了视线的奔驰车窗里，在那些名叫南京路淮海路春熙路的茫茫人海中，随着命运轮盘反反复复沉沦与升腾时，我曾一遍遍思考着来到自己生命中的那些人那些事，感觉路径复杂到不可思议，又仿佛理所必然到在劫难逃。

睡着八个男生的寝室里，如果在子夜时分躺在床上思考，会伴随着潮水般起落的鼾声，从球鞋袜子里飘出的隐隐的酸臭，以及身上棉被的熟悉汗味。鼾声之外，是一种亲切而温暖的寂静。

在许多熄灯的夜晚，寝室中刚刚出现一隅寂静，我便在脑中还原那个跳舞女孩的面容。在许多醒着的梦中，我依次成为亿万富翁、超级帅哥、艺术名家，对围绕在身边的千百佳丽不屑一顾，而径直把玫瑰献给她。我设计了十多个版本的邂逅场面，几十种故事结局，需要一百万字叙述的波澜壮阔的感情历程。黑暗的寝室，鼾声的潮水拍打着寂静房间，我沉浸在一个人的天荒地老中，时而快乐，时而忧伤。

在一个没烟抽的晚上，当意识到自己同亿万富翁的身份隔着一条银河系的距离，忧愤之下，我写下了注定要被校园主流精神讨伐的著名诗章——《呐喊》，全文最后几句振聋发聩：

做光辉岁月的灰烬，宁可倒在飞黄腾达的路上，也绝不静守着清贫岁月做茧。

我用圆珠笔把这首诗发表在教室墙壁上，落款写着：余野——写于没钱没烟的贫困夜晚。

这首诗被喜欢寻章摘句的同学摘抄，连同批判文章送往校刊发表。这一声拜金主义的春雷，随即震撼了整个校园思想界。时值学校精神文明建设正在掀起人造高潮，受到批判的有：道德沦丧现象——夜宿女生寝室被值班老师当场揪住的男生；空虚迷茫——校园荷花池边将别人自行车扔进湖里的毕业生。现在，拜金主义的靶子终于出现，随之而来便是铺天盖地的讨伐声，和关于"迷惘的当代大学生"的激烈讨论。

3

我在一片骂声中再次成为名人。作为问题青年，我经常感受到旁人打量我的怪异目光，压力空前。夜宿女生寝室的西门庆，正受到男生们普遍羡慕，而说出真话的布鲁诺，却被无情视为怪物。悲哀中，我又缩进了图书馆角落。

一个下午，在借阅柜台边，我竟与自己长篇幻想小说的女主角毫无征兆地不期而遇。

"你就是写《呐喊》的余野么？"

我转过身，当头一棒呼啸而来，眼前正是那个夏天校园的孤独舞者。在我没有成名致富前，便提前出现了。她有着一张清秀的脸，脸色白皙，瓜子形下巴，鼻子秀气高挺，眼睛细长，长发披肩。你能在人群中发现她眼中闪闪发亮的黑眸，梦想在眸子上有着纯洁而专注的光亮。

"是我，《呐喊》长诗的作者，拜金狂。想找我签名吗？"

"我写过批判你的文章。"

"真是幸会……"我向她大方地伸出手去。

她迟疑着，却还是礼貌而滑稽地跟我浅浅握手。

"我只是好奇，什么人会这样呐喊？"

"一个不甘贫困的学生，这也值得批判？"

"我批判的是你的精神贫困。"

"同学，你每年在学校的花销是多少？就是生活费、零食和买书等等吧。"

"大概，也就两三千吧。你问这个干吗？"

"加上买衣服、旅游、跟朋友吃饭其他所有费用呢？"

"接近 5000 元吧。这跟批评你有关系吗？"

"当然有关。一个年消费 5000 元的大款学生批判一个年消费 500 元的贫困生患有精神贫困症，你不觉得太不食人间烟火了么？"

"我可不是什么大款学生。"

"同学，你的舞跳得很好，能有这般阳春白雪爱好的人，一般都不会缺菜票。我呢，到了每月中旬便不敢过量运动，害怕每顿四角钱的包子稀饭消化太快，半夜饿得咬被子。我的呐喊完全是向往温饱生活的心声。"

我们边谈着，边缓缓走出图书馆。

"对了，你是怎么批判我的？"门外的阳光让我有些晕眩。

"抵押给钱庄的头脑，被钞票摆布的灵魂……"她的微笑在阳光下熠熠生辉。

"病得这么厉害，你有什么方子可以治治么？"

"我的批判就是良药。"她轻轻拂掉我得寸进尺的想法。

"你是中文系的，还是艺术学院的？"

站在十字路口，她准备向我告辞。

"喂，那谁，你骂了我，总得报上名来，至少要告诉我在哪个学院。"

她顿了顿："我叫丁兰，在外语学院。"

"我叫余野，在经济学院读财务管理，研究怎么发财是我的专业。我能来看你跳舞么？"

"好啊。"她笑笑，轻盈地转身离开。

4

当年及时雨宋江在墙上题写反动诗词，被抓去劳教，因此获得了梁山伯首领的职务。现在我的题墙诗，虽遭山呼海啸的批判，却也因此认识了丁兰。

我经常去看丁兰跳舞。

舞蹈队美女如云，让人眼花缭乱。几个粉面油头的男生混迹其间，破坏了队伍的整体形象。为了迎接全市高校汇演，丁兰她们正在积极排练。见到我时，她时而微微一笑，时而却视而不见。我倒也不抱怨。当电影和小说发展到这个阶段，通常应该是男主角捧满鲜花，靠在价值百万的汽车前等待。我没有这样的道具，通常在半场休息时，便悄悄溜走。

高校文艺汇演是一场盛会。每个学校选送两个节目参赛，偌大的室内体育馆，挤进了数千观众。本校舞蹈队出场表演云南舞时，占尽主场之利，台下山呼海啸，掌声雷动。我的目光始终追随着丁兰，将领舞的那个女生视若无物。尽管丁兰的动作与队友们和谐一致，但我总觉得整场舞蹈更像是她的独舞，照着她的舞台灯光与她脸上的光辉交相辉映，分外光彩照人。在谢幕时一片欢腾的海洋中，我突然被一种感伤击中，独自黯然离开。

校舞蹈队蝉联汇演冠军后，丁兰成为名人，校花排名榜已跻身前五。熄灯后的寝室中，小马已念叨了她几次，说她是清水出芙蓉，一见难忘。

我感觉自己离丁兰越来越远。校园中，我常常看见她的身影穿过洒满阳光的林荫道，金黄色的发带在阳光下熠熠生辉；看见她在图书馆伏案读书，鬓发微微颤动；看见她在舞台上轻盈地舞蹈，裙裾飞扬。心总莫名地受到吸引，常常独坐着发呆。她像受着一种向往的牵引，执拗而平静。她的人生将按照自有的轨迹运行下去，没有人能干预。我希望并主动创造着与她不期而遇的机会，但只要她的身影一出现，自己便自觉地保持隐形状态。自己虽然也两度成为校园明星，却一次以暴力震撼江湖，另一次成为当代大学生堕落的标本。

家里境况不太好，父亲经常生病，却抱病作兼职工作。母亲心脏病也时有发作。每个月收到他们风雨无阻寄来的 50 块钱，心里总感觉难受。只有我知道汇款单上的数字所无法注明的艰辛。学校组织了一次外地实习。同学们载歌载舞像是参加夏令营，自己一路上却无精打采。看不到尽头的大学生活让我厌倦，窗外风景，一路见闻，使生活处于减速状态。我真希望时针从现在起疯狂转动，即刻到达毕业时分。解脱静止的贫困，解脱无望的思念。

三个星期过去，实习结束回到学校，校园又有了关注的内容。继寝室闹鬼后，又开始闹起甲肝。先是几个学生被查出甲状肝炎，被校方隔离。几天后，几十个感染者挤满了学校医院病房，蔓延之势如星火燎原，闹得人人自危。随着感染人数急剧上升，校方开始大面积隔离传染区，寝室中一人感染，即对全室进行隔离。位于校园东区的旧教学楼被开辟成隔离观察区，里面住满被患病室友株连的同学。

我们回到学校，恐怖气氛正四处蔓延。寝室里戴着口罩的小马，像美国科幻恐怖片中的医生，随时警惕着空气中飞舞的毒素。

我意外得知丁兰也进了隔离区，她们寝室中发现了一名感染者，几个女生

49

集体被迁入隔离房。小马说隔离区那边失去自由的同学们苦不堪言，等闹完甲肝，就该接着闹神经病了。

当我在隔离区的宿舍楼找到丁兰，取出藏在外套中的鲜花，我第一次看到她眼中的惊讶和激动。

"来看看你，闷坏了吧。"

"你是怎么进来的？"

"我观察了两天，对这儿的岗哨一清二楚，刚才他们吃饭，交接班不及时，我就大大方方进来了。"

"你不害怕么？"她有些尴尬说道。

"怕什么？大家都是被牵连进来关牛棚。"

她捧着鲜花，低头幽幽说道："谢谢你来看我，真没想到你会来……"

我几乎能看到她眼中的盈盈泪光。在这场袭击全校的恐慌中，人人自危，几乎达到了"他人即瘟疫"的哲学境界。像我这样冲破封锁线来献殷勤的疯子，确实罕见。见到她的泪水，我一时胸口发热，更加狂热的念头脱口而出。

"闷坏了吧，我带你出去散散心。"

5

在校园外的一个小餐馆，我跟她静静独对，只感觉梦游一般脱离真实。

"……大伙在小镇上拦车，过了几百辆都不停，有几辆车还突然加速把我们撵得鸡飞狗跳。后来，班上最漂亮女生终于拦下了一辆运石子的卡车。司机肯定忘记了车上装的不是石子，我们这个运动量之大呀，一会儿歪着一会儿倒着。就这样，还冒出两个不要命的，拿出相机对我们一阵狂拍……"

为了从微妙尴尬的气氛中解脱出来，我废话连篇地开始叙述实习中的趣事。

丁兰安静地听着，浅浅笑意像漂浮在空中的轻柔音乐。她若有所思的时候，像一副油画。

时间在我的废话中飞逝，我有一种被时间压迫的紧张和无措。在无语相对的片刻，我几乎能听到墙上挂钟时针的转动声，嘀嗒、嘀嗒……无穷无尽的时间似乎拥挤在这一刻的静默上。

"余野，谢谢你来看我。我被隔离后，大家都回避我，只有你来了。你确实很特别。听说你跟人打架打得很凶，后来却又成为朋友。你的题墙诗全校闻名，批判文章都可以汇成专辑了。不认识你时，以为你反叛，玩世不恭，结果不是这么回事。你是那种总让人感到意外的人。"

"丁兰，你练舞蹈几年了？"

"大概有十年了吧，问这个干吗？"

"我只是觉得自己命运有些不正常。你看，你跳舞十年，成名没啥可说的。我以前从没打过架，结果一战就打成拳王；我没写过诗，写出来就乖乖不得了，笔落惊风雨……"

回学校路上，长街笔直，街灯的光河铺向远方。第一次如此近切跟她并肩而行，闻着她发梢上隐隐飘出的淡淡清香，心中起起伏伏，不受约束。

我告诉丁兰自己以后想当个探险家。这是近期自己最新版的梦想。原本成为亿万富翁的梦想在心里存放了三年，毫无进展。愤然之下，我捧起了武侠小说。成为探险家的愿望日渐高涨。我希望生活交给自己的是一枚指南针，让自己能从事探险这种富有传奇色彩的事业，而不是毕业后，将一把算盘塞在我手里，做一个苦闷的小会计。

"余野，你看过《凡·高传》么？"

"没有。"我厚着脸皮坦然承认。

"记得凡·高的老师告诉他，一生之中应该去做自己值得去做的事，你只管竭尽全力，不论好坏成败，你表达了内心，也就完成了自己。"她看着远远的校园灯光，声音温柔而坚定，"我觉得人应该一直不停地走，看看能走出多远。用尽全力，能不能登上自己向往的高峰？"

天上已聚集了不少星星。我停下脚步，高深莫测地仰望着深邃的天空。小马曾说天上一半星星其实已经消亡，只剩眼前这几百万年前的星光，像虚无的影子，在宇宙中孤独穿行。丁兰没再说话，仰着脸，不知在想什么。她的浅色衣裙在夜风中轻轻飞扬，眼中闪烁着那几百万年前的星光。

6

接到母亲电话，我连书本都没收拾便奔向那个位于城郊的医院。

到达肿瘤医院，已是晚上。医院很大，里面出奇的安静。偶尔有路过的车鸣响几声喇叭，余音消歇，整个地方便又坠入令人窒息的寂静中。偌大的院子里空空荡荡，四处零星地闪着些灯影。这里缺少声音、光线和走动的人，像一个没有注入生气的地方。我身上莫名地阵阵发冷。

我轻声来到病房，母亲闭目和衣靠在床边。床上躺着一个瘦得皮肤贴着骨头的病人，那是我的父亲。我轻轻坐在床边，感到喘息艰难。

"你来了。"母亲睁开眼。

"嗯。"我点点头。母亲一脸憔悴疲惫。

"把脸洗干净，去吧。"

这就是我的母亲，"把衣服穿好"，"把书包背上"，"把行李收拾好"。从小我便在这样的话中长大。每次送父亲住院，每次送我返校，总是用这同一种语气，同一种声调。我不忍看她瘦弱的身影，这个普通人民教师，患着时时会发作的心脏病，承担着家庭和工作的双重重担，忍耐着清贫生活，从不抱怨。我坚强的母亲。

在洗手间的窗口，我靠在墙边，胸口像被重重撞击着。现在，哗哗的水声，是这静得让人发疯的医院的唯一声音。

父亲一直昏迷不醒。那以后的几天，我一直守在父亲床前，听着他沉重的呼吸声。从白天到晚上，看着输液瓶中的药液一滴滴顺着针管流进他体内。外面有时是晴天，明亮的日光透过窗户照进来，挂瓶中的液滴微微闪着亮光。生命在这透明的阳光和水滴中，显得安详、沉静，仿佛能永远下去。黄昏来临时，世界变得安静。阳光弥留在窗框一隅，然后渐渐暗淡，渐渐灰冷下去，我心里忽而充满恐惧。

黑夜让我平静。几天来，我一直靠在床边微微地合上眼，在父亲沉重的呼吸声中浅浅入睡。这声音潜入了我的睡眠。我熟悉它的节奏和间隔，哪怕只是因微微翻身扰乱了他的频率，我也会被惊醒，忽然有一种踏入虚空的惊悸。

母亲很少说话，多年来，我们一家三人早就习惯了在医院里生活。

有那么一刻，我和母亲默默看着床上的父亲。房间里的寂静渐渐融进整个世界的寂静中。病房里弥散着一种亲切的气息和隐隐作响的声音。我像能听见那曾汇合过的血液在父亲体内，在母亲心脏中，在我的血管里流动。那神秘的血缘穿透了形骸和思想的障碍，使我、母亲和昏迷中的父亲越来越近，心神渐渐融合，那近乎美妙的一刻使我们紧紧地、永远地连在一起……

一滴闪着晶莹光亮的液滴迟疑着，悬挂在吊瓶的细管中，却再也没有滴下……

我依稀听到火车汽笛长长响起，划破深夜的寂静，又渐渐拖着苍凉的尾声渐渐远去……

7

阳光洒在盛夏的校园，明亮而眩目。林荫道上，梧桐树繁茂的枝叶搭成了绿色的走廊，细碎的树影铺在金灿灿的亮光上。光和影仍在无声地编织着岁月的图案，往昔的记忆在寂静的禅声中悠悠颤动。

我默坐在校园操场栏杆边，没人练球，空空的场地在阳光下沉睡。场边的草有些枯黄，球门前的草坪已被磨平。人坐得久了，似乎能听见热烈的掌声和呐喊声在这午后的寂静中隐隐传来，又渐渐散去。

湖旁有穿戴着博士帽的毕业生在拍照留念。当年阿泰他们毕业前夕，白天在校门口摆摊招收培训生，挣取代理费；晚上在湖边喝酒，痛哭，将别人停在路边的自行车扔进湖中，拿着电筒在校园幽暗处惊扰一对对痴迷的恋人。现在，这帮曾迷途在校园荷花池边的学长们，早已在人海中散落多年。

此刻，轮到我跟这里的一切告别了。

三个月来，我恍惚在梦中，只有此刻分外清醒。左臂上两度套上的黑纱，终于摘下。当我从一串混乱的噩梦中醒来，整个世界便只剩下自己孑然一身。

父亲过世仅两个月，母亲的心脏病再次发作，那颗饱经困苦的心脏，这一次，再没有重新跳动起来。

整整两个月时间，我总感觉母亲那双干枯的失去血色的手，似乎还在帮我整理着行李。她瘦削的脊背，裹在那件已洗成灰白色的大衣服里，像个孩子似的瘦小。稀疏的头发已变成褐色，车站上送别时她眼中强忍住的泪水，像父亲床前挂瓶中那颗永远停留在细管上的液滴，将永远在我心里滴落……

不知为什么，我还要在这里久坐。

上午我已经办完了全部退学手续。几乎所有的老师都重复着一句话："再好好考虑一下，只剩一年时间就毕业，多可惜呀！"他们的劝诫和挽留，使得我会常常想起他们，想起自己或许还有另一种人生。但那时，自己却无动于衷地用半天时间办完了所有手续。

行李放在寝室，小马帮我看着。我只想一个人再走走，再看看，再等等……

手上的烟越来越短，青色的烟霭在无风的空气中细细上升着。我把头俯在手掌中，深深呼吸着这里熟悉的气息。一种竭力想留住什么的愿望，战胜了想忘掉一切的念头。我闭上眼，任这易逝的阳光久久落在身上。

"你一个人在这儿？"背后一个熟悉的声音轻轻响起。

我缓缓回过头来，对她微微笑道："你好。"

她靠在我旁边的栏杆上，我们像在一种默契中等着，沉默着。

"还没放假么？"我点燃了一支烟。

"前天放的。来找过你几次，小马说你在这儿。"

阳光照在她秀美纯净的脸上，整个人都像沐浴着一层光辉。那双眼睛依然清澈明亮，一直穿透记忆。

"我，退学了。"

"我刚刚知道。"

"我在这儿坐了一阵了，没想到还能遇到你。"

"我一直在等你。"

烟雾慢慢升腾，慢慢散开，天依然那么蓝。

"谢谢你，丁兰。谢谢你还记得我。"

"我一直以为你很坚强。"

"我不是因为想逃避才选择退学。"

"至少，你没尽全力。"

"不。丁兰，听我说，"我重重说道，"我想了很久。我不会再重复父母的路，在没人理睬的贫困生活中耗尽一生。现在我已没有什么牵挂，我要拿自己去赌一赌：输了，我认命，赔光一切在所不惜；赢了，我就要飞黄腾达，把我多年只敢想的事统统干出来。我要用尽全力，看看能不能登上心里的那座巅峰。"

"我们还会见面么？"她幽幽地问道。

草地上的阳光渐渐淡了。对面有两个小孩在偌大场地上追逐着一个皮球。

是啊，我也在心里问着自己，我们还会见面么？我亲爱的朋友，我不知道自己会走向哪里，在什么地方停下，正如不知你的去向，你要怎样走向你那遥远的顶峰。这里正在逝去的每一刻，让我有种迷茫痛楚，这真的便是告别时刻么？

我从沉默中抬起头。

"丁兰，我不知道该怎么说。好像有很多话，好像现在才知道真的要离开了。一切那么匆忙。我知道自己还不够坚强。我一直在这儿坐着、守着，想把这儿的一切多带上些，想再见见你。我没有什么朋友，所以更加珍惜。和你看星星的晚上，陪你练舞的时候，我总问自己：她会离开么？还能再见到么？现在你来了，离我这么近，好像我们又在一起散步、谈心，好像今后每天我们都会这样。可从你来的那一刻，我就一遍遍地再问了：我们还会再见面么？"我静静看着她，"再见了，丁兰，我会记住你的。"

两行泪水平静地从她脸颊流过，"祝你顺利。"

再见了，我亲爱的朋友。今后我还会经历许多离别，还会像这样一次次转身离去。我的心会一次比一次更坚强。现在，我要走了。离开这留下青春纪念的地方，离开你，走向自己那不能反悔的人生。我会记住你的。闭上眼睛，你就在我心里，秀发飘洒，裙裾飞扬。我知道一切都会消散，时光会冲淡我渗入你生命中的浅浅痕迹。我会像一个好心的路人，一个火车上邂逅的旅客，被你记着，然后渐渐淡忘。你的灵魂仍会在舞蹈中轻轻飞扬，你要朝着你向往的地方一直走去。而我，将带着一个未谙世事的头脑和赌徒的心，扎扎实实地置身茫茫人海。我会记住你的。因为我离你向往的也是我曾向往过的生活，越来越远。再见了，丁兰。当这校园的清风吹来，该又是轮回的秋天来临；当钟声再次响起，它将弥漫整个校园，惊起往事，让流落在尘海的心久久为之魂牵梦萦。

第五章
一张提货单终于让一笔横财狠狠击中我

1

若干年后，当我反思自己的第一份工作，第一桶金，第一次性行为，第一首题墙诗，才恍然大悟，一切都是开局决定的。原罪是精神中的病，血液里的毒，骨头上的字，贯穿一生，如黥面的犯人，永远无法清洗抹煞。

第一次破产，便是那第一张倒下的多米诺骨牌。后面环环相扣，势不可挡，越破产越壮观的人生根本停不下来。每当我反溯着时光探寻，才发现自己连滚带爬的人生动能，都来源于向深渊俯冲的第一个下坡。尽管那时候小本经营，破产就像摔破一个敝帚自珍的瓦罐。

"大爷，这些书还是新的，看都没看过。"
"新书每斤 4 角，旧书每斤 2 角……"
离开校园时，我曾雄心勃勃想去阅读"人生这本大书"，可实在没想到，满架图书会按斤两卖给收废品的老头，几十斤的唐诗宋词最终换成了两箱方便面。

明天就是春节了。我再次数了数桌上的钱。最大一张面值 10 元，纸张黯淡，边角残破，经历千次转手，重重磨难来到我这儿。其余几个都是硬币，颇为壮观地堆积在桌面，总共 15 元 8 角 7 分。

我相信这是最后一次清扫。颗粒归仓，不漏过一个钢镚。

两星期内，债主们已在这斗室里扫荡几轮。起初他们抓大放小，一口气搬走了我二十箱皮草的存货，让拥挤不堪的房间变得敞亮；继而重点突破，将我的彩电冰箱音响悉数抬走，连安在墙上的空调挂机也被拆除，一举将我送回低碳农耕时代；最后不择细流，每次将我堵在小屋里做完言语或拳脚的说服教育工作后，顺手再抄走些音乐 CD、邮册、香烟等零碎细软。我自然不能坐以待毙，先卖掉手表和中文传呼机，时间对我已多得发霉，CALL 机上留言也尽是讨债檄文，都无用处，统统折现。几天前，断粮断烟，我索性破釜沉舟，将榔头、扳手等工具和满架图书全部打包换成了口粮。

站在窗前，外面一片忙碌景象。这个厂矿家属区暗红色的砖房，开始透出一年一度的生机。一扇扇窗户被擦得锃亮，挂出新窗帘，贴着年画。

身后，自己的小屋内突兀呈现着三面空空墙壁。全部家具只有一套桌椅、一张床、一个衣柜。窗户的玻璃模模糊糊，长时间来只有雨水帮着打扫。纱窗黑乎乎的，上面的灰尘也早已失去了本色。桌角、床边，几只闲着没事的蜘蛛张罗了几个小网。地上扔满了烟头，桌上是一堆方便面的包装袋，沾着油腻的碗筷扔在一边。床头堆着换下待洗的衣服，几件 T 恤已被我当内衣穿，且每件都正反面轮流用过。除了灯泡，整个房间没有一件电器。只有一堆脏衣服和床上随遇而安的被子透出几分活人气息。

几个小时后，我将在这里迎来 1990 年。携带自己全部的资产：15 元 8 角 7 分，和隐隐约约的希望，等待着午夜钟声。

天快黑了。我反复思考着如何使用最后一笔钱，沉浸在快乐中。8 块钱用于烧香，这个数字吉利，是文殊院的最低消费。钱不多，但明天无论如何我要去投资未来。文殊院的菩萨多，总能有个把神仙对我不抱成见，或能度我一把。

剩下的钱，先剪个头再说。父亲曾说过，有钱没钱，理个发过年。我喜气洋洋揣着这几个小钱走到大街上。发廊挤满了人，于是在路边一个街头理发摊上，花 1 块钱剪了头。这个手艺人大概是自学成才。不论耳发、额发，一律运剪如飞，直到将我头上剃出了几片空地仍然胸有成竹。当我喝止时已经晚了。满头疮痍，七零八落，像收割一半的麦田。最伤心是头两侧，耳朵上方被削平了几块空地，周围的头发无论怎样梳理也支援不上。

"他妈的，还挺对称的。"我看着镜子里左右两侧的阴阳头，气急反笑。

"我再给你修修。"这个不知死活的家伙余勇未尽。

我恶狠狠夺过他手里的剪刀，凶狠地向他走去。眼看一场血案即将上演，我却只是重重地将剪刀摔在地上。

"以后别让我在这儿看到你。看到一次就收拾你一次。"

我怒气冲冲而去，竟忘了把椅子踢翻再走。

漫步街头，不知该往哪儿走？四面鞭炮声一阵响过一阵，时时有灿烂的礼花璀璨升空。这个时间正是家家户户在桌前频频举杯的时候了。电视的声音从许多窗口传来，掌声如潮，欢声响起。不看时间，也知道春节晚会开始了。

我敲开一间杂货铺的门，花3块钱买了一瓶江津白酒。在这张灯结彩的街上，一口一口灌着瓶子里浓浓的酒精，让火辣辣的感觉从喉咙一直延伸到肚子，在胸口全面燃烧。几辆出租车游弋在空空的街道上，酒精游弋向我的全身。我感到自己越来越兴奋，渐渐的，眼前全是模模糊糊的亮点。我带着奇遇来临前的各种心灵感应，用脚对着地上黑乎乎的东西一路扫荡，不是踢飞石子，便是踩扁烟盒，始终没有被一袋钞票绊倒。头上有劈劈啪啪的震响，我摇摇晃晃冲回楼里，满脸喜悦地敲开房东的门，轮流向他的家人致以新年问候。出门时，我顺利地得到了两瓶开水和意外被塞在手里的几个糖果。

我躺在自己床上，倾听着外面的鞭炮声越来越响，越来越密，渐渐在听觉中连成一片。告别旧年的时刻很快到来，一切美好的希望和新的转机，也许就在明天早晨一同到来。我仿佛听到了钟声。即使在连绵不绝的鞭炮声中，那钟声仍然隐隐约约在我心里回荡，悠远悠长。我看见亲人们和朋友们亲切的笑脸。醉酒的时候，我就能看到他们，微笑着，像从来没有离开。

2

数月前，我还是一个时装店老板，这间小屋曾生机盎然。有限的空间内堆满健武音响、东芝冰箱、索尼彩电、全套先锋家具，以及一堆吃饱喝足的朋友。大家围在麻将桌前不舍昼夜。许多个夜晚，我便是在哗哗的和牌声和浓密的烟气中睡去。以至成为习惯，在入睡前若听不到这熟悉的声响，闻不到这熟悉的烟气，便会被冷清的夜晚弄得辗转不眠。

在21岁这样年轻有为的年纪，有三年名校读书的经历（虽未毕业），经营一间20平方米的精品服装店，言语不俗，出手阔绰的年轻老板，毫无疑问会受到身边这些异性的挑逗和追捧。

理想主义者往往是那些除了诱惑，什么都可以抵御的人。脆弱的柏拉图爱恋，似乎只是幽闭在现实之外的一种幻觉。自己心存三年的单向思念，虽已达到诗句无法接近的深度，却抵不过一个良辰吉日的暧昧眼神。

张姐是这小屋的牌友之一，隔壁服装店的老板，30多岁的丰满女人。一起打牌时，尽管颇受她低胸短裙的干扰，却自信没有口水连吞、两眼发直的饥饿神情。我相信凭着几年高等教育，面对眼神言语这些间接诱惑的能力还是具备。但当这位大姐在一个闷热的夜晚敲门时，狭窄小屋内，不到一米的间隔中，有哪位圣人能抵御在她窄小衣服约束下，妖娆怒放的丰满身体？更奋力抗拒那身上散发出的迷药一般如痴如醉的香气？自己筋疲力尽地磨蹭了两分钟，便将一切置于脑后，纵身投入她那销魂的微笑和怀抱中。尽管我早已初尝禁果，但此前那位夜总会小姐过于职业，10 分钟内，脱衣、干活、收钱、走人，像上了一条标准流水线。如不是经验丰富的张姐像教练一样在床上指导我，我仍然生涩缺乏作战经验。

那个夜晚是开启人生宝藏的一把钥匙。深邃夜色中，身体的感受直接通向灵魂。但在空荡的早晨，当张姐熟练地穿好内衣外套平淡离开后，我却像是从狂欢的深渊中飘起来的一条死鱼。张姐应该比我大 15 岁，或者 20 岁。这个年龄差距令小屋充满堕落气息。她提起裤子扬长而去后，我倍感失落。

多年后，我开始怀念这一段纯洁的肉体感情。没有金钱参与，没有感情介入，没有年龄限制。大家仅仅是相互享受。但在当时那个凌乱的床上，欲望退潮后的内心却一片荒凉。

3

90 年代的成都草市街，是仅次于科甲巷的服装名街，主要经营从广东进货的中档服装。整条街上几十家服装铺面一字排开，人气旺盛，房价惊人。平时每天晚上 6 点至 9 点，是黄金销售时间，到了星期天，20 平米的店铺内随时顾客盈门。

如果不是自己过于年轻有为，我将不折不扣地成为这条街上的生意人，在服装生意、通宵麻将和女人们的肆混中，度过没有记忆的青春。

开店刚满月，便有了几千元净利。这是自己三年大学生涯的总消费，是以往待在工厂里全年的总收入。如果以往对富有的概念可以量化，大约就是这个数字。但现在店铺开张的成功，已为心插上幻想的翅膀。毫无疑问，10 万元将是自己下一个财富目标。百万富翁的桂冠预计将在三年内戴在自己头上。

我对事业的激情很快煽动起另一个牌友的投资冲动。严宏，这位注定要成为自己为期一个月的亲密合作伙伴，三年的债权人，长达十年的仇敌。那一天，他莫名带着一脸鬼气出现在小屋牌桌上。意气风发的我，根本没有想到会惹上这个冤魂。我一张牌点炮，葬送了对门李大姐清一色自摸的机会。

"脑袋进水了？打三筒嘛。一万年点不到炮台上。"

"我打什么你管得着么？"

"二条一张没现，出来肯定点炮，简直笨得伤心。"

"爱点炮怎么着？我喜欢。哥哥有的是钱……"

李姐朝我脸上喷了口烟："龟儿的，再回嘴，老娘就把你先奸后杀……"

多年来，我一直说着厂区子弟的北方普通话，用词文雅，如落魄秀才，混迹这帮本地风骚女人中，显得卓尔不群，也备受调戏骚扰。一言不合，她们便扬言要对我性侵犯。

"杀人犯法，你最好先对我干前面那事儿吧。"

满桌哄笑。

散场后，严宏跟我闲聊。

"发财了？手面这么阔？"

"哪儿的话，也就是小打小闹。"

我随即快乐地告诉他，自己隔壁的铺面很快就要转手，如果这时候盘进，加上自己现有规模，每月很轻松赚万把块钱。

我原本只是无心闲吹。可自己有个天赋，在给别人描绘一个项目前景时，总能让听众感觉面前已经摆好了一台印钞机。

严宏面无表情消失后，又在深夜 12 点，鬼头鬼脑转了回来。

每次遇见严宏，我的人生都有可能脱离既有轨道。退学后我原本进了工厂，正是被他撞见并煽动，飞身就下海。果然，在这长夜未央的时候，他跟我相互煽动，一起走上了抱团合伙的不归路……

4

当初退学时，父亲原单位以照顾子弟为名，为我安排了工作。鉴于自己在大学呆过几年，厂里没有让我去摆弄机床，而是在办公室给我添了张板凳。

我的主要工作是发放报纸，转送各种文件，填写各种表格，并总揽办公室内扫地、打开水等各种杂活。每天上班，我挤在厂区宿舍通向厂门的路上，按着车铃，在自行车流和人流中缓缓前行；下班后再汇进同样的人流中，潮涌而出。在厂里，每个日子都长得一般模样。我每天在办公室干同样的事，坐同样的位置，看四份同样的报纸，抽同样牌子的烟，每月领到同样数量的工资。

红砖墙的厂区内，苏式建筑沉浸在时光深处。笔直纵横的道路把厂区切成

61

一个个方格，整齐排在格子里的厂房除了对外墙有所翻新，大都保持着三十年前的原样。置身在这敢于藐视时间的独立天地里，人会显得渺小，一切躁动、激情在这里都会被渐渐消磨，渐渐纳入这里的传统，成为无足轻重的微粒。

面对这坚固的环境，任何想改变什么的愿望都显得徒劳。我只能骑着车，在深夜街头带着自己的影子奔窜，做着一次次虚妄的突围。

一年前那个月圆得让人空虚的夜晚，我骑车来到母校联大对面的河边，遥望学校东大门。这是一个安全的距离，让我的自卑与怀念，都隔着一条辽阔达100多米宽的府南河。隔着夜色和灯火，我呆呆地看着校园里进出的人流车流。一年过去了，不富贵毋宁死的誓言犹在，府南河无语南流，我却仍揣着十几块钱，蹬着旧自行车，怅望故园灯火。不要说目送街道上奔驰560扬起的绝望灰尘，就是一辆二手面包车也仍在梦想中的远方。

夜色中，我黯然推着车，在红绿灯前等候过马路。一辆倒右拐的汽车突然冲到我面前，在撞翻我之后，才踩下刹车。我狼狈地躺在地上发懵，开车的人走下驾驶室，令人惊讶的是，他没理会躺在地上的我，而是俯下身先看看他的爱车受损情况。我只是被冲击力撞得失去平衡，身上没有受伤。拍拍身上的灰爬起来正待跟他理论，他却先骂道："你怎么骑车的？找死啊？"

我怒道："是你撞了我，还说我找死？太过分了吧？"

他气势汹汹看着我正待发作，忽然愣住了，道："你，是余野吧？"

我借着路灯光看着他，也觉得有些面熟："你是？"

"严宏。高一我在你们班上插班了半学期。后来转学了。听说你考上了联大，呵呵，高材生。我们居然在这儿碰上了。"

我想起了他，上高中时短暂地在班上见过他，一直接触不多，后来他转学了就更没什么印象。既然是被同学撞飞的，那就另当别论，得看作缘分。

在小茶楼，我的人生轨迹又被他一番豪言撞离了轨道。当得知我退学后在厂里当小文员时，他力劝我去他们公司应聘。

"你们公司是搞什么的？我现在可没有文凭。"

"我不一样没有文凭。看看，现在混得还不错吧？"

确实，他现在已是有车一族。开着奥拓车，在满城自行车大军里，鹤立鸡群。他长满青春痘的脸上，带着饱满的成功人士的自豪。在他眼里，方今天下大乱，草莽揭竿，群雄并起，但凡有点血性的男人都应该去逐鹿商海。我听得怦然心动。

几天后，我抱着试一试的想法，来到润丰公司见过王总，结果一试即中。

从进入润丰公司,到目送它倒闭的几个月时间,我在一窝人精中,提升了匪气和胆气,掌握了受益一生的商业教育。

5

润丰公司的简史,可以概括为一个冤大头的投资人跟一窝草寇合作的故事。

公司的唯一投资人台湾文先生,最初追随大陆投资热,衣锦还乡赴大陆考察。在家乡他碰上了远房表弟,也给了这位表弟一个人生的转折。这位今后的王总当时几次创业失败,正在务农和写诗之间徘徊。在同文先生交流中,王总以诗人的天赋将这里描绘成一个种铁成金的投资天堂,跟文先生的投资理念一拍即合。第二次来大陆时,文先生带上50万美元支票,创办了润丰公司。

王总以文学与科学相结合的手法,为文先生拟定了"一年打基础,两年见效益,三年上台阶,五年翻十翻"的宏伟战略计划,深得老板赏识。在台湾的生意还难以脱身的情况下,文先生将公司交给王总全权管理。在文先生踏上飞机回岛后一个月,王总便扔掉自行车,搬出集体宿舍,转而坐进桑塔纳,住进商品房。

王总是一位伟大的预言家。他经常慷慨陈词地告诫我们:"公司离倒闭始终只有三个月。"在公司开业三个月,我刚刚进入公司,他的预言便进入倒计时。公司又经营三个月后,果然应声倒闭。

除了投资商台湾的文先生,没人在这次倒闭中成为输家。王总在半年经营中,早已为自己配齐了汽车和房子。公司宣布倒闭前几天,账上的几十万现金又被他突击换成一堆压仓过季衣物。

王总随即宣布出差:桂林、海口、三亚……公司在两星期不见他身影,工资表无人签字时,开始传出倒闭流言。

副总经理以工资奖金未兑现为由,身先士卒开着公司的奥拓车不知所踪。在他的示范效应下,公司同仁们纷纷起事,在欠薪超过三天后,大家变得理直气壮,奋勇朝自己家里搬运公司资产。财务经理用一大堆发票换出了几万元现金;公司业务部经理将没有出手兑换的3000美元理所当然地存进自己账户。严宏出差归来,见公司流动资产已被瓜分殆尽。他怒不可遏地招来搬家公司,将办公室内能搬走的东西一网打尽:桌椅、板凳、电脑、电话……我只是抢在严宏大规模扫荡前,将王总本打算冲抵几十万现金的那堆过季衣物搬了几箱回家。当自己还想有所斩获时,严宏调来的卡车早已横陈在公司门口。当晚,自己贼

63

心不死回到公司，想看看还有没有剩下的东西。除了满地垃圾和大堆文件，办公室里早已四壁空空。严宏的搬家车却再一次到来。"我想起了，这几盏吊灯还可以利用……"

王总万万没有想到，他本想以出差名义躲过公司倒闭前的混乱，当他回来时，连自己的办公桌椅都荡然无存。他分别打电话给参与洗劫公司的几位要员。他以报警为要挟，要求在此期间染指过公司一草一木的人，要么投案自首，交回赃物；要么等着被公安机关抓捕归案。得到的答复是：请王总先向公司交还房子、汽车以及拿几万过季服装冲抵的几十万现金。财务经理更变本加厉要求王总再拿两万元，赎回他手中的账本，否则这些财务凭证就会被寄给文先生。

在严宏鼓励下，自己也没将几箱衣服送回公司。

"你一个人投降，大家军心都会动摇。"严宏说道，"大家既然都上了贼船，就得风雨同舟。"

"他要报警呢？"

"他一个人拿的比我们全部人的总和多几倍。报警？那是贼喊捉贼。报告文先生，更是自寻死路。所以我估计，他过不了多久也会失踪。那时候，所有的罪状都是他一个人的。"

当文先生风尘仆仆地赶到大陆来收拾残局时，王总果然消失得无影无踪。

文先生对公司这帮盗窃犯，拿出擒贼擒王的手段。他向政府及公安机关反映了王总重大的经济诈骗行为，就在整个事件即将进入司法程序时，王总通过电话与文先生达成了妥协：公安机关一旦立案，他便会亡命异乡，让文先生的50万美元投资颗粒无收；但如果他交出汽车和房子，再给他三个月时间缉拿另外几个在逃犯，他至少将帮助文先生挽回一大半损失。

王总的追缴行动非常有力。他通过朋友了解副总经理的活动，终于得到了可靠线报。当那位副总在温江金马的一个度假村逍遥快活时，王总迅速通知公安局的朋友一同前往。那个晚上，公安部门成功捣毁一个卖淫窝点，将那位副总及若干嫖娼人员押解回营，而王总如愿将副总从公司盗窃的车辆收回。此举极大震慑了仍逍遥法外的公司盗窃分子。我瞒着严宏将几箱衣物送回公司的空房子里，打电话让王总收货。王总的回话出人意料，只要肯举报严宏的下落，这些衣服就作为公司对自己的奖励。

我在公用电话里大义凛然拒绝了王总的收买："王总，东西已经交回了，上个月的工资我也不要了。现在，我跟润丰公司再没什么瓜葛了。"

"你偷了东西，就算还回来，也还是贼。"

"王总，你偷了整个公司，是不是需要我给文先生列个清单？"

"我跟文先生的事，是我们的家事。现在说的是你的问题。"

"王总，有本事就来找。我会随身携带你贪污公司财货的清单等着您……"

6

那个电话终止了我跟汇丰公司的瓜葛，但严宏的麻烦才刚开始。

继副总就擒，我主动退还赃物后，业务经理和财务经理相继在王总的政治和政策攻势下，交还了大部分赃款。只有严宏仍在负隅顽抗。

严宏是所有中层干部中截获流动资产最少的人。他率领搬家公司的卡车扫光了公司固定资产后，随即将这些物资在废品站变现。当他见大势已去，想与王总达成谅解时，胜券在握的王总，让他要么将公司的物品原样搬回，要么交出 15 万现金。

"王老邪，我操你妈。老子一根桌腿也不会拿回来……"严宏的愤怒在电话里像洪水爆发。

手眼通天的王总，不只从哪里获知了严宏的住址。当严宏一个晚上酒后回到家里，埋伏在楼下的打手将严宏牢牢擒获。王总在严宏的家里开庭审判，先让打手们用刑，十几个耳光和几十记拳脚的风暴过去，严宏像半条死狗一样伏地求饶。

"严宏啊，在电话里你操的那么起劲，钱我可以不要，今天干脆为民除害，"王总向手下人挥挥手，"你们来把他阄了吧……"

"王总，王总，钱我一定凑齐，你无论如何放我一马吧。"严宏声情并茂地操着自己。

那一晚严宏声泪俱下签下了 20 万欠条，拿出了家里的一万多现金，并保证一星期内还清剩余欠款。

险些遭受宫刑的严宏，在一个星期内无论如何拿不出 20 万。这使他只能破釜沉舟。三天后，严宏招来的打手突袭了王总的豪宅。王总当时正在夜总会里左搂右抱，诗性和兽性同时大发，侥幸逃过这一劫。但恼羞成怒的严宏指挥打手在王总家里四处打砸，他们摧毁了电视、组合音响，砸烂了家具，在王总的龙床上小便。王总的老婆缩在墙角边瑟瑟发抖。严宏威风凛凛坐在沙发上："孙姐，不是我今天为难你。你们老王带人抢了我的钱，还把我打得半死。我今天只能来讨个公道。拿不到钱，我就只好把你交给这几位江湖上的兄弟享用了，"严宏指了指仿港台片清一色黑色西服的四个打手，"按照他们的规矩，做了这种事，通常不会留活口的。"

王夫人魂飞魄散，将家中的现金、首饰悉数拿出，更在寒光闪闪的匕首指挥下，颤抖着写下了 20 万元欠条。

"告诉王老邪，这笔账还没有算完。老子不让他在医院躺半年决不罢手。"

严宏这番以攻为守的留言，将王总的气焰彻底消灭。在接到家里遭到洗劫的电话后，王总一连三天没敢回家。

和平永远建立在暴力平衡之上。王总和严宏都没有拿着彼此的欠条相互收账。严宏受到了肉体上的摧残和经济上的成功，王总的精神和若干家具受到沉重打击。这场风暴到此为止。

7

一张提货单终于让一笔横财狠狠击中我。

王总的追缴风暴告一段落后，我正暗悔自己意志不坚定，没能像严宏那样用鲜血和暴力捍卫战利品，以至于一无所获，不料在自己的一堆文件里，意外发现了一张提货单。

公司倒闭前夕，没有人再关心公司业务。这张提货单应该是办公室转来的，是一批从广州进货的衣物。按程序应该由严宏和我所在的业务部办理提货手续，但当时所有人只关注公司可变现资产，所有文件一律视为废纸。

失业后正处于迷茫中的自己，一时如获至宝。这该算是被公司所有人忽略的一笔价值 4 万元的不义之财。但要去东站提货，必须要有公司的公章。

这枚公章正在严宏手中。在扫荡公司的行动中，严宏在办公室铁皮柜中发现了这个宝贝。他认为用这枚公章，可以创造出使他洗劫公司合法化的任何文件。出于以防万一的目的，他保留着这个秘密武器。

我考虑了很久，决定与严宏按五五比例分享这笔意外之财。

我在一个茶铺跟严宏见面。他脸上的伤痕清晰可见，但经历了这场财富保卫战后，成功驾驭暴力纠纷使他神气十足。

"宏哥，王老邪的武功算是被你废了，大家总算能过几天安生日子。"

"我早告诉你不要怕，老王是贱人一个。老子砸了他的家，龟儿子三天没敢回去，就这副胆子，还敢跟我黑道白道对练？"

"宏哥，今天请你来，是想大家合作一把。"

"什么事？"

"公司还有一批广州发来的 T 恤存在东站，提货单在我手上。想借一下你手上的公章，事成后，三成货归你。"

"多少钱的货？"

"四万左右。"

我等着严宏还价。他点了支烟，眼睛看着弹落在空中的烟灰，停顿了两口烟的功夫。

"这也是件有风险的事，不如我们一起干，对半开。"

我惬意地喷出一口烟："宏哥，你说了算。"

8

二十箱进口高支棉的男式 T 恤衫，堆了半个房间。

严宏对这项业务非常满意。

"余野，晚上我们两兄弟找个地方庆祝一下。"

"海峡火锅，我请你。"

"什么话，晚上当哥的带你去一个好地方。"

当晚严宏借了一辆桑塔纳，我们坐在车里神气活现一路飞驰，直奔近郊的一个度假村。我竭力克制住自己的好奇和兴奋，显得若无其事，免得让严宏笑话自己没见过世面。

汽车掠过县城，在城郊一个灯火闪亮的度假村停下。这里陌生的环境，暧昧的灯光，可疑的建筑，让人怀着一种不知要经历什么的神秘，情绪亢奋。我们在餐厅草草吃过饭，在我买单时，严宏有条不紊吃着果盘里的水果。漫长的几分钟过去，才盼来了他一声"走吧"。

严宏熟练地引着路。我们穿过餐厅后的花园，沿着曲折的人行道，来到一个隐隐传出歌声的楼房里。沿着宽阔的楼梯，上到二楼，一个门厅上赫然闪烁着几个让人血流加速的霓虹招牌"玫瑰夜总会"。

人一生中总会第一次经历这样的场面：吧台前，昏暗的灯光下，十几个丰满妖娆的小姐，用她们勾魂的眼神，身体上散发的浓重香气，半裸的低胸装和超短裙裤，煽动着无法抗拒的欲望。

严宏落落大方地让上前迎接的妈咪引路，我迷迷糊糊跟着严宏来到靠墙角的一个沙发上。

"找两个巴适的小姐来，把我这位兄弟照顾好。"

我在一种剧烈的恐惧和兴奋中，难以自持。身体僵直而不能换个舒服些的姿势，心脏狂跳，浓重的欲望气息和香水邪气弥漫整个大厅，让我的呼吸变得艰难。耳边模模糊糊听到严宏的声音："这地方很安全，放心耍。"

妈咪领着两个小姐过来，严宏转脸道："选一个吧。"

"随便吧。"我连仔细看两个小姐的勇气都没有。

"你不好意思，我来帮你选。我猜你比较喜欢秀气些的，"他向妈咪指着其中一个道，"她来陪我这位兄弟……"

严宏将剩下那个小姐打发走，另外选了一个较为丰满的小姐。

"我喜欢享用贵妃型的……"

丰满小姐刚在他身边坐下，他便一把将她搂到肩膀旁。

"大哥，慢慢来嘛。"

"哥哥手先爽一下，等会儿再让那个地方爽。"

"讨厌！"两人一阵浪笑。

长头发的秀气小姐斯文地坐在我旁边。我紧张得手足无措，只一个劲抽烟。

"抽烟么？"

她点点头。我递上一支,给她点燃。闪亮的火苗中,我看清她颇为秀气的脸庞，颀长的身段，眼角有疲惫痕迹，眼神琢磨不定。我真不相信这样一个女孩会在这里出现。

"怎么称呼？"

"莉莉。"

旁边那丰满女人已半躺在严宏怀里，而严宏的手早已自上而下将女人探索了一遍。不时有轻微挣扎和浪笑。严宏见我还在惨淡寻找话题，孤男寡女以礼相守几分钟了，不耐烦地将莉莉推倒我身上，"我们都快进洞房了，你们连朋友都没耍嗦？"

我趁势用僵硬的手将莉莉轻轻搂近了些。她很知趣地配合着我手上的行动。当我的手不受控制向她胸口滑去，她微微扭动了一下，没让我完全得逞。

"我还以为你挺老实，原来跟你的朋友一样坏……"

"白天他上半身不老实,晚上他下半身不老实……"一旁的严宏帮着我调情,他的笑声更鼓舞了我勇气。

唱歌时，我的手已自然而然将她搂在肩上。严宏顺手递给我一张红色房卡:

"把你们的洞房卡拿好。"又伏到我耳边低声道,"500元一晚上,想怎么用都行。"说完搂着丰满小姐离开。

"走吧,我们也上楼算了。你想吃'快餐',还是包夜?"

这时的莉莉再不是第一眼见到的羞涩模样,谈起生意来很大方。完成搂搂抱抱的调情,自己即将面临人生的新课题。我昏昏沉沉跟她走进一个房间。

房间里我不知该站该坐。不知所措之际,她已熟练地一件件脱掉衣服。我惊心动魄等待着一个真实女人的裸体,而不是录像中隔着屏幕斑点下模模糊糊的白浪,却意外发现多年来一直魂牵梦萦的全裸女人,如此出现在一米开外时,一切神秘和神圣都荡然无存。

那以后的10分钟,我忘乎所以而又艰难地在这个不洁之地完成了第一次体验。大概前八九分钟,自己都在想尽一切办法进入她职业化扭动的身体。在终于如愿以偿地完成这个动作后,仅仅被她扭动几下,便一泄如注了。仿佛掀起骇人的巨浪,却只有几点水花溅落在岸旁。

那个晚上,我睁大眼睛在黑暗房间中,在全身心的糜烂感觉中,等待另一种生活开始的灰色清晨。

9

时间一天天向春暖花开的季节拨动。十箱高支棉T恤,将我引入服装零售行业。

严宏没找到买家,被弄得很不耐烦。终于,他向我抛出了一个心动价格:每件50元,总共1万元转让价。这些T恤从广州运到成都的成本价应该在80元左右,当季零售价至少在150元左右。

我拿不出钱来。严宏只当是我故意压价,愤然将价格降到40元,总共8000元,让我一手交钱一手交货。

我真的动心兼动手了。决定卖掉自己最后的资产——父母留给我的单位宿舍。这是他们过世后尚能让我遮风避雨的小屋,一个隐藏在灰暗水泥建筑中的诺亚方舟。

这个决定让我分外沉重。我出卖的不仅仅是一套50平方米的宿舍,还出卖了二十年的生活记忆,将我成长的岁月、清贫生活的全部倒影、弥漫在小屋里的父母的音容笑貌,以及那些儿时用过的藤椅、老旧的五斗橱、用木板拼成的写字台,一并打包折换成冷漠的现金。

当我独自待在房间里，久久被一种怀念所包围，心像被紧紧攫住，传来阵阵没有痕迹的疼痛。旧家具原封不动摆着，台灯的光依旧照亮桌前的一隅，周围的一切都在半明半暗的光里，静守着自己浅浅的影子。细细的灰尘均匀地蒙在父亲的一排排旧书上，蒙在母亲经常擦拭的柜子上，它们把这里的"过去"完好地封合着。只剩下桌面一隅，经常有袖子拭磨的地方，尘灰不驻。

屋里没有其他能发出声音的东西，除了一台老式收音机。它的岁数比我更大。从我记事起，这个充满神秘的大匣子就高高地摆在桌上，里面发出许多好听的声音，引得我一次次沿着床，翻越衣柜向它所在的写字台爬去。

在没有大到可以在外面整日奔跑的童年，我总是被父母反锁在屋里。这个收音机是我唯一的朋友，我常常守在它面前，听着、想着、跟它对话，尽管它说它的，我讲我的。

已经很长时间没有打开它了。我弄不清楚这个看不出颜色的老旧匣子，还能不能发出声音。它旋钮上的木柄早已不知去向，只剩下一边一个光秃秃的铁杆。我闷得发慌，便用力转动它。

电流通了。一种嗡嗡声在振响，灯光下许多细小灰尘蓬蓬飞起。那声音模糊不清，像是来自遥远的年代、遥远的地方。人在这声音中，会不由然想紧紧抓住什么，不管是桌上的一支笔，或是一个答案。

我卖掉了旧屋。买主是原单位，价钱两万。

现在，不论是这小屋的纪念意义，还是它方舟一般的哲学意义，都必须让位于它的经济价值。自己必须富有，拥有滚滚财富，这是自己最终的成功和唯一的生活目标。

"宁可倒在飞黄腾达的道路上，也绝不守着清贫岁月做茧。"当年，在改革开放还未深入，理想主义泛滥横行的校园中，自己的诗句一时惊起无数骂声和批判。那些曾对我口诛笔伐的才子们，如今也许正深情亲吻着厚厚的百元大钞。

我拿着两万元巨款，搬离生活了二十年的老屋。自己毫无疑问将开始一种新的生活：流落街头或让社会跪在脚下。我正坚定地朝着自己深信不疑的方向迈进。

第六章
这张神奇的借条，让我的命运彻底改变

1

有些人志存高远，每晚都要怀抱七八个梦想入睡，早晨醒来，一脸焦虑肾亏；有些人雄心勃勃，时时点燃自己励志激情，把身边人的成功作为煎熬自己的油锅。这些年，激励我发奋图强的是债主，推动我壮阔人生的是债务。自己每每历数劫波，不过是一个借债还钱的怪异旋涡。

在我欠下不足 10 万元时，我遭到惨烈围剿，像个老鼠一样到处躲藏，被迫远走他乡；负债到 100 万时，我发誓振作勤奋创业，结果便欠到了 500 万。这时候，我只有不断寻找新的债主，挖东墙补西墙，以新债填旧债。伴随着我的贷款突破千万，社会对我的尊重与日俱增。最高峰时，我负债 1500 万元，当意识到自己身价如此巨大，任何的自暴自弃对社会将造成巨大灾难，我开始珍视自己。

这个奇怪的世界，人可能因为欠几万元而死于非命，却会因负债几千万而高枕无忧。从这个角度看，人确实不能甘于平庸，即使负债也要负得出类拔萃。

1991 年的春天，来得杂乱无章。尘灰飞扬的街头，充满不知所措的告别。在这人海汹涌的城市，我不断迁徙，躲避以往的合伙人，如今神通广大的债主——严宏。现在，一只旧皮箱成为我的全部财产，随着我四处转移。在这水泥构筑的迷宫中，我和猎手之间正上演着一场捕猎与逃亡的追逐赛。

春节刚过，严宏便带着几个打手上门。这次我没有那么幸运，被几个家伙瓮中捉鳖，逮个正着。我抵抗了几招，便被打翻在地。严宏用脚踩在我头上，这个港片中的姿势大概让他颇为满足，使我免受了不少拳脚。

"姓余的，欠债还钱，天经地义。别怪老子下手重。五天之内，不拿出钱来，老子就来取你的手指。"严宏用皮鞋左右拨弄着我的头。我借势半死不活躺着，鼻子里流出的血滴落地上，营造出惨烈的施暴现场，让大家都很满足。

"听明白了？"

我艰难地点点头。知道如不回答这威风凛凛的喝问，追加的拳脚顷刻将落在身上。

严宏很满足地带人离开，其中一个打手临走还补了一脚，正中我肋骨，疼得我想跳起来找菜刀。

这伙暴徒离开后，我简单将脸上的血迹清洗掉，立即开始逃亡。整个小屋几经洗劫，早已空空荡荡，不需费力挑选便携的东西，只是将自己能穿的衣服全部收拾起来，拎着旧皮箱赶紧搬家。

在汽车站我随意搭上一辆公交车，任由它带我到哪里。

车往西门方向行驶。自己得在车到终点站前确定要去的地方。小马去了上海，幸好临走前向他借了500快，让我从春节一直支撑到现在。该去哪里？一时茫然无措。售票员报着站名："西南财大站到了。"我灵光一闪，立即跳起来，提着箱子向车门挤去。"要下车的，就赶快。"售票员不耐烦地催促着。

半年前，我跟小马来过这个校园。这里偏居郊区，学校不大，但周边棚户众多，地理环境复杂，警察也很难在这里将人找到。潜伏在这儿，我要不约见严宏，怕是今生也无擦身而过的机会。

在靠近东校门的居住区，我租到了一间20多平米的格子间。这是一幢破旧的单位宿舍，六层高，通身红砖墙，水泥护栏隔出的外走廊上堆放着纸箱空酒瓶等各种杂物，向外伸出的晾衣架上，长衣内裤毫不晦涩地开放在人们的视线中。这栋楼被人承包改造后，用于出租。房客五花八门，有走读的学生，做生意的客商小贩，还有校园里干柴烈火的情侣。

交完房费，兜里只剩下几十块钱了。房间不算太脏，没有卫生间。前任房客几天前刚刚搬走，为我留下了被子和一些生活用品。房东表示要帮我清理，我坚决谢绝他的好意。自己现在连买床单的钱都没了。

窗外陌生嘈杂的街道让我获得了安全感。下一步要研究的是如何挣钱生活？

从下楼吃饭开始，我便认真研究着校园附近的经济环境。每到下午6点左右，学生们开始从校门络绎涌出，校门口一带的商业开始繁荣起来。7点半以前的时段，属于道路两旁的火锅店和餐饮小店。天光暗淡以前，路旁以塑料布为摊位的小商贩们，笑容灿烂，生意兴隆。华灯夜放时，校门周边开始此起彼伏地响起歌声，从此直到深夜，是卡拉OK厅的黄金时段。校门较远处街道上的电子游戏室和台球室里，挤满了清一色的男生。零星分布的镭射放映室吸引着无处可去的学生和无处亲热的情侣。周末通宵专场，熄灯不到 10 分钟，全场女生们便东倒西歪地依在旁边男生怀里，让落单的男生们备受身旁小电影的干扰刺激。

2

没有犹豫的时间，我很快便加入了旧书零售业。

在废品收购站，堆放废旧书籍的那座小山前，自己像面对阿里巴巴宝藏一样兴奋。我跟老板谈妥每斤 4 元的收购价，很快，便发现这个价格有失公道。这里没有防潮设备，每本书至少附加二三两水分，以往只知道菜市场的喷水蔬菜和注水猪肉，哪知道旧书里的含水比例更高。即便这些注水旧书，也是稀缺商品。书山几经同行发掘，留给我的只有些表面污损的《读者》，缺页的《资本论》，含水量到达三分之一的《鲁迅选集》。过磅时，总有种被人烧秤的悲愤。

我买了块彩条帆布，在此地定居的第二天下午 3 点，便开始在校门前的人行道正式营业。十多斤旧书憔悴而又凌乱地铺在彩条布上，在地摊界也显得落魄。这个时段鲜有顾客。两小时过去，共有 7 人在我的摊位前停留，4 人蹲下来翻看，仅有两个同学询问了价格，营业额为零。5 点钟，来往人渐多，而同行们也陆续前来上班。周围很快便摆满了用塑料布铺开的旧书摊，用纸盒摆出 CD 光碟软件等高科技展位。竞争异常激烈，我的摊位前总是顾客零星，而旁边却常常围满了人。黄昏降临前，一个矮胖女生终于在千人过尽后，购买了两本过期时尚杂志。我捏着神圣的两块钱，自己的第一份营业额，感激涕零目送着这位仙女远去。

自己毕竟曾经营过服装，销售功底不差，几天便弄明白了其中窍门。首先，拓展进货渠道，同几个废品站建立长期合作业务，早上大都泡在里面淘书；继而，大概翻翻每本旧书，对每本书的内容心中有数，有时甚至还能告诉顾客书里面那几篇文章不错。这样一来，营业额很快便直线上升，每天都有二三十块营业收入。

逃亡生活终于稳定下来。出于业务需要，我每天都要翻阅自己的旧书。为了减少电费支出，逐渐便将这项工作搬到学校图书馆进行。当我背着大包的书在自习室静静研究，几乎忘掉了自己的身份。安全和温饱解决后，自卑便成为自己最大的敌人。从一个名校学子沦落为路边小贩，自己的叹息声常常在安静的阅览室传出，在深夜无眠的床上重重响起，像劣质音响中传出的混浊鼓点。

通常每斤旧书利润不超过 3 块钱。自己每天销量平均不过七八斤，而身旁叶二哥每天少说能卖出几十张碟片，一张 CD 唱片或盗版游戏碟的利润竟高达 4 元。这个体面又暴利的 IT 行业，对我充满诱惑。先后一个星期，我陆续散出一包红梅烟，才从叶二哥嘴里套出进货渠道。几天后，我基本摸熟了城北城隍庙的行情，自己以卖书赚来的 200 多块钱起家，同时进军音像制品和 IT 行业。特别是盗版游戏光盘，深得男生喜爱，一个月便净赚上千元。这个巨大的商业成就，使自己又开始拿起高倍望远镜遥望未来。

我沉浸在财富幻觉中，完全没注意到什么时候，校门口挂起了"大力整治校门周边环境"的标语。第一次城管人员的扫荡具有表演和威慑性质。当看到几百米外众多商贩裹着自己的货物，野马一般集体向校门方向奔窜，知道出事了。旁边观众兴奋喊道："城管来了，快跑哦。"我迅速抱起整箱 CD，慌乱地向学校里飞奔。校园门卫堵在大门口，我慌不择路冲进旁边一个居民楼，将自己整箱唱片抱上顶楼。在确认安全后，我站在楼顶上，饶有兴致地俯看楼下苍生百态。城管人员这次扫荡的成果，共有两个钢丝床及上面的小商品，五六个卖冒菜的摊位，几筐水果。城管人员将缴获的战利品一件件扔上卡车，周围挤着苦苦哀求的货品主人，却被连推带搡打得老远。实践证明，这些沉重的经营用具非常容易成为打击目标，我们的经营需要高度流动性。

这次突击的威慑力仅仅持续了一个小时。城管们开车离开后，这里的商业秩序随即恢复正常。我抱着纸箱下来继续营业，当晚生意更加兴隆，天黑前的个把小时，竟卖出了二十多张碟子。

一个星期内，城管的扫荡持续了两三天。我们早已见惯不惊，一旦远处路口出现混乱，就会有人高喊："城管又来了……"仿佛电影里为防范鬼子进村放倒的消息树。这时候我会迅速而不失沉着地将箱子放进旁边杂货店。这家杂货店是城管扫荡期间，碟片销售商们指定的货物存放点。寄存费用每月 20 元，是我联合几个同行跟杂货店老板砍的价。其他的地摊老板们都各显神通，每当城管车辆出现，整条街上 70% 的货物便会在不到一分钟内疏散进面馆的厨房里、药店的屏风后、租书店的内堂等地。每次汹汹而来的城管们战利品相当有限，主要是些不便于转移的桌椅板凳。游击战充分锻炼了大家处变不惊的能力，一次城管已在街头出现，我仍坚持售出了两张 CD，定力惊人，胸有成竹。

3

不知不觉间，我已在这里生活工作了三个多月。银行里有了两千多存款。

春天的夜晚总让人春心萌动。当安全、温饱的需求基本解决，与生俱来的欲望开始不可抑制地强盛。连续几个星期，只要一倒在床上，想入非非的香艳场面便开始让自己热血焚烧。这些虚幻的想象煽动肉欲，漫漫长夜，一头困兽在孤单的床上苦不堪言地发情。鉴于校园周边的消费能力，发廊里全是正经洗头的小妹，卡拉OK厅也没有陪人喝酒的小姐。纯洁的校园，纯真的年代，如果不愿将面馆服务员小妹发展为女朋友，旺盛的欲望只有靠自己的左手或右手合法解决。

有些日子注定成为人生的转折。

4月一个下午，财大校门口拉上了横幅："欢迎兄弟院校来我校交流演出"。正校门的通道上，学校保安清理着路面，将商贩驱赶到人行道。我们随遇而安地在人行道上继续营业。几辆中巴车排成整齐的车队缓缓驶来，路面上人行杂乱依旧，自行车穿梭往来抢道，丝毫没有让路的意思。我好奇地打量着缓缓行进的车队，靠窗位置齐齐坐着一排美女，颇为养眼。面对大规模美女巡展，身边商贩们都果断暂停营业，嘘着口哨，对车里向外张望的漂亮女孩微笑致意。第三辆车过来时，我一一扫描着靠窗的女孩，忽然愣在当场。一个熟悉的脸庞出现了。她的眼神跟我瞬间交汇，然后划然而过。那眼神在一瞬间把我烫伤：丁兰。仅仅告别了一年时间，我们竟然已悬隔云泥。我呆呆地站在路边，从车窗里那双眼中掠过的，应该是一个成色十足的卑微小贩。她看见我了么？我反复回味着她一划而过的眼神。多么可笑，告别时的慷慨，那种所谓赌徒人生，却不过是用尽力气奋斗后流落街头惨淡为生。

深夜，我躺在床上，听着心如瓶胆，寸寸破碎。我可以被债主们四下缉拿，可以居无定所四处躲藏，但一个男人应该有自己最底部的尊严。跟丁兰的过往，如今都可以归结为一只癞蛤蟆的天鹅梦。这是令人耻辱的，刻入骨头的羞愧，无法被原谅。

连续几个下午，我照常摆摊营业，心神恍惚不定。好在顾客不断，自己注意力集中在络绎而来的生意中。当我听到"城管来了"时，心里一紧，却没有慌乱。正准备迅速将纸箱转移到杂货店，却发现情况不对，这次摊贩们奔逃的方向同时来自两个方向。难道是两边夹攻？自己还没拿定主意朝那个方向隐蔽时，几个没穿制服的人却跳出来将我和身边的叶二哥双双扭住。两边的包围圈也迅速缩小，携着大包小包奔逃的商贩纷纷落网，一时人仰马翻，满地狼藉，许多藏在路边店面里的货物被清缴出来。这哪里是城管的声势？对付我们的应该是正规警察部队。整条街的交易商品几乎被一网打尽。我的两箱新货不由分说被扔上卡车，只好加入了追索私有财产的人群，但很快被橡胶警棒驱散，眼巴巴目送满载战利品的卡车扬长而去。

这次洗劫沉重打击了这条街的商业，更沉重地打击了我的经济和意志。价值几百的碟片被抢走，四分之一的资产遭受损失。我的商贩精神原本心灰意冷，这次扫荡更让财务雪上加霜。独自在床上疗伤思考时，我下决心改行重新做人，从事正经职业。严宏的威胁仿佛是很久远的事儿了。在规划自己未来时，我考虑更多的是如何在没有大学文凭情况下，找到一个体面稳定的职业。

4

照耀我的好运终于来临。

我按着一张过期两天报纸的指引，竟然在没有出示文凭的情况下，被一家药品公司录用，从事药品推售。没底薪，没编制，所有收入都靠药品销售提成。

这难不倒我。销售是我的强项。自己在服装店和地摊上已积累了丰富的销售经验。跨行业的产品差异，从坐销到行销的变化，没有阻挡我的销售天赋。全市医院、药店是我们的市场。三个月时间，在经常将几种药的功效弄混的情况下，我的业绩已跃升为全公司前五名。自己没什么秘诀，无非是把一种买卖关系，转变为一种共同富裕的合作友谊。这个行业几乎没有秘密，回扣是行业惯例，医生们才是一线销售人员。公司其他销售员纵然同样以红包加回扣方式，却始终无法达到我的境界。除了留下几百生活费，我把自己的积蓄全部用来置办自己的行头。当我像一个成功人士，西装革履，胸有成竹穿行在各个医院和药房之间，其他销售员仍是鬼头鬼脑的寒伧相，常因形迹可疑而到处碰壁。医生们是有自尊心的知识群体，他们不能忍受简单的提成制，而是既要有回扣，也要拿得体面。跟他们在一起时，我总让他们觉得自己的处方完全是出于医学本身，而自己给他们的钱，也仅仅是公司节省下来的营销费用。

三个月后，我的存款达到万元。前途光明无限。

"回归"酒吧的开业，跟我攻克省级医院药房的大捷凑在了一起。当我跟一帮销售员在震耳欲聋的酒吧里跳舞喝酒，半个城市的美女挤在舞池中疯狂扭动，我突然意识到这才是真正的生活。欲望在炸雷般音乐中爆发，我的头脑像泡在酒精中，无数柔软腰肢在眼前妖娆扭动，思想在地狱和天堂间往返升沉。恍惚中，我像是看到一个熟悉身影，但在这迷幻时刻，我更愿在疯狂舞蹈中，寻找那些充满诱惑的身材和脸蛋。

凌晨一点，我们摇摇晃晃地走出酒吧，在门口分手。自己向几十米外的一辆出租车挥挥手，户外的冷风让我有些晕眩。我吃力地打开车门，一只手却悄然搭上我肩膀。

"兄弟，找你得好苦。"背后传来一股推力，"换辆车吧，我们送你。"

我从半醉中迅速惊醒："谁？"

严宏的表情让我不寒而栗。四个人把我架上旁边的一辆面包车，两个分别坐在我左右，严宏在副驾位置上回头向我微笑道，"好久不见，咱们找个地方聊聊。"

车在午夜城市快速穿行，面对绑架，我脑子里一片混乱，根本想不出一个脱身办法。车停在市郊一个烂尾的建筑工地旁，四个家伙把我拖下车，推在墙边。

"我看你能跑到哪儿去？老子找了你几个月，这笔账怎么算？"

"你想怎么样？"

"我能怎么样？欠债还钱。你欠我 8 万块，拿不出钱，按道上的规矩，拿身上的东西抵。"

旁边的两人已拿出尖刀在我眼前晃动。我心里发虚，弄不清严宏是不是真敢从事刑事犯罪。

"我只欠你 4 万。"我冒着生命危险讨价还价。

"看来你脑壳是进水了，帮他修理一下。"

我的头和肚子上随即受到几只皮鞋的撞击，下意识地缩进墙角。

严宏拿出一张欠条，却不是我签过字的 4 万那张，而是最初生意失败后，他单方面连本带复利计算出的 7.8 万。

我摆出一副被侮辱后的抗议姿态，随即就被两个耳光打得七零八落。两把尖刀对准我的咽喉。

"余野，这是你自找的。当初是 4 万，你非要当赖账的混蛋。老子这几个月请一帮兄弟四处找你，不花钱了？"严宏怒不可遏道，"继续修理他！"

我很快又被打翻在地。从力道和疼痛部位分辨，这是收命的打法。

"我先还 1 万。"

拳脚停下了。"老子不想挤牙膏，你今天就是抢银行也得把钱给我弄来。"

"你今天打死我也只有这么多。"

"好，先拿来。"

我无可奈何被几个家伙押着来到住处。把存折和密码交给严宏。

"剩下 7 万，准备怎么还？"

我开始一言不发，不肯认账。

几个家伙把我折磨到半夜，我疼痛难忍。严宏旁边一个家伙有些不耐烦，拿着小刀在我的脖子上划出几道血痕。我微微有些发抖，感觉冰冷的刀锋渗入喉管的寒意。凌晨 5 点时，我彻底放弃抵抗，这笔钱反正还不起，用时间换出活命的空间吧。我写下了还款计划：

> 本人欠严宏 6.8 万元，保证一个月内还款 3 万，其余 3.8 万在三个月内还清。——立字据人 余野

拿到字据的严宏，语重心长对我叮嘱道：

"余野，这可是白纸黑字。按时还钱，大家好说。想跑，想赖账，我就把这张条子交给道上的朋友，那时候你的死活跟我可没关系了。"

天渐渐发亮，严宏几个人打着哈欠离开，留下我独自面对这惨淡的黎明。从旧书、光盘，一直卖到药品，自己在几个行业的业绩，几个月的辛劳，今夜被一网打尽。还有近 7 万巨款山一样压着我。我感到极度疲倦，躺在床上沉沉睡去。

醒来时，已是下午。我四大皆空对着窗口发呆。

是搬家，再次躲藏？还是继续在药品公司挣钱？答案其实早就在我心里。我实在舍不得自己在这个行业打下的基础。当相互冲突的想法在心里弄出一片混乱后，我能做的只是"天塌下来再说"。

第二天，我硬着头皮来到公司，主动要求去郊县发展。经理很高兴："我就知道你有眼光，郊县市场一直是我们的目标，只是现在还没人去，一旦打开局面，潜力不可限量。"

我开始在龙泉这盛产水果的郊区定居。离主城 20 公里的距离让我感觉安全。龙泉的医院和药店屈指可数，我用了一个星期，便跑遍了可以推销产品的所有客户。尽管销量只有以往在城里的三分之一，但较为稳定。更重要的是，一个月期限将满，赖账已成定局。我只能再次躲避严宏的搜捕。

我在街边租了一间农民自建的房子。房租很低，每月 200 元，包一顿晚饭，每天有热水供应，可以洗澡。这里环境幽静，空气清新。自己的小屋在二楼，开窗见青山，宛如世外桃源。楼下院子里有恶犬守门，晚上但有风吹草动，便狂吠不止，让人睡得踏实。院门外一条大路通往龙泉中心城区，房后另一条小路绵延到山上，一旦有情况，自己随时可以上山落草。这里的地形进可攻退可守，实在是避难宝地。

一个月过去了，什么也没发生。回公司述职时，自己格外小心，前后左右打量着可疑人影。一旦坐上回程客车，自己便长舒一口气，只要回到小窝，自己就又是世外神仙。

出院子 100 米的街上，有个杂货铺。寂寞的晚上，我喜欢打些散装白酒，配着一袋花生或薯片，自斟自饮。杂货铺买来的酒里被好心地搀了水，很少能醉倒我。我喜欢那种半醉半醒的感觉，昏昏沉沉对着台灯发呆。生活仍然充满公正，喝掺水老白干一样能醉生梦死，喝广告里"经典无价"的人头马 XO 一样会弄不清自己是否活着。

日子一天天过去，单调、宁静，自己一遍遍反思着那次倒霉的合作……

5

润丰公司倒闭后，我带着那批 T 恤开起了服装店，生意蒸蒸日上。严宏经过反复考虑，决定搭我的顺风车，走共同富裕道路。

经过数日商谈，他决心出资 10 万，跟我一起盘下自己隔壁的铺面。不过，到商定的交款日，他却只拿来 4 万现金，告诉我，尾款最迟一个月内付清。我一直感觉欠着他一个人情。没有他的引领，我就不会进入润丰这家破产公司进修，就难以公司不幸私人幸，获得十箱高支棉 T 恤，和一张商业世界入场券。我拿出自己全部十万多的资金，加上严宏投资的 4 万，盘下了隔壁商铺，计划等严宏的另外 6 万元交来，用作进货的流动资金。可店面装修资金仍没有着落。

严宏挺身而出，对店面装修表示出极大兴趣。他说自己作为股东，将想办法来借钱装修。我叮嘱他目前资金紧张，店面花一万块装出个大概样子即可。两周后，铺面装修结束。果然是一切从简。地砖颜色深浅不一，尺寸有大有小，还有几匹瓷砖不甘平顺，努力在地平面上突出自己，看上去十分醒目。包裹墙壁的板材上划痕累累，漆面暗淡，只有日光灯崭新锃亮，是全店装修最出彩的部分。我对装修的粗糙报以理解，但当他报出 2.5 万元的结算价时，跟我心痛表情截然不同，严宏却充满成就感，他认为两周完工，夜以继日辛劳，为我赢得宝贵的营业时间，花些代价是值得的。

我无心跟他理论。签收了2.5万元的投资确认字据，并催促他尽快把剩下的3.5万元现金交来，否则我们便没有钱去进货。

直到新店面开业，却一直没有等来严宏的二期投资。店面经营开始陷入窘迫。服装行业必须领先季节进货，最富饶的冬季即将来临，自己的流动资金却已用光。在急需进货之际，缺失这笔钱将令我失去整整一个季度的先机。我不停催促，他指天划地，赌咒发誓，说资金就在自己广州做生意的表哥手上。有几次还当着我的面给表哥打电话，一次在电话里催促"李总"尽快划款五六万过来，另一次却让"王经理"无论如何想办法凑足四万。

我不在乎他表哥姓王姓李，只希望尽快拿到现金进货。被我逼急了，他第五次斩钉截铁保证，此笔款三天后必到。然后，他便消失了三十天。

秋装已上架。但因为本钱小，进货少，店面突然扩大两倍，样衣却挂得稀稀拉拉，且经常短货，缺少尺码。生意被隔壁店铺抢得七零八落，溃不成军。秋装已败，我必须去赌冬装。

我不再对严宏报以希望。无奈之下，自己将两个铺面后半年的经营权都抵押给另一个服装商人。可即便如此，仍没跟上冬装销售的节奏。差之半拍，失之千里。当别人进货时，我还在苦苦融资。初冬，别人的皮草大衣开始热卖，我刚刚在厂家和大经销商处下单。当我进的货姗姗来临，别人已经开始打折促销。当我也跟着降价时，别人早已贴出挥泪大甩卖的喜报。早春二月，我仍心忧皮衣愿天寒时，隔壁商家早已开始初试春装。在成都，乍暖还寒的初春，一个艳阳天，便让天空风筝飞舞，让女孩穿着裙装上街，让我这样卖着皮衣的人成为怪物。

一招失利，满盘皆输。不是别人不犯错误，而是别人有犯错误的资本。在错误面前，我交了学费，却没了生活费。半年期限即将到来，如果无法凑齐借款，便将被人扫地出门，将铺面转交给别人。

"老严，你现在把投资款补齐，我再把这些冬装折价卖给同行，勉强也能过这一关。至少可以继续经营半年。我们有半年的时间应该能够翻本回来。否则，就只能破产了。"我在小茶楼找到严宏，向他诚恳分析道。

他忽而勃然变色，责难我不经股东商量便擅自抵押铺面，让我对经营的后果承担全部责任。我也毫不示弱地指出，他负责的装修大大超过预算，后续投资款又迟迟不到位，我们没有进货资金，能把生意做好才是见鬼了。一番争吵后，我向他摊牌，现在分家，还是共赴时艰？

他思考了几分钟，再次表示赴汤蹈火也要把钱拿过来，果然，他这次赴汤蹈火的时间又超出了两个月。而我却再也没有机会见到他和他搬来的救兵。两个月后，他再见到我，借款早已到期，抵押生效。我已回归到无业游民身份。自己小屋内，堆满近二十箱皮草，让房间自由活动空间不足三平米。这些存货是对股东的最后交待。我幸灾乐祸看着他，想听听他会有什么发自肺腑的破产感言。没有，他几乎什么都没说，便转身而去。

破产后的第二个晚上，我灯火阑珊地躺在沙发上抽烟。高高垒起的货箱簇拥着我，自己像坐在一口井底。严宏再次到来，他喝了些酒，见到我，忽然痛哭流涕，向我哭诉，他投资的6.5万元其实是他挪用的公款，如果这笔钱有去无回，他将不可避免地面临坐牢的命运。我得承认，告别毛孩子打架时代后，自己已很久没有看到成年男人痛哭的壮观景象。

"行了，老严，别哭了。面对现实吧。这屋里你看得起的东西，随便搬吧。"

他泪眼朦胧地数了数我的存货和家电，随即恢复到悲伤表情。

"老余，求你件事情。你这里的东西我都不要。只求你给我补个手续。"

"什么手续？"

"我挪用了公款，要是告诉公司血本无归了，他们肯定会将我绳之以法。如果你能给我签一个借款欠条，不用写归还日期，他们会觉得还有希望。我们俩今后还可以一起想办法。"

我笑了起来，这家伙不仅藐视我的经营能力，还侮辱我的智商。

"严宏，我们是共同投资，凭什么我要给你打借条呢？"

"老余，我一直觉得你是个敢担当的人，才会来放心投资。你负责经营，我根本就没有参与任何决策。现在经营破产了，你老兄总不至于扔给我一堆存货就一走了之吧？再说，我现在是求你给我一张没有归还期限的借条，算是渡我一把。今后如果你老兄飞黄腾达了，再给我几个零花钱，仅此而已。"

他的话戳到我的痛处。是啊，没有交清投资款并不是决定性失误。平心而论，我理应对经营失败负主要责任。

我沮丧地问道："你想怎么写？"

他赶紧从兜里拿出一张纸条，上面写着：

兹因业务需要，特向严宏借款6.5万元。利息按20%计算，本息合计 7.8 万元。——立字据人　　　　　　　。

除了让我签名外，其他一切都写好了。

我再次笑道："严宏，你哪是属鸡的？是属计算机的。我输得裤子都没了，你却要旱涝保收，连利息都算足了。呵呵，你觉得我弱智啊？"

他忽然惊人地给我跪下。这间小屋本已狭窄不堪，他这一跪，占地辽阔，惊心动魄，鼻尖几乎逼到我眼前。我头部猛然充血。男儿膝下有黄金，像严宏这般猛人，不到走投无路，怎么会行如此大礼？自己又是感动又是难堪，赶紧起身拉他起来。他却声泪俱下道：

"老余，你不拉我一把，我只有死路一条了……"

事过境迁多年后，每每想到那晚发生的一切，还是觉得无法避免。我还不到 22 岁，一直受金庸的武侠教育，虽身无长物，却每每自诩热血与肝胆。剑啸荒原，扶危济困，对我辈侠义中人实在义不容辞。我扶起严宏道：

"老严，别这样。大家毕竟合作一场。借条我签。不过，咱们先说清楚，利息不能算，另外，虽然我负主要责任，风险还是应该共担。你的装修款只能算作投资。我给你签 4 万的欠条，不过，得等我有钱再慢慢给你。"

他千恩万谢，说拿到这张借条就是去应付公司，没准就是一件纪念品。

我头晕晕地另外写了一张 4 万的借据，签上自己名字。他却又泪眼婆婆地拿出印泥，还尴尬道，这就是给公司完善个手续。

一签字成千古恨，按下手印难赎身。这张神奇的借条，让我的命运彻底改变，我从此走上了负债与反负债的人生道路。从最初这 4 万元负债开始，到最高峰时，我背上了上千万债务。

后来我每每看到明星们给包围她们的崇拜者签名，见她们运指如飞，签字如流水时，总会邪恶想到，这些明星若不小心在一张欠条上写下自己名字会如何？在这底线渐渐刷新为起跑线的社会，真是应验了那句广告词：一切皆有可能……

6

我不知道严宏是怎样再次发现了自己的行踪。周五，我刚刚回医药公司述职完毕，离开公司准备返回龙泉，几个陌生的面孔在街上将我包围。为首一个平头挺客气对我道：

"是余野么？"

我知道抵赖无济于事，点点头道："我叫余野。"

"麻烦跟我们走一趟。"

一个尖利的东西迅速抵在自己腰间。既然在劫难逃，索性听之任之。我被几个人押着，垂头丧气走过几条街，上了一辆桑塔纳。这已是我第二次被捕。

我被押到一个陌生房间里。严宏没有出现，为首的平头拿出一张字据在我眼前晃动："严宏已经把这张条子转给我们。兄弟，只要弄到钱，我们决不难为你。为这点钱做个命案不值得。"

平头一帮训练有素，显得相当职业。换了严宏，自己现在又该卧倒了。

"我确实没有钱。"我有些无奈道。

"不要紧，被我们请来的人都这么说。兄弟，两天时间你自己想办法弄钱。时间一到，我们就只有按规矩办，你自己听清楚，想清楚。"

我脑子一片混乱，这场债务纠纷似乎已演变成生存考验。对手由业余混混变成了职业打手。自己身处的房间里只有一张大床和几个凳子，窗口安着防护栏，外面是一个客厅，平头几个人呆在外面抽烟。我苦苦想着脱身办法，却计无所出。

我疲惫地躺在床上，竟然睡了过去，但不久便被摇醒。

"想好拿钱的地方没有？"

我无言以对，却暗自害怕他们的过激举动。

平头胸有成竹地对我道："带你去熟悉一下我们的业务。"

我又被几个人架上车，来到郊外一个棚户区。车子东拐西拐，最后停在一个相当偏僻的瓦房前，里面已经有两个人守在一个房门边。平头问其中一个道，"人带过来？"对方点点头。

平头推开门，从门缝里我看见一个人被绑着手脚靠在床边。

平头看了看他，缓缓问道，"朋友，给了你机会，是你自己要跑，我最后问你，钱拿到没有？"

"我没钱。"被绑的胖子回答很干脆。

"好，我们取东西。"平头向身后的手下挥挥手，"动手吧。"

一个家伙提着一把锋利的匕首走进房间，早有两个家伙按住那个胖子。看到要动真格了，胖子忽然鬼哭狼嚎起来。平头道："先把他嘴堵上。"一阵挣扎声过，只听到胖子呜呜的叫声，随即一声闷闷的惨叫传来，让我心里阵阵发抖，不寒而栗。那个家伙提着带血的刀出来时，我感觉自己快撑不住了。

平头将半死不活的我推进房里，里面一摊血迹，嘴里堵着毛巾的胖子在地上扭动，闷闷的惨叫不绝。我根本看不清胖子伤处，眼前金花直冒，头上虚汗阵阵。

"清醒些没有？朋友，现在能不能告诉我，那笔钱怎么还？"平头仍然不温不火发问。

"我现在身上、家里能拿出来的只有 1000 多块钱。"

平头冷冷说道："我没时间挤牙膏，你再仔细想想。"

我突然明白自己目前的处境，除了争取时间没有别的办法。

"老兄，刚才我也看到了，还不出钱，就只能像那个家伙一样下场。但现在把我熬成油，也只有这么多。就是去偷去抢，你得给我几天时间。"我恢复了冷静，对平头道。

"你要几天时间？"

"两个星期。"

"不行，最多给你三天。"

三天之内，不靠非常手段根本无法弄到钱。唯一可做的只有铤而走险，将公司的货私自卖出，然后提走货款还债，除此之外别无办法。

现在龙泉的飞龙厂还有二十多万应收款，我可以用优惠 10% 为诱饵，让他们先还七八万现金。这个计划实在没有什么破绽。只有一条，自己私吞公款的下场，估计是进班房了。

既然走投无路，我坦然决定走上犯罪道路。时间紧迫，自己开始实施计划。我先到了公司，以收取应付款为名，让财务部开了一张 10 万的发票。然后联系上飞龙厂的厂长，在约定的茶馆，我让看守我的两位尊神在外面等着，自己呆在包间里等着。

中午时分，李厂长应约而到。我像看到救星一般，热情备至。

"老李，公司最近资金周转有些困难，急需几万现金。看你那里能不能想想办法，先结一部分欠款。"

"这个么？你老兄知道我们厂的情况……"老李面现难色，谈钱时，这种表情再正常不过。

我打断了他的诉苦："我请示了老板，你帮着度过这个关，不会让你空手。公司只要 8 万现金，给你开 10 万的票，怎么样？"

"这个么……你知道我们平时都是划支票，你一次要这么多现金，风险太大。"老李已经开始讨价还价。

"不说了，老李，你拿 7 万现金，我给 10 万的票。不答应我立马走人。"我装作有些生气的样子。

老李见时机成熟，递上一支烟："兄弟，咱俩的交情你还有啥怀疑的？好，我帮这个忙。"

"两天之内拿钱。"我开始硬起来。

"星期五，行不行？只推迟一天。现在账上的钱腾不出来，星期五有一笔回款，这样吧，你星期五来提款。"

"好，就这么定了。可别水我。"

送走老李，我转身对坐在一旁装作喝茶的两个瘟神道："告诉你们头儿，三天后跟我去拿钱。"

周五，我好容易熬过早上，下午一上班，便带着两个看守来到飞龙厂。老李竟然不在，我有些沉不住气，赶紧给他打传呼。几个传呼打过，才听到电话铃响，老李不紧不慢的声音让我急得吐血。

"老李，那笔钱没问题吧？"

"余野啊，我忘了告诉你，厂里还没收到那笔回款，现在账上没什么钱。下周一，我一定把钱送到你手上。"

我感觉当头一棒，几乎疯掉："老李，你要害死我啊。我在老板面前，胸口都拍红了。现在上下都等这笔钱，你要让我跳楼去啊。"

"不至于吧，老兄。只耽误一两天，要不要我跟你老板说说。"

我立即清醒过来，还不能把老李弄急了。他一个电话过去，自己所有计划全部泡汤。

我恢复了平稳的口气："好吧，老李，无论如何，你得星期一打款过来。"

"没问题。"

我惨然放下电话。楼下两个尊神已经跟了我三天，告诉他们没拿到钱，不知会不会立马掐死我？我呆呆在电话前沉默了几分钟，才一脸漠然走下楼，向两个看守走去。

"钱拿到了？"

"我要见你们老大。"

见到平头后，我将自己的不幸遭遇原原本本道出。平头漠无表情地听完。

"下星期一我肯定拿到钱。"我信誓旦旦道。

"朋友，我的两个兄弟已经陪了你三天，你现在空手回来，让我怎么交代？"

我无言以对。

"规矩不能坏，你只有先受点苦了。"平头不容置疑道。

几个人将我的手捆住，推上车。我躺在车上，这段路程大概持续了一个小时。不用看也知道是到了荒郊野外。车停在一个山坡上，几个人半推半托将我朝林中带去。在一个湖旁野草丛中，几只毛手不由分说将我脱得只剩内裤，随即双手双脚立即被紧紧捆住。

平头朝我道："张嘴。"

我无可奈何张开嘴。一张旧毛巾立即塞了进来。

"明天早上，我们来接你。"平头说完，带着几个手下扬长而去。

留下我光着身子躺在草地上，陷入恐惧中。

八月盛夏的夜晚，星光灿烂地照着湖边一个光光的躯体。那是留给蚊子的盛宴，草间爬虫积极探索的新大陆。不久，我感觉身上奇痒无比，嗡嗡不绝的声音响彻耳边，像炸雷一般恐怖。自己唯一的抵抗是在地上不断滚动。当仰面躺着时，我尽量蜷缩成一团，而腿上、手上、脸上、头上，每一个裸露在外的部位，都先后传来奇痒，先是一个个点的痒，后来浑身痒成一片，像千万只蚂蚁同时爬过自己身体。我拼命挣着双手的绑绳，试图抽出自己的手；我一次次扭动双脚，想挣脱脚上的束缚，但毫无结果。只能不断翻来覆去，轮流蹭着地面的草来减弱钻心的痒。无人的荒野中，蟋蟀在四面八方鸣唱，青蛙此起彼伏高歌，老鼠从身边窜来窜去，我越来越虚弱地扭动着，感受着最奇特的死亡即将临近。

不知什么时候开始下雨，先是点点滴滴落下，继而密密倾斜，雨水赶走了蚊虫。我光着身子淋着疏狂大雨，身上渐渐麻木。感谢上苍垂临，或许自己今日命不该绝……

卫生间里，一个家伙用淋浴喷头对着我冲冷水，自己才渐渐恢复知觉。奇痒的感觉重新从身体的四面八方传来，我拼命抓挠着身体的各个部位，身上血线纵横却毫不犹豫。从浴室里出来，我将一整瓶风油精涂满了全身，被抓破的伤口开始阵阵刺痛，却仍无法止住痒势。我虚弱地躺在床上，手像失去控制似的来回在身上抓挠，手脚很快变得血肉模糊。隐约中，我听到屋外几个人谈话：

"让他晾两个小时就行了，谁让你们真的弄死他？"

"我睡过头了，醒的时候，天也亮了。该这小子倒霉，多放点血。"

"要是真被蚊子咬死了，那他妈的才过瘾。"

几个家伙响起笑声。我趴在床上悲从中来，这位黑道兄弟玩忽职守，让我险些被蚊子咬成残废。

我躺了一天，半夜时开始发烧。身上忽冷忽热，一闭上眼，便仿佛又躺在湖边，被成千上万的蚊子不停袭击。我感觉自己挥舞着双手，滚动着，疯狂却没有气力。醒着时，头上身上像炭火一般炙热，虚脱的身体似乎已拦不住出窍的灵魂。感觉外面的谈话声像来自远方，感觉自己随时会飘起来。

黎明时，我终于沉沉睡去，像死掉一般无忧无虑。

7

我没能在最后的宽限期内拿到钱，终于被押赴刑场。

昏睡几天后，当我在星期二打电话给老李，电话里传来了茫远的官腔。

"小余啊，我昨天跟你联系不上，就打电话到你公司，他们说你失踪了，还说从没有要求客户用现金支付货款。你可是烧到我头上了……"

我扔下电话，心里一阵冰凉。最后的稻草沉入水底，自己完了。

我冷冷地告诉平头，爱怎么样就怎么样吧。钱拿不到了。

平头看着我，眼中流露出古怪的眼神。

"别怪我，朋友，准备一下吧。"

"没什么好准备的，你们随时动手。"

平头阴沉着脸没说话。从包里摸出一支仿制手枪，装上几颗子弹。我麻木地听着子弹夹推入枪身的脆响，几乎没有发抖痉挛的感觉。人似乎只有在强壮时才有感受恐怖的能力，而我现在已半死不活，隐隐渴望一了百了的解脱。

从白天到晚上，我没有临刑前的百感交集，而是睡得很香。被摇醒时，窗外已有灯光闪烁。

"出发了。"一个家伙催促着我，感觉像是踏上一次旅行。

恢复了精力的我，对这世界也生出了些许眷恋。我才二十几岁，自己的一生可以概括为：上过大学却没毕业，做过生意却负债累累，想当亿万富翁却为几万块钱而死于非命。

在被押赴刑场的路上，我一言不发。街道上流光溢彩，夜色出奇美好。我沉浸在疲惫中，注意力无法集中在自己的遭遇上。车上很长时间没有声音，这种奇怪的气氛一直无人打破。

车开进盘山道后，停在一个荒坡前。

"下车。"

一声喝令，打破了我的冥想。我不声不响走下车，跟着他们向林中走去。在一个山坡高崖上，几个人让我停下。这里是处决人的好地方，远近无人，一声枪响，人便坠入深谷，消失得干干净净。

平头掏出枪，双手却背在身后，直直看着我。

"兄弟，再给你10分钟，自己想清楚。"

在来的路上，曾有一刻自己害怕得浑身发抖，但现在疲惫让我分外厌倦，我要死不活地垂着头，一言不发。时间一分钟一分钟地缓慢过去，我耗尽了半生力气才一直站着，没有预先倒下。

一个冰冷的东西忽而抵上了我的太阳穴，我顺从地闭上了眼睛。

没有枪声。

"你怎么不说话？"那是平头的声音。

"我还能说什么。我如果有10万块，也会请你们把严宏干掉。"

"欠债还钱，天经地义。"

"大家一起做生意，亏了。他跪着求我写欠条，让我一人承担。现在却要置我于死地。你们拿钱办事，我不怨你们，你们只是被他利用的。"

平头想了想，在我面前走了几个来回，像是在下着决心。

"朋友，你也算条汉子。说实话，我不想杀你。"平头放下枪，"不过这事还没了结，我想知道你打算怎么办？"

"我想见严宏。"

"想干什么？"

"欠条是被他骗着签的。我要了断这事儿。"

平头反复想了想："好，我来给你安排。但你只有一次机会。记住，只有一次。要是事没办妥，你就只有远走高飞，再别回来。"

8

在包间里，我平静等待着严宏。

现在，我两次体味过死亡。而今晚，两个人走进包间，只能有一个人走出去。折叠刀藏在衣服里，我默默酝酿着台词。严宏一定是开发我人性潜能的导师。他让我无畏地从事经济犯罪，却贪污未遂。现在，他更鼓励我尝试孤注一掷的刑事犯罪。希望今夜能够如愿。

平头打电话给严宏，约好包间，等在房间里的却是我。

还有 30 分钟、20 分钟、10 分钟，等待仇人的感觉竟如同等待情人般兴奋。我设计的动作是，严宏进来时，我藏在门后，他前脚进来，我便迅速关上门。告诉他，你要的东西我带来了。随即不疾不徐从上衣口袋里拿出折叠刀。我要好好欣赏他在刀尖前发抖的样子，如果跪着求饶，悔过并放弃债务，就放他一马；如果胆敢负隅顽抗，一定让他血溅当场。

时间已到，严宏仍没到。我对这种不守时的家伙很不满。又是 10 分钟过去了，我有些沉不住气。平头说过只此一次机会，严宏要是爽约，又要让我前功尽弃。半小时过去了，我准备见面就送上一刀，不给任何悔过的机会。一个小时后，仍没有人前来送死。我决定不再守株待兔。

我走出包间，沿楼梯走向一楼。在楼梯拐角，竟硬生生与严宏狭路相逢。我们愕然对视的片刻，自己下意识将手伸进外衣口袋。严宏忽然以闪电的速度向后逃窜。我启动稍慢，没在他跑出茶楼大门时拦住他。当我冲出门外，严宏已飞奔到了马路对面，我从不知道他的短跑速度竟有国家二级运动员水平。我追到街对面时，严宏早已拐进一条小街。我出现在那个街口时，严宏大概已快到家了。

我放弃了追捕。计划中一场腥风血雨的搏斗，却变成了一场短跑比赛。我气急反笑："妈的，算老子倒霉，遇到个属兔子的。"

笑过之后禁不住一阵凄凉。最后的机会已不复存在，我应该履行自己的诺言，离开这座城市。在一个公用电话前，我在平头的中文传呼上留言："会面不顺，对方跑掉。我今晚离开成都。老大，欠你一个人情。"

是的，告别这座城市，就在今晚。

我没有什么行李，口袋里还有几百块钱，被平头他们绑架时，这几个小钱没入得他们法眼。我必须离开。这个城市早没有我的立锥之地了。这个夜晚，我将斩断对这方土地的最后依恋，寻找自己的未来。

我来到火车站，只剩下一班南下开往广州的火车。我买了票，在车站前广场上呆呆看了片刻，转身走向候车室。我穿过背着大包小包的旅客，穿过检票口，从下穿隧道走到待开的火车前。上车霎那，我强忍着，没让眼泪流下来。

第七章
从现在起，我们的天下就要靠拳头打出来

1

我曾天真地认为，逼迫你的那份力量，也会一直塑造你。无论它躲在拐角朝你打来闷棍，从暗处投来寒光四溢的匕首，或者以肥硕巨掌直接把你扑倒在地撕咬，都会激发你的求生本能，让你像罗马角斗士一样，为了活着而战斗。那必然是一种没有退路的决斗。一个被绝望精神照耀的人，富有疯狂的作战意志。狭路相逢，面对流氓，你是匪徒；面对匪徒，你是暴徒；面对暴徒，你是准备一刺而死的亡命徒。真正的亡命徒，并不是荆轲那样的文艺刺客，唱着风萧萧易水寒，为着名誉而刺击青史。

刺秦失败，荆轲作为古今第一刺客名垂青史；刺严宏落空，我作为一介流民南下打工。为了还债，我利用职务铤而走险，却经济诈骗未遂；为了活命，我身怀利刃，却遇到短跑健将般的对手，刑事犯罪也未遂。当我扔掉凶器，携带梦想前往海口，却被手持几把短刀的混混轻易将我洗劫一空。尽管我一直严肃地活着，有做暴徒的决心，也有成为一名亡命徒的准备，可不论在家乡，还是在异乡，总沦为被洗劫对象。做人失败到这个份上，也就没啥好抱怨的。那一串多米诺骨牌还在噼里啪啦倒个不停……

2

坐在开往广州的火车上昏昏欲睡，邻桌几个商贩模样的家伙热烈地谈论着海口。谈话只有一个主题：一夜暴富。那些靠着一纸协议、一张工程蓝图、一个念头成为百万富翁的传奇事迹，让人听得血脉贲张。我竭力想象着这片神奇的土地，这个中国最后的开放式金矿，心中无限向往。他们的谈话彻底改变了我的人生轨迹。下广州，只是在追随民工潮流；而到海南，则是一个冒险诗篇。那一瞬间，我改变了自己的漂泊目的地。

从万头攒动的广州火车站走出，沿着广元西路，一路直奔长途汽车站，踏上去往码头的汽车。在黄浦江的轮船上，我揣着船票，像揣着一个激情梦想。离开成都仿佛已是久远的事。现在我要在伟大的海南找到自己的事业和金矿，不富贵决不还乡。

夜航船上，我躺在溢满各种气味的通铺间里，久久难眠。每隔半小时，便会来到甲板上，看漫漫夜色中的苍茫大海，这野性海浪中有一种力量正应和着自己的血液涌动。尽管夜风吹得自己阵阵发冷，我仍愿呆在无人的甲板上，幻想、做梦，一个人激动。

灰蒙蒙的黎明时分，船到达港口。传说中的海口终于近在咫尺。

我深深吸了一口带着咸腥味的空气，整夜未眠的疲倦，像退潮的海水，让我的兴奋无影无踪。走过搭在岸边的踏板，回湾的死水里四处漂浮着塑料瓶与方便面口袋，如一片水上垃圾场。前方两层楼高的灰白候客厅，像一个平庸的长途汽车站，毫无史诗气质。随人流穿过简陋的大厅，出口的小广场对面，是成片低矮杂乱的民房。

我茫然伫立在港口前的广场上，一切神秘轮廓，随着清晨天光来临而渐渐消散，剩下的只是面对一片陌生土地的茫然。

走向汽车站时，一个精瘦暴眼男人忽而上前跟我搭腔："老弟，住不住旅馆？要不要身份证？"

他操着本地与普通话混合的腔调，我颇费了些劲才听懂。

我先是摇头，径直向前走。

"老弟，到海南来，哪里还用以前的证件，都是要换的……懂唔懂？"精瘦男子一直在后面跟着，"换个证件好唔好？做买卖方便。"

老实说，更换身份的想法让我异常动心。为以往一败涂地的人生，我远离家园。既然输得精光，索性名字也赔上。

"多少钱办个身份证？"

精瘦男人见我有了意向，兴奋起来："100元一个，绝对正宗。"

我摇摇头，开始挪动脚步朝前走。

"朋友，价钱好商量。80元。保证公安都认不出来。"

我继续朝前走，现在自己身上只剩下不到300块，还不知能坚持几天。

精瘦男人忽而抓住了我衣袖："朋友，勿要急着走，你说个价好哦。"

我见他纠缠不止，想报一个价吓走他："30块，多一分钱都没有。"

我说得斩钉截铁，没想到他接受得毫不迟疑："好。30就30，我们往那边走。"他指着左侧的一条小街道。

我跟着他绕过几条小街，这里地形颇为复杂，让我有些紧张。

我不放心，问了声："究竟去哪里啊？"

"快了，快了，马上就到。"

晨光早已放亮，而这片街巷似乎仍沉睡在昨夜的寂静中，没有起床的人声搅动沉闷气氛。在一个偏僻巷口，精瘦男人忽而有些诡秘地说道："到了，你先在这里等我。这里很乱，千万不要乱走哦。"他指了指一个骑廊下的空地。说罢，向前走了十几步，向右一转，消失在街口。

我尴尬地站在廊道柱子旁，暗骂自己蠢。为了一个该死的证件，自己竟然被莫名其妙带到一个令人不安的地方。这里街道窄小，地面铺着石板，没有汽车来往。两旁是些两层高的房子，楼下门面前搭着骑廊，带着简陋的西洋装饰，有些破旧。我不知该离开，还是继续等待，这里太偏僻，太安静，让人心里阵阵发毛。

自己正犹豫不决，几辆摩托车快速从前面的街口转出，朝我的方向驶来。第一反应终于有了人迹，随即心便往下一沉。这几辆摩托竟在我身旁戛然停下。

我装作满不在乎地看着他们。形势发展得太快，等我想有所作为时，却已被他们前后包围。两把雪亮的刀抽了出来，非常明确地对着我。一个家伙对我吼了一声，没听懂。但离我胸口不到一厘米的刀尖，不需要任何翻译。我举起双手，以国际公认的投降姿势，表明了自己此时的态度。几只粗大的手开始在我衣服裤子里乱翻。

我的几百块钱最先被翻出来，这个数目明显无法让他们满足。一个家伙踢了我一脚，示意我脱下鞋，继而是外衣，外裤，最后只剩下内裤。在确认我已被搜得精光，毫无开采价值后，抵在我胸前和后背的刀才撤下，但两个耳光却突如其来地飞来。我摇晃了一下，相信如果不是只穿着内裤，一定要恼羞成怒地还击。

"妈的，抢了钱，还要打人。"自己心里暗暗骂道，"以后别让老子碰上。"

这次熟练的劫案前后只用了一两分钟，几个家伙骑上摩托扬长而去。我穿好衣裤，像刚被强奸过一般。现在自己手上如果有一颗手榴弹，一挺冲锋枪，所有路过的人都会死于非命。

　　就在自己确信已身无分文时，几声叮当的脆响让我感激涕零。我伸进裤袋，手碰到了几枚漏网的硬币，一股暖流传遍全身。这几枚小钱将是自己置身这个地狱的全部家当。

3

　　我把一枚硬币弹向天空，它疾速旋转，在湛蓝的虚空中无比灵动地更迭着正面和反面，在落地前，它仿佛有着无限可能……

　　我揣着这几枚硬币，打量着海口这座混乱骚动的城市，已冷静得像一块石头。在天黑之前，如果找不到落脚的地方，我要么流落街头，要么找把刀，加入一种古老的行业。

　　面前这座局促的小城，像一个疯狂生长的畸形儿，到处是施工的楼房和道路，如同一个尘土飞扬的大工地。我茫然走在大街上，带着即将危害社会的绝望心态，打量着周围。大片坡屋顶的老式砖房排队伫立在街边，颜色各异，形状粗笨。热带植物随处可见，蒲葵、椰子树排队招摇在街道的两侧。空气潮湿闷热，间或有一两幢玻璃大厦孤立于大片低矮破旧的棚户区，像暴发户一般突兀古怪。街边一半人穿着拖鞋懒洋洋无所用心走路闲逛，另一些路人表情陌生而危险，被欲望折磨得惨淡的脸，在发烫的阳光下显得苍老而破碎。

　　我孤独地在这个疯狂的城市寻找着食物和住处。思维混乱，汗流浃背，却意志坚定。

　　太阳高悬正中时，天地间几乎惨白一片，阳光变得异常毒辣。在城郊，我来到一个贴着招工启事的工厂前，停住脚步。几乎没看清这是什么厂，要招什么工人，便坚定地走了进去。

　　人有时必须相信感觉，相信宿命。在一长排求职的人中，我祈求着奇迹。面试的考官，一个冷漠的中年人，向每个求职者透射出无动于衷的漠然，那种鸿沟般的眼神让人泛起寒意。排在我前面的是一个眼镜，进屋前，从皮包里掏出大大小小一摞证件，让人心灰意冷。我身上除了身份证再也拿不出别的东西。但我听到屋里传来的却是一个冰块般的声音："对不起，我们这里是工厂，只招熟练工人和保安队员，你还是到其他公司去试试。"

　　当我勇敢坐在他面前时，我听到了一个因不断重复而厌倦的声音：

　　"姓名？"

　　"余野。"

"年龄？"

"22岁。"

"懂橡胶技术么？"

"不懂。"

"行了，下去等通知吧。"

没到一分钟便被撵出。在他想喊下一个时，我坚定地说道："我应聘的是保安。"

这下考官开始正眼打量我，眼神充满诧异。在他面前，自己这副瘦高身躯无论如何难以同保安联系在一起。

"我练过三年散打。"我镇定自若说道。

考官将信将疑，看了我片刻。忽而提高声音，向隔壁喊道："阿龙，你过来一下。"

一个穿着黑色背心，肩膀宽阔健壮的男子从侧门走了进来，考官指着我道："这个人说他练过散打，你看看怎么样？"

我的目光与这个叫阿龙的男子直直对视。他的眼中有一股能控制任何场面的逼人气息，一种历经沧桑，让人难忘的魅力。我想自己眼中所流露的可能是一种走投无路后的透彻。从第一眼起，我便跟这个叫阿龙的人有一种投缘感觉。

阿龙盯着我毫不退却的目光，眼中直露的悍气渐渐收敛，转而露出一种颇为奇怪的神情。片刻以后，他转过脸向考官点点头。

我的命运就这样被一个眼神确定了。

"在这儿等着。"领路的人扔下一句话便转身离开。我在一屋子的探寻目光中故作镇定走进去，选择了一个墙角位置。这是一个钢结构搭成的会议室，外露钢柱都刷着灰色油漆。屋子中间是一个椭圆形大会议桌，椅子围绕会议桌排了一圈。屋里聚集的几十号人无疑便是今天数百应试者中的幸运儿。照我看来，里面几乎没有几个合格的熟练工人，倒更像是一个大公司的职员队伍。

就在我暗自打量屋里情况时，身旁传来一个声音："朋友，哪儿的人？"

我回过头，见到一张友好开朗的国字脸，剪着平头，眉毛粗密，有一股粗糙又敦实的感觉。古人说过"白发相疏，倾盖如故"，在我这样的年龄，这般天涯飘泊，我甚至会为一个友好微笑，跟这个人结成终身朋友。

"余野，成都人。"

"冯志。来自西安。"他递出了热情洋溢的手，仿佛我们正相识于一个宴会。

"什么时候到的海南？"他问道。

"今天上午。"

"运气不错，第一天就找到了工作。我在这儿已经泡了三个月。"

"早上刚到码头，就被抢得精光。非得找个落脚点。"

"我看你也不像来当工人的。"

"彼此，彼此。"

"我以前在银行工作，天天坐柜台，烦透了。正好跟上司吵了架，一气之下辞职来了海南。对了，你呢？以前干嘛的？"

"生意做垮了，家乡实在呆不下去……"

门外一个挂着工作牌的职员走进来，朝大家喊着："大家拿上东西跟我走。"几十个人应声鱼贯而出，来到厂内的空地上列队。一个管理人员模样的人站在队列前训话。

下午的阳光毫无遮拦地晒着我们。训话内容隐隐约约听了些进去，大致是该厂的光辉由来、以军事化著称的管理，以及条款众多的纪律。我还没从上千公里的地理距离和更加遥远的生活距离中完全回过神来，但最后的训话灌进了耳朵：转正需经三个月试用期。试用期间每人每月统一发放 200 块生活费。

"下面领制服、分寝室，保安队员请出列。"

约有二三十人应声走出，我跨出队列时，欣喜地看到刚认识的冯志也在其中。

4

宿舍是一幢五层的灰色水泥楼。我们的寝室在五楼，六人间，三套上下铺的钢架床，地面是磨得光亮的水泥地坪。冯志被安排在我的上铺。我的行李很少，只有一个装着几件衣服的口袋。冯志却是大包小包几件行李，像是搬家。整理床铺时，同寝室的人相互介绍，基本认熟了。六个人来自六个省份，没有一个有过保安的经历。冯志提议每人起一个封号，这是他在大学里的传统。对面下铺的李眼镜来自湖南，虽然戴着眼镜，却是真正的武打高手，在业余体校练过五年拳脚功夫；他上铺的家伙被我们叫做职业杀手，五官有棱有角，肌肉横练，来自山东，以前是健美教师；另外床上一个叫蔡晓，被大家叫作"菜鸟"；一个叫牛贵生，大家嫌难记，都叫他"阿牛"。冯志的封号是"风子"，他特意强调，喊他绰号时，发音要正确，是风之子的简称"风子"，而不是疯人院里跑出来那种。对我们而言，这两个代号不仅发音相同，而且从银行这么好的单位辞职来海口当保安，不是疯子胜似疯子。六个人中只有我身体最单薄，冯志提议喊我"师爷"，随即被通过。

"师爷，你这副身板，怎么混到保安队伍里的？"阿牛好奇问道。

"我在学校里，没人敢跟我单挑。"

这话激发了风子之外四个家伙对我武功的好奇，都约我找时间单练。

寝室很破旧，更糟的是里面很热。三个高低床分列寝室左右，靠窗的地方摆放一张写字台，角落一侧立着一组衣柜。每张床上都垂放着一顶灰白蚊帐，上面有大小开裂的洞眼，方便蚊子进出。跟大学里的寝室大同小异。六个天涯浪迹的人，纷纷赤露上身，从最初开始，大家便拆去了遮拦和防范。菜鸟掏出香烟，几个人惬意地开始吞吐烟雾。

一个威严的声音在走道上响起："保安队的，下楼集合。"

我们急忙扔下手上烟头，匆匆穿好衣服下楼。二十多个衣衫不整的人松松散散排成两队。站在我们面前的便是曾跟我对视过的那个阿龙。他一身齐整的短袖迷彩服，站在队列前面色肃杀，不怒自威。

我们已经站了好一会儿，阿龙仍不出一声，只是打量我们。那刀片般的目光看得人发毛。

"大家相互看看，各自的光辉形象。就这个懒散样，还想从事保卫工作？"他缓缓说道，中气充沛，神情冷漠。

我们在他指点下，彼此相望，衣服没扎好的，扣子没系好的，穿拖鞋的，形形色色，不一而足。

"给你们3分钟时间，马上回寝室穿好发给你们的制服。快！"

我们急忙跑回寝室，手忙脚乱将还未开封的保安制服拆开，迅速穿好，然后以最快速度跑回集合地点。人陆续下来，阿龙开始拿起手中秒表对时，时间刚到，便听到一声震烁四方的口令："立正。"我们不由得站得笔直。两个刚刚从楼上小跑下来的人站在他背后，满不在乎喊了声："报告。"

阿龙看了看表，头也不回道："你们迟到了50秒。从现在起，我要告诉你们什么叫纪律。每人俯卧撑50个。"

两个迟到的人还在犹豫，阿龙板着一张铁脸，半吼道："没听到么？俯卧撑50个！"

这下两个人开始弯下身，用双手撑着一起一伏地开始做起来。前20个勉强合格，做到后面两人身体基本贴在地上，只是徒有其形用手臂撑上撑下。身旁的风子，悄悄对我说："这哪是做俯卧撑，这是做爱的姿势。"

两个人摇摇晃晃站起来，不约而同拍拍手上的灰。阿龙冷冷道："这就算完了么？"两个人很无奈地看着他。

"再做 20 个，我喊一声做一个。"

随着"1、2、3"的口令，两人又开始艰难地撑上撑下，数到 10 的时候，其中一个怎么也撑不起来了，干脆趴在地上。另一个也基本是把身体完全放在地上，又勉强手脚并用爬起来。阿龙没理会他们，一直喊到 20。两个家伙挣扎着站起来，满脸汗水，气喘不止，以为惩罚终于结束。

"你们两个，再绕场跑 10 圈。"我们清楚看见两人眼中的绝望。看他们缓缓垂着头向厂门前的小广场跑去，暗中庆幸自己的侥幸。阿龙似乎要让每个人尽情欣赏两个犯错者的惨状。

十多分钟后，两人蹒跚着回到队列前，都软倒在地上，脸色惨淡，像牛一样喘气，汗水不仅打湿全身，更成线往地上滴淌。

阿龙没再管他们。他锋利的目光开始在队列中划过："大家看到了，什么是纪律？我老实告诉你们，从现在开始，你们能做的除了服从，还是服从。否则，工厂大门随时开着，要走就赶快。"他左右看看沉默的队列，"有没有要走的？如果没有，大家听好，一个月训练，受不了的随时被淘汰。"

不知不觉，我们已经在毒辣的阳光下站了快一个小时。我只希望尽快结束训话，以免被晒得皮开肉绽。

"今天的内容，教你们怎么站。从现在起，站军姿一个小时！"

我有生以来最漫长的一小时不知是怎样坚持下来的。队列中倒下了三个。还有几个中途动手抠脸，被罚多站 20 分钟，又倒了两个。最初只是觉得炫目的太阳肆意灼烤着脸和脖子，不久，汗水打湿了里外衣服，脸上汗珠流成纵横的沟渠，顺着下巴嘀嗒落下；随即脸上、身上奇痒无比，感觉多个小虫在爬。然后，腿开始发抖，腰板开始感觉发疼。再后来，全身开始颤抖，感觉随时会倒下。

我咬着牙，一种没有退路的想法让我坚强。

解散后，寝室里，六个人横七竖八地倒着。有的反胃，有的头晕，有的说脸晒烂了，有的感觉腰断了。最初的兴奋荡然无存。

"我操他妈，教官真是变态。"菜鸟缓过来后的第一句话，直接发出了性威胁，"这他妈哪儿是工厂？简直是集中营。"

上铺的风子长叹一声："老子真是疯了，银行这么好的单位不要，跑来受这份罪。自作孽不可活啊。对了，师爷，你还活着么？"说着朝下铺看了看。

"下半身没知觉了。"我答道。

沉默片刻，一屋人忽而要死不活地大笑起来，而且越笑越荒淫。"我操，"

风子上气不接下气，"师爷，你一个下午就被搞成阳痿了。"

阿牛来劲了："我说师爷这么单薄的身板怎么没倒？原来三条腿一起撑着。"

"你们他妈的省省吧，老子现在一笑就反胃。"李眼镜有气无力抗议道。

5

海南的夜晚闷热而漫长。寝室里没有风扇，晚上睡觉时，我们将窗户和大门全部打开。然后钻进蚊帐，躲避数以百计的蚊虫袭击。我用风子的创可贴补好了蚊帐上大小十几个破洞。整个寝室里，我最怕蚊子。睡觉前，对蚊帐内的情况检查得很仔细。呆在蚊帐里，像是闷在蒸笼中，空气几乎胶着成块状，没有任何流动。寝室里溢满了各种散不出的味道，袜子的酸臭、鞋子的闷臭、衣服的汗臭、身上各种奇怪味道。厂方规定寝室必须在十一点半关灯。铃声一响，整栋楼齐齐陷入一片黑暗。

黑暗中，几个人开始交换感受。命运离奇地将天南海北的几个人弄到一起，这一天，我仿佛经历了半生。从早晨坐船上岛，到现在进了一家陌生的厂，躺上一张陌生的床，跟一群刚刚认识不久的陌生人交谈。我的时空感有些混乱，稍一分神，便会忘记自己身在何处。我摇着李眼镜的一本《读者文摘》，扇出微弱的风，至少让蚊帐里面的空气不再像一团固体。渐渐的，说话声越来越少，脆弱的寂静只保持了几分钟，门边的床上很快传出了鼾声。这几股鼾声错落有致，有时交织，有时汇合，有时连绵一片，让我感觉身在一片起伏的潮水中……

从第二天起，我们在厂区的小操场内，开始为期一个月的正规军训。早晨六点半起床，到下午六点半。除了中午休息一个小时外，其余时间，我们都头顶烈日在铁血阿龙的指挥下疯狂训练。前两周练习立正、稍息、齐步、正步，以及最让人苦闷的军姿训练。海南烈日的威力从早晨八点开始，一直持续到训练结束。那是一种发烫的阳光，到了中午白晃晃的让人睁不开眼睛。我的脖子率先开始掉皮，继而是手臂和脸。当汗水流经这些有缺陷的皮肤，伤口被盐水浸得疼痛不止。皮肤经过阳光烧烤，继而汗水腌制，开始缓缓结疤。

每天都有人在不同环节中倒下。有时是跑步，有人掉队，趴倒在地上；有时是做俯卧撑，有人忽然口吐白沫；最多的，还是顶着塑料杯站军姿，前半小时通常会有两三个倒下；到了个把小时的光景，身边的人都开始摇摇欲坠。

阿龙的残忍让我惊讶。当有人倒下，他甚至眼皮也不抬一下，手下两个帮手自动将倒下的人拖到阴凉地方，灌些凉水。这位据说是侦察兵出身的家伙，如果生在战争年代，一定会功成名就。每天都有人打起背包离开这个疯狂集中营，两周基础训练结束，这帮人只剩下不到二十个。

后两周是擒拿格斗训练，这是个受欢迎的题目。但当练了几天前倒、后倒、侧倒，压腿、踢腿几个基本动作后，一次我在公共浴室里洗澡时，几乎无法抬起手臂。阿龙手脚出奇凶狠，菜鸟在练习"戳喉击胸"时，由于不得要领，被阿龙当作靶子示范，一肘击在胸口，菜鸟脸色惨白，躺了个把小时才缓过来。我领教阿龙的武功是在"进步侧踢"这一招时，阿龙让我弓着背，吸一口气准备着。然后，他抬腿一脚，我就飞到了隔壁垫子上。好半天才爬起来，全身有一种被铁锤震撼过的感觉。按照招聘记录，这个队伍中有横行全国散打界的搏击高手，有部队受训过的军人，有国内武术界的后起之秀，两周下来，却再没有谁敢自称练家子。我们最期望身怀绝技的李眼镜能出手教训一下不可一世的阿龙。但在练习"肘击膝顶"这招时，李眼镜被选作对练人选，阿龙只用了半分钟，李眼镜便被打死了两次。李眼镜苏醒后，阿龙说只使了三成的力。那以后，寝室里广为传咏的李眼镜传奇故事，从此销声匿迹。

综合训练结束时，整个保安队只剩下 12 个人。所幸，我们寝室仍保持满员，没有一个缺阵。

在结业仪式上，阿龙开始慷慨演说。

"大家一定觉得我变态、冷血。原来 30 个人现在只剩下 12 个队员。你们知不知道你们为什么 6 个人一间寝室，待遇最高的技术工人也只能 8 人一间？为什么厂里只给工人包一顿饭，你们可以免费吃三顿？其他工人招的都是民工，而保安队员是清一色的城里人？我告诉你们，保安队就是老板的特别行动队，是厂区里维护秩序的警察。我是你们的队长，我们只听老板的吩咐。厂里厂外，谁敢对老板不敬，谁敢不听话，我们都搞定他。凭你们原来那两下，谁会把你们放在眼里？从现在起，我们的天下就要靠拳头打出来……"

阿龙的讲话被我们认定是加入黑帮组织的宣言。寝室里晚上开会讨论时，风子首先发言："阿龙如果不是老板的亲戚，就他妈肯定是脑袋少根弦。没见过这么缺心眼的。"

李眼镜被阿龙废了武功后，一直怀恨在心："我早觉得这个阿龙是个白痴。这年头，大家出来是挣钱，不是玩命。每月两百块钱，就想让大爷我做老板的狗，也太便宜了吧？"

"李眼镜，你也太瓢了。大家都指望你把阿龙弄进医院躺个把月，结果被人一拳一腿就放倒了。"职业杀手揭起李眼镜的伤疤从不手软。

"人家李哥练的是套路，表演性强，为拍电影准备的。"菜鸟也是受害者之一，但损起李眼镜来，也当仁不让。

黑暗中，只有李眼镜对自己比武的失利表示宽容，不置一词。

6

我随身所有财产，只有几件换洗衣服和一本《易经全译》。

以往，几次三番被债主抄家围剿，自己需要保持高度机动能力。一箱装尽所有家当，做一个3分钟可以搬家、5分钟可以踏上旅途的人。曾看到书里描写人贫困，说是"家徒四壁"。可我，连那四个墙壁都没有。天地间，我上无片瓦，下无立锥之地，一贫如洗到彻底，是24K纯种无产阶级。冷兵器时代，可以随时提一根烧火棍参与任何可以提供口粮的武装团伙，无论贼兵、官军或是流民起义。如今，即便身无分文，我也宁愿怀着阔气梦想，遥望着未来大富大贵。我是心怀大志的读书人，相信自己总有一天会开着奔驰车去打酱油买菜，拿着燃烧的百元美钞点烟。此时纵然在穷途边缘，仍不屑做那种躲在黑夜路边，拿把小刀参与社会分配的毛贼。

我保持着读书的习惯。这本《易经全译》是读大学时买的唯一书籍。那个年代的校园，如果不读尼采、叔本华、萨特、《金刚经》、《圣经》，几乎就算是半个文盲。我不愿从众，尽管小马给我多次推荐《金刚经》，说人生正解只能在那里找。可我不走寻常路，在新华书店蹭读时，仅仅翻看了《易经》个把小时，便发现里面有一种令我云里雾里的大智慧。一个神秘莫测变化万端的门径为我露出一线亮光。在20岁生日时，我终于攒够十几块钱，送给自己一本《易经全译》。

这几年颠沛流离，四处躲债谋求生存，这本书一直伴随我身边。每晚入睡前，总要翻看几页。我已经读过两三遍，迄今为止，这本书对我仍然是一本主要用于算卦的工具书。最简单的起卦方法是用三枚硬币，扔六次，以正反面的搭配方式做成六爻，合为一卦，然后在书里查看此卦凶吉。那一天，除了用来算卦的三枚硬币，自己又一次身无分文。我哼着小曲，躺在贴满创可贴的蚊帐里，一往情深地研究着"否"卦，忽而顶上开光恍然大悟：否到极处，否卦内部就分裂了，然后泰卦慢慢就来了。就像自己如今，再没什么可失去的，还问个毛的凶吉？从此之后，该发抖的应该是旁人。我失去的只能是枷锁、贫困和潦倒，而拥有的将是美元、美女及其代表的整个世界。那熊熊燃烧的宇宙规律之火，在那一瞬间照亮了我穷凶极恶的内心。

我读得忘情，不自觉地哼哼哈嘿激昂起来。上铺跟我一起值夜班的风子被吵醒了，睡眼惺忪从床铺探出头。

"师爷，看什么破书，都看出快感来了？"

"你懂个球，老子看的是《易经》。"

"我操，饭都吃不饱，还看《易经》？我看你是在意淫。"

我长叹一声道："风子，知道人什么时候最强大么？就是一无所有的时候。但你不能在自己最强大时，像个大牲口一样昏吃昏睡。像咱们现在，拿起电棍，就是良民保安；拿起大刀，就能当匪徒砍人。可我现在拿起的是书，知道么？这就叫未雨绸缪。老子如今烂命一条，赌本全在身上。输了，世上没我；可如果赢了，一定要大富大贵，妻妾成群。等着瞧吧，老子赌得起。"

风子又把头探出来看我，像在打量一个史前怪物。

"师爷，苟富贵，勿相忘。另外，美女也要给我发几个。"说完哈哈大笑，口水连成线，从上铺滴淌而下。

我摇摇头，继续靠在枕头上看书。

上铺忽而伸出一只手，拿着一支烟在晃。

"接着……"那只手的主人道，"妈的，你还别说，我开始对你起疑心了。刚才看你谈理想，目露凶光。现在你连草寇都算不上，最多是个草鸡。不过，我猜你这家伙日后应该是个人物，有悍匪的底子，还读书，历史上像你这种人，成长过程中不被砍头，就是一代枭雄。"

我接过烟点燃："你要相信自己的眼力。"

"扯蛋吧。你还真把自己当人物了？"风子终于忍无可忍坐了起来，在我头顶床铺上晃悠着两条毛腿，"老子赏你一支烟，是鼓励你适度意淫，不是让你整天想入非非。看看咱们这鬼地方，不像是牲口棚么？我操，希望在哪儿啊？"

"把臭脚拿开。你污染了一代枭雄的空气。"我皱眉道。

7

橡胶厂依托岛上丰富的橡胶资源，生产加工橡胶制品。产品主要是些健身器械，有时也加工些自行车轮胎。上岗后，我们才知道为什么阿龙总是说保安队要高人一等。我们的常规工作是在门岗执勤，另一项主要工作便是打人。

厂里推行半军事化管理。每天早饭后，工人必须穿统一工装在8点准时列队进入车间。迟到者罚款，质疑者挨打。在车间里，违反规定者罚款，不服者挨打。下班后，工人依次从车间门口走出，由我们挨个搜身，抗议者挨打。抓到偷东西的，先暴打再开除。晚上宿舍里有违反规定的，罚款；有打架斗殴的，全部一顿暴打。被开除的人以及自行辞职的人，如对厂方扣款有异议的，一律打出厂门。概括地说，这个厂内部管理不外乎几个字：罚单和拳脚。

保安队开张后，头两个耳光是由阿龙打响的。那天，现场开除一个工人，理由是上班打瞌睡。这个人对开除的处罚表示接受，但一定坚持要回500块保证金。他跟在厂长身后论理，厂长向阿龙挥挥手："阿龙，你来处理。"阿龙一声不吭走过去，那个人仍坚持认为这事可以通过言语交涉，转而向阿龙申辩。阿龙直接用两个耳光打断了他的陈述。

"滚！"

阿龙用行动做出了暴力统治的示范，那两个耳光震慑四方。

在厂房里转悠时，感觉橡胶炼制车间里，空气像是在燃烧，工人们几乎个个赤膊上阵。尽管有巨大的排气扇，厂房里仍然充溢着致命的焦臭味，高温和异味使这里几乎时时处于窒息状态。在车间里呆上10分钟，全身像从水里捞起来，头昏眼花好一阵才缓过劲。

巡逻到住宿区，才知道阿龙的话不假。厂方列出的等级非常细密。中层管理人员，六人一间；技术工人，八人一间；其他杂工住在大通铺里，50多平方的房间里，住着二三十人，床铺几乎是按下等船舱来布局的。这里没有私人空间，只有在蚊帐里才能避开四面八方的视线。里面气味炙烈难当，那种混合着强烈的汗臭、尿臭、脚臭的混浊气息，在无风的房间里像一股凝固的浊浪。这里的居住条件，几乎等同一个大号养鸡场。

吃饭时，保安队基本不跟工人们同桌共餐，而是有自己的独立区域。饭菜也跟大锅食物有差别，大家享受的是中层干部标准。这些差别无疑给工人一种保安队高出一等的感觉。

我们已经到这里两个月了。发工资的时候，每人只领到200块。询问阿龙，他告知第一个月训练，没有工资，第二个月按试用期的待遇，转正后会好些。在全厂欢庆的发薪水日子，保安队寝室陷入一片郁闷中。

这笔钱，是我以往一两件T恤的销售额，是风子以往收入的十分之一，是李眼镜心仪西服的半只袖子。

"哎……"风子仰面在床的一声长叹，穿透了寝室里的沉闷，它的尾音漂浮在缓慢流动的空气中，久久不散。

"风子，你长吁短叹的，把天花板上的蜘蛛网都吹干净了。"我说道。

"老子是打算炒地皮、赚大钱才辞职来海南的。怎么混到现在，搞成了王小二，一年不如一年？"风子自言自语道。

李眼镜从床上坐起来，讨伐起那些吃穿讲究的罪恶富婆们。

"老子当年在宾馆鬼混了几年。被发配到健身俱乐部，更堕落。那些富婆调戏老子不说，还说老子身上穿的全是便宜货。老子不甘污辱。来海南发财，却他妈的连当年的便宜货也买不起了。"

"眼镜，后悔了？早知道安心当个小白脸。"菜鸟道。

"后悔个屁。老子再怎么说也是个男人。那些富婆手紧得很，算得比谁都精。"

"那你失身过没有？"菜鸟比较关心李眼镜的贞节问题。

"那怎么算失身？开房的钱 AA 制，大家是相互献身。"

"哎……"阿牛这声长叹甚至超过了风子，"眼镜，两个月没有女人，憋得难受吧？到了海南，没有现金，鬼才跟你上床。"

"阿牛，是你自己着急了吧？赶紧拿着工资去发廊试试运气，没准她们在搞五折酬宾，这个月工资刚好。"李眼镜对市场行情了如指掌。

"实在没有优惠，还有一个办法。阿牛，你告诉鸡婆，闲着也是闲着，只进一半行不行？这里有个典故。以前有个人在火车站跟一个鸡婆讨价还价，鸡婆坚持 100 块，这个人只有 50 块，便跟鸡婆商量只进一半。两人在一个招待所干活，那个人信守承诺，只深入了一半。但那床的蚊帐有破洞，一只蚊子停在那人屁股上开咬。那人使劲一拍屁股，忽然身下的鸡婆大喊了一声：'100 块没得少。'"

菜鸟绘声绘色地描述着。几个人一阵嘻嘻哈哈。

"真是饱暖思淫欲。才发了 200 块，你们的下半身就开始膨胀了？"风子坐在上铺，以一种高高在上的姿态发言，"你们要向师爷学习，内裤已经戳破两条了，就是一声不吭。"他说着低头看着我道，"是吧，师爷？"

"我说风子，以后晚上用手娱乐，不要自己配音好不好。吃点独食可以，但不要扰民。"我躺在床上道。

"师爷，你不会是童子鸡吧？很多来到海南的热血青年，第一次都是献给了经验丰富的小姐。下个月发工资，我建议你还是到对面发廊请个辅导老师，完成人生最重要的一课。"

"好了，都别只说不练了。兄弟们，下去喝啤酒，我请客。"我说道。

房间里一阵古怪沉寂。

我看着一屋子诧异眼神，不以为然道："怎么着？傻了？请你们喝啤酒，就把我崇拜成这个样子？"

风子眨巴着嘴，"行啊，师爷。看不出你还是埋伏起来的阔佬。"

"阔个鸟。我这两百，100买烟，100请大家喝酒。钱花完了，心里就踏实了。"

8

离厂区大约一公里的地方有一个较为繁华的集镇。公路两侧几乎全是大大小小的灰色厂房。天黑前，工人们从各条小巷汇集而来，在公路两侧涌动。路上往来的车辆稀少，我们几个人一字排开，腰缠万贯般行走在公路中间。

进入集镇，路过一个个两三层楼高霓虹闪烁的小型夜总会和发廊时，风子动情地说："有朝一日老子有了钱，一定把这条街的夜总会都买下来，让兄弟们天昏地暗玩上三天三夜。"

我们在路边选了一个川菜馆，要了一件啤酒和几个家常菜。两个月来，我几乎已丧失了花钱的感觉。那些没钱的日子根本不敢走出厂门。泛着泡沫的啤酒，带着冰镇后的清凉，像荒漠中涌出的甘泉，当第一口渗入喉咙，我感觉幸福得眼泪都快掉下来了。风子等人也感慨万千，恍若隔世般回归到大千繁华世界。

阿牛深情凝视着玻璃杯中的透明液体，"有酒喝的日子，才他妈感觉自己确实活着。"

菜鸟酒量最浅，两杯后便开始提出艰深问题："师爷，为什么我们现在像狗一样活着？"

"没钱。"我回答得务实冷静。

"我们该想办法挣钱了。"

"菜鸟，两杯就扛不住了？净说废话。"风子情绪也有些激动。

"我不是扛不住酒，我是不知道还能在这里扛多久？"菜鸟黯然道。

"别这样，菜鸟。我们要是在这里混不出名堂，哪有脸回去？"阿牛举起杯子道，"兄弟，大家疯疯癫癫从全国各地跑到海南来，都不容易，我敬你一杯。"

"其实，我也想了很久了。每天晚上，我都问自己，走，还是留？"李眼镜也加入到伤感队伍中。

"你们怎么了？师爷好心请大家喝酒，怎么都垂头丧气的？想家也不是这个时候。"风子说着，自己眼圈先红了。

一件啤酒很快喝完。我叫了第二件。这第二轮的啤酒进入喉咙却直接变成了眼泪。风子劝解着菜鸟，说着说着，自己先哭了。他来海南不光是丢掉原来的职位，还告别了相爱三年的女友。菜鸟的眼泪早就蓄势待发，他母亲还以为他在海南无限风光。李眼镜仰天长叹时，两行清泪笔直地挂在脸上。阿牛埋着脸，一声不吭。职业杀手对着杯子发呆。只有我还在保持节奏，一杯杯灌着自己。

我买单后，发现自己还剩下二十多块钱。想起中学课文里描述蝉的一段文字："几天的光明，然后是漫长的黑暗。"

回厂路上，大家合唱起"一场游戏一场梦"，声嘶力竭，宛如嚎叫。在厂门口，我们意外遭遇了阿龙冷冷的眼神。

"安静回寝室，不准再发出声音。"

不能不承认，阿龙对我们始终有一种威慑力。这个冷漠的家伙，始终独来独往，弄不清在想什么。

几天后，轮着我值深夜班，在厂区内巡逻。明月当空的夜晚，繁星密布，我忽而想起了丁兰。在自己有限的生活空间内，我时常不可救药地思念着她。她的身影代表着校园、阳光和我为数不多的快乐日子。只有陷入思念，才是我最快乐的时光。隔着数千公里距离，隔着汹涌的大海，这种思念是单向的，安全的，完全不用考虑自己地位卑贱。我努力还原她清秀的面容，还有那晚她眼中闪烁的星光。

办公楼里有些响动，起初自己并没注意。但寂静的夜里，响动声越发清晰。我朝办公楼里走去。刚刚上了几级台阶，背后一个突如其来的声音，几乎让我心脏跳出来。

"站着，别动。"

声音异常熟悉。脑子里一片空白飞速掠过，我随即知道是谁了。

"龙哥，是你。"

黑暗中，阿龙脸上表情难以分辨。

"到那边说话。"

当确信墙角四周没人，阿龙对我说道："别上去，有些事你不一定要知道。"

"龙哥，我不是好奇。巡逻时发现异常我肯定想知道怎么回事。"

"你就当什么也没发生。有什么事我顶着。"

我脑子里飞速转过几个念头。已走出几步，又停了下来。

"龙哥，你是保安队的头儿，资历最老，功夫最好，但你知道大家为什么不太心服？你做事总是藏着掖着……"我说完转身离开。

"等等。"

这个声音在我意料之中。

"师爷。你实在想知道，我就告诉你。"阿龙向我走近了几步，平静地说道，"厂长正在办公室快活。厂里的女工，他看起谁就上谁。今天这个是新来的，不大顺从。"

"龙队长，我说了你别生气。以你的本事，还不至于为这样的恶棍站岗。你是我见过的最忠心，也最没志气的男人。"

我转身离开，阿龙却愣在当场。

"你给我站住。"我已走出了几步，背后传来了阿龙低沉的吼声。

我停下脚步，阿龙缓缓走过来，一座即刻喷发的小火山慢慢向我移动。我毫不示弱地盯着他。黑暗中，他凶狠的眼神在微微光亮中充满杀气。

"龙哥，打架我不是你的对手，但我不会把你放在眼里。我两个月的工钱可以全部拿来请兄弟们喝酒。你为了几百块钱却给强奸犯站岗。你说呢？"

"师爷，你阅历太浅。阿龙是个什么样的人，以后你会知道。"阿龙傲慢地说道。黑暗中，我几乎能隔着身体感觉到他五脏六腑里的冲突。

我扭转身，一言不发地走开。

9

当菜鸟满脸血迹，神色仓惶地奔回厂门时，我还躺在寝室床上，享受着每星期可贵的半天轮休。一片骚动的脚步声中，风子和阿牛将菜鸟架回寝室。

"师爷，菜鸟被打了。"

"咋回事？"

"对面塑胶厂的打手干的。又是倒垃圾的事。今天我跟菜鸟听工人说他们又在我们厂边倒垃圾，就给厂长说了。他让我们去干涉。我们过去说僵了，结果就动了手。他们那边四个人，我们只有两个。我身上挨了几拳，菜鸟头被打破了。"阿牛气喘吁吁地叙述着刚才的战斗。

两个厂的垃圾之争从上个月便开始。旁边塑胶厂经常会将一些废料倾倒在我们厂门边一个荒废垃圾站。厂长曾与对方交涉几次，对方不大理睬。倾倒废料通常在晚上进行，厂里无可奈何。这次，对方竟然是白天里大模大样干活。

我从床上跳起来，问阿牛："厂长知不知道这事？"

"他知道，让我们找派出所解决。"

"妈的，去找派出所？那帮老爷直接会把你撵出来。"我听得火冒三丈，"兄弟们在不在？你去把能找的人全找来。"

风子答应一声，飞快地去找人。十多分钟后，寝室里聚集了六七个人，我开始发表慷慨演讲。

"兄弟们，菜鸟被打了。今天我们不把这笔账讨回来，我看是混不下去了。你们说，去不去？"

"走，修理这帮狗日的去。"全体表决通过我的复仇计划。

为了减小目标，我们空着手，分批走出厂门，在塑胶厂对面的墙边集合。七个人的部队，只适合打伏击。我们耐心等着。

半个小时后，塑胶厂里走出几个家伙，护送着一个倾倒垃圾的手推车朝我们厂的方向走来。阿牛指着其中一个道："有他。"

几个人埋伏在墙拐角，等对方刚刚走过，猛地跳出来，断去他们的后路。我们只习惯用拳头评理，直接开打。对方四人，我们有七个，绝对优势。其中一个家伙见我们人多势众，撒腿就跑。七比三的悬殊对比，我们打得行云流水。打过菜鸟的那个家伙被最先放倒，其他两个抱头蜷缩墙角里，不敢反抗。我们围殴正酣，忽见对方第二批援兵已呼啸赶来，估计有七八个。我判断了一下形势，手边这三个已没什么战斗力。双方人数大致相等，充分可战。

我们摆开阵势，对方援兵一到，即刻开始一场混战。我选了一个身材较小的家伙动手，本以为一套组合拳便可将他拿下，哪知这小子挺灵活，让我始终击不中有效部位。缩在墙角边的两个家伙见来了援兵，这时也奋勇投入战斗。我们人数处于劣势，但我和李眼镜很快打出了局面，分别将对手撂倒。阿牛和风子也分别在捉对厮杀中占着较大优势。再有几分钟，我们便会取得战局的决定性胜利。就这个关键时候，街角处又传来了一片吼声，十几个家伙手持短棍、扳手之类的武器汹汹而来。当年拿破仑就是这样输掉滑铁卢战役的。见势不妙，我情急中大喊一声："撤！"

我们仓皇逃窜，二十几个家伙在身后呐喊着穷追不舍。眼看就要被打回厂门，突然眼前一亮，阿龙带着五个兄弟手持铁棍在路上一字排开，威风凛凛等着我们。

"师爷，退到我们后面，一齐打。"阿龙声音极为镇定。

对方的追兵见到阿龙他们的阵势，忽然集体停下，有些发怵。

阿龙忽然大吼一声："打！"我们刚刚稳住身形，便在阿龙率领下，转身突入敌阵。在我打架斗殴历史中，这一战无疑是一场经典战例。对方一触即溃，毫无斗志，一路落荒奔逃。十几个人追赶着近三十人的奇观让人血脉贲张。我们一直追击到对方厂门边，将一帮人撵得抱头鼠窜，狼狈万状。

在我们那个用杂物间改造的保安室，一帮人兴高采烈评述着刚才跌宕起伏的几轮战斗。阿龙在众人赞美中显得很平静。我不动声色走过去，递上一支烟："谢了，龙哥。"

他看了我一眼，表情耐人寻味。

身材消瘦、额头颧骨高耸的李厂长站在我们面前时，大都感觉会有一个小红包或赞扬之辞，给今天的胜利做一个总结性评价。李厂长一脸严肃，说道："你们要搞清楚，打群架是违法的。刚刚派出所来人了解情况，我打点了半天，才把这件事搞定。都给我记住，今后谁再敢打架斗殴，立即开除。"

场下的人在一片愤怒中沉默着。我悄悄看了看阿龙，他脸上表情犹如冰冻。厂长刚刚神气活现地走出房门，一屋咒骂声便连珠响起。

"狗日的，丧权辱国。"

"老子们为这样的人卖命，真他妈不如狗。"

"不干了。"阿牛愤愤大喝一声，但并没有进一步脱衣服走人的行动。

我走到阿龙面前："龙哥，你怎么说？"

阿龙没有直接回答我，而是转向大家："你们中间有多少人想回家？"

有一大半人缓缓举起了手。

"为什么不走？"

屋里一片沉默。

"你们只要一走出厂门，门外至少有五个争着进来。"

还是一片沉默。

"既然没什么好说的。大家就该干嘛干嘛。"

10

有时候，人会跟周围环境产生混同感。

我坐在值班休息室的破沙发上。这个倔强的长沙发陷落着三个坑，那是经常坐人的部位，表皮被磨出牛皮本色，右角附近裂着巴掌大小的破洞，从中可一目了然观赏到沙发内部弹簧分布、粗布内衬。里面中空部分，竟然还塞着少量干稻草和破棉絮。这破烂其外，败絮其中的沙发，是我们值夜班时的床，平时队员们挤着休息的宝座。回来晚了，还无法享用。沙发对面是两张对靠的破旧办公桌，抽屉里放着十几个队员的搪瓷杯。靠内的墙边有一个铁皮柜，里面摆满我们的兵器：橡胶棍、电棒、手电筒等。不到 9 平米的屋内，经常挤着我们十几个队员，头顶一台电扇，搅动热风与汗臭。那段日子是湿漉漉的，闷热缺氧，充满潮气和雨水的记忆。

逐渐适应保安生活后，感觉自己与这旧库房般的值班室越发般配，大家就像一堆成色十足的废品，被扔在属于自己的空间里，心安理得，无动于衷。厂区外的世界是危险的：小镇发廊里 400 元一次的性生活，海口夜总会数千元一晚的包间娱乐，高档酒楼里上万元一顿的筵席，满街随处游弋的高档走私车。对于我们这些月薪 200 元的试用期保安，只有厂区围墙内才有尊严和食物。走出厂门，只有空气是可以随意消费的。

值班时，我学会了欣赏免费的大雨。这里的雨，说来就来，从第一滴雨水落下，到倾盆倾桶的大雨狠狠泼下，通常不到半分钟。自己呆在值班室，看着厂区内工人们狼狈奔窜，厂门外行人被困在对面屋檐下，蹬三轮车的师傅雨衣飞舞，仿佛慢动作般地骑过厂门。在我们的生活中，抓贼和打架是大型节目，而隔窗观雨，是我值班时的小型娱乐时间。

一切沸腾的情绪都是高能耗的，在海南，那些轰轰烈烈的日子总是屈指可数。

我们每月还是只能领到两百块。理由是半年之内表现好才能转正。夜里办公楼上，还会不时传来女人的哭声和挣扎声。我们时而在白天巡逻，时而通夜站岗。厂里贴出公告，近期效益不佳，食堂伙食里的肉味越来越稀有。有时这些饭菜仅能下咽，有时连这样的饭菜都不能充分供应。一千多工人的食物，每天竟能精确到吃得锅碗放亮。

橡胶厂离海口市区只有十多公里。来海南快五个月了，我还没有机会见识这个城市。阿龙安排我去港口领厂里的样品包裹。我骑上厂里的自行车，像春游一般悠然上路。

快半年了，海口对我还是一个陌生城市。这是一个从 80 年代醒来的局促县城，飞机几乎擦着建筑物的楼顶飞来飞去。街道上大片的平房旁，一两幢高楼突兀又零乱地耸立着，像这城市一样手忙脚乱地成长。道路两旁最多的是大小餐馆、海鲜大排档。城市到处散发着鱼腥，到处都是工地，热带植物挤在建筑旁的小片荒地中茂盛生长。街上到处是南腔北调的行人，背着厚厚文凭的学子，野心勃勃的城市探险家。华灯初上时，街灯、霓虹和歌声，泄露了这个城市最大的魅惑。妖娆的小姐们开始在夜总会门口、在卡拉 OK 前、在酒店大厅、在街角的酒吧绚丽绽放。整个城市在夜色灯火中显得生机勃勃，让人失魂落魄、血脉贲张。

我驮着包裹，呆呆伫立在灯火辉煌的街头。自己身上只有十几块钱，只能目瞪口呆站在天堂边缘，看着豪华轿车、妖冶美女、闪烁霓虹，独自被烈焰般的欲望弄得五内俱焚。

如果说以往生活中的挫败，对我的精神只是破坏性的。那么现在，在这欲望盛开的陌生城市，灯火楼台中，卑微生活被无边骄奢映衬，给我精神带来的是粉碎性打击。我带着追逐财富的梦想而来，却被远远地排斥在这片繁华灯海之外，成为一个绝望的观众，根本没有参与眼前万丈声色的资格。这不加掩饰的欢乐洪流，那些在眼前晃动的惊心动魄的美丽身影，一齐汇集在这有毒的夜色中，充满邪气，煽动着背叛，像热带风暴一样摧毁人的意志。我垂头丧气穿过一条条欲望长街，回归月薪 200 元的那个岗位，心中空空荡荡。

第八章
这世界踩不死你，就让它跪在你脚下

1

打工妹偷盗事件，成为我们保安生涯的一个重大转折。那位 18 岁湖南小妹自杀前的暗淡的眼神，常常让我在睡梦中惊醒。

我们按厂长指令，在女工宿舍中搜查。那些房间内外四处招摇的内裤、廉价胸罩，惹得大家烦躁不安。尽管保安队人人患着严重的性压抑，但从没谁主动招惹那些女工。在那个湖南小妹床下，我们搜出了厂里失窃的健身制品。这一大包弹力橡胶圈，不合逻辑地放在盗窃者的行李旁，让人充满疑问。

这是一起经人举报的盗窃事件。厂长并没有公布线索来源，只让我们按举报地点去搜查。我们起赃后，随即在车间逮捕了那个正在工作的湖南小妹。当我们告诉她，因为偷盗要将她暂时拘禁起来时，她脸上的茫然和无辜表情让我们不知所措。面前这个窃贼还是个稚气未脱的少女，蓝色工装下，竟显得颇为清秀。

跟我们以前抓获的小偷不同，无论我们如何威逼利诱，软硬兼施，她始终不肯承认偷盗。整整一天审问，她话很少，看上去脆弱而执拗，似乎始终在坚守着一根底线。我们将情况汇报给龙哥，阿龙忽而没头没脑交代了一句："别为难那个小姑娘。"

阿龙在厂长办公室挨了一顿臭骂："你们保安队都是白吃饭的？偷了那么多东西你们还在睡大觉，抓到人口供都问不出来！"

晚上湖南妹被我们监禁在看守室。阿龙传达厂长指示：不用审了，明天直接挂牌示众。

第二天 8 点钟，我们押解着这个清秀的窃贼从看守室出来，走到操场上。

一个管理人员将一个写有"我是小偷"的硬纸板挂在湖南妹胸前。操场上黑压压的早已聚集了数百工人。厂长威风凛凛地站在条木搭成的主席台前，向工人们训话：

"你们看到没有，这就是偷东西的教训。以后谁再敢手脚不干净，就是这个下场！"

几百名工人沉默地观看了这场教育课。他们大都来自全国各地的农村，穿着邋遢，手脚粗大，面容黝黑朴实，皮肤粗糙。从家乡务农到异地打工，他们所做的，就是坚强地活着，打工挣钱，养活远在家乡的老人与幼子。从他们凝重的表情来看，受教育程度很深。

我面对工人们站着，他们的脸上显出一种无法理解的复杂的麻木神情。湖南妹站在我身旁几米远的地方，头低低埋着，长发遮住了大半张脸，让我无法看到她此时的表情。主席台上，厂长还在口沫飞溅声讨着工人们忘恩负义的行为。而面前一张张漠然凝固的脸，似乎已丧失了表情能力。

公审大会持续了大约二十多分钟。厂长宣布散会后，特意指示让挂着纸牌的湖南妹站在墙角示众一天。

在值班室，整整一天，我都心神不宁地远远关注着僵立在墙边的湖南妹。不论我什么时候看去，她都像木桩一样一动不动钉在原地。始终低着头，长发遮脸。强烈阳光灼烧着大地下的一切。尽管有楼房遮挡出一些阴影，我仍担心这小姑娘会在强光下燃烧起来。厂里来来往往的行人从她身边走过，已渐渐忽略了她的存在。而她似乎也遗忘了周围的一切，只孤零零伫立在空旷的操场边。

我一天没见阿龙。不知应该什么时间结束湖南妹的刑罚。晚饭时间，阿龙一脸阴沉地出现在值班室："师爷，去放了那个小姑娘。"

我走近湖南妹时，她还牢牢地站在原地，似乎已变成一个雕塑。

"你回去吧，不用站了。"我站在离她不足2米的地方说道。

她还是一动不动。

"你走吧。"我提高声音重新说了一遍。

她的身体微微有些颤抖，然后，在我面前颓然倒下。我喊来风子将她抬进值班室。她经历了一天暴晒，滴水未进，颗米未沾。我们往她的嘴里灌水，大部分都流在外面。几个人手忙脚乱抢救了一阵子，才见她慢慢醒来。我们叫来几个女工，将她送回宿舍。整个过程中，阿龙始终一言不发。

第二天晚上，我又一次看见那个湖南妹，神情恍惚，目光空洞走过操场，像失去魂魄的一个麻木躯体。

我可以清晰记住两天后的那个黄昏。夕阳下，吃过晚饭的工人们三三两两在厂里转悠。一声沉闷巨响后，响起一片惊叫声。我们几个冲出值班室，向人群聚集的地方跑去。穿过宿舍前围合的人群，我看见地上一个变形的躯体，一摊殷红的血迹。湖南妹静静躺在那里，头伏在地上，只露出半张脸，白皙如纸，在血泊中安详而诡异。血还在不停地从她身下流出，向四周渗透。有那么一刻，所有惊呆的人保持着集体沉默。四周死一般沉寂，只有血仍在流淌、蔓延。

送这具血肉模糊的躯体去医院，只是一个形式，或者说直接送往停尸间。湖南妹是从七楼宿舍楼顶跳下的，头先触地，当场死亡。晚些时，派出所来人了，简单问了问情况，便离开了。围观人群被驱散，清洁工开始清理场地，我们奉命在事发地维持秩序。几个小时后，一切恢复正常，新运来的渣土填盖了血迹。明天太阳升起时，这里将什么也没发生过。

整个晚上，我一直处在轻微颤抖状态。躺在寝室床上，感觉整个房间躺着6具不声不响的尸体。一种强烈的冲击让我陷入混乱，死一般的寂静让我窒息。我踢开蚊帐，走出房门。走道上有一星亮光，我走过去，阿龙在黑暗中抽烟。

我拿出一支烟点上。有一刻，我们都没有说话。

"那个小姑娘，厂长没弄到手。那堆赃物是假的。"

我深吸了口烟，发出了从未有过的镇定声音："这日子该到头了。"

"师爷，你说得对，这日子该到头了。"阿龙低沉的声音漂浮在黑暗中，像来自远方。

"龙哥，你说吧，有什么打算？"

"离开这儿之前，我想做一单，不知兄弟们的想法。"

"一切听你的。"

2

当几束强烈的电筒光照在李厂长精光消瘦的身体上时，他惊呆了。

厂长办公室里共闯进五个人。楼下有两个哨兵，从办公楼到厂门口的值班室，其他五个兄弟分别散布着，随时准备接应。

我按亮办公室的日光灯。风子迅速将借来的照相机对准厂长的裸体开拍。闪光灯接连不断地亮着。李厂长狼狈遮住脸，那个赤裸的女工缩在一边低声哭着。阿牛将一旁散落的衣物递给她。厂长看清了是我们后，一边仍用手臂挡住脸，一边骂道："你们干什么？不想活了？"

话音刚落，阿龙已上前，两个响亮的耳光打得厂长晕头转向。我借势抬腿一脚踢中他的头，厂长倒在地上，大叫了一声。阿龙上前卡住他的脖子。厂长挣扎着，脸上呈现出猪肝色。片刻后，阿龙放开他，让他喘着粗气。

"姓李的，你听清楚，再敢大喊大叫，现在就做了你。"

厂长渐渐缓过气来，意识到眼前这帮杀气腾腾的人动了真格，变得老实起来。

"你们想怎么样？"

阿龙从身上摸出一把尖刀，在厂长光光的身上蹭来蹭去：

"跳楼那个女孩，是我的表妹。你说呢，厂长？"

李厂长精明异常，立即明白了自己没有性命之忧。

"阿龙，一切好说。你把刀拿远些，"李厂长缩在墙边，"大家好商量嘛。"

"拿十万块钱出来，否则兄弟们今天就给你送行。"阿龙道。

"阿龙，你是知道的，厂里现在哪有这么多现金？要不这样，我明天让出纳到银行取给你们。"厂长知道了我们的意图，恢复了底气，"我先穿衣服好不好，这也不是个谈判样子嘛。"

我顺手又给了他一个耳光，厂长还没回过神来，阿龙的刀尖已贴在他脸上。

"姓李的，搞清楚，我们是来拿钱，不是跟你谈判。"阿龙冷冷说道。

厂长靠在墙边，盘算了一会儿，对我们道："我马上把出纳叫来，给你们钱。"他说着想起身走向电话。

阿龙用刀将他按在地上："电话你是打不了，把你的保险柜打开吧。"

厂长一愣，随即又装作恍然道："阿龙，保险柜钥匙没带在身上。"

阿龙笑了笑。"我看你是还不死心。"他一把抓起厂长的头发，朝窗外指了指，"从楼下到厂门，一路全是我们的兄弟。现在谁也不会来救你。"

厂长磨磨蹭蹭穿好衣服，又在抽屉里胡乱翻着，思考着缓兵之计。

"把他的手拿到桌子上，捂住他的嘴。"

我们分头抱住他，又将他的手强行压在桌上。

阿龙将刀刃压在他的小指上，一使劲，鲜血立时从厂长的指尖迸流出来。厂长一声闷叫。我看得很清楚，阿龙只是在他的手指上切了个小口。

厂长彻底放弃了抵抗，老老实实打开了办公桌下的保险柜。风子将里面的东西全部拿出来。现金大概有3万多，还有几件不值钱的项链。

我抬眼看看阿龙，意思是钱不够怎么办。

阿龙点点头，表示心领神会："师爷，数数有多少？"

"3万左右。"

"好，李厂长，现金我们拿到3万，剩下的7万，你给我们打个欠条。"

李厂长在阿龙刀尖下，写给我们一张欠条，内容是我口授的。这方面自己经验丰富。

> 本人欠龙旺兴等人10万元人民币，已还3万，剩余7万，本人保证在半月内归还（9月底）。——立字据人：李长发

拿到欠条，阿龙还特意让老家伙蘸着手指上的血，按下手印。

阿龙对垂头丧气的厂长道："厂长，我阿龙以前是有案底的人，逃到海南，也算是在你厂里过了几个月太平日子。只要你按时拿出钱，我不来难为你，如果你想跟我耍花样的话，兄弟们只好给你准备纸钱了。"

老家伙一脸恳切："一定照办，一定照办。"

"临走前，还要委屈你一下。"

我们再一次剥光了他的衣服，将他反锁在办公室的内间。又放走了那个吓得发抖的女工。

撤离行动相当迅速，在厂门外，事先租好的一辆面包车半小时前已到了。这次参加行动的兄弟加上阿龙一共十二个，除了两个外出的队员，保安队基本上全体起事。

3

我们的新居在靠近市区边缘的一片城中村。里面大量两三层高的破旧民房，经过多年违章搭建后，成为连绵一片蔚为壮观的棚户区。其间小巷曲折，垃圾遍地，毒品泛滥，是海口治安最混乱的区域之一。本地居民很少，大都是各类盲流人员。以我们现在的处境和身份，这里无疑是最安全的落脚地。

现在，我们已发了一笔小财。从厂长保险箱里拿出的钱一共35000多。分赃晚会是我在海口唯一经历的一次节日。钱摊在桌上，十二个人眼中闪烁着兴奋和欢乐。主持人阿龙踌躇满志，先拿出24000块，每人2000，放在各人面前。

"兄弟们，这笔钱算是给大家先垫个底。不管想离岛，还是干点别的什么，把路费和生活费先留好。留5000做大家一个月的生活费。我们下一步还得想法拿到剩下的7万块。现在还剩6000块，今天晚上大家奢华一夜，好酒好菜来一

顿，然后每人一个小姐，慰劳一下兄弟们。"

屋内欢声雷动。阿龙的分赃水平让我们大为叹服。

我们在城区一家川菜馆痛饮到晚上 10 点，接近了海阔天空、醉生梦死的程度。然后，在阿龙安排下，包下了一个发廊。里面只有五六个小姐。慰安工作只有分两轮进行。我醉得不轻，趴在沙发上睡觉。轮到我时，已是这个小姐的第三个客人。在按摩床上，她帮我脱掉衣服，自己也熟练地脱光。

"先生，你醉得好厉害，你躺着，我来让你舒服。"小姐的普通话杂音很大，她脸上隆重的脂粉让人看不清年纪，赤裸的身体不太美丽，但足以让我血流加速。

我躺在按摩床上，她在我身上扭动。酒精和性欲混合后，人处于迷乱和清醒边缘。我享受着此时此刻，小姐在上面敬业地折腾着，尽管发出的叫声像是例行公事，但我还是相当满足。

全体在外厅集合时，已是凌晨 4 点。这帮持续的性压抑患者终于在今夜大江奔泄。此刻，都横七竖八躺在沙发和椅子上休息。我却清醒起来，难以入睡。

明天会怎样？今后会怎样？关于前途的问题相当不合时宜地在这个时候纠缠着我。离开家乡不过几个月，却像过了多年。严宏快要被我淡忘，府南河边的茶馆也不再让我魂牵梦萦。所谓仇恨与牵挂，都是有时效性的。在哪里生存，便会在哪里种下爱恨，就像刚才跟那个小姐做爱时，我以为自己已经爱上了她，但射精完毕，这段爱情随即烟消云散。

4

无所事事的日子将拖垮人的意志。留给李厂长的最后通牒时间已过，根本不见老家伙人影。阿牛有一次犯了急，让接听电话的秘书转告李厂长，再不见面就有好东西给他了。结果几天后，我们再打电话，听筒里传来的是标准的普通话："对不起，您所拨打的电话已停机……"

我们没想到敲诈勒索也是门技术活。现在无事可做，整日坐吃山空。

在茫茫海口寻找改变现状的转机，犹如寻找三天前丢失在街上的钱包。过了 10 月，海口夏天仍然在延续。天气仍然炎热。白天无所事事，晚上也无处可去。陆续有四个人退出了收账团伙，大家士气越来越消沉。

为了方便盯梢，剩下的八个人挤进橡胶厂附近一间不足 10 平米的房间，各种条件都变得异常恶劣。晚上睡觉称得上是一种极限组合。唯一的一张小床上，躺了三个；地面铺的席子，又解决了三个，还有两个只有将一半身体塞进床底才勉强能容身。天气闷热难当，室内蒸腾着彼此的汗臭和脚臭，几乎让人窒息。只有到了深夜，我们将房门全部打开，夜不闭户，才能勉强度过炎炎长夜。

白天同样难熬。这里离厂门仅仅几百米，除了轮流下去值班盯梢的哨兵，七八个人只能夜以继日呆在房间或楼道里，靠吃方便面为生。大家的财务状况不断恶化，几经搬迁折腾后，各人身上的钱已所剩无几。

厂门口时常有车辆出入，厂长的那辆老式捷达始终不见踪影。大家像漂泊在海上的遇难船只，毫无希望地随波逐流时，忽然一声兴奋的大喊，带来了有人远远看到陆地的消息。

楼道上，风子兴奋的喊声，几乎可以震惊全楼的居民。

"看到了，看到了，老家伙就在面包车上。"

"风子，小声点。"阿龙将风子一把拉进屋里，迅速关上门。

"他妈的，怪不得找不到人，老家伙现在改坐面包车。刚才在厂门口，要不是这老狗伸头来骂人，鬼才知道他躲在这个车里。"风子像哥伦布一样兴奋。

当天下午 6 点，厂里的下班时间。我们紧张地埋伏在厂门附近的小巷中。远远看见那辆白色面包车开出厂门，朝我们伏击方向驶来时，大家竟像猎人一般兴奋。面包车渐渐靠近，刚刚接近路口，职业杀手忽然推着一辆破旧的自行车来到路中间。面包车一个急刹停下，司机摇下车窗对着职业杀手用当地话破口大骂。职业杀手戴着风子的墨镜，毫不示弱地对骂起来。仅仅这几秒时间，我们迅速靠近车身，拉开车中间的推拉门，跳了上去。

车内并没有李厂长人影。阿龙的尖刀只是抵在司机背后，"人呢？""没在车上。"事已至此，只能将错就错，我将司机拖到后座，李眼镜接替了他的位置，开始操作起方向盘。兄弟们先后上了车，严重超载的面包车一路飞奔起来。

我们将车开到一片荒凉海边的土坡后面，这里到了晚上几乎看不到人影，是一片让人藐视法律的地方。

车上被我们扣留的司机一脸惨白。阿龙杀气腾腾向他吼了声："下车。"

"李长发人呢？"

"李厂长让我出来办点事，他……不在车上。"司机半躺在车旁瑟瑟发抖。

"你是他司机？"

"我是厂长的同乡，刚给他开了几个月车。"

绑架扑空，我们一时不知该如何处置这个司机。

"李长发住什么地方？"

"我……不太清楚。"司机支吾道。

阿龙一把将司机揪起来，推到大礁石边缘，这里离海面几米高，下面乱石密布，摔下去大概会要去半条命。

"现在清楚了吗？"阿龙揪着司机衣领，将他向礁石边缘推搡。

司机浑身颤抖，战战兢兢道："清楚了，清楚了。各位大哥，别伤我，我这就带你们去他家。"

5

阿龙打通李长发办公室的新电话，电话那边，老李几乎是迫不及待地接听。

我们在李厂长家附近伏击几天未果，干脆拿出最后武器，将精选裸照分别张贴在厂门口以及他家防盗门上，照片效果相当差，威慑效果却非常理想，犹如最后通牒。

"老李啊，怎么样，照片效果还可以吧。这是几张侧影，后面还有更精彩的。我本想到你家里一起欣赏，你行啊，几天都躲在外面……"阿龙像握住一手好牌。

……

"兄弟们找你太辛苦，现在老子涨价了，拿 10 万来买这些底片吧……"

……

"7 万就 7 万。姓李的，最后信你一次。老子再拿不到钱，就在全海口展览你的光辉形象了。"

阿龙挂下电话，对我们道："老家伙跟我讨价还价，听着像那么回事。明天晚上，在东顺街的腾云酒吧交易。我们还车、交底片，他拿钱。"

据司机小李说，腾云酒吧里有老李的股份，那里应该是他的老窝。我们当晚便到了那家酒吧踩点。腾云酒吧就在集镇的主街上，旁边散布着一些发廊、卡拉 OK 等娱乐场所。我和风子在里面逛了几圈，将酒吧的情况了解得很清楚。这里有两层楼，一楼是吧台和大厅，二楼主要是包间。

阿龙开始布置明天的行动。

"酒吧里的地形基本清楚了。明晚行动时，我和师爷去会老李，职业杀手和小昆守住窗口，李眼镜和阿牛守住楼梯。其他人在大门口接应。明天估计会在二楼交易。如果遇到紧急情况，大家能够从大门出去最好。一旦冲不出去，还可以从二楼窗子跳到对面的院子，里面有扇门通到另一条街。如果走散了，就在顺德茶楼汇合。大家都清楚了么？"

"清楚了。"

为了便于行动，晚上我们就近租了一个小旅馆住下。不知是兴奋还是紧张，我始终难以入睡。说实话，卷入这场旷日持久的争端，我已经厌倦了。明天不管发生什么，只要能够了断这一切，我都心甘情愿。仅仅一年多时间，自己从一个堂堂的私营老板，依次沦落为小商贩、逃亡者、工厂保安，到现在基本成了一个临时黑社会组织的二号人物。命运给我安排的人生线路过于戏剧。我对万能的命运无以为报，只有长久地竖起中指，以这个国际通行的手语姿势，表达我对上苍的意见。

6

第二天喝过早茶，我和阿龙开始熟悉周围几条街的情况。这里地形混乱复杂，房屋高高低低，居住的人形形色色。我们在一个二楼阳台上看到一排性感十足、颜色缤纷的女人内裤和胸罩，招摇在海口清晨的阳光中，估计是小姐们的集体宿舍。街上还有三两成堆，目光阴狠的家伙，脸上带着随时可能去打劫银行的悲壮表情，测量着行人的背包。

中午，职业杀手和李眼镜带回了装备：七八只弹簧刀。职业杀手抱怨道："李眼镜真他妈精打细算。买这种东西还要死命杀价。价格谈不拢就吵，还差点动手。"

李眼镜还击道："凭啥一把破刀卖60块？他妈的，干黑社会成本也这么高。"

大约7点40分左右，一辆出租车停在酒吧门口，老李出现了，手上夹着一个包，径直走进酒吧。身边没有其他人。我们沉住气，又等了10分钟，确认100米之内没有他的同伙，这才按照原计划开始行动。

我和阿龙率先走进酒吧。职业杀手和阿牛也装作漫不经心走进来。我迅速用眼光扫荡了周围，大厅内只有十几个客人。没有异常。

阿龙向服务员询问道："有位李先生在等我们，请问在哪里？"

服务员询问了吧台，对我们指了指楼上，"李先生在二楼5号包间。"

我和阿龙走上楼梯。手都放在腰间，压着T恤衫下那把刀。上到二楼，我们没有直奔5号包间。等到职业杀手和阿牛出现在楼道口，大家彼此点点头，我和阿龙这才缓缓走向那个包间。

我和阿龙敲响了门。

"请进。"里面电视的声音中传来老李颇为礼貌的招呼。

阿龙将门推开。直到门完全打开，我们完全看清了里面情况，才不紧不慢地走进去。

房间里面只有老李一个人，正端坐在单人沙发上看电视。我随手带上门，阿龙已开始招呼老李。

"怎么样，李老板？今天可以结账了吗？"

"两位请坐。"李长发指了指靠墙的沙发。

我没有马上坐下，而是在屋里走了一圈。电视一侧的墙壁旁，有一道废弃的门，在改装包间时已用木板封住。看起来，没有什么异常，今天成功交易的可能性较大。

"东西带来了么？"老李看我们坐下，问道。

"钱带了么？"阿龙反问道。

老李拉开皮包，露出里面几摞钞票："七万块，全在这儿。"

阿龙从裤袋里拿出一个纸袋，"你要的东西也全在这里，全套底片、欠条、汽车钥匙。"

"那就交换吧。"老李将钱放在桌上。

阿龙也将袋子放在桌上。将钱拿过来，点了点大数，便装进了口袋。对面老李仔细地看了看照片和底片，才将纸袋收起来。

整个交易在一分钟内完成。顺利得让我感觉不太踏实。

"老李，现在钱货两清，我们告辞了。"阿龙准备起身离开。

"阿龙，别急嘛。有几个朋友还想见见你。"

老李话音未落，那扇看上去被封死的门突然被踢开。七八个持械的家伙迅速冲了进来，其中两个家伙飞快占领了包间大门。

阿龙反应奇快，立即抽出腰间的军用匕首，跳上沙发，占据了一个较为有利的地势。我抓起脚边的保温水瓶，跟着跳上沙发。

冲进屋的一共有七个人，手持长刀、短棍，将我们两人团团围住。我们则站在墙角沙发上，居高临下，阿龙手中的军用匕首寒光闪闪，我一手持刀，一手拿着打开瓶塞的开水瓶，对方一时不敢冲过来，屋里陷入对峙局面。

老李开始劝降："阿龙，你跑不掉的。把钱扔下，刀扔下，我放你们走。"

阿龙道："老李，这个酒吧，早被我的兄弟们包围了。你们占不到便宜。"

"阿龙，你真幼稚，我在门外还有几十个人。就是现在动手，你们两个也肯定吃亏。"老李还想说服我们。

阿龙镇定自若，继续攻心："老李，你知道我当过兵，等会儿动手，谁敢冲到前面，我不会留活口。"

原本蠢蠢欲动的局面再一次陷入僵持。几下敲门声又迅速打破双方的僵局。

这是接近爆发时刻。我们没来得及预警，门已经被打开，阿牛半张脸已经出现在我们眼中，与此同时，守在门边的一个家伙已经一刀刺出，阿牛猝不及防，"啊"的叫了出来。后面的职业杀手随即闪开。

阿龙大吼一声："动手。"

他吼声未落，已飞身一脚踢中一个家伙头部。我对准一个家伙狠狠将开水瓶扔去。水瓶砸在他的肩上，开水飞溅。喊叫声大作，房间里一片混乱。阿龙又一刀砍中了电视旁的家伙，老李和门口的两个家伙慌乱中往外面窜去，门外喊杀声忽而大作。屋里剩下的两个家伙已被我和阿龙逼到墙角。阿龙对准其中一个，一肘击中脸部，那个家伙应声而倒。另一个被我跟职业杀手分别踢中胸口和腰部，倒在墙角。

门外菜鸟喊道："龙哥，他们的援兵来了。马上要冲上楼了。"

我们一起冲到楼梯口，一大帮手持棍棒刀械的家伙挤在楼道上，李厂长混在这帮人中间，跟我们七个形成对峙。李眼镜慌乱道："龙哥，阿牛可能不行了。"我们顺着喊声看去，阿牛躺在地上，脸色惨白，血流不止。李眼镜全身发抖，根本无法为他止血。

阿龙厉声道："把他背过来。师爷，你们背着阿牛从窗户跳下去，我和职业杀手断后。"

我指挥着几个人分别从窗口跳下，重伤的阿牛几乎是从窗口抛下，由下面的人接住的。楼道上很快只剩下阿龙、职业杀手和我三个人。楼梯上的人几次想往上冲，都被我们用开水瓶、花盆、椅子之类东西砸下去。

趁着楼下一轮攻势刚刚消歇的间隙，阿龙喊道："一起跳。"

我们像狼牙山五壮士一般，根本没看清下面的情况便飞快从窗口跳下。坠地时都倒在了地上，几个先下来的兄弟将我们从地上拉起，飞快地从一个院门往外逃去。我们刚刚跑出院门，身后小巷中又是一片嘈杂声，菜鸟高喊："大家快跑，他们从旁边绕过来了。"

我们逃进一个小巷，后面追杀声越来越近。李眼镜和风子架着阿牛，速度很慢。阿龙道："想办法到路口拦一辆出租车。"我们跑到小巷尽头，在一个小十字路口，将一辆停在红灯前的出租拦下，强行赶走了车里的乘客，风子他们背着阿牛上车时，阿龙用刀指着司机，"朋友，我的朋友受了伤，赶快把他送到医院。"司机魂飞魄散地将车开动。我们身后，一大帮汹涌而来的追兵与我们相距只有几十米了。另外一个路口，两三辆警车警笛大作，风驰而来。

阿龙大喊道："快！大家分头跑。"

我像发疯一般穿巷越街，心像是要跳出身体。自己早已迷失了方向，只能朝远离声音的地方亡命奔逃。在一条街上，几辆出租车擦身而过，自己竟没有任何反应，只顾奔命。直到见到一辆停在街口等待乘客的出租车，才恍然冲上去，拉开车门，"一直往前开。快！"

出租车飞快掠过一个个街道，自己也一片空白地摊倒在座位上。

司机终于停下车："这位老板，你究竟要到哪里？"

我昏昏沉沉道："这儿是哪儿？"

"都快到肇庆了。"

这个地名我听说过，是靠近海边的一个小镇。

"就到肇庆。"

几分钟后，我扔下两百块钱下车。出租车的灯光渐渐远去，自己像做梦一样置身在一个灯火零星，安静平和的小镇。深夜里，自己踏在空荡街道上的脚步声激起阵阵回音。

7

当我在陌生房间中醒来，透过窗子的阳光镇定、明亮，生活似乎将在这阳光中继续，新的希望也将升起。

昨夜自己在小酒店房间和衣倒下，只将被子斜拉在身上。此刻掀开被子爬起来，昨夜惨烈厮杀的痕迹一一昭现。T恤衫上血迹斑斑，裤子上挂出几个裂缝，脚有些肿，可能是从窗口跳下时，受了些轻伤，手臂上还有几道浅浅的口子，这可能是刀光中脱险的最低代价了。

阿龙他们在哪儿？阿牛怎么样？兄弟们都脱险了么？我该怎么办？

我无法回答这些问题。身上还有100多块钱，浴血拼杀后，我仍然挣扎在贫困和恐惧的双重深渊。尖利的警笛声在我混乱的脑子里阵阵响起，打扫房间的敲门声让我惊恐万状。衣服上的血迹提醒我，自己已从一个为躲账而浪迹天涯的无赖，转变为一个在逃罪犯。我总觉得房门会被突然撞开，一群持枪的警察或是一群持刀的打手会破门而入。这种幻觉折磨着我，自己像一只笼中困兽、惊弓之鸟。

我在楼下商店里买了一件最便宜的 T 恤和一条短裤。回到房间里彻底洗了个澡，换上廉价但洁净的新衣服。当我再次走出房间，置身一片眩晕阳光中，感觉身上的罪恶感正在阳光中融化、消失。海南毒烈的阳光第一次让我感到抚慰。我仿佛重生在广阔世界，小镇的狭窄街道、低矮房屋让我镇定。

正午的刺眼日光下，我徒步走向海边。沿路是错落、低矮的楼房。偶尔见到白墙上写着打击毒品的标语。曲折小路尽头便是所谓的海边。这里只能算是海湾中的小港。对面的山挡住了视线，看不到波澜壮阔的浪潮。海湾中停泊着一些渔船，景象充满野性，很像电影中随时会飞出流弹的西贡街头。

无所事事坐在小港无人码头上，眼望海鸥和渔船，思维纷乱。我仍不能从那惊心动魄的砍杀中解脱出来，海口让我迟疑、却步。

钱在阿龙身上，换了是我，会不顾危险去找其他人么？其他的兄弟们呢？一旦有人被俘，那么按着约定地点见面，只能意味着自投罗网。有那么一刻，我感觉厌倦透了。离开海南这座孤岛，离开这种亡命天涯的生活，已经成为心里一种不可遏制的愿望。

夜幕渐渐来临时，一种无路可走的恐惧重新笼罩了我。那些幻化的种种希望，正在一点点随着消逝的天光而变得黯淡。

我只能回到海口，别无选择。

公共汽车早已停班。身上的钱根本不够乘坐出租车。我询问了当地人，这里离海口有 30 多公里。两条道路可以到达：一条是公路，另一条是沿着海边的小路。一个在深夜沿着公路行走的人，不需要理由便可以直接被警察带走。我毫不犹豫选择了海边小路。

我在小馆里吃过晚饭，买了把简易电筒，便踏上了漫长的海边孤旅。

夕阳西下的海面，色彩斑斓，像一块巨大的调色板。太阳落入海平面后，天空仍反射着柔和的余光。远处起伏的小山，一路的棕榈树和房屋，全部陷入一片铁青色的剪影中。路上，成片的民居和零星的渔屋随处可见，几艘帆船拖着长长的桅杆驶向小港。天色渐渐黑下来，星星点点的灯火布满长长的海岸线，身后的小镇在夜色中光彩璀璨。天上半轮明月的清光开始流泻，身边的海也渐渐宽阔。

开始的几小时，我走得兴致勃勃。转过一个山坡，远处小镇的灯光仿佛一时熄灭。前面的路上，起初还有零星小屋透出灯塔般的光芒，渐渐的便只剩下荒凉的大海和沙滩，世界完完整整地属于月光。脚下的小路开始时断时续、时隐时现，身旁的大海时近时远。路边奇形怪状的仙人掌和突兀的乱石，像一个个蹲伏在路边的狰狞黑影。当眼睛适应了黑暗，心也适应了孤独和恐惧。像我这样一个天地间自暴自弃的破罐子，一只空阔海岸天下行走的蚂蚁，还有什么值得害怕？

我没有手表，不知走了多久。脚下的乱石越来越多，路的轨迹越来越模糊。海上起风了。浪潮开始阵阵涌向礁石，冲击海岸，平静的大海开始骚动起来。乌云乘势遮住了月亮，浪漫的月光海岸之旅落幕了。我深一脚浅一脚地走着，感觉疲惫麻木。双腿越来越滞重，饥饿也阵阵袭来。我停下来费了很大劲才点燃一支烟。烟头上的星星火光，照耀着我通向黑暗世界的深处。

海风越来越大，海浪击打礁石的声音雄壮有力，路旁荒草随风起伏。零星的椰子树前仰后合，枝叶哗哗作响，咸腥的味道弥漫天地。脚下道路难辨，一路磕磕碰碰，腿上已被石头划出了几条口子。在翻越一个乱石坡时，脚下踏空，狠狠地摔了一跤。我匍匐在地上很久没有爬起来，这个姿势充满了对无边海天、乱石、黑夜的敬意。

我慢慢爬起来，坐在岩石上。黑暗中，自己的喘息声、心跳声被呼啸的海风、奔涌的涛声时时淹没。

身外这荒凉的世界，只剩下深浅不一的黑色与黑影。黑色大海在呼啸的大风中涌动着盲目而混乱的力量，那起伏的海浪带着撕碎一切的狰狞，洞开着无法窥测的深渊。没有亮光的天空凝固着无懈可击的黑暗，天地和大海像被浓缩在一个黑色密封罐中。当我用手中电筒发出的一束光亮，射向茫茫的大海和天空，那微弱的光束消失得无影无踪。这个幼稚而疯狂的测试，得到的答案是完整的吞没。

完蛋的感觉越来越强烈。在与整个黑暗天地较量时，我的狂妄荡然无存。被我指责过的上苍、命运，以及一切高高在冥冥之上的力量，正以不计成本的方式，倾动整个黑暗的大海和夜空来恐吓威胁我。

我没有选择，只能在一种疯狂的盲目状态下，继续向前走。

不知过了多久，不知走了多远。

开始下雨了。没有试探性的雨点，没有序曲和前奏，大雨一来便横扫天地，一半的大海从天而降。这个时候，我跟路旁的孤草没有分别，根本无法再向前挪动。我躲在一块大礁石下，天风海雨中，天上的雨水和地上的海浪在荒凉的海滩上汇合，肆虐的雨声和怒吼的大浪相互激荡，演绎着创世之初惊心动魄的景象。

　　我寄身在石缝之中，浑身湿透，精疲力竭，等待着被消灭的命运。像我这样一个天地间微不足道的蝼蚁，一个人世间飘零不偶的小人物，在上无片瓦、下无立锥之地的赤贫生活中苦苦挣扎，混乱、饥饿、恐惧、卑微，为了能活着我已经很累了。这场黑暗风暴描绘着我毫无出路的人生：我躲避债主、躲避仇家、躲避警察、躲避眼前这无边无际的风暴。现在，我不想躲了，渴望着一了百了的解脱。

　　不知是失魂落魄疯了，还是大彻大悟醒了。我忽然摇摇晃晃走进倾泻如注的大雨中。雨水抽打在身上、脸上，自己几乎睁不开眼睛。我拼命爬上一块大礁石，不顾一切在风雨中放声大喊大哭着，这呼喊和哭声刚刚发出，便被大雨、狂风卷走淹没。眼泪刚刚流出眼眶，便被雨水洗刷一空。我声嘶力竭，却听不到自己的声音；我尽情痛哭，脸上却只有苍茫的雨水。

　　礁石下边，便是汹涌无际的黑暗大海。带着一张假身份证从这里跳下，便可以永远解脱，像一个泡沫消失得无影无踪。我同时受着强烈的诱惑和阻拦。混乱迷狂的头脑中，一个声音幽幽响起：既然生不如死，那就跳吧。另一个声音反抗道：活下去，忍耐下去，总有一天你会飞黄腾达。

　　是的，这世界踩不死你，就跪在你脚下。别让我缓过气来，别让我飞黄腾达，否则，我要让所有折磨过我的东西全部跪在我脚下。

　　为了这个愿望，我心里忽而生出一种前所未有的狂野力量和勃勃生机。

　　风雨渐渐消歇，我又一次开始蹒跚向前行走。

　　不知过了多久，前面，转过一个荒滩，灯火辉煌的海口海市蜃楼般地屹立在海岸线的远处。

　　黑夜渐渐破裂，一缕天光从遥远的海平面射向苍穹。海水渐渐退潮，我停下脚步，回过身，想看看自己如何从惊心动魄的黑暗风暴走向无比温柔的海上黎明。

　　当第一束日出的光芒照在我脸上，那张破碎的脸上升起的是重生的光彩。

8

　　阿牛死了。阿龙聚拢了溃散的退伍。我最后一个归队。海南的篇章即将结束。

　　旅馆房间里坐着七个人。我发着高烧，躺在床上。桌上摆着七万块。这是那晚血战的酬劳，是阿牛无法回归的魂魄，是阿龙将成为自己终生之交的明证。

阿龙抽着烟，其他人在沉默。

"师爷回来了。除了阿牛，大家都到齐了。"阿龙的声音让病中的我感到亲切、温暖，像一个兄长。

阿牛在送往医院的路上便不行了。临死前，他已说不出话，只是紧紧抓住风子的手，像是嘱托，像是告别。经历过生死诀别的风子，此刻铁青着脸，沉默地抽着烟，一支接一支。

"今天咱们还能聚到一起，算是缘分。大家都累了。桌上的钱每人一份。都各奔前程吧。"阿龙开始安排后事。

屋里陷入令人不安的沉默，大家埋着头，任着烟气升腾。

"大家怎么不说话？"我勉强坐起来。

还是没有声音。

"龙哥，师爷，我们就这么走了，怎么对得起阿牛？那天在车上，我抱着他，他紧紧抓住我的手，什么也说不出来。我说，阿牛，坚持住，医院快到了，就快到了……"风子声音哽咽，眼泪夺眶而出。

阿龙深深吸着烟："阿牛的事，你们别管了。我还要留在海口把账清了再走。"

"龙哥，这不是你一个人的事。就是要走，大家还得做了这件事再走。"我靠在枕头上，缓缓说道。

"同意。"职业杀手说道。

"一起干。"屋里的人全体表态。

阿龙深受鼓舞："好兄弟，大家最后打个漂亮仗。"

为了等我病愈，行动计划推迟了两天。我们各自的去处已经确定。阿龙前往珠海，我和风子去广州，其他人分别回自己家乡。行动前一天，我们的船票和机票都已订好。行动不论成败，一旦结束，大家即刻乘船登机，告别海南。这场为了阿牛的告别行动，将在划破夜空的飞机和夜航渡轮上最后落幕。

相互告别的聚会，提前在今晚举行。除了我和阿龙，一桌人烂醉如泥，痛哭失声。大家相互拥抱，为了即将的告别，为了今后的天各一方，为了置身人海，彼此相忘于江湖的明天……

9

第二天晚上，我们准时埋伏在老李住处旁。7点一到，便由风子穿上厂里的保安制服，抬着两个空箱子前去敲门。我们躲在楼梯拐角处等着。门铃按响了好一阵，里面才传出一个女人声音："谁啊？"

风子镇定回答道："我们是橡胶厂的，李厂长让我把厂里发的东西送回来。"

"什么东西啊？"

"两箱水果。"

吧嗒一声，防盗门的锁打开了，开门的是一个年轻漂亮的女人。风子的演技毫无破绽。

"您稍微让让，我把箱子抬进来。"

躲在楼梯处的我们听到门碰到墙壁的声音时，立即起身下楼。当那个女人目瞪口呆地看着一群不速之客涌进来时，再有什么反应都无济于事了。风子迅速拔刀相向，我们也乘势冲进门，女人只"啊"的叫了一声，嘴便被风子捂住。我们关上房门开始搜索，房间被我们搜了个遍，不见老李踪影。

阿龙对这女人道："听着，老李欠了我们的钱。我们来收债。只要你不闹，我们不会伤你。听清了么？"

女人使劲点点头，惊恐地缩在墙角里看着我们，没敢乱喊。

"老李什么时候回来？"

"我，我真的不清楚，他已经两三天没回来了。"

"你是他什么人？"

"我，我……"女人诺诺连声，却无法回答。

"明白了。"阿龙没让她再说下去。

为了防止这女人报警，我们割断了房间里的电话线，将女人绑在床上。出门的时候，又将防盗门从外面反锁。

阿龙催促道："到腾云酒吧。"

我们到达时，菜鸟早已在门外望风多时。冲进门前，阿龙再一次叮嘱："兄弟们，老李可能不在里面，进去后千万不要恋战，一定听我指挥。先将里面的客人赶到一边，主要砸值钱的东西，除非有人反抗，尽量不要伤人。我和师爷控制大厅，你们四个冲到二楼速战速决，记住，最多 10 分钟，大家千万抓紧时间。"

当六个清一色带着墨镜，一手持刀，一手拿着铁棍的亡命之徒，冲进酒吧，里面立即陷入一片惊恐。阿龙代表整个黑社会团伙向大家致词："都别乱动。我们来找老板收账，跟其他人无关。"吧台后，一个服务员偷偷拨打电话，阿龙一棍扫去，将他打倒在地。整个一楼大厅，再没人敢动弹。职业杀手等四个人已冲上楼，一路踢开包间，几声惊叫声后，楼上乒乒乓乓之声大作，带着玉石俱焚的灾难气息。我和阿龙冷冷地环视大厅，镇住整个一楼的局面。几分钟后，四个人快速从楼下下来，"大哥，姓李的不在楼上。"

阿龙指着吧台："给我砸。"几根铁棒同时落在柜台上，一时玻璃迸溅，酒瓶横飞。精美的吧台在铁棒飞舞中，立时成为一片废墟。

阿龙对一旁发抖的服务员道："告诉老李，欠我的二十万再不还，我还要来砸掉这个地方。兄弟们，撤！"

在全场惊魂未定之时，我们已鱼贯而出。几十米外，菜鸟叫下的出租车正在等我们。我们跳上车，迅速离开。从后面车窗，看见一片混乱的街道上，惊惶的人们正在陆续逃窜。

车子开到市区繁华路段，我们下了车。扔掉长刀铁棍，又接着拦了另外两辆出租，继续我们的行程。在分叉路上，我们隔着车窗向另一辆车上的四个兄弟挥手道别："兄弟们，保重。"没有更多的语言，两辆车停顿片刻，便坚定地向着各自的方向前行，一辆进入机场，一辆开往码头。

在码头上，我、风子、阿龙开始了另一场告别。前往珠海的船已开始检票。阿龙搂着我和风子的肩膀："好兄弟，再见了。大家一路保重。"

"龙哥，保重。"

阿龙笑笑："我叫龙旺兴。不过，我喜欢你们喊我阿龙。"阿龙转身向检票口走去，走了几步，忽而又回过身，"师爷，记住阿龙的话，什么时候都不要泄气。你一定会飞黄腾达。记住。"

半小时后，我和风子登上了前往广州的轮船。汽笛在苍凉夜空中悠悠鸣响，我们站在甲板上，看着轮船缓缓驶向夜色中的大海，身后的海口灯火辉煌，保持着我们来时梦想中黄金天堂的模样。我们将身上的假身份证扔到海里，看着那张卡片卷入海浪，缓缓沉没在不见天日的海底。

第九章
机会总在不停的折腾中产生

1

有人会在三个小时内爱上或憎恨广州。

混乱、冷漠、享乐、生机勃勃。无论别人如何看待这座城市，我始终对广州有种古怪的激情。

初来时的某天傍晚，走过小街，三辆摩托车从身后缓缓驶来，尽管我们也回头张望，适度表达了戒备，排头的家伙仍毫不客气地扯下了风子单挎在右肩的背包，差点把风子拉倒在地。还没等那人轰油加速，我跟风子迅速抽出随身的小刀，几步追上劫匪，一脚将其踢翻在地，随即拖在路边一顿暴揍。另外两辆摩托车手围聚在旁，冷静地观赏我俩对他们同伙施展的肘击膝顶左勾拳。风子还即兴捡起掉在地上的头盔，对着那家伙乒乒一顿狠砸。

"抬走吧。"我揉着打得生疼的手背，朝那俩观众道。

两人下车，默默把躺在地上的散架的劫匪兄弟架走，不敢流露半点悲愤，像抬走刚被皇军蹂躏过的同胞。

"师爷，广州让人感觉挺亲切的。你不觉得吗？"

"嗯，人都比较懂道理。挺好的。"

2

人间三月天，广州已是初夏时分。

我喝完早茶，用免费纸巾仔细擦过嘴，对我的合伙人冯志先生说道："冯总，公司还能不能支付下个月的水电费？"

"余总，请在没有外人的时候，叫我风子。"他将半份南方都市报递过来，

"先看报吧，等会儿开董事会表决先交水电费，还是先结清盒饭钱？"

我悲愤地接过报纸，认真阅读起来。小餐馆里，两个举步维艰的民营企业家陷入浓浓的学习氛围中。这里茶是免费的。每当早饭后，我们总是顺理成章拿一份报纸在这里消磨个把小时。除了密切关注国际国内重大事件、本地的商业信息，最近也不自觉地研究各类招聘信息。深明大义的冯总在多次收到房东的催账单后，萌生了打工挣钱养活公司的念头。

其实我们起点并不低，李嘉诚当年创业，可能还没有两万块。唯一的区别是，他知道自己该做什么，而我们则先开公司再考虑这个问题。三个月来，我终于发现了公司经营的最大问题：我们都弄不清自己是干什么的，别人就更不清楚。我们迷迷糊糊走上伟大的创业之路，除了勇气，如今只剩下乐观精神和一堆零钱。

报纸看完，我们一脸沮丧走出餐馆。

"冯总，包要背好。"我再次提醒风子背包的姿势。他总喜欢将皮包潇洒地单挎在右边肩膀上，屡教不改。如今我们已步入企业家行列，不宜随身带刀。在摩托车飞窜的广州街头，这个背包姿势充满危险。

自从房东对我们发出预警信号后，我们便习惯将整个公司随身携带。由于我是董事长，从企业形象考虑，那个装载着营业执照、公章的挎包，一直由总经理冯志先生背着。

我们无精打采回到办公室兼卧室的那个地方。这是一个居民楼的二楼，紧邻白云机场，出门转拐200米，便能隔着大街看到白云机场的飞机跑道。飞机每天不停地从头顶隆隆飞过，频繁时，每隔一两分钟便有一架飞机起降。回住处的路上，不时会遇到飞机降落。巨大机身竟从头顶不足百米上空掠过，感觉四面八方均被巨大气流声笼罩，一片轰鸣中，庞大的机身缓缓降落在不远处的跑道上。看着这起起落落的飞机，让人感觉随时会经历迁移，随时会踏上旅途。我们住的居民楼缩在一个僻静的小巷里，背后隔着一堵墙便是航空技术学院。里面环境优雅，美女如云，是我们讨论公司发展战略必去的地方。

我们办公的民宅，是一里一外的套间。外面是公司办公室，里面是我们的寝室。室内陈设可概括为里面两张床，外面两张桌。除了洽谈用的沙发，其余的家具均属房东资产，神圣不可破坏。

公司开张三个月来，这里还没有接待过一个客户。我的衬衣和风子的拖鞋经常跨越寝室与办公室界限，在沙发上、桌子下四处散落。只有公司营业执照正本庄严地挂在墙壁上，证明着我们的企业家身份。

我经常坐在沙发上，研究这张执照。

广州远达实业有限责任公司

法人代表：余野

"冯总，我们的公司名称有些问题。"我经过三个月仔细端详，终于发现了公司的病根。

"什么？"

"你看'远达'这两个字都有腿，让人感觉随时会一走了之，不太牢靠。"

"还有一种解释，移动办公。"风子两腿架上办公桌，身体斜躺在椅子上，无精打采。

"冯总，别泄气。公司少说还能坚持半个月，这么长时间什么办法想不出来？"

"师爷，我认为董事会有一项重大决策失误。"

"哪方面的？"

"你看，我们到过的每家公司都供着财神爷。就连我们早上吃饭的那个小面馆也有。我多次建议公司引进一个，你偏不信这一套。那一次我好容易让人请来一尊，你一会儿说价格离谱，一会儿又说做工粗糙。老大，我尊重你的无神论，但说什么也不能把财神拒之门外吧？"

"哎。"我长叹一声，"多个朋友多条路。我是有些固执了。事到如今，还是想想该怎么弥补吧。对了，财神爷的上级是谁？咱们供他算了。"

风子仰天喷血般喷出一口烟："我操，死不改悔的家伙，看你还能撑多久？"

"兄弟，求人不如求己。我们别在这儿傻坐着。还是继续去考察。"

"去哪儿？"

"去看看白马服装城。我以前做服装，这一行我熟。"

3

白马服装城在火车站附近，是全国闻名的服装批发市场。比白马城更有名的是广州火车站，每年有数百万民工在这个站台上来来往往。在以火车站为核心的方圆两公里之内，是全国骗子、小偷、盲流密度最高的区域之一。我们经常在这一带出没，身上揣着暂住证，底气十足地穿梭在肩扛大包小包的人流中。每次总能免费观赏到世间百态。车站前的广场是个露天舞台，有时会上演拳击比赛，两个人不知何故争斗起来，拳来脚往，打得飞沙走石。周围里三层外三层地围满观众，十几个回合过去被人劝开。观众意犹未尽散去，不少人却开始惊呼钱包不见了，而刚才你死我活缠斗的两位拳手，不久便会出现在附近茶楼里，喝着功夫茶，等待下一轮演出时间。票贩子们算是这里最文明的一个群体，除了在售票大厅排队时，偶尔对不懂规矩不准他们插位的人施展暴力外，通常情况下，还是文明经商的一个群体。服务态度最好的是周围黑店拉客员，这帮人大多是神态暧昧的女人，穿着性感，通常是守在出站口，主要招徕的对象是单身男性、群体男性，也捎带一些不知死活的女客。广场附近的公用电话是全国最贵的通讯工具，两三分钟电话打出几十块的事天天发生。旁边小食店出售的油炸食品价格波动较大，超过五人以上的集体顾客购买时，油饼两元钱一个；单人购买时，一个油饼价格可高达五十元，询价后不买的情况很难发生。我曾亲眼看见两位油饼护法将一个拒不掏钱的家伙的头几乎按进了油锅。车站附近的批发市场里，人流如潮，购销两旺，但单人购买的物品不宜超过两手可控制的包数，一旦物品摆在地上，哪怕是脚边，它的归属便很难说。

我们不喜欢在白马服装城一楼待得太久，那里太拥挤，某些局部的人口密度近似于上下班时的公共汽车。这样的区域里，往往很难躲过镊子和刀片的围剿。第一次我们在这里考察时，风子屁股上的两个裤包被双双划开，损失钱包一个，人民币50元，让风子最心疼的却是那条价值两百多的裤子。服装城外的小巷和大街上，带着头盔的摩托车手们往来巡逻，对背的姿势不太正确的挎包、过于外露的耳环、项链，一并照单全收。

我和风子通常两手空空在这里闲逛。左顾右盼，引人警惕。有时，我们会站在天桥上俯瞰四周，对每一个角落里发生和将要发生的事件洞若观火。但对我们的商业考察而言，却总是以茫然开始，又以茫然结束。

白马的服装引领全国时尚，价格又极低，运到内地价格即刻翻倍。解放北路的大小皮具市场里，各类箱包款式新颖，印着世界顶级的品牌，价格却过于谦卑。沿着广元西路，一路前往华南影都，濠畔街的皮革、皮鞋吸引着各种肤色的老外和操各种方言的国内客商，人气如炽。但上述市场中现款现货的交易方式，总将我们拒之于门外。我们看着大海在身边涌动，却喝不到一口水。

我俩漫步在广州街头，总感觉可以大有作为。

扑面而来的这座城市，混浊而充满生机。从机场到国际鞋城的路上，车辆拥挤、尘灰飞扬，两旁房屋陈旧杂乱。未完工的立交桥突兀在道路上空，像一些遗落在时间中的断壁残垣。人群从各个方向汇集而来，又交错着涌向各自的目标。这是个混乱骚动的大都市，来自全国各地的打工者、淘金者带着梦想汇聚在这里。摩托车飞窜在大街小巷，充满野性；这里到处塞车，空气中有一半是尾气；街巷里老鼠硕大，蚊子的鸣叫轰然有声。这个庞大复杂的城区，比之狭小的海口，似乎更能让我们两条小虫浑水摸鱼、自由生长。

4

对于我和风子这样积极进取、心态乐观的青年企业家，按说不该因付不出房租水电费而关闭公司。因此，当房东的账单和最后通牒一起来临时，冯总递过账单，忧伤地对我道：

"董事长，中国一代民营企业新秀，即将因 500 元水电费宣布破产了。"

我看了看那几张单据，继而眼望窗外，目光茫远、苍凉。

"风子，我这两年都是在负债中生活。这几百块，算不得什么。我有个经验，就算明天破产，那也是明天的事，到时候再说。这几年多少难关，算起来，最难的也就是那么几天。所以，其他时间只能节哀顺变，力所能及享受生活。"

"你说这么多，其实就一句话，不见棺材不掉泪。"风子不以为然道。

"风子，我这几年霉运当头，却没有跳海、上吊，这里面有一个秘诀。每个人得给自己找一个最低点位，供长期参考。遇到倒霉想不开时，就拿这个点比较一下，看看自己到没到最惨的时候，如果距离还宽裕，心里也就平衡了。兄弟，想想咱们在海南，不管属于什么颜色的社会，都活在最低层，已经到了没什么可以再失去的地步。人都到了这个层次，如果还有理想，一定是让别人发抖，自己倒没什么好怕的。现在，我们的公司还在，盒饭还吃得上，哪里到了山穷水尽的地步？"

"师爷，我现在终于明白为什么龙哥这么看重你。你这么一说，我心里踏实多了。大不了把公司整个打包，寄存在银行柜子里。咱们再战江湖，挣几千块后再让公司重新开张。"

"同意。"

我和风子相视大笑。

"风子，公司的大事安排好了，我们还是该去跟小齐聊聊。"

风子一脸难色，小齐是他同学，现在广州一家银行工作。前期我们的营业执照、暂住证全是小齐帮忙办好的，欠他不少人情。风子曾许愿发达后，要带着现金支票和美女去聊表寸心。现在却只能让他带着账单去见恩人。

"师爷，我们总不能请小齐吃盒饭吧？"

"请他喝早茶总可以吧。"

风子对这种时候拿出几十块来冒险，还是有些顾虑。

我继续开导道："冯总，我们身上现在总共只有一两百块。就算省吃俭用，也多熬不了几天。如果小齐那边能给我们指点迷津，我们可就绝处逢生了。"

"听你的，董事长，内裤都快没了，要面子有屁用。"风子欣然受命。

第二天，我们在一个看上去基本符合身份的茶餐厅，早早便虚位以待。8点半，救命稻草小齐准时赴约。

小齐中等个头，瘦筋筋的，戴着眼镜，一双小眼透出灵便精明。见到我们时，颇为亲切。

"两位老板，今天怎么有空请我喝早茶？"

"向你汇报工作。"风子让小齐坐在他旁边。

"两位最近生意如何？"

"还行吧。"风子在老同学面前死要面子。当年在学校，风子比之小齐，无论在身高、相貌、成绩、服装、每月花销、女生青睐等全面居于领先地位。现在，让风子向小齐摇着尾巴乞援，实在有些困难。

"小齐，不瞒你说，我们的公司撑不了几天了。今天请你来，是想让你帮着出出主意。"我单刀直入，免得风子宁死不屈，错过求助机会。

小齐看着风子："老冯，你对我还有所保留啊。公司究竟怎么了？"

风子无奈道："公司从成立到现在一直没业务，就快坐吃山空了。"

"小齐，你在本地朋友多，能不能帮我们联系些生意？"

小齐笑了："你们一没有产品，二不清楚自己干什么。我该给你们介绍哪方面的业务呀？"

"也是。如果你都没办法，我们只好把公章执照存在你银行里。等挣了钱，再回来振兴公司。"我表情惨淡，像是要把儿子托付给他。

风子一脸沮丧："老弟，毕业后，我是干一行栽一行。在银行把贷款放成死账，在家里把女朋友弄丢，在这里把公司做垮。这么多年，我也只看到一个人比我更倒霉，就是他，师爷。他怎么会遇到我？"

小齐笑道："两位老板，不至于吧？公司没开张就倒闭。其实我一直有些业务想请贵公司操办，但二位每次都是胸有成竹奔富豪榜的气势，我实在不好打扰。"

一听到转机出现，风子立马不依不饶起来。

"我说，小齐，大家同学一场，一个寝室混了四年。当年你失恋，老哥把你从上吊绳子上解下来，请你喝酒陪你谈心；毕业散伙，老哥在火车站十八相送，执手相看泪眼。现在，哥哥穷得裤子都快当掉了，你还在不声不响看热闹？赶紧说说有什么主意。"

"我有个客户，一直想找个可靠的账户过过账。"

"什么意思？"

"这么跟你们说吧。如果一个人在国营企业，他所有的资金只要在公司账上往来，那么，赚再多钱跟他也没关系。如果有些业务能进入其他账户，情况就完全不一样了。懂了吧？"

我和风子听得耳朵都竖起来了，还是一脸茫然。

"简单说吧，有个朋友把 100 万划到你们账上，你们提出现金给他。他就按百分之三支付你们手续费。"

"明白了。我们帮着提 100 万现金，领 3 万好处费。"

"没错。不过，根本不用你们取现金。只要开出现金支票，我直接在银行账上划转，整个过程半个小时结束。"

"这么简单？"我和风子在巨大财富面前短暂丧失了判断力。

"手续都是一些文件上的工作，比较简单。只是有些风险。一个是税务方面的，这么大的资金往来，不要被税务人员认为是营业收入；还有就是这位朋友本身不能出什么问题。"

"风险？我们现在最大的风险是穷极思变，半夜跑出来危害社会治安。"

"师爷说得对。我们不能缺钱，否则，社会将不太安定。"风子应和道。

"我给你们出个稳妥的主意，你们想办法再开一个账户，资金都从这个账户往来。不计入公司的银行日记账和资产负债表，这样可以不按 5.6% 缴纳营业税。整个过程可以这样操作，先以贵公司名义签一个购销合同，这位朋友的100 万到你们账上后，你们立即开出 97 万的现金支票，并开出发票。剩下的 3万就是你们的酬劳。记住，发票一定要开鸳鸯票。发票联可以是 97 万，但存根联可以只开一两万就行。"

"小齐，你怎么说我们就怎么做。从现在起这公司也有你一份了……"

5

多年来，我一直有种朴素乐天的世界观：车到山前必有路，机会总在不停的折腾中产生。如果在社会规则中不能生存，那么剩下的，就只能去打烂这种规则。别告诉我洗钱犯法，瞒税有罪，老子不埋伏在荒郊野外当路霸绑匪，已经够对得起这个社会了。

我不知其他企业家在捞到第一桶金时是什么感受，我和风子是把三万块钱从银行取出，摆在办公桌上呆呆鉴赏了整整一下午。

这一堆蓝幽幽的百元钞票，代表着梦想、希望，新的起点，告别一去不返的贫困岁月，踏向财富之巅的不归路。

"师爷，人生真像做梦。前几天我们已做好准备浪迹街头，现在不得不认真考虑该如何享受生活。"风子严肃说道。

"风子，你可不能小富即安。"

"哪的话，我的目标是3000万。到那个时候我就衣锦还乡，开着宝马，搂着两三个美女，去看望我的前任女友。师爷，人最大的快乐，就是让曾经看不起你的女人痛哭流涕跪在你面前，让她们为自己当初的愚蠢选择悔得肝肠寸断。"风子深深陷入变态快乐中。

"风子，我必须严肃告诉你，不挣到3个亿，我是不会歇手的。作为我的合伙人，你的心态在只有3万块时便非常扭曲。所以，在公司发展到适当时候，我会派人把你绑架到美国，给你存1000万美元，安排几个过气的环球小姐让你安度晚年。免得你干扰我的事业。"

"师爷，我就盼着这天了，你可不能说话不算数。"

"行了，风子。晚上叫上小齐，大家庆祝一下。"我拿起一叠钞票，对风子道，"拿个信封装上，小齐也不能白帮忙。"

在航空学院后门南海酒家粤菜馆，我们三个开怀畅饮。

"小齐，兄弟我再敬你一杯。"风子一直处于亢奋状态，酒量激增。

"余哥，老冯，大家能聚在广州也算是缘分。既然是一家人，以后别谢过来谢过去，生分得很。"饭前我塞给他一万元分红，让他今晚很有激情。

"小齐，酒就差不多了。等会儿还有节目。悠着点。"我夺下他手里的酒。

"兄弟，你帮了我这么多，我要是女人早就以身相许了，今晚只好请个替身来还愿了。"风子肉麻说道。

"那得找个长得像你的。"小齐油腥十足地笑道。

"事不宜迟，咱们就别耽误了。"风子急火攻心向服务员吵着买单。

我们打的来到一个僻静街道，在一个不起眼的小茶楼前停下。

"这么偏僻地方，亏你们找得到。"小齐道。

我对小齐说道："这里面有个典故。我们刚来广州，有一次误打误闯在这里喝茶谈事。结果有个漂亮小姐主动给我们斟茶，那个小姐穿着毛衣，看着挺淑女，弄得我们心不在焉，结果一上厕所，才发现这里还有一个隐蔽通道上二楼，原来这儿是个小巧玲珑的鸡窝。我和风子那时候身上没什么钱，只好正气凛然地赶走了那个小姐。弄得风子连着失眠了几个晚上。"

我们说话间走进小茶楼。这是一个民房改造的营业间，门口挂着两串散发着暧昧灯光的红灯笼。前厅只有一间客厅大小，昏暗的灯光下，几排座位上空无顾客。墙边博古架上摆放着各种茶叶样品。每个茶几上均摆放着整套功夫茶具，只是在靠近柜台的座位上，有两个小姐在闲聊。

风子故地重游，带着急切要将失去的春宵补回来的凶恶神色。

"老板，过来一下。"

一个面貌黝黑的老头走过来："先生，有什么吩咐？"

风子毫不给这里的茶文化任何面子："老板，她们怎么收费？"

老板看了看我们，坐在风子旁边小声道："房钱连给小姐的费用一个人500块，很便宜的。"

不一会儿，两个婀娜多姿的女人走了过来，微笑着坐在我们旁边，修长裸露的大腿陈列在我们眼皮底下，低胸连衣裙，隐隐露出里面的无限春光。风子吞着口水，心旌摇荡，左顾右盼。

"两位小姐，怎么称呼啊？"

"小丽。""悦悦。"

两个美艳女人贴附而来，可二桃杀三士的格局让人有些尴尬。小齐是主宾，理应首先分得一个；风子急火攻心，再不消解一下，得自燃起来。在这种时候，我必须摆出大哥风范。

"两位美女，陪我这两位兄弟玩玩，他们都很纯情，你们要辅导他们一下。"

"这位老板怎么称呼？"小丽的手相当职业地放在了风子腿上。

"叫我帅哥就好，别老板老板的。"风子为了回应小丽的热情，右手已搭在了她肩上。

小齐别无选择，将身边的悦悦拦腰抱住。不到两三分钟，这两对狗男女已热火朝天地当着我前戏起来。

"你们赶紧上去吧，别在我眼前演小电影。"我明显感觉到血流加速。

两对野鸳鸯上楼后，我只身孤影地坐在那里，心里开始不平衡起来，恶毒地想着五分钟后风子连脱衣洗澡带干事，一并完成后长吁短叹地下来。老板过来表示歉意道："这位老板，不着急，我已经另外叫了一个靓妹过来，比刚才那两个更靓。"

几分钟后，门外果然有了动静。一个二十岁左右的年轻小姐走了进来。老板赶紧上前道："小敏啊，这位老板等你很久了，快过去吧。"

她转过身，轻盈地走到我面前的位置上坐下。起初有些笑意，坐下后却有些茫然地面对我的目光。见我杯子空了，她顺手为我倒上茶。

灯光下，我看清她的容貌。长发、椭圆脸，脸色白皙，年轻的脸上有些风尘痕迹。

"我能抽支你的烟么？"她有意打破僵局，点上了我的烟。

我始终认为在欢场上，应该注意的是这些小姐的胸部和大腿，而当我开始欣赏面前这个小姐苍白的脸时，情况变得相当不自然。怜香惜玉之心，在最不恰当的地方汹涌滋生。

"小敏，你是哪儿的人？"

"湖北，你呢？"

"我，四川。"

"哦，没去过。"

话到此便断了。她大老远赶来，无心闲聊，而是急于跟我谈价钱上楼。

"小敏，我跟你坐了几分钟，还没有动手动脚，是不是有些装模作样？"

小敏诧异地看着我道："很多客人都是这样。一上楼就好了。"

"那我们就上楼吧。"

小敏点点头，完全不需要过渡、寒暄、调情，直奔客人来此的主题。

楼上有四五间房，今天客源较好，只剩下最后一间。老板为我们开了房门，很自觉地下去了。

这个房间明显是用一个客厅隔出来的，房间很小，隔壁的动静不时透过轻质隔墙传来，可以想象，如果两边同时行动，这种声音既相互干扰，也相互促进。

我不是新手，但小敏脱衣服的速度还是令我惊讶。我欣赏着她脱到只剩内裤和胸罩时的年轻身体，当她全部脱光，更吸引我的却是她胸口几个烟头的烫痕。

140

"小敏，哪个混蛋拿烟头烫你？"我边脱着裤子，边义愤填膺问道。

"几年前的事儿了。来吧。"

我不得不承认，小敏虽然年轻，但床上功夫相当了得。我云里雾里地折腾了半天，才听她开始呻吟起来，还有几分当真的味道。

事后她夸奖我："你真行，好多客人一两分钟就不行了。"她接过我递来的几张钞票，塞进随身的小手袋。

"那当然，我现在三个月才碰一次女人。"

"那你以后就多照顾我的生意。"她穿好衣服，开始涂抹口红，为下一轮服务工作补妆。

她积极备战下一轮的举动，让刚从兴奋顶点滑落下来的我，颇感失落。

为了照顾我的感情，也为了我真能照顾她下一次生意，她总算在出门时，朝我笑笑："下次见。"

我寂寞无比地走下楼，感觉自己像被扔掉的一件废物。嫖妓弄出这种感觉让我莫名其妙。

6

我们的财运看来很难抵挡了。两个月内，我们又为小齐这位从未谋面的朋友转了几百万的账。公司账上已垒起了十几万盈利。

成功对我和风子还是一个陌生体验。它改变了我们的走路姿势，付账的态度，以及横穿马路时左顾右盼的神情。

我们开始有充分闲情，大量时间，体验这座混浊而充满传奇的城市。以往受经济限制，我们主要在白云区活动，现在我们可以跳上出租车，忽略计费器上曾让人心惊肉跳的数字，随意驱车到达我们想去的地方。

广州的历史遗迹已被商业世界淹没。三元里、黄花岗、虎门、黄埔，这些曾在近代史上赫赫有名的地方，像是被闹市遗忘的陈迹。海珠区某些旧城街景似乎还停留在黄飞鸿时代。而一进天河区，时光又迅速向前拨动，重新回到了二十世纪前沿。这里的摩托车飞窜在大街小巷，夜晚灯光迷乱，充满各种美食，弥漫着触手可及的诱惑。这个庞大而复杂的城市，一切都显得生机勃勃，我期待的传奇很可能就在这混乱的街头演绎。

为了探寻其他业务，我们的足迹进一步延伸，开始向广东全境考察。

广深高速沿线，整个东莞像是个超级工厂；虎门至深圳新桥的道路两旁，大小车间厂房绵延十多公里相连；惠州混乱的村镇内，耸立着名震全国的制造品牌。广东的经济奇迹，正是在那看似破旧杂乱的大小厂房中诞生。

经济增长，改善了我们的食物结构。以往我们主要的食物来源于航空学院附近的小馆子，现在我们神农尝百草般遍尝粤菜、湘菜、淮扬菜、川菜。广州的海鲜出奇便宜，十几块钱的一打生蚝是我跟风子的最爱，鸡尾虾、肉蟹、三文鱼使我们的生活进入品质化时代。我尝试着吃了几次叉烧，便放弃了这类地域化太强的食品。早茶已成为我们的习惯，那些精美可口的糕点，让我们从早晨便开始享受生活；宵夜也逐渐成为我们的生活方式，每晚 10 点左右，我们便会感觉腹中空空，没有啤酒、河粉、卤水拼盘的夜晚，会让我们失眠。

作为传说中洗钱公司的老板，我们的服装也在与时俱进。时代在发展，当年流行的鳄鱼、花花公子等品牌，已被新一代标着英文的品牌压住了风头。几经改头换面后，我们全身衣冠楚楚，已到了执法人员不敢轻易来检查暂住证的水平。有一次，我们大大咧咧逛到市中心的友谊商场，连续几个月的阔绰生活，让我们进门时气焰极盛。但很快便狼狈溜出商场，那里面到处是标着四五位数价格的服装鞋帽。按照我们的换算标准，在这些名叫 LV、PRADA 等国际黑店置办从头到脚的全套衣物，出门时，将等同于脚踩两台大彩电，腰扎 24K 金链，上身披挂三分之一辆奥拓车。

这个城市已逐步将一切纳入商品，包括友谊、尊重、爱情。自己必须克服在 25 岁以前难以清除的理想主义。当饱经贫困、流离、混乱之后，这突如其来的富足生活，让人思淫欲的同时，也在盼望着不必每次结账的爱情。每当在航空学院散步时，身旁擦肩而过的女生们，常常让我们流连忘返。这些未来的空姐，充满幻想和朝气，藐视着一切身份可疑的盲流，纵使对数千块行头包装下的我们，仍不屑一顾。

我经常去找小敏，动机变得不太单纯。开始时以老顾客身份在晚上频繁光顾，后来竟发展到白天撇开我的合伙人约她出来逛街。风子起初不太在意，但看到我有些走火入魔的迹象后，开始警惕起来。

"你不会对那个小婊子当真吧？"

"我只会对人民币当真，她也是。"我漫不经意道。

"师爷，我知道你人长得挺克制，又刚刚走上脱贫道路，可不要把钱都砸在一厢情愿的事情上。"风子恳切地教导着我。

"可能吗？风子，兄弟我是什么样的人？杀场、欢场、商场样样历练，老江湖一个，我会栽在一个小妓女手上？"

"董事长，你经常教导我，大家任重道远，不可一日松懈。你还教导我，避孕套是身外之物，装在皮包里就可以了，不要天天装在脑子里。"

"废什么话？"

我不再跟风子讨论这个问题。跟小敏在一起的确费用较高，但说我对她痴迷毫无依据。我只是偶尔寻找跟女朋友逛街的感觉，我请她吃肯德基，给她买一些丝巾钱包之类的小东西。但并没要求她的收费打折。我确实曾换过另一种付费方式，给她买了一根项链以代替做爱后应付的现金，但立即遭到她冰冷表情的抗议。此后，这类情况再未发生。我承认自己较为空虚，对于小敏也曾有过将她发展成女朋友的非分之想。但这个女孩即使在床上最富激情时，心里也是一块冰。她从不告诉我身上那些疤痕的故事，在我没有召唤的夜晚，她便投身其他客人的怀抱。我不知道一个 20 岁的女孩，为什么对每夜欢场挣钱之外的事，统统怀着刻骨的冷漠？一次在肯德基喝饮料时，我问她："小敏，你家里很缺钱么？"

她摇摇头，不再作其他的回答。

"干你这行，会吃很多苦头，想没想过做些其他的工作？"

"再干几年吧。反正已经习惯了。"小敏眼望窗外的行人，平静地说道。

自己遇到了一个油盐不进的固执家伙。隔着桌子，我看着她姣好而憔悴的面容，心里不知是怜惜、同情，还是一种挫败。在我复杂难测的命运中，总是苦苦与饥饿、贫困挣扎抗衡。自己能有的最大温情不过是这样，隔着桌子以一种理解和隐隐的爱惜，看着对面这个疲惫的小女孩。或许明天，或许三个月后，我又开始穷困潦倒，一文不名。那么，我将没有资格作为一个潜在客人，约她在这里，在她工作前逛街闲聊。

我笑吟吟地看着她。小敏被弄得有些奇怪。

"余哥，你笑什么？"

"小敏，我们就像两个在公共汽车上遇到的乘客，到站了，各自下车。很快就会彼此忘记。或者说，我们就像被风吹到广州的两片落叶，现在被吹到一起，再有一阵风吹来，就会吹得满街乱飘，不知会吹到阴沟里，还是被扫到垃圾站。人一辈子大概就这么回事。无缘无故，无根无蒂。"

小敏迷茫地看着我，让我觉得像在自言自语。

"余哥，我惹你生气了？"

"没有。小敏，我这人几天不愁吃穿就开始犯贱瞎想，咱们走吧。"

　　我忧伤地牵着小敏的手，走在广州大街上。身边人潮汹涌，那种随时会消逝的感情，突然超脱了一个寂寞嫖客与一个专业妓女的接触。据说三陪小姐们可以任你搂住她们的腰肢，摆弄她们的身体，但不会让你牵她们的手，或者吻她们的嘴。那是跟她们的心一起，留给未来正常生活的一方净土。小敏允许我牵她的手，那么她的净土一定是那两片苍白的嘴唇了。

第十章

我们只是两个寂寞的路人，到站就要分手

1

已经有两个月，小齐的朋友再没有转过一笔资金。我们的洗钱业务刚刚停止，便显出公司的脆弱。账上资金迅速下滑，按照我们目前的生活标准，再有三个月，又会重返赤贫。

当总经理兼出纳的风子，向董事长兼会计的我汇报财务状况时，我清楚公司面临一个重大转型了。

"师爷，听小齐说，他那位朋友换了岗位，今后，这条线大概要断。咱们账上只有七八万了，必须另谋出路。"风子煞有介事地拿着银行对账单说道。

"风子，我差不多已经想好了下一步计划。"我抽着烟，一副胜算在握的样子。

"是么，董事长？说来听听。"

"董事长就是来决定公司发展方向的，哪能让你白叫？听着，风子，前段时间，你不是说你在西安的亲戚朋友让你打听这里的服装、皮鞋、皮包的行情么？"

"有这回事，他们那边广货挺畅销，想做些这方面的生意。"

"那就好，我们的公司就可以专门为他们发货，做转口生意。你想想，他们如果每次进货都从西安跑来，不但费时费钱，而且服装、皮鞋这东西，每一季流行款式都不一样，他们偶尔来进货很难跟上形势。所以，我们可以开一个批发门市，先对西安供货，然后逐渐拓展业务，向其他内地城市发展。白马的服装不用说了，这段时间，我已经对华南影都一带的鞋业经营摸得很清楚。现在有很多新品牌出来，急需经销商。我打听了一下，有些草根品牌只交两三万定金，便可以搞品牌代理。风子，你想想，他们从西安来进货必须现款现货，我们就不一样了，到了月底才跟厂家打款。这样，我们手上肯定有多余资金，可以扩张业务。咱们可以先从皮鞋做起，逐步把业务发展到服装和箱包，听说这里的仿制箱包到了内地，零售价格要翻两三倍。这生意得有多大啊。"

风子诧异地看着我，继而很恭敬地递上一支烟来。

"师爷，不，董事长。我错怪你了，我以为这段时间你沉溺女色，准备坐吃山空，所以今天这么正儿八经跟你讨论公司前途。"

"风子，凡事要沉得住气。一个小妖精会把我迷住么？永远不会。只要我还不是亿万富翁，我就会始终保持清醒。"

风子听得心服口服："师爷，咱们说干就干。另外，把小齐也拉进来入一股。这家伙分了我们不少钱，现在得共同进退。"

"我们想到一起了。开个门市，怎么算也要十多万，得让他拿五万块出来入股。"

我发现自己在说服别人投资上，很有天赋。自己理论兼数据推导，只讲了20分钟，便描绘出一个客户遍及全国的服装鞋帽集团轮廓。不但小齐听得热血沸腾，风子也如痴如醉。公司的增资扩股工作于一个小时后在茶餐厅完成。公司总股本扩大到15万元，三个股东每人5万。在持股比例上，我占34%，继续担任董事长，他们两个各占33%，分任总经理和监事会主席。

晚上的宵夜，成为公司重组后的庆祝酒会。在街边露天座椅上，我高举啤酒杯，对股东们演讲道：

"兄弟们，我有种强烈预感，远达公司的辉煌即将来临。现在，巨大的商机摆在我们眼前，我已经按捺不住想大干一场。当我在成都被人追得无路可走时，当我在海南跟八九个人挤在地板上睡觉时，我就一直期待着这一天。今天，我们在简陋的街头举杯，两年后，我将在全广州最豪华的酒店为各位举办金碧辉煌的晚宴。今天，我们没有汽车、房子和女人，几年后，我们将妻妾成群、挥金如土，成就一个男人想得到的一切。谢谢大家！"

风子和小齐不顾场合，激动地为我的讲话鼓掌，引得服务员和周边的食客投来鄙夷的目光。

"董事长，你讲话的时候，身后好像有两千个听众。这就是气魄。来，为我们的合作干杯，为我们的成功干杯。"小齐诚挚地举起杯子。

桌上三个杯子叮当撞响，啤酒飞溅。

2

我们告别了办公、生活一体化的居住空间。原来租用的套间全部用作我和风子的寝室，而在靠近同乐路的一楼，我们另外租了一间对外的门市，50 平米左右，房屋内部通过一个隔断，实现办公仓储一体化。

随着装修施工逐步完成，这小小门市将成为我们通向人生顶峰的出发地。我们怀着对三宫六院、夜夜笙歌生活的憧憬，尽管每天被装修的粉尘弄得灰头土脸，心里却为了将要来临的富贵充满初恋般的激情。竣工前一夜，我和风子站在街对面一往情深地欣赏着这间小屋。夜色渐深，门市内灯光璀璨，仿佛辉煌岁月提前降临。有整整 10 分钟，我们彼此相忘于街市，默然无言。

"师爷，这么多年，除了中学作文里谈过理想外，我早就把这个肉麻词汇忘掉了。现在，我才觉得没有理想的人才真正幼稚。你看这间门面，就是实现我们理想的起跑线。尽管我们各自的理想在金额上相差十倍，但至少现在我们不但敢想，而且敢干了。"

"冯总，我们虽然志存高远，但还是要脚踏实地。摩天大楼还是由一块块砖垒起的。我们的理想不管一千万还是一个亿，还是要一块一块地赚出来。"

"董事长，苟富贵，勿相忘。如果有一天我们都腰缠万贯了，希望还能保持现在这样的友谊。"风子像诗人般在夜色中发情。

门面开张后，我们雇佣了一个小妹负责接待。我和风子分头忙碌拉业务，风子负责西安方面的客户，我则天天泡在濠畔街鞋城，原本对鞋这行的经营一无所知，待得久了，渐渐也就混明白了。什么版样、楦型、肥度、大底之类东西，不再像天书单词一般陌生。对牛皮、小牛皮、羊皮、蜥蜴皮、猪皮、里皮、二层皮，了如指掌，像当年摸麻将一样，手一捏便分晓质地。这些无非是些最粗浅的入门知识，我们最希望了解的还是厂家招募代理商的信息。

一个新上市的品牌在华南影都旁招待所召开了发布会，我欣然赴会，记下了他们的办公地点。第二天，拉上风子前往洽谈。

我们走进那家招待所，按照标牌找到"金迪"办事处。进到客厅，一个操着江浙一带普通话的经理，颇为气盛地跟我们谈了大约 5 分钟。这位经理似乎觉得我们缺少代理商气质，谈及加盟条件时，他目光越过我们头顶，说道："你们做西北总代理可能不够条件……"

风子有些尴尬，问道："什么条件？"

"先交 10 万保证金。"

我显得气闲神定："王经理，如果是这个条件，我们可以同时做两三个品牌。"

我们立即被请进里面的样品陈列室，招待我们的纸杯变成了玻璃杯。在样

147

品室，我轻描淡写地在三分钟内挑出了样品中的七八个毛病。招架不住的王经理，又将我们请进了最里面的精品陈列室。由对方张总亲自出马接待，并请出鞋样设计师专门跟我讨论技术问题。我们桌上的白开水被换成了茶水，房间里摆出的是公司的王牌产品。

张总强忍兴奋，开出了代理条件："余总，我们品牌的代理条件是先交10万保证金，供货方式是现款现货。"

我不动声色地拿起一只样鞋，心不在焉看了看："张总，贵公司的金迪牌刚刚上市，对广州的行情好像不大了解。"

张总紧张地看着我："余总，我们的男鞋在商场里至少卖两三百，很好销的。这个条件你觉得很高么？"

"贵公司的鞋做工有些粗糙，楦型调得不正，款式太少，况且是新牌子，大商场进不去，只能在小鞋店卖。你们现在需要打开市场，而我们在西安就有几十家销售网点。张总，大家如果有诚意就随行就市的谈，否则我们只能下次再合作了。"我皱着眉头，慢条斯理说道。

张总气焰越来越弱："余总，你觉得什么条件可以接受？"

"保证金两万，足额供货，每月底结清货款。"

张总摇摇头，连连摆手："余总，大家初次合作，哪有这个做法的？"

"这样吧，"我递出名片，"我们的门市在白云区，你们有时间可以来坐坐。"

张总有些遗憾地陪我站起身："余总，明天有时间么？"

我显得不愿久待："嗯，上午有几个安排，下午才有时间。"

"那好，我们明天下午来拜访。"

我和风子走出门时，张总在身后弓腰相送。在公共汽车上，我胸有成竹地告诉风子，明天这事基本能成。

几天后，西安方面看了金迪的鞋样很满意，订单和两万元汇款都来了。由于是风子的亲戚，大家彼此信任。我们随即同金迪鞋业正式签定代理协议，并下了几十箱鞋的订单。

第一次交易绝对是信用与合作的起点，是个里程碑。第一个月我们只跟西安做成两单生意，总量不过5万元。我们对西安按时发货，跟金迪按期结账。从第二个月起，订单量开始放大，达到20多万。仅仅三个月过去，我们的月销售量便突破了50万。广州货在内地的绝对优势开始显露无遗。我们同金迪的结算也逐渐变成了月结，流动资金变得相当宽裕。随即在鞋城开拓出另一个品牌"明丽丝"女鞋的代理权，条件更加优惠：2 万保证金，满 50 万结算一次。手握两个品牌，需要更加广阔的市场，我们把中国地图挂在墙上，开始构思起我们的全国攻略。

"冯总，现在我们需要攻下地图上一个个的城市。"

"余董，先易后难吧，我拿下陕西沿线的城市，攻克潼关、宝鸡；董事长，你还是入蜀，直取成都，逐步形成对中原的包围之势。"

"我想直接往北走，拿下武汉、长沙，占据八省枢纽，然后一举挺进中原。我们两个最好分别走，店上有个照应。另外，该招人了。"

为了公司宏图大业，首先是董事长御驾亲征，直奔武汉。这个被长江切成三块的城市，与郑州一样，是连接南北的交通枢纽。小齐一个朋友在汉口工商局当差。我一到汉口便直接与这个朋友取得联系。这是条意想不到的捷径，他通过工商系统将我介绍给分管鞋帽市场的同事。当我跟着这位管理员游弋在熙熙攘攘的服装城，他一路点兵点将，给我找了十多家实力较强的鞋业商家。

在茶楼开会时，众商家七嘴八舌地诉着苦："上个月货款没收到，亏了几十万，真的不好做啊！""长官，我们刚刚交过管理费、学习费、资料费了，不会又有什么让我们买的吧？"

"你们叽叽喳喳什么？"管理员威风凛凛说道，"今天是给各位带财神爷来了。这位朋友是广州的大老板，想跟各位合作一起做皮鞋生意。"

我谦虚地站起来跟大家打了个招呼："谈不上什么大老板，现在我们手上两三个品牌。初来乍到，认识大家也是缘分，晚上请大家吃顿便饭。"

晚上的黄鹤楼酒家，我大摆排场，开了两瓶茅台，要了一条中华烟，点了满桌海鲜山珍。皮包里的"大哥大"在酒酣时忽而铃声大作。我拿出这个庞大的通讯工具跟风子通话时，满座哑然。这种新式武器的震撼力即使在发达的广州也所向披靡。手上拿着这个一公斤重的电话横穿马路时，车辆一般会小心绕行。这个价值 35000 元的移动电话，是董事会整整讨论了三天才决定购买的，它成为我和风子参加外事活动时的秘密武器。不管谁手持这个宝贝，另一个人一定会溜到附近公用电话在恰当时分拨通号码，让身在谈判桌上、饭局中的伙伴接听电话，有机会当着客人的面安排公司里百万元以上的业务。

我放下电话，接着给大家敬酒。一桌小老板们受宠若惊，连身旁那位管理员也为我富可敌国的气派所震慑，跟我连喝了三杯，连连表示愿为我两肋插刀。我在饭后很知趣地在他的兜里插了两千块。他脸上立即灿烂发光，信誓旦旦告诉我，谁敢不老老实实跟我做生意，就撵走他。

武汉之行，让我兜里只剩下几十块钱回到广州。但这一趟却为我们增加了七八个下游批发商，我只用了三天便攻下这个中心城市。

武汉大捷后，全公司士气高涨，风子即刻飞往陕西，死活在宝鸡、潼关、渭南等二级城市给签下了几份供货协议。

各路捷报不断，小齐又调用银行关系，在中山、惠东给我们找到了几家合作的鞋厂，委托我们做品牌代理。

掌握四五个品牌后，不仅鞋的品类极大丰富，还有了腰缠六国相印后谈判中的强势地位，更重要的是多方垫资，延期结算，资金可以相互调用，手上款项宽然充裕，加之男女鞋两栖作战，销量直线扩大，半年时间，我们每月交易额开始冲击200万。公司账上随时有几百万资金，我经常弄不清究竟有多少钱是过路的，有多少钱是属于我们自己的。

"冯总，公司发展了，需要我们交出会计和出纳的岗位了。"

"我早就想招人了。每天那么多应酬，哪有时间管保险柜？"

"不过，还是要知根知底的人才放心。"

"这样吧，问问小齐，有没有信得过的人选。"

小齐一个星期便为我们组建了财务部。出纳是他表妹，刚毕业的财会中专学生。幸好表妹不算太漂亮，身材也不大合比例，否则两位股东一定会通过联姻方式加深合作。会计是他的三姨，四十多岁，不苟言笑，粮油仓库的前任记账员。前来交流时，竟然看不懂资产负债表。我悄悄征求风子的意见，风子尴尬地拍着额头，不好明确拒绝。我只好也不表示反对意见。

现在，50平米的小地方挤着8个人，五六张桌子、一套接待用的沙发和不低于20箱的鞋。进出时经常需要侧身而行，打电话时需要捂着另一支收听身旁呼喊、争执的耳朵。如果有飞机起降，我的通话将声震四壁。

我跟风子讨论起搬家的事情。风子早就想要一张威震四方的大班台，一个长发飘飘的秘书。我们最终决定搬到华南影都附近一家招待所，那里离鞋业交易市场只有几分钟路程，房租较为合理，我们五个房间每月租金只有一万左右。

搬家绝对是一个加速公司发展的英明决定。我们刚搬进新址不过两周，每天便会接待主动撞上来的采购商、品牌代理商、厂家代表等。这种立竿见影的效果，让我下定决心搬过来居住。

"你舍得离开航空学院？"风子关切地问我。

3

一个月前，我一个人在学院散步，碰巧遇上一个提着箱子前来问路的美女。这可是我在这所美丽学校的最高艳遇，岂能直接说出招待所位置让她轻易溜走？我立即停止了对公司战略发展的思考，对那位称我为"同学"的美女道："我正好往那边走，顺路带你过去吧。"

我热情地帮她提着皮箱，带她前往招待所。本来是直走300米倒右拐即到的线路，我迂回了一个大圈，将跟她的交谈延长到整整10分钟。她是西南航空公司前来进修的空姐，成都人。要在这里学习半年。我立即两眼放光，用四川话告诉她，我们是老乡。今后在这里若有什么困难，自己必然招之即来，挥之不去。她穿着高跟鞋几乎与我等高，形体妖娆，短裙下露出匀称修长的小腿，波浪长发映衬下，一双丹凤眼灵光闪烁，睫毛密长。我如痴如醉地将她送到招待所，再没理由死皮赖脸继续伴行，只好心痛如割告别这位仙女老乡。

那以后，我每天有空便到学校里乱撞，以大海捞针的决心想跟她再次不期而遇。几天后发展到跑去图书馆学习《读者文摘》，再后面几天，不吃中饭或晚饭，只守在教学楼通往食堂的路旁数尽千帆，独自憔悴。风子见我病得不轻，很快便弄清了就里。

"董事长，创业未成，不要分心啊。"

"风子，再敢劝我，立即翻脸。"老子啥事没干，连仙女名字都不知道，风子就觉得我被人下了迷药，真他妈六月飞雪。

我虽然对风子疾言厉色，但心里明白他是对的。于是强忍煎熬，将满腔悲痛溶解在工作中。整整半个月时间，我没有再披挂梦特娇，手持大哥大，招摇在学院食堂前。公司业务那段时间出奇顺利，毫无疑问是我用个人的不幸换来的。

一个星期天的晚上，我百无聊赖绕道一公里来到学院附近的小超市买烟。转过一个柜台时，险些晕过去。空姐老乡正背对着我选着饼干。

"嗨，又见面了。"

我强压一脸惊喜，空姐拿着饼干，有些意外的神情。

"你也在这儿？"

"我就住在附近。"

"这么巧，又遇到你了。"她说这话时，明显出于礼貌。

"我找你一个多月了。"说完这话，自己立即后悔。我短裤、拖鞋，头发蓬乱，

T恤上残留着晚饭的少量样品。完全不该以如此面貌说出这话。

"是吗？找我有事？"她故意表现得很诧异。

我绝对相信她已在我的话脱口而出的几秒钟，明白了我的用心。我陪着她走出超市，在无星无月的夜空下，在炎炎的热风中，一不做二不休地表白起来。

"空姐老乡，你是我在这个学校见过的最漂亮的女生。我第一眼看到你，就做了许多反常的事。我第一次主动帮陌生女性提行李，又在这个转过几百次的学校迷了路。我在食堂前等了你两个星期，在图书馆泡了十几个晚上，在招待所门前抽了几百支烟。唯一收获是知道你中午从不吃饭，晚上从不看书，深夜十二点前从不回招待所。现在，我终于又见到你了，心愿已了，再见了。"

我说完，看也没看我的偶像，便径直转身离开。

身后并没有传来叫我停下的声音，我只好悲壮地穿着拖鞋踢踏踢踏继续走下去，不敢回头，不能停步。

回到住处，我突然悲痛欲绝。并不是与空姐再次失之交臂，而是自己表现得太精神失常。

"风子，最近我是不是有些亢奋，有些失控迹象？"

"师爷，你最近太忙、太兴奋。公司发展太快，经常让人回不过神来。我总感觉昨天还朝不保夕，怎么一觉醒来就发达起来？董事长，你在每个方面都比我强，只是感情太饥渴，所以偶尔变态也很正常。"

"我什么时候变态了？"

"如果不是我拦着，你可能还在做那小妞女的从良工作。现在一个见面几天的空姐又把你弄得死去活来。今后我要想篡党夺权，只要准备几个像样的女人，你还有活路么？"

"就凭你，风子，你选的宝贝白送给我也不要。"

"师爷，我们打个赌。你只要一个月不再去航空学院，我就送给你一个女人。"

"你啥时候干起人贩子勾当了？"

"敢不敢赌？"

"一言为定。"

我为自己迅速陷入迷乱感到很没面子，下定决心不再去航空学院丢人现眼。但人生最难的是三戒：戒毒、戒赌、戒女人。对于这项仅次于戒赌的工作，我坚持得异常艰难。从第三天开始，便出现了苦闷、抑郁等种种症状，当风子周末快乐地去找小姐时，我却独守空房，形影相吊，坚持着没去找绳子自挂东南枝。

寂寞广州，灯火辉煌的夜晚，到处可以找到小姐，却没有爱情。我以为自己早就不会再犯傻，但当公司每月销售收入接近 200 万时，竟然又开始向往不必每次付费的爱情。我独自去看电影，披着风衣的周润发再次扫荡江湖，从电影院出来，耳朵里还残留着隐隐的枪炮声。

时间消磨得很艰难，看看手表才 10 点半，我坚决克制自己不再去航空学院，但两脚自动沿着熟悉的线路走了起来。我来到学校后门的南海酒家，点了啤酒和小菜，独自吃起宵夜。眼睛一直注视着后校门，这很自然，我根本管不住它。我自斟自饮，一直喝到 12 点，灯火阑珊，然后惨淡回营。

我决心用勤奋工作忘掉那位无名空姐。几天后，这个办法开始失效。我发奋工作，但神情恍惚；我忙忙碌碌，却经常忘记自己在干什么。只要一空闲下来，就自动进入发呆模式。风子仰天悲叹："师爷，我输了。快去找你的空姐吧，再赌下去，我都要疯了。"

"你说什么？"我茫然问风子。

我黯然憔悴地来到航空学院，在足球场边徘徊，在图书馆边伫立，最后磨磨蹭蹭来到招待所，五步一徘徊，十步一支烟，仰观楼顶，俯看皮鞋。从 8 点一直等到 10 点，寻隐者不遇，灰溜溜地携带自己的影子从后门离开学院，又在校门旁的南海酒家找了张桌子坐下，想趁着一醉，与这校园两忘。

我要了一份炒河粉，半打生蚝，一瓶啤酒，开始自斟自饮。

"我能坐这儿么？"

声音从身旁传来，我侧过身，一个从天而降的美女已从我身边掠过，盈盈坐在我对面。那位无名空姐带着折磨人的微笑看着我，她穿着令人心旌摇荡的黑色低胸吊带裙，身上散发着大商场里最显眼的化妆品专柜的香气。

"怎么是你？这么巧？"

"巧么？刚才我回招待所，看见一个人在门口台阶上来来回回走了几公里，长吁短叹的。我心里奇怪，就跟着这个人走出校门，到了这儿。结果就看见你一个人在这里喝酒。"

"那就别管这个家伙了。咱们一起喝两杯。"我红着脸，转向服务员，"再拿个杯子，加一份香辣蟹。"

我扭过头时，看见空姐不怀好意地打量着我，一脸嘲弄，兼着怜悯，弄得我满脸发烫。趁着服务员拿来杯子，不由分说给她斟上酒。

"来，敬你一杯。"

她并没有端酒，柳眉上挑，目光斜着 45 度看着我。

"你急着找我？"

"想来看看你。"

"找不到我就一个人喝闷酒？"

"这……"

"找我干吗？"她身体前倾，让闪烁的大眼睛和胸前的优美曲线一起参与挑衅。

"问得太直率了吧？"我傻傻笑道。

"你都找了我一个月了，成天像个歹徒一样在学校里晃悠，还不好意思么？"

"喂，美女老乡，我怎么就像个歹徒了？你不是叫我同学？"

"第一次你就故意带着我兜圈子，第二次又没头没脑说了些胡话，今天又守在楼下，不知准备怎么骚扰我？"

"我也是身不由己，对你印象特别好，看着特别亲切。"

"学校里那么多美女，你怎么不花时间去泡？"

"她们走得太快，不需要我帮着提箱子，也不会喊我叫'同学'。"

空姐咯咯笑了起来。我趁着这短暂的空隙，将筷子递过去。

"来，尝尝，这儿香辣蟹不错，你好久没吃辣的了吧？"

"你在广州干什么？"

"在这儿做点小生意。"

"你是个体户，不做生意，总往学校跑什么？"

"想看看有没有刚来的美女，让我帮着提箱子、带路。"

"如愿以偿了？"

"除了你，再没有遇到这种好事了。唉，现在我觉睡不好，饭吃不下，整天疯疯癫癫的。"

"你想追我？"

"这个嘛……"我一脸尴尬。

"是，还是不是？"

"算是吧。"

"就是嘛，大男人做事要爽快一些。"她端起杯子，"辛苦了，敬你一杯。"

我见峰回路转，喜形于色地将整杯啤酒一饮而尽。

"个体户同志，以后别费劲了。我有男朋友了。长得比你帅，钱比你多，个子和地位都比你高，明白吗？"

"你这么一说，我就踏实了。"我故作镇定道，"他没在广州吧？"

"问这个干吗？"

"你要在广州呆半年，他又不在。人呆在这儿都很寂寞。你如果需要解闷的朋友、喝酒的朋友、逛街的朋友，或者是集三者于一身的临时男朋友，你都可以找我啊，要不试用我三个月看看？"

空姐再次笑出声来。成都女孩喜欢逛街，喜欢热闹，喜欢美食，我直奔家乡美女的七寸要穴。

"我叫余野。美女贵姓啊？"

"你还不死心啊？"

"都一起喝酒了，我还美女美女的喊你，多生分。"

"秦娅。"

"这名字好听，好记。秦娅，你闷了，寂寞了，就及时通知我。"我用纸片写下了自己的手机号码。

秦娅接过纸片，并没有珍藏的意思。

"求你了，别随手就扔。万一你哪天无聊了，总可以约我出来解闷。"

她盯着我，笑笑，将纸片放进小手袋里。

"太晚了，我得回去了，谢谢你的宵夜。"

"记着给我来电话。"我一往情深死皮赖脸地对着她背影道。

她不做回答，侧身向我挥挥手，消失在校园后门的夜色中。

4

我没接到秦娅的电话。为了事业，我和风子搬进了办公室楼上的寝室。离开航空学院，没有了幽静林荫道，没有了绿茵球场，远离了让人咬牙切齿的秦娅。我成天挤在邋遢的商贩中，送货发货，讨价还价，染上了一身浓烈的真皮味道。小齐偶尔过来，见我们挥汗如雨，辛勤创业，颇受感动。

"师爷、风子，你们辛苦了。我总帮不上什么忙。"

"小齐，你就不能把后勤工作弄好么？"风子理直气壮接过小齐递来的香烟。

"我又打听到一家夜总会，小姐绝对一流。"

"我是说，你就不能通过正规渠道去找个空姐？你看看，我们董事长呕心沥血，除了工作什么都不谈，整天没笑脸。你怎么忍心？"

"是，是。我这就想办法去物色。"

"物色个屁。"我从地上抬起头，将样鞋放进箱子，"风子的话你也信？老子现在一心创业，日进斗金。女人如衣服，今天穿，明天脱，谁会当回事？"

"小齐，最近有个狐狸精空姐，让我们董事长郁郁寡欢，我是帮不上忙了。就看你有没有办法搞定这个难题。"

小齐呈奋勇状："谁这么大的架子，敢不把我们董事长放在眼里？我这就带钱去砸她。"

"行了，老子还没有困难到要你们帮我搞定女人。大家好好干活。"

我堵住他们的嘴，心里老大不以为然。不就是一个空姐么？不就仗着身材过人，姿色超群么？有什么大不了？

晚上，我正在清点需要装箱发货的鞋品。手持大哥大、准备跟小齐去泡妞的风子，突然去而复返，冲进办公室。

"师爷，电话。那个空姐给你来了电话。"

我一脚踢开面前的箱子："怎么说？"

"她在电话里找你。结果是我接的。"

"你他妈怎么回答的？"

"还能怎么说？我说是你的司机，董事长正在开会。有什么事我立即转达。"

"算你机灵。她留话没有？"

"她说没什么事，就要挂电话。我急了，说如果董事长知道你来了电话没转给他的话，自己非被开除不可。"

"然后呢？"

风子胸有成竹卖着关子："然么么，她就给了我这个号码，让你有空打电话给她。"

我抢过风子手中的纸条："给你记一功。去疯吧，别碍我事儿。等等，大哥大留下。"

纸条上记的是一个手机号码。我急不可待拨打电话。漫长的忙音中，我祈求了三山五岳的神灵大仙们帮忙，才拨通了电话。

"喂？"电话里勾魂的声音，让我在心里一边痛骂，一边想再听一百遍。

"秦娅，是我，余野。"

"哦，是你呀？刚才心血来潮，想约你聊天，现在没心情了，改天吧。"

"别呀。你千万保持心情。是在学校吧？我这就坐直升飞机赶过来。"

我急忙挂上电话，冲进卫生间洗尽全身尘灰，又精选了一套观奇衬衣披挂登场。飞身下楼，拦住一辆出租车直奔航空学院。

总算在学校旁的一家典尚咖啡馆等来了秦娅。这回她一身超短裙，显露玉腿撩人，风姿绰约。从她姗姗进入我视线的十几米距离中，我的目光几乎没有离开过那双雕刻般的玉腿。

"你这么色迷迷的低头看什么？"她老实不客气问道。

"我没敢看你眼睛，只好欣赏你的身材。"不知为什么，我一见到她，气焰就要矮三分。

"我知道你鬼头鬼脑地看什么。我的腿是不是很漂亮？"

"看得我心如刀绞。"

"行了。小鞋匠，就你这样子，安心做个色迷迷的观众吧。"

"你好残忍。一边尽情挑逗，一边无情拒绝。"

"那是你自作多情。你要受不了，我这就走。"她说着拿着包作势要起身。

"行、行，我受得了。你怎么样折磨我都行。"我赶紧起身赔罪。

"可是你自己情愿啊。我把话说清楚，最近挺无聊，只想找你解解闷。"

"老天保佑，希望你天天都无聊，我随时准备奉献自己思想、灵魂甚至身体伺候你开心。"

她咯咯笑着："用不着那么隆重，跟你聊聊天而已。我几天后就离开这里了。"

"这么快就要走？我们之间还没开始就要结束了？"我掩饰不住一脸失望。

"怎么？舍不得我？"

"我的心都要碎了。长这么大，我还没有交过一个正式女朋友。你这一走，我连临时女朋友都捞不着了。"

"看你笨头笨脑的样子，难怪找不到女朋友。喂，看在你陪我解闷的份上，我指点你几招。"

"最好是边练边指导，进步快一些。"

秦娅不理会我的疯话，有板有眼对我训导起来。

"余野，你长相一般，气质平平，泡妞技术很差。看得出你读过几年书，在商场里很不容易混了几年，最近勤奋干起个体户，挣了几个小钱，心里开始膨胀起来。社会底层女人你看不上，有些背景或资本的女人又不搭理你。像你这么爱财好色的家伙，这么多年，想找个正经女朋友，除了表现得脸皮厚、头脑发热，没法给别人更好印象。你明知道我们两个不是一类人，还要飞蛾扑火，死缠烂打。我要不是一个人太无聊，也不会找你寻开心。"

一席话，听得我肝肠寸断，像个被戳破的气球，摊在椅子上。

"怎么？挺不住了？"

"那你说我还有救么？"我红着脸可怜巴巴问道。

秦娅侧着头笑吟吟道："想不到脸皮这么厚的人也会脸红。好吧，我来教你几招。"

"管用么？"我半死不活道。

"首先，泡妞要注重仪表，我见过你三四次，你的脸就从没洗干净过，身上总有股皮革的味道；第二，别总挥舞你那个大哥大吓唬人，你那个型号叫作'砖头'，现在有品位的人都用折叠式了。看看，就是这种。"她说着从手袋里拿出一款小巧的翻盖式手机，晃得我无地自容。"第三，对女人要沉得住气，别招之即来，挥之即去，一副犯贱样子。最后，要学会给女人送花，写纸条，买小礼物。懂了么？"

"你还有几天回去？"

"干吗？"

"我得在你身上试试这几招灵不灵。"

"余野，你可真是死心眼。跟你直说吧，我喜欢乱花钱，穿名牌，开好车，住高档社区，受人羡慕和尊敬。我不喜欢工作，不愿意辛苦挣钱，人生短暂，我需要享受。告诉你，我已经换了五六个男朋友了。"

"我们有着共同的理想。另外，咱们都是非常坦白的人，真是志同道合。秦娅，现在我只是一个小个体户，你尽管去跟你的大款男朋友做伴，只要我们保持联系，总有一天我会想办法让你跳槽到我身边。"

秦娅笑吟吟地看着我："余野，我终于发现你一个优点，百折不挠。"

我不客气地挺直了腰板："怎么样，对我有些感觉了吧？"然后，又补上一句，"秦娅，男人有了太多的钱，会真心对你吗？"

"你真老土。男人好色是自然规律。这世界上那里去找有钱不好色的男人？可能么？我宁愿选择富贵无忧的生活，而不奢求所谓真感情。"

"你这一分析，我觉得豁然开朗。人这辈子就这么回事。"我感觉情绪有些低落，"就这样吧，秦娅，我送你回学校。"

"你不陪我聊天了？刚才还信誓旦旦。"

"秦娅，问个问题。你跟男朋友在一起时，也是这么直率么？"

"我会很温柔、很乖巧。"

"为什么对我这么直言不讳？"

"因为，几天后我们就见不到了。我们现在就像在火车上，谈得热火朝天，但一到站就各奔前程，相当于永远消失了。"

5

搬到鞋城后，公司业务更上一层楼。除了老客户订单，还有众多撞到我们门市来的散客，给公司增加了不少小批量订单。我们守着四五个品牌做代理，每月的销售量稳步上升。干上这个行业，几乎没有安心休息的时间，选样、下单、催货、收货、验货、发货，每天总有做不完的工作。现在是冬天，按照这个行业的超前规律，我们正紧张地为春鞋的版样和货源忙碌。

那天被秦娅训导了一顿，几天来万念俱灰。除了上班，别无其他事想做。厂里又有几百箱鞋运来，新一轮忙碌又将开始。我埋头这批鞋的验收和发货，每天只睡几个小时。

秦娅的电话打来时，我已经熬了几个深夜，迷迷糊糊，思维混乱，刚听到她的声音，觉得挺奇怪。

"是你啊，你不是走了么？"

"明天的飞机。不准备跟我告个别么？"

我拿着电话沉吟片刻："晚上请你吃饭。"

晚7点，我在海珠区客家王餐厅的包间里等她。这一次，她几乎没有迟到。进门时，发现她穿得淑女多了。

失去非分之想后，我跟她的交流变得挺自然。

"今天打扮得这么淑女来跟我告别？"

"淑女其外，狂野其中。"

"明天什么时候的飞机，我送你。"

"不用了。学校有直达机场的车，这儿离机场只有几分钟的路。"

秦娅挂上外套，包间大桌子上，只有我们两个相对而坐。有那么一刻，不知是疲惫，还是想到告别，我似笑非笑看着她，默不作声，包间里陷入尴尬的寂静。

"你怎么了？没精打采的。"她问道。

"你要走了，我能有什么精神？"我平淡说道。

"你这么在乎我？"

"你说呢？"我斜靠在椅子上，感觉自己一旦疲惫，便分外显得成熟，像个情场老手。趁她还不知怎样回答，我从包间壁柜里取出准备好的一大捧鲜花，微笑递给她。

"送给你。你教我的，要时刻准备着给女人献花。祝你一路顺利。"

她惊讶地看着我，第一次有些失态地流露出欣喜与张惶混合的神色。

"谢谢。"她捧着花，由衷地说，"真漂亮。"

"还有小礼物。"我说着，从包里取出一瓶法国香水递给她，"我闻过了，这瓶香水跟你身上的差不多。营业员说，有品位的女孩子都喜欢这种香水。"

她微笑接过香水瓶："行啊，小鞋匠。有进步。这是香奈儿5号，世界著名的香水品牌。你居然是闻着我身上香味去买的。你属狗的？"

"哪儿需要属狗，每次闻着你身上的香味，我都忍不住要晕倒。唉，你本来就漂亮，穿得又少，再用这种勾魂的香水，杀伤力太大了。"

她笑道："我在折磨你么？"

"其实被你弄得疯疯癫癫的也没啥，就是一想到今后见不到你了，心里挺难受的。"我微笑道。

她诧异地看着我，低头喝了口红酒，没说话。

"秦娅，真羡慕你，可以回家。我已经两三年没回成都了。也不知什么时候可以回去？"

"你买张机票随时可以回去。这很困难么？"

"在成都，我没有亲戚朋友，只有债主。我生在那里，现在却连一片瓦都没有。回去干什么？"我端起一杯茶来抵挡那掩饰不住的感伤。

"你准备赚够了钱再衣锦还乡吧？"

"有这个想法。秦娅，你回成都后，即使我有朝一日回来，也可能见不到你了。成都很少能见到太阳，天总是灰蒙蒙的，但美女如云，我眼睛看花了，也就不会再想你了。"

"我明天一上飞机，可能就把你忘了。这很重要么，小鞋匠？我们现在在广州，莫名其妙认识了。大家都开心。到了时间，大家就分手告别，这不好么？干吗想那么多？"

"是啊，莫名其妙认识了你，莫名其妙地心碎一把。"

"自作多情。"她有些看不惯我半死不活的微笑样子。

"秦娅，你在广州认识的这个小鞋匠，没有泡妞经验，在你面前笨头笨脑，可他有热情，百折不挠。等着吧，等我衣锦还乡，那时除非你嫁人了，否则，哼哼……"我把手握紧成拳道。

"你可真有追求。"

"说真的，那天在杂志上，看到这样一段，男主人公在离别故国时，碰到一个绝色女子，却是自己命运之外的女人。我想，你该算是我命运之外的女人，现在离我不到一米，明天就会消失得无影无踪。"

"小鞋匠，做个酒脱的人。行云流水，说断就断，就算今夜死去活来，明天就可以相忘江湖。"

"让个男人为你神魂颠倒，不计成本地想念你，不好么？"

我的一番颠倒感慨，让她若有所思起来。

"拿支烟给我。"

"你要抽烟？"我惊讶地递过烟，又给她点燃。

她抽烟的姿势即颓废又优雅，像妖娆的女特务，让我着迷。

"很奇怪么？我就不能抽烟？"

"不是这个意思。我是觉得你抽烟时更迷人。"

"我男朋友不喜欢。当着他的面我从不抽。"她的神情也有些莫名黯然。

我们几乎还没动桌上的菜，我给她倒上红酒。手持高脚杯喝酒时，她另一只手上的烟气缭绕，我再一次被她脸上复杂妖娆的美丽所打动。

"我住在学院旁边的时候，天天看飞机起降，好像随时都要经历告别。我不喜欢离别，但看到飞机，我就想到处漂泊，不想停留。"

我们已经喝光了第二瓶，头开始发晕，胸口火热，眼神迷离。

"我再敬你一杯。秦娅，临走时，对你说声珍重，说声谢谢。今后想到你，我不知道是在思念家乡，还是在思念你。呵呵，越说越肉麻。"我坚强地举杯，将满杯的酒一饮而尽，然后摇摇晃晃起身，"走吧。我们可以告别了。"

"等等。"

我带着几分醉意，看着她古怪的表情："还有什么事么？"

"余野，今晚陪着我。"她的脸被红酒和即将到来的离别煽动起一种光彩照人的表情。她的手像执行一项使命一般，伸过来，捏紧我的手……

6

广州的冬天，阳光温暖灿烂。繁花装点的街市，让人觉得春意盎然。

春节大假前的最后一周，公司异常忙碌。几天前，我们就不再接受订单和送货，只竭力将手边的货清理干净。最忙的是财务部，内外结算同时进行，员工工资、奖金的发放，协作单位的收款和结账。我几乎天天泡在财务室，由风子处理完公司剩余的业务。

晚上几乎天天泡在酒桌上，与合作单位联谊，与工商、税务、城管部门相关人员的酬谢酒会，与公司员工聚餐。夜夜昏天黑地。风子和小齐的任务更加繁重，喝完酒还要抓紧时间奔赴夜总会，再有几天，全广州的小姐们便将回乡省亲，99%的娱乐场所将闭门谢客。风子他们带着只争朝夕的紧迫感，抓紧这最后的营业时间犒劳自己。

董事会在一个明媚的早晨召开。地点是我选的，粤秀山大酒店。这里是广州最美的地方，站在山顶，有全广州最开阔的视线。

三个股东占据了一个可以容纳二十多人的会议室。阳光透过落地玻窗洒在桌面。我感觉自己的声音在空空的房间里撞出了回音。

"各位股东，今天是公司盘点的日子。去年三月公司正式创立，经过一年努力，我们总计完成了3000万销售收入，扣除各项费用和税收，再扣除10%的发展基金，公司净利润350万元。去年公司创立的时候，我们研究的是怎么让公司生存下去，现在我们需要讨论的是怎么分红，明年又该怎么发展？"

"我的意见是每人100万。留50万作为发展基金。当我一觉醒来，发现自己已成为百万富翁，那种感觉跟做神仙有什么两样？"风子志得意满发言道。

"我同意冯总的方案：有了这笔分红，各位股东将彻底脱离为生活费而发愁的日子。钱这东西，还是落袋为安的好。"小齐附和道。

我看着窗外明媚阳光下绿树滚滚的山坡，感觉身边的两个合伙人，忽而变得陌生，离我很远。按照今年的势头，只需要再投入两百多万铺设网点，占领几个城市，明年收益难以限量。

"同意。"我听见自己的声音，毫不含糊地响起。

"全体股东一致通过本项分配方案。"风子的灿烂笑脸在我眼里像并不真实的幻觉，"下一个议题，明年的发展方案……"

风子和小齐开始预测明年的收入，应该购买的汽车、房子，应该去找的女人。

"各位股东，明年的事儿明年再说吧。大家都累了，应该好好放松一下。"我微笑着打断他们亢奋的发言，"明天，公司正式放假。今晚咱们三个好好聚聚。"

"董事长，冯总春节回西安，我要带着女朋友去西双版纳，你打算回成都么？"小齐问道。

是啊，我该到哪里度过这个春节？我问着自己，但嘴里的回答脱口而出："我么，到处走走，到时候再说……"

春节对我而言，是一段荒凉的日子。当几百万人坐着飞机、火车、汽车、轮船，汹涌逃离广州，我却只有待在这座空城中，对着自己的影子发呆。公司职员早已放假，风子和小齐也走了，寝室和公司都冷清得怕人。记得一个鞋老板告诉我，每年春节时，繁忙的厂里人影俱无，他心里变得非常惶恐，一遍遍问自己，工人们还会回来么？

我已是一个百万富翁。这是一个不争的事实，银行存折就在抽屉里。

长期贫困之后，突然富有是一种奇特的感受。100 万元，在 90 年代的广州可以购买一幢别墅，或者一辆最新款奔驰车。而这，仅仅是个起点。商业是一个不断积累的过程，人脉与声誉一旦建立，利润便会如活水，源源不断流向你的口袋。我还没有做好成功的准备，缺乏那种百万富豪应有的谈吐仪表，不尽利润就已经不由分说滚滚涌来，自己手忙脚乱地从一介盲流迅速变身为企业家。感觉海口的穷困挣扎恍如昨日，而如今，自己必须认真考虑如何适应七位数的身家。

友谊是必须重新测量的，据说存款尾数每增加一个 0，朋友圈就会自动更新一次。爱情是可以问津的，坐在奔驰车里寻找爱情，比骑自行车追逐真爱更高效便捷，拥有无可比拟的速度优势和视觉冲击。亲情是可以重建的，父亲说过，穷在闹市无人问，富在深山有远亲。当我功成名就，那些老家的远方亲戚便会自动出现，带给我人情温暖。我也会有自己的家。到了春节，餐桌上会有热腾腾的饺子，摆满丰盛的年夜饭，一大家人在笑声与喧哗中观看春节晚会。

而此刻，我陷落在寂寞的广州，在万家灯火中只是一个观众与看客。

我躺在床上，思忖着怎么逃出这个荒原。

这段时间，白天忙碌，晚上酒醉，我几乎没有清醒的时间来思念秦娅。这个女人让我享受到无比缠绵的一夜。这几年来，我的性生活几乎全部是商业行为。只有那一晚，我几乎倾尽蓄积二十多年的全部激情，全部爱情。

那个深夜里，从间断的睡眠中醒来，我吻着她脸上的泪水。

"嫁给我，秦娅。"

"别冲动。"她抚摸着我的头发，声音里充满温情。

"让我来照顾你，给你想要的生活。我会努力奋斗，相信我。秦娅，我会一生好好待你。"

"我相信你。余野，我们不可能在一起，还是随缘吧。"

"为什么？"

"我们只是两个寂寞的路人，到站就要分手，你不是我的目标。"她的声音像是从远远黑暗中传来。在最激情的夜晚也无法遮挡这声音中的一线凄凉。

　　黑暗中，我们再次紧紧相拥。

　　此刻，我坐在航空学院放假无人的球场上，头顶上轰鸣的飞机起起落落。

我突然不可救药地想念成都，我的故乡，想念已经散落在成都茫茫人海中的秦娅。

第十一章
神奇的友谊像指南针一般精确地指向利益

1

有很多人被赋予强盛的生命力，他们总为自己激烈的欲望而烦恼，一生随处面临难解难分的矛盾。痛苦锋利无比，每每洞穿五脏六腑，把心灵戳成漏水的陶罐。可伤疤一旦愈合，立即藐视疼痛，为大难不死而沾沾自喜。危机算个鸟毛，风险顶个球，生活一旦四平八稳，便浑身不自在。灵魂像暴跳的激流般寻找泛滥开阔的场地，心中总有种黑暗强大的激情，把七情六欲熬成一锅滚沸的油汤。

他们理解和践行的生命，不是一种固定的轨迹，一种被科学定义的生物体，在他们看来，生命是一种秘密离奇的过程，运行规律由《易经》解释，精神装甲都放在《金刚经》里，它戏弄解剖学和手术刀，蒙骗外科医生，逍遥于生物学科之外，是一种摸不着、看不见的火焰。像这种强悍到生命不止，犯贱不息的高密度加强型男人，一定要遭遇一个奇奇怪怪的世界，才能让他们的生命颠沛诡异，流露出斑斓的色彩与猛烈的光线。

我常常在想，自己是否真想过一种饱食终日、提笼架鸟的生活，跟民女们整日打情骂俏，相互调戏？体内那种无法控制的力量，让血管里仿佛灌满岩浆。我无法得到安宁，除非等这种力量被消耗一空。在这之前，我只能不停奔跑，不停折腾。

风云际会的时代，我经常感觉自己过于仓促地策马飞奔，冲锋时立马山头，手提菜刀，毫无造型美感地勇猛呼啸前行。

2

我们高视阔步走进珠江大礼堂的新闻发布厅，里面已经坐了不少同行。两个月前，华伦公司的人便在鞋城遍撒英雄帖，广州日报上也轰炸了两个整版。意大利华伦品牌的进入无疑成为业内一件大事。

主席台上坐着几个金发老外，很优越地看着台下的鞋老板们。一个漂亮女司仪主持着推介会。按程序先是行业协会领导讲话，然后由华伦中国公司的吴总介绍该公司及其产品，最后宣布加盟条件。

风子注意力很快被女主持人吸引："小齐，推介会完了，咱们去会会这个姐？"

"看她那个骚样，估计早被包了。你想插上一腿，怕是付不起转会费。"

"怎么不行？我们公司包了她的品牌，我顺便包了她，很合情理么。"

"凡欲取得我公司地区品牌代理权的企业，需要首先缴纳 100 万保证金……"

台下一片嘈杂声，这么高的保证金近年来闻所未闻。按照行业规律，100 万现金，几乎可以同时操作五六个品牌。

一个广东佬忍不住喊了起来："你们懂不懂行哦？这么高的保证金，哪个赤佬会做？"

几个鞋老板大声应和："太离谱了。拜托，你们这么定，谁会跟你们做，只有自己吃自己吧……"

我们幸灾乐祸看着会场里一片大乱。风子和小齐以为我会在时机成熟时，像周润发一般站起来，扔出 1000 万转账支票，大喊一声："这个牌子，给我打包。"

见我迟迟不动，风子有些沉不住气，"董事长，咱们什么时候出手？"

"慌什么？如果大家都不出手，就没必要这个时候露出底牌。推介会完了，我们可以私下找华伦公司谈判。现在越是没人应招，对我们越有利。"

我们稳稳坐在后排，看着群情激昂的广东佬吵吵嚷嚷，将整个推介会变成一个七嘴八舌的辩论会。主持人竭力想控制局面，但无济于事，她大概很少参加鞋老板活动，不知道台下这些鞋匠们藐视纪律、自由散漫的特点。只有税务部门召开依法纳税大会时，台下才会鸦雀无声。

有人陆续退场，跟着便是几个闹得最起劲的广东佬起身离席。眼见大会不宣而散，主持人只好提前宣布："今天的推介会就到这里，感谢大家光临……"

我对风子道："冯总，该你表现了。去找到那个主持人，说我们想跟华伦公司谈合作……"

我们被引入会议室就座后，工作人员将茶和水果，以及一系列加盟材料伺候上来。华伦公司的一个中方副总负责接待。

这位姓刘的副总，滔滔不绝介绍起华伦产品的优势，风子在我暗示下，在他发言第五分钟打断了他的话头。

"刘总，我们不是来了解情况的。不知您跟我们谈判，贵公司有没有授予决策权？"

"如果谈区域代理，我可以拍板。"

"我们想做的是贵公司全国总代理。"风子抛出了我们的来意。

刘总颇为尴尬道："如果是这样，需要意大利方的投资代表和我们吴总经理来决定。"

"那能不能请老外来谈这桩合作？"

"这个么……"

我挪了挪身体，缓缓说道："刘总，觉得我们诚意不足，还是我们实力不够？今天这个推介会上，可能只有我们公司是带着1000万来寻求合作的。"我从皮包里拿出支票，放在桌上，缓缓推到他眼前。任何一个跟鞋老板打过交道的人，都会对这个场面感到震惊。

刘总几乎是从椅子上跳起的，腿重重碰在桌角上："我这就去请史蒂文先生和吴总……"

我往桌上拍下的这张支票，不但震撼了刘总的腿，还震撼了90年代初期的广州鞋业。

数月前，为了这张1000万的支票，我跟小齐里应外合，对他们银行行长实施了强大的酒池肉林攻势，不仅在酒桌上肝胆相照，还经常在水疗中心光屁股相向。从公司申报贷款材料，到最后审批，一路绿灯开放。第一次他来公司考察，我将业务数据按两倍汇报，又把公司前景作了一个放大了五六倍的描述，然后在酒桌上悄悄用两万块汇报我的心意，反复几次，申贷工作便只剩下最后一两个环节。我又向武汉经销商要来了2000万意向订单。贷款最后的风控审查是在海龙王娱乐城完成的。在包间里，行长看完我们的订单，接着看脱衣舞表演，在他看得鼻血横流时，我将他推入洞房，那里有我花了双倍价钱订好的金牌小姐，帮我们做完申贷的最后工作。一周后，小齐便打来电话，通知我们去划款……

"董事长，比我们有钱的广东佬多的是，为什么我们能胜出？"

"风子，广东人喜欢讨价还价，算得很精明，但有些时候，需要比的是胆略。那天到会的可能有人资产上亿，但你要让他现场拿1000万谈合作是不可能的。他会想800万能不能成交？500万能不能成交？这么大的投资至少需要几个回合谈判。我们呢，算准了就上。不讨价、不还价，1000万直接扔出去，把老外一起砸晕……"

第二天的报纸上，那段新闻让我们看得得意扬扬——

　　　神秘客商豪掷千万，买下华伦总经销

风子感慨道："师爷，想不到我们的事迹也能上报纸，被人津津乐道。当年我们在海口算什么？社会盲流、流窜犯、穷光蛋，才不过一两年时间，真他妈想不到也会有今天的风光。你看看这报纸上怎么写的：据知情人介绍，该公司董事长带着1000万支票赴会，志在必得，一举拿下世界名牌皮鞋的代理权……"

3

广告在央视亮相那段时间，也是我们接近弹尽粮绝时分。广告拍得华丽高贵。尽管没有按照当初我的设想，让阿兰·德龙端着干邑名酒，用锃亮的皮鞋晃花大家眼睛，但基本上表达了我想表达的意思：只有喝得起XO的人，才买得起华伦鞋。

只有十几个频道的中国电视，全国性广告的威力无与伦比。国家政策是让一部分人先富起来，这部分先富起来的人，已经知道需要手持大哥大、坐奔驰车、抽中华烟、喝路易十三、下海鲜酒楼、泡夜总会、携带美女小秘方能凸显身份。但在皮鞋的穿着引导上，无疑还是一片空白。我们的广告迅速给这帮迷茫的群体以强烈的方向导引。

经销商已越来越多地涌进我们狭窄的办公室。收获的季节来临了。

华伦区域代理洽谈会又一次在珠江大礼堂召开。上一次是经销商们的冷淡引起秩序混乱，而这一次是火爆场面导致失控。我们作为庄家，逍遥地坐在主席台上，看着我们抛出的代理方案引发的混乱。

背景板上挂着特制的超大型全国地图。图上只有省份的界限和各省重点城市。我们实行差异定价，一般城市代理权50万元，发达城市代理权80万，北京、上海、广州等超级发达城市100万元，省级代理权150万元，沿海富裕省份200万元。

瓜分版图的战斗打得相当激烈，几十个经销商真枪实弹地争夺起来。

"我要上海……"

"不行，整个浙江我包了……"

"我把江北割让给你，苏、杭得给我。"

"我出 120 万，广州归我。"

"西南三省有没有优惠，价格合适我就包了。"

"老孟，云贵历来是我的地盘，你来插一腿干什么？"

"兄弟，我已经退到黄河以北了，你手别伸那么长。郑州我占定了。"

原本计划三天的活动，第一天便宣布结束。我们共卖出了 7 个省份，16 个城市，入账 3000 万元。东北、西北、西南几个地区问津者较少，我们干脆打捆出售。刘眼镜出 50 万要了成都，我们又让他添 30 万，把整个四川都转让给他。西北诸省辽阔的地域被我们以 40 万超值割让。

"世界并不缺少钱，缺少的是发现。"我的格言最近几乎成为整个公司的座右铭。当我们坐拥百城，面南背北，麾下几十个经销商开始簇拥在我们旗下，账上煌煌 3000 万骤然在握。那种巅峰体会，将我们扔向云端，感受着一种俯瞰众生的视角所带来的震撼和漂浮。

我似乎还没有用尽全力，便突如其来地成功了。感觉意犹未尽，却不想再动弹。剩下的事情似乎该享受成功了。我这个董事长，长期战斗在收发货第一线，将公司重大决策与质检员工作一肩挑尽。太累了，我为自己的辛劳而顾影自怜。正由于我事必躬亲，才使风子这个总经理垂拱而治，有名无实。下一步，我确实该让冯总亲政，多管些事情了。

其实，风子对我的不满，我早就感觉到了。还有小齐，两位股东对我一致的意见是办事过于武断。几乎忘记了我们股份只相差 1%。我经常以绝对控股者的身份在训导他们，而身为董事长，我又将总经理应尽的职责全部履行，让风子徒具老总虚名。公司创建之初，全公司仅有董事长和总经理两名员工，在当时情况下，总经理为董事长掺茶倒水无可厚非，董事长总揽各项业务也顺理成章，但公司发展壮大后，所有职员仍然将总经理一职视为闲差，让风子分外失落。以往，小齐经常对公司财务指手画脚，被我以董事不得干政为由，将他晾在一边。两个失意的董事经常在私下抱怨我专权，只是因为我敬业工作、作风廉洁，使他们没有口实把柄可握。

两位股东是同学加室友，有着对女人共同的热爱，心存对公司事务一展宏图的野心，如今却同属在野党，自然如胶似漆，越走越近。小齐只要来公司，便会呆在风子办公室里，关门、密谈，然后，带着高深表情一同离开。

起初，我不太在意。直到董事会上，两位股东否决了我继续扩张的提案。

"目前，我们只是打下了半壁江山，中原地区和华南地区还有许多有潜力的城市，要么我们去开专卖店，要么我们就继续招收代理商。只有占领了全国市场，我们的效益才会最大化，大家觉得如何？"

我热情洋溢地对两位股东陈述着自己的构想。

"余董，公司这三个月好像投了1000万广告费，把这些钱换成硬币，一把把地朝水里撒，我估计怎么也得半年时间。这么大手大脚地搞推广，我看用不了多久，公司就得关门。"小齐冷冷回应道。

我惊讶地看着小齐，又转脸盯着风子。

"董事长，我觉得小齐说得有些道理。推广工作应该由华伦公司来主打，我们敲敲边鼓就行了。感觉现在我们有些反客为主，宣传华伦品牌比他们自己还来劲。人家是皇帝，我们是太监，人家行房，我们好像比人家还要高潮。"风子嘲讽道。

我忍住火气，耐心道："风子，小齐，华伦在广告投入上一直不充分。我们要靠销量盈利，就得加大宣传力度。当初我们能吸引这么多代理商，不就是舍得在广告上砸钱么？"

"唉，我就怕公司有钱砸广告，没钱砸给股东。风子，你说，如果董事长把这1000万钞票装在麻袋里，每人给我们砸几袋多好。"小齐阴阳怪气道。

"没错。钱这东西，如果存在银行里，仅仅是一些数字，只有装几麻袋扛在肩上，才能彰显成功霸气。"

"你是猪脑啊，风子？我说的是，如果把这些钱都砸在水里，你就只能扛几袋土豆在肩膀上，还有个鸡毛的霸气？……"

两人你一言我一语，在董事会上说着相声。我沉默了一阵道：

"既然大家意见不一致，就另说吧。散会。"

我沉着脸走出会议室，感觉沮丧而孤单。

4

在数学里，有种算式叫方程式。自变量引起因变量的变化，输入不同的数字，导致不同的结果。在经济世界，人就是一个未知数。随着存折数字不同，对友谊、爱情和事业的观点也不停刷新。所谓患难之交，就像兜里只有100块时相濡以沫的交情；当兜里装着100万时，那些艰难盲流岁月中的亲切情谊便显得可疑、可笑，不合时宜。时间并没有改变我们，改变我们的，是存款。没有什么可以轻易打动我们，除了利益。

在海南，我跟风子坚固的友谊，经受住了匕首和血泊的考验，更被共同的贫困所强化。我们的劳动力如此廉价，说明自己那条性命也不够值钱。分一包烟，请客喝几瓶冰镇啤酒，便可以为彼此两肋插刀。如今，我们恍若隔世地成了私营企业家，身家暴涨万倍。走过了创业的羊肠小道，来到繁华的广场，有四面八方的道路分别通向夜场、赌场、欢场、商场和权力场，我们的选择已经变成：继续抱团享乐，还是各自分头寻欢？伟人们说，要听从内心的召唤。风子、小齐还有我，都听到了远处的召唤，而声音明显来自不同的方向。

怀旧、感伤这些奢侈品，在我还没有大富大贵之前，只能浅尝辄止。我要克服自己的软弱。

一个中午，我毫无征兆地将风子请到我办公室。

"冯总，"我躺在沙发上淡然道，"我以前管得太细太具体，这对我们的身体都有害无益。我将太多时间用在工作岗位上，让你有太多时间趴在女人身上。从现在起，我只负责公司重大决策，你要开始全面负责公司的日常经营。"

风子大喜过望："董事长，你放心。兄弟我绝不给董事会丢脸……"

我决心战略性下野，战术性隐退。三国演义告诉我，当有三股力量在较劲时，谁示强，谁倒霉。

风子亲政后果然大刀阔斧，显示出十倍于我的魄力。刚刚执政几天，他为了报答我的退位，通过海关朋友低价买进一辆奔驰560和一辆凌志300，以外资企业名义上了黑牌照。知我者，风子也。他知道多年来我对奔驰560绝望的爱恋，多次看见我目送街上开过的奔驰560远去，失魂落魄，如送别挚友。他知道有了这辆车，我就不会耐不住寂寞重返工作岗位，让他继续做名义总经理。我不敢实现的事，风子毫不含糊地为我做到了。当然，自己也不客气地开上了凌志。

神奇的友谊像指南针一般精确地指向利益。敌人与朋友往往一夜变换。

辅政大臣小齐，耐心等待两周后，仍没见到自己拥立大功的奖赏，按道理，至少应该是辆奔驰，再谦虚也该是辆奥迪。小齐多次表示，别太费心考虑他的座驾，风子果真毫无动静，连奥拓的影子都没见到。

小齐反应变得异常剧烈。在冯总办公室，他拍着桌子，厉声指责我们道："这也太铺张了。公司刚刚起步，你们就挥霍无度，对股东太不负责了。"

风子一反平日与小齐一同欢场泡妞，一同在野议政的亲密劲，冷冷道："齐董，别忘了，公司能有今天，一直是我和董事长奔忙劳碌，你到时间坐地分成，不觉得受之有愧么？"

"你这是什么话？没有我借来的 1000 万，公司能取得华伦代理权？风子，你他妈的真是过河拆桥。"

"齐董。"风子狠狠一掌击在面前班台上，将桌上的烟灰缸震得跳了起来，"这里是公司，请注意你的语言。作为公司总经理，我有权决定公司的固定资产购置。退一万步说，就算你现在要求召开董事会，你的股份恐怕也无权否定什么。"

"行啊，冯总，长进了，在我面前摆总经理威风了。当初公司没有我的支持会有今天？"

"如果我没记错，齐董在公司分红已经 100 多万，现在按照公司的净资产计算，你的股权价值超过 500 万元。这些收益偿还你对公司的帮助，够不够？"

"董事长，冯总一上任就引发股东不信任。你得表个态。"

风子不以为然，他知道我没有勇气投票反对自己那辆奔驰。董事会还有什么理由不沿着他指定的方向前进。

"冯总，我提议董事会讨论给齐董买一辆别克。他在银行上班，既需要配备必要的交通工具，也不能太张扬。所以，'别克林荫大道'是上佳选择。"

小齐走后，风子愤愤不平地在办公室来回走动。

"师爷，我觉得我们怎么还像在干农民起义？打了胜仗就抢功、争地盘、闹内讧？"

"行了，风子，大家朋友一场，怎么也要讲些交情。再则，没有他引来 1000 万，我们也不会有今天的局面。你刚执政不久，凡事不要来得太硬。"

下野后，风子与小齐的攻守同盟轰然瓦解，我竟成了人人想拉拢投靠的裁判，真是意外的惊喜。

四海宴平之际，我悄然退居纷争俗事之外，用更多时间陪伴我的爱车。

在车辆稀少的高速公路，当我以 180 公里时速前进，那种前所未有的飞翔感觉让我兴奋若狂。我沉浸在多年的梦境里，为恍若隔世的变化回不过神来。人生的不真实感飘荡在心里。我真的就这么来到巅峰了么？我可以开着这辆奔驰荣归故里了么？我心里一片茫然、欣慰，又不知所措。

5

贫穷检验人的耐心和意志，而富贵将测量出人的真实爱好。当一个人的钱多得可以随意迎合欲望时，才能在众多的选择中，提炼最精确的生活取向。

公司三位股东在巨大的财富预期面前，各自的兴趣爱好已泾渭分明。简单来说，我嗜赌，风子好色，小齐爱财。

风子执政后第一次招聘，便为自己找到了一个年轻漂亮的女秘书。据办公室主任介绍，女孩才来个把月，便被冯总拿下。现在，有时中午，总经理办公室里都会闹出较大动静。即便当着我，俩人的亲昵态度也渐渐不再回避。

风子的荒淫举动，早就被小齐所掌握。尽管风子是总经理，但公司财务部却尽在小齐掌握中。会计、出纳皆是小齐亲故，他可算是公司无冕的财务总监。购车风波虽然表面得以平息，但小齐对自身利益的维护骤然加强。白天财务主管向冯总汇报工作，晚上便在家里向小齐汇报公司情况。

风子成为昏君的迹象越来越明显，开始只是搞小秘，继而开始泡模特、未成气候的女演员，当然，他的素质还没有高到不进夜总会玩小姐的地步。身在家中监控公司财务的小齐很快便发现公司费用账上，出现了大量"王朝夜总会"、"金龙歌舞厅"的大额发票，以及珠江大酒店的开房单据。

"董事长，冯总管理公司三个月，一共在各种餐厅、酒店、夜总会消费30万元，是可忍孰不可忍？再这样整个公司就要被他给败光了。我建议立即召开董事会，废掉这个混蛋，还是由你亲自主持公司事务，我们才放心。"

我沉吟半天，左思右想。风子太不争气了。刚刚传位给他几个月，他便昏天黑地，一阵乱搞。但现在废掉他，似乎又太仓促。毕竟公司业务还在持续发展，再说，那辆奔驰可是风子给我配的。让我现在便撵他下台，实在对不起既得利益。

在风子办公室前，妖娆女秘书挡住了我。

"董事长，请稍等，我去通知冯总。"

"有这个必要么？"我铁青着脸让她闪在一边，径直走进冯总办公室。

风子正在打电话，我在沙发上重重坐下。听见风子急急说着："那就这样吧，我这里刚有些急事，好，就这样，我回头打来。"

"师爷，哦，不，董事长，你来了。怎么不打个电话？"

我一声不吭拿出烟点上。风子见来者不善，赶紧对门外喊道："小李，赶紧泡茶。"

我重重关上门，毫不客气地把李秘书撵出办公室。

"风子，我淡出公司管理，是想给你一个舞台。如果你这样辜负我的信任，还有大家的信任，那我直言不讳地告诉你，你还是去专职泡妞吧。"我脸色铁青道。

"董事长，我对你可是忠心耿耿啊。为了买车的事，我才跟小齐翻脸。他对我意见那么大，主要还是从这事开始的。"风子有些急了，一副为了我的奔驰受尽委屈的模样。

"风子，这个公司最初是我们两个千辛万苦创立的。我俩一起漂泊海南，混得人不人，鬼不鬼。我们办这个公司的时候，经常有上顿没下顿。现在，公司刚刚有些起色，你就有些忘乎所以了。兄弟，咱们患难的时候，心意相通，同甘共苦，天天随身背着公司家当四处找生计。现在有了几个钱，我感觉大家反而像生意人一样相互盘算。如果真是这样，那还不如早点分道扬镳。"我沉痛地说道。

风子听得张口结舌，他没想到我的话如此沉重。

"师爷，我……怎么说呢？这段时间，我确实有些荒废，也确实多花了一些公司招待费。但你我是什么交情？师爷，这两年，咱俩同吃同住，衣服可以换着穿，一碗盒饭可以分着吃。最困难那几个月，我们两个身上从不多留一块私房钱。我怎么会暗地里跟你玩心眼？我是有些不争气，喜欢跟女人鬼混，但你今天敲打之后，我一定收敛。"

"兄弟，别让我失望。"我拍着他的肩膀，后面的话便再也说不下去了。

几天后，办公室主任，我的心腹，向我汇报说，冯总已经将李秘书辞退。

我略感欣慰。风子又专门打来电话，请我一起商量公司的长期发展计划。

"董事长，公司的环境太限制思维，我们换个地方好么？"

"行啊，你安排吧。"

我们来到浅丘环抱的番禺度假山庄，环顾林木葱茏中别致的依山别墅，精神一振。我们在半山餐厅观景、聊天、吃饭，感觉像是在过一种超脱凡俗的高档次生活。几瓶蓝带啤酒灌下，我心情大快，谈兴甚勇。

"风子，你小子真会享福，这么好的地方都找得到。"

"师爷，我们挣钱不就为了过这样的生活？"

"说吧，你今晚给我安排的是什么节目。"

"放心，董事长，我不会拿女人来腐蚀你。这里有一个相当不错的地下赌场，会员制的，引进的是正宗澳门师傅，地道澳门风格。想让你见识一下。"

当我一踏进别墅里的这间高级地下赌场，立即就被这里的气氛紧紧吸引。

在烟气弥漫的大厅里，到处人头攒动。面目模糊的人们围聚在轮盘和方桌之间，如痴如醉地聆听着筹码哗哗抛掷的声响和骰子叮当滚动的奏鸣。从我第一次踏进这里，便无可救药地爱上了这个让人血脉贲张的地方。

6

有些人的毒品是海洛因，有些是女色，另有些是 21 点。与其说我喜欢赌钱，不如说我喜欢赌场里那种迷醉的氛围。我开始沉迷其间，血液中仿佛渗入了一种快乐毒素，让我兴奋，沉醉，不知天昏地暗。我有时输，有时赢，这并不重要。重要的是我在赌，对身外世界不知不觉，甚至对大厅里来回招摇、美艳如花的陪赌小姐不屑一顾。

我迷上赌场后，风子重新开始投入女人怀抱。小齐开始向公司的资金伸手。

当有几笔资金离奇失踪后，我已得到密报，公司账务有问题。在没有确凿证据前，我不愿意大动干戈全面清查。况且，我正在苦心研究 21 点的概率，没有更多精力分心两顾。只是在下注间隙，打电话给风子，让他抽空调查。风子早就想对财务下手，立即组织封账检查。他的动作几乎没有任何掩饰，目标直指财务部背后的小齐。公司气氛骤然紧张。

据说小齐最近非常苦闷，不再隔三岔五到公司来视察工作。财务部的人整天愁眉苦脸，接受第三方检查。风子得意扬扬，意气风发。三国演义到这个节骨眼上，我就更有必要无限期地呆在赌场，坐观虎斗。不管是风子除掉小齐，还是在最后关头，我为了保持公司平衡，出面保下小齐，对自己而言，都是一件有益无害的事情。

风云突变的一天发生在我手气最顺时。我接到电话，风子栽了。小齐一个老套的美人计，竟让风子栽得一塌糊涂。就在小齐无计可施之际，他的表妹主动献身，跟风子勾搭上了。就在两人床上酣战三百回合之际，一个自称表妹丈夫的男人带着几个打手破门而入，一副要将风子碎尸万段的汹汹气势。风子表示要用 1 万块钱了结，得到的回答是两个耳光；风子出到 5 万时，已快被打得头破血流。

"老子不要你的钱，你让我戴了绿帽，老子要让你身败名裂。"

对方的态度让风子束手无策，经过劝导，对方答应让表哥小齐来协调此事。当救世主小齐出现在半裸的风子身边时，风子往日气焰丧尽，滚地求饶。大度的小齐经过艰苦说服工作，终于劝阻了表妹老公的暴力冲动行为。经过协调，风子亲笔写下悔过书，承诺今后绝不再勾搭表妹，并附悔过费 10 万。由小齐作保，让这件事到此为止，不再张扬。

小齐搭救了风子第二天，外聘审计人员便撤出了公司，轰轰烈烈的审计风暴，偃旗息鼓。我接到电话后，长叹一声："扶不起的阿斗。"从此扔下手中的纸牌，开始考虑如何重返公司，接掌大权。

公司三国演义的格局决定了得一股东可以得天下的博弈局面。我虽身处江湖之远，而又心存庙堂之上。风子有意让我沉迷于赌场，我顺势入套，让他俩直接对峙，待到两败俱伤或一人出局时，自己再复出江湖，从头收拾旧河山。现在看来，风子占尽先机却一败涂地，跟小齐之间只能心照不宣地妥协。而我，只能选择一个盟友。不管对风子有再多意见，我还是会毫不犹豫地选择他。毕竟，跟他的情谊，来自于我最失意潦倒之际。

我下决心要一举让小齐出局。现在，只需要一个导火索，一个由头，便可以从赌场重返商场。

风子垂头丧气来赌场看望我时，终于带来了这个由头。

"董事长，我有些重要的事情想跟你交流。"

"好，嗯。等我先玩过这两把。今天手气见好，得趁热打铁。"

我全神贯注研究着牌桌上的局势，将风子晾在一边。他无可奈何等在旁边，对我废物般的神色既深表同情，又不知所措。我连赢几局，神情兴奋，风子显得更加愁眉苦脸。

"董事长，只耽误你 10 分钟行么？"

"可以啊，有什么事儿？说吧。"我一边看着牌桌，一边敷衍道。

"我们能不能到那边咖啡馆去说。"

"好……好。"我只顾着添加筹码，没有挪动脚步的意思。

"师爷，真有些急事。你看是不是先停停？"风子已经着急了。

"什么事这么急？"我很不情愿地拿起桌上的筹码，跟着风子来到大厅旁边的咖啡厅，"公司不是挺好的么？"

"其他都好，只是我们齐董，快把公司搬到自己家里了。"风子愤然道。

风子简要向我汇报了齐董在公司的种种非法行为，主要是擅自指挥公司财务部，不经许可便擅自调拨资金，现在已造成近 400 万元资金不知去处。

"这怎么可能？"我故作惊奇道。

"师爷，齐董指挥财务部，一直在公司账目上大做手脚，搞暗度陈仓的把戏。我现在根本没有办法管理财务部，上上下下全是他的人。你隐居赌场后，这家伙便开始在公司里兴风作浪。我虽然是总经理，但他总打着保护股东利益的旗号，跟我对着干。"

"你有他挪用公司资金的证据么？"

"只要做一次封账审计，什么都清楚了。"

"你是总经理，这个权力应该有啊？"

"怎么跟你说呢？董事长，我本来已经快要审出结果了。结果却不小心入了小齐做的局里。他让表妹来勾引我，然后……然后又让人冒充她表妹的老公来捉奸。我拿了10万块，还是被他牵制着。"

"冯总，让我怎么说你呢？你太辜负我的信任了。"

"师爷，公司最初是我们创建的，你就忍心看着我们辛辛苦苦打下的江山被小齐的搬家公司弄走？"

"那你想怎么办？"

"我想请你出山，重新整治公司，同时将小齐赶走……"

7

那个艳阳高照的星期一，当我穿着笔挺的西装，重新出现在公司办公室，员工们像欢迎英雄一般迎接着我。大家似乎已预感到我的重新出现，将意味着结束混乱，重续励精图治的创业时代。冯总胸有成竹地宣布召开公司中层干部会议。会上，我做了简短发言，大意是前段时间因身体原因在度假村疗养，现在我要重返公司，跟大家并肩创造新的辉煌。但在这之前，需要对公司以往做一个总结，所以从即日起，公司开始封账审计。

最先陷入恐慌的是财务部。审计事务所进场的第二天，小齐便来找我，表情极不自然。我相当热情地接待了他，但不论他怎么旁敲侧击，我总是一派官腔，轻描淡写，言不及义，弄得他开不了口。

小齐斡旋在我这里碰了软钉子。第二天，财务部开始采取行动，无论审计所要什么，他们均统一口径，以资料不齐为由，拒不提供。

我带着风子专程来到财务室，用很少使用的锋利目光，扫过财务众人。

"我不管你们出于什么目的，也不管你们有什么客观原因。现在是10点钟，如果一个小时后，你们拿不出审计需要的账本和凭证，财务部便宣布解散，各人回家等候公司的调查结果……"

几天后，审计初步有了结果。公司共有400万的往来款被挪用。铁证如山，再无抵赖的可能。

当我们试图联系小齐时，他已不见踪迹。电话打到银行，那边回答小齐请了长假。风子拍案而起想要报警，我摇摇头："小齐肯定就在广州，就算抓到他，钱不一定拿得回来。他人跑了，股份还在。我们现在做两件事，第一，将财务部大换血；第二，准备好各种法律文件，将小齐的股份转到我们两个名下。"

"狗日的小齐，别让我在夜总会、桑拿中心遇上。否则，老子直接把他扭送派出所。"风子恨恨不已道。

我们怎么也没想到，几周后，小齐居然大摇大摆主动上门，一派羽扇纶巾风流。风子一副要关门打狗架势，让人守在办公室门口。

"没有我的命令，一只苍蝇都不准放出去。"

小齐毫无作贼后的种种心虚，只悠闲坐在总经理办公室的沙发上。

"冯总，请把师爷找来，我要求立即召开董事会。"

"开不开董事会是我们的事。小齐，我钦佩你自投罗网的勇气，现在我要正式告知你，经过董事会多数票通过，你现在已不是公司董事会成员，而是公司在司法部门登记挂号的贪污嫌疑犯。"

"我懒得跟你废话，赶快把董事长请来。"

"别他妈别太嚣张，这世道还轮不到小偷当大爷的地步。"

我在风子的盛怒中走进办公室。小齐颇有底气地坐在沙发上。我的脑子里快速转了几个念头，心想，这家伙不知有什么底牌，这么大义凛然？

"你找我有话说？"我斜靠在风子大班台的边上，问着小齐。

"董事长，自从你隐居后，冯总在公司倒行逆施，挥霍公司资金，成天只知跟女人鬼混。我曾多次向你汇报，你却漠不关心。没办法，我只有想办法保护股东利益。"

"这他妈什么世道。作了贼，还这么理直气壮。"风子气不打一处来。

"冯总，你不也是只大蛀虫么？不也一样理直气壮？"

"师爷，别跟他废话了，直接把他扭送派出所。"

我看了看小齐，仍没弄明白他深入虎穴的用意。

"冯总，如果我到了司法部门，可能首先会向他们汇报贵公司两年来总计偷漏税款 500 万元。然后，通知银行公司的混乱状况，让他们赶紧收回贷款。这样一来，公司不但将面临还款危机，还将被税务部门封账稽查。当然，冯总不是法人代表，可以卷款溜走，只剩下董事长跟我在班房里朝夕相处。"

总算明白小齐为什么这么有恃无恐了。这场面就像电影里被逼到绝境的亡命徒，忽而敞开衣服，露出浑身绑满的炸药。

"小齐，你究竟想干什么？"

"你们想侵吞我的股份。我呢，可以退出。不过，必须再给我200万，否则，我就到税务局去自首。"

"做梦吧，偷了400万，现在又想来抢200万。真是天下奇闻。"风子怒不可遏。

小齐这一套像才出道的敲诈犯，很不专业。我思考着怎么逼着小齐吐出侵吞的公款。现在我们已是正经生意人，海口那一套直截了当的办法，似乎不太能够照搬过来。但如果太遵纪守法，小齐又怎么会皈依伏法？

小齐见我犹豫不决，以为我投鼠忌器，对他心存忌惮。

"冯总，你可别置董事长和公司的前途于不顾。"

我经过百转千回的盘算，终于有了一套行动方案。我转过身对风子道：

"冯总，这个家伙拿着屁大点的事来要挟我们。如果在海南，我们可以把他扔进海里。但这儿是广州，要遵纪守法。这样吧，你去找罗警官来，我们给他20万办案经费，让他把这个家伙拘起来，只要他们能追缴回赃款，我们就拿出30%作为奖励。另外再给法院那边30万调查费，让他们给他判个五年，然后查封齐董在广州的财产。这样我们再花50万，不但可能会追讨400多万回来，还能为民除害。"

我毫不回避地抛出对付小齐的方案：视他如无物。

"董事长，既然你们要这样，那大家就来个鱼死网破。"小齐恼羞成怒，从皮包里拿出一叠财务报表，"这是贵公司两年来，偷逃税款的详细记载。"

我拿起那一叠账本，随手翻了翻，对风子道："我差点忘了，税务局的王局长那边我们再送20万，不要在和平时期就忘了老朋友。"

小齐半躺在沙发上，还想垂死挣扎。

"师爷，风子，你们非要这么逼我，那我也奉陪到底。"

风子已经在办公桌上拨起电话："喂，罗警官么？最近忙什么呢？现在有没有时间，我这里有些紧急的事等你过来。兄弟，你想哪里去了？这里是你地盘，哪个不要命的敢来惹我们？你尽快过来吧，我送你一份大礼……见面就知道了。"

小齐见风子真报了警，有些沉不住气了。

"好，算你们狠，大家走着瞧。"说着，他拿起皮包准备溜走。

"齐董，门口有两个新来的保安，没有我命令，你可能出不去。还是跟罗警官一起吃了晚饭再走吧。"风子胜券在握，开始尽情调戏小齐。

走到门边的小齐，果然被两个保安拦住，只好义愤填膺返身回到沙发上。

"姓冯的，我要告你非法拘禁人身自由。"

"师爷，你听说过大街上抓着小偷，却被小偷告别人限制人身自由的嘛？"

"以前没有，今天见识了。"

我跟风子一唱一和，极尽挖苦之能事，将小齐弄得脸色铁青，浑身发抖。

时间分秒流逝，小齐苦苦思考着脱身办法。他可能还没有从自投罗网的沮丧中摆脱出来。现在他能做的最大让步，估计只是放弃自己在公司的股权。而这还远远不是我的目标。

"师爷，真准备两败俱伤么？你知道我小齐在广州也是手眼通天的人物。"

"我想试试，在铁证如山情况下，再花50万，看能不能把你绳之以法？"

"师爷，做事何必这么绝。当年如果没有我，你们这个公司会有今天么？"

"小齐，做人要凭良心。你身为公司股东，却带头损害公司利益，中饱私囊。我不拿你开刀，以后公司人人可以这么做。"

"师爷，能不能用这400万来抵我的股份？"小齐终于抛出了我们想要达到的初步目的，但现在跟他签的是城下之盟。在罗警官即将到达的几十分钟时间内，我要将价码升到最高。

"小齐，你学过法律。股权转让和挪用公款是两个性质。"

"董事长，你难道非要置我于死地？"

"没那么严重。"我操着手，在办公室里来回走着，"只要拿出被你挪用的款项，我就放过你。"

"可我现在拿不出那么多现金了。我已经拿钱搞了一些投资。这是第一。第二，我要求你们明确我在公司的股份如果进行转让，可以拿到多少钱？"

"你的股份，我们最多给你200万。"我的回答相当明确。

"如果给300万，我现在就签字。"

我微笑着摇摇头，旁边的风子已将脚跷到桌子上，无动于衷地看着小齐。

小齐抽了一支烟，狠狠地掐灭后，抛出了他的最终方案。

"250万。如果这个数字不能满足，那我就随便你们怎样了。"

我低头看着自己的皮鞋，没作声。风子仰面向空中吐着烟气，表示一切无所谓。电话铃响起，风子伸手接听："喂，什么？罗警官到了，你下楼去接一下。"

"好吧。我认了。师爷、风子，你们厉害。我退出公司，大家一拍两散……"

在罗警官的脚步声回荡在门口时，小齐已经办好了股权转让全部手续，并打好了200万欠条。公司一场动乱最后以反对派股东的出局收场。

第十二章
我们躲过了一个坑，又要掉进另一个井

1

在我们经历内部消耗的同时，身外的世界也在加速变化。

一股不可阻挡的洪流裹挟着混浊浩大的气势正汹涌而来。

我案头每天都要收到几封投资洽谈会的邀请，有时是请我们去共建港口，有时是一个空中花园的项目即将横空出世，还有什么只剩几十米便可披沙拣金的金矿等着共同发财，另外还有闻所未闻的高科技项目，诚邀我们去占据时代科技的制高点。

自我主政后，风子又处于赋闲状态，除了对付女人，也开始致力于探索公司新的腾飞之路。几个月时间，风子一共给我介绍了广西三个港口，海南五六个海滩度假区，以及全国各地十多个开发区的投资项目，利润高得让我觉得现在的经营像是在开小卖部。我仍然苦苦维持着堤岸般的冷静，本能地对各种投资项目充满怀疑。久而久之，当身边的人都处在一种前所未有的躁动和兴奋中时，一种离群的孤单感让我备受煎熬。这种可怕的自我怀疑，对一个年仅26岁的董事长，显得过于沉重。我的位置，本应该站在时代潮头。

发财捷报和创业传奇不断从四面八方传来。最神奇的便是股票。这个20世纪末中国最大的财富魔术师，被一个个传言装点得像童话。最动人的故事是，100公里之外的深圳，面临着从一个渔村转变为现代化城市的转型。为了筹集资金，开发者想到了股票这个东西。起初，为了支持家乡建设，各乡各镇的领导和党员们，含泪拿出积蓄带头购买股票，几年后的今天，当初购买股票的人，以10倍价格出售这些股票时，仍然泪光盈盈，大家都悔恨自己当年没有多买些。

"冯总，股票这东西真有这么神么？"我手捧着厚达几厘米的《股票入门》，向风子咨询道。

"董事长，现在最流行的词是什么？与时俱进。您确实有些落伍了。现在深圳连买菜老太太都懂这个，你还在看股票入门。"

风子给我安排的深圳之行，基本是一次寓教于乐的考察。首先考察深交所及旁边的股票黑市，其次考察深圳的娱乐场所。

已见雏形的深南大道，开始进行造楼比赛。深交所在高楼丛中，显得有些底气不足，修到半高空，便草草封顶。这栋高楼旁边的股票黑市却让我大开眼界。成千上万的人，光天化日之下手持巨额钞票，旁若无贼地数钱交易，让人呼吸急促。那些成捆的百元钞票，散发着幽幽蓝光，将人眼睛晃得充血。不太宽阔的街道上，如潮涌动的人流阻断了交通。这里的交易出奇的简单明了，一千股为一个单位，持票者喊价，买进者还价，现款现货。跻身在这个自发围合的市场中，人会产生一种强烈的无法按捺的急切感，感到浑身燥热。人们手中传递着的那些名叫股票的印刷品，充满着神奇的光辉。至于它的价格为什么会比热带植物长得更快？没有人解释得清楚。

"冯总，是我们老态了，还是这些人疯了？"

"我觉得他们没疯，我快疯了。"

"这股票为什么会不停地长？我们刚进来的时候，广发药业才 4.5，才转了两圈，怎么已经变成 4.8 了？"

"董事长，这就叫时间就是金钱。我们是做皮鞋的，不懂得什么叫做资本运作，怪不得老是受人歧视。说实话，看到这样的场面，我真不知道今后还怎么在办公室坐得住？一双皮鞋我们最多赚 20 多块钱，货款还要七拖八欠。公司一天的利润还比不上 5000 股股票的利润，而且这里是净利，没有税收，人力成本就是一顿盒饭价钱。"

"风子，是不是我们这些实业家即将被时代淘汰？"

"咱们以前太墨守成规。每年累死累活赚个一两百万，什么时候才能实现我们的理想？我是受够了，像我们这样全身名牌，开着高档汽车的人，别人背后一样叫我们鞋匠。"

"你有了钱还这么自卑？"

"董事长，上个月我认识了一个电视台主持人，开始还跟我干柴烈火，勾勾搭搭，知道了我的工作后，再没理我。我逼着她告诉我原因。她最后说了实话，别人都笑她傍上一个鞋匠，让她很没面子。"

"看来要想加快我们的财富积累，得好好考虑我们的行业转型问题。"

"董事长，公司战略转型事关重大，我建议我们到海龙王水疗中心，每人搂个美女，边洗桑拿，边讨论公司发展大事。这样更容易打开思路……"

2

经过慎重考虑，反复讨论，公司董事会做出了分工。我保住老营，留守鞋业；风子带 200 万前往深圳，开拓公司股票投资新领域。

"风子，我在广州稳住公司经营。希望你能在深圳打开局面。如果投资失败，我们大不了重操旧业，如果股票确实可以加速公司发展，那我们就关门歇业，改弦更张，全力投资股票。"

"董事长，你放心。我一定不负众望，炒出一片天地。"

不知是为朋友加合伙人的出征而伤感，还是为那 200 万支票的离开而牵挂，我嘱咐道：

"风子，咱俩不管在海南落魄，还是在广州创业，一直呆在一起。现在要分头在两个战场作战，兄弟，你要好好保重。深圳的小姐职业精神很强，价格很高，你不但要保重身体，还要保重我们的资金。"

"董事长，你放心。我一定以事业为重。"

十多天后，风子向我宣告首战大捷。他买进的 8 万股南玻股票，每股已经上涨了 1.5 元。这意味着在几天时间里，我们已经获利 10 多万元。电话里风子掩饰不住即将成为世界之王的兴奋。电话这端的我，也为眼前呈现出一种广阔发展空间而浮想联翩。

风子的成就不断通过电话传来，让我心情浮躁，每天面对进货出货的订单让人索然无味。我想象着风子日进斗金的豪阔气概，相形出自己虚度大时代激情岁月的死相。

谁愿做一支停泊在潮流中的破船？在千帆相竞的行列中，谁愿做一个望眼欲穿的观众？自己必须奋起直追，从另一个方向，迂回到时代前列。

20 世纪 90 年代，只要人一旦向往着发财捷径，一条条通往金银岛的藏宝图便会蜂拥而来。这心念乍动便会一拍即合的情况是这个时代标志。有人想在地上捡到钱包，大街小巷上立即出现了众多职业丢包人；有人期望天上飞来横财，所以报纸上又出现了投资十万、一年翻三倍的投资项目；有人向往着美国，市面上便出现了八万元买一平方米美国土地的鹰卡投资计划。当股票成为一种财富传奇时，便有众多公司纷纷宣布立宪改制，成为散发光辉的股份公司。

在这个年代，没人会为每年百分之十的稳定利润而投资。当我的心刚刚跟着时代一起跳动，思维刚刚与时俱进，办公室里立即出现了来自全国各地的项目招商者。我开始将他们待为上宾，而不像以往那样一律轰出门外。

风子捷报频传，我不能闲着坐等呼啸而去的机会。

我重新拿起风子推荐的那些投资项目资料，在几个月时间里，先后受邀参加了十多个投资洽谈会。董事会经过电话会议，进一步坚定了拓展投资的战略。我终于出手了，而且一发不可收拾。我首先在广西的一个港口投资了 300 万，这个项目据称正在进行股份制改造，一旦成功，我的投资回报将以 5 ～ 10 的倍数来计算。第二个项目是一个高科技项目，由本地一家科研机构牵头成立的电子科技公司将研制生产替代磁带的光盘，我开出了 200 万支票，得到每年 30% 收益的承诺。我越战越勇地斥资 500 万进军一个海口的酒店项目，这个项目据称将建成海南最大的温泉疗养基地。在上述投资基础上，我又购买了广西和广东几家公司的法人股，总量达到 600 万。当风子的资金告急时，我分两次拨付了 400 万，希望风子在年底能给我抱回 2000 万。

我以空前魄力，在三个月内总计投资 1500 万。账上经常只剩下十多万维持着细水长流的周转。靠着全国经销商的稳定销售业绩，我拆东补西的策略才没露出较大破绽。

有这么一段时间，我沉浸在美好的计算中，按照那些投资项目的招商说明，一年后，我将跻身千万富翁行列，三年后，我将挥着高尔夫球杆，苦练一个亿万富翁应该具备的球技。我一向淡薄虚名，所以当自己的财产到达两亿后，我将不再继续向更高目标迈进，以免富豪排名榜盯上我，让税务人员盈门而来。当我头枕两亿存折，睡在海边别墅中，我会隔着落地玻窗，看碧海蓝天，流云舒卷，回忆创业时的峥嵘岁月，长吁短叹。

有时我非常茫然，当人拥有两亿财产后，还会有什么生活乐趣？中学时，上地理课，有两个地方是我今生最向往的地方：珠穆朗玛峰和好望角，一个是地球之巅，另一个是世界之涯。如果有了两亿现金，我感觉便也像是站在地球之巅，或是伫立世界之涯。那时候，还会有什么让我心动？美女？豪车？别墅？都不会。这些不过是亿万身家的附属品而已。

我猜想当自己缺少生活热情时，只能靠参禅来解脱过于富有的不幸。也许只有手握两亿以上的现金，才能体味什么叫四大皆空。在这个意义上，李嘉诚和比尔·盖茨才更有希望成为得道高僧。

必须原谅自己。在 26 岁年纪，我还不能熟练驾驭即将到来的富豪生活，暴发户心态将在我富有后持续很长一段时间。我没有必要为此自责，谁让我这么快就升到青云之上？

风子最先被成功强烈冲击大脑。他手中的股票像植物一样持续生长，他的心也像风暴掀动的大海一样，波澜狂野。星期天，他从深圳回广州，我发现他走路时，双臂的摆幅似乎有些扩大，看人时习惯于从侧面斜视。估计这跟他近期盈利近 100 万有关。

"师爷，我看你还是把这个鞋铺关了算了。"自从他回来，我还没有听到他喊过一次董事长。

我发现业绩只是支撑风子高视阔步姿势的力量之一，最关键还是置身主流经济圈的优越感。

"师爷，你这样起早贪黑做个鞋匠，在当前经济形势下，就像赶着牛车前进。"

我做的投资跟风子有较大区别。有无数的理由让风子的股票不舍昼夜地生长：距离上市交易的时间越来越近、公司即将分红、炒家越来越多、公司传出最新内部消息、报纸上说经济将加速发展、当天气温宜人或是阳光灿烂等等。我投资的都是长期稳定的高收益项目，需要充分的耐心和智慧。唯一的缺陷是一旦将支票划出，除了等待年底的股东会，便无事可干了。

风子最近除了炒股有成就，还同时对深圳娱乐场所进行了一次翔实的摸底，桑拿、水疗、歌舞厅、夜总会、度假村、酒吧等各种形式的娱乐项目一一经历。对深圳的消费，风子抱怨颇多。

"妈的，股票一涨，小姐费用也跟着涨。一晚上 1000，这价格哪里是面向广大人民群众服务的价格？"

"风子，保重身体。不要股票涨了，你的肾虚了。"

"师爷，深圳的小姐真是全国之最。身材、脸蛋、敬业精神和学历都是最高的，床上的姿势也是最新的。那儿的小姐经常观摩学习国外 A 片，刚刚出现最新的姿势，便会大胆引进。我有一次被一个小姐弄得几乎下不了床，那可真是人生的超级享受。"

由于风子将夜夜御女的经历同股票天天上涨的事情有机联系起来，让我只好对他火爆的夜生活洗耳恭听。

"师爷，下次你来深圳，我给你发一个小妖精。保证春风一度后，让你下半身动弹不了。"

3

几天前，我便在报纸上头版看到"治理整顿"的字号。这些日子，这几个字天天出现在头版，让人耳熟能详。

"中央是该治理整顿了。特别是深圳的娱乐场所，应该首先治理。"我拿着报纸喃喃自语。

风子每月要在深圳的小姐身上花费10多万。不整顿不行了。

接下来几天，地方政府新闻中，关于治理整顿的话题不绝。我还是没弄明白，中央准备怎么整治经济？个人观点，国内经济形势相当喜人，为什么要整顿？又准备整顿谁？

"冯总，中央要整顿经济了，跟我们有关么？"我拨通风子电话，向这位投资专家咨询。

"你放心吧，师爷。现在的经济形势浩浩荡荡，不是哪个人说句话就能停下来的。我现在身边这几位朋友，全是手眼通天的角色，官府中的动静他们比谁都清楚。真有什么变化，我会第一时间通知你。你就不要瞎操心了。"

我心里踏实了许多："冯总，那我们就以不变应万变。"

"我说，师爷，你是当鞋匠太久了，胆子越来越小。不要胡思乱想了。"

几个月后，我总算明白了什么叫治理整顿。国家首先全面冻结对海南、广东、广西等地的投资，特别是海口、防城、北海几个港口的房地产投资和大宗固定资产投资全面停止。大面积恐慌随即出现，这时候是比赛谁跑得快、撤得及时。各地投资商纷纷撕毁合同，账上资金纷纷掉转方向回家，欠着钱的人消失在茫茫人海，或是卷着余款潜逃，银行开始只收不贷。海口和北海这两个投资最热的城市，像是突然被时间机器凝固，一夜之间整个城市的基建全面停止。许多楼房停留在半空中，不再上升，那些已经完成主体建设的楼房来不及穿上外套，便愣愣地裸着水泥形体伫立路旁。上千亿资金骤然被冻结，一个公司倒闭或迎接封条，身后十几个公司的资金链条立即崩溃。几个主要的办公大楼中，每天来往最多的是催缴债务的人，人人都在追债，人人都在躲债。这个击鼓传花游戏玩到最后，待在原地守候的只有那些最后一个接到传花的家伙。

股市变化有两个：首先是消灭了场外交易。这个过程曾让风子得意不已，他由场外的野战顺理成章转移到证券公司大户室里。可接下来的变化让风子大

186

跌眼镜，原来股票也是会跌的，而且会跌跌不休。

当我看到股票指数狂跌了将近一半，再想联系风子已是徒费心机。提示音里说风子的手机欠费停机，让我火冒三丈。几经周折，我终于拨通了他住处的电话，

"妈的，股票一跌，你连电话费都付不起了？"我恢复了董事长的训斥腔调。

"董事长，我这几天焦头烂额，没时间去电信局交话费。"

"你在官府里的线人呢？不是说有什么风吹草动，你都能先知道么？"

"董事长，现在是全国股民被套牢，我一个人有什么办法？"

"现在到底损失了多少？"

"现在账面余额只剩下不到 200 万了。"

"妈的，几天就亏掉了三四百万？"

"我朋友说了，过几天就会涨起来的。"

"做梦吧，股市又不是他们家开的。"

"董事长放心，我一定利用一切机会挽回损失。"

我放下电话，气愤难平。随即，一种更大的恐惧占据了我的思想。风子的失利对公司还不能算灭顶之灾，要命的反而是我亲自拍板的几笔项目投资。那几个项目一旦出现问题，公司的日子可就真不好过了。

我紧急飞往广西南宁，又坐汽车到达防城港。我投资的那个港口仍旧保持着乱石滩原貌，整个开发办公室已被几十个投资者占领，里面留守的只有守门大爷。任凭大家气势汹汹，他只是不理不睬。

"这些狗日的开发办龟孙子们，把我们的钱卷到哪里去了？我建议大家都去报案。将这些家伙一个个抓住，就地正法。"

"干脆把这里一把火烧了。"

"那怎么行？这里是用我们的钱修的。"

"那我们就在这里等着，抓住开发办的人，不还钱就扔到海里去。"

在场的人七嘴八舌，纷纷出着毫无建设性的主意。

"我看还是赶紧起诉吧。如果现在进行保全诉讼，或许还能挽救些剩余资产。如果大家只说气话，可能再过几天就一分钱都捞不到了。"人群中响起我的声音，在遭受浩劫后，我感觉自己像个英雄一般镇定。

"大家辛辛苦苦来到这里，不能除了海浪一无所获。"

我的提议受到纷纷响应。大家经过短暂磋商，决定每人出资两千，立即委

托律师进入诉讼程序。众投资者将重任寄托在一个本地投资者肩上。大家相约一旦开庭，则再次聚集广西，共同追缴欠款。

处理完这里的事务，我立即前往海南兴隆镇。那里有我投资的温泉宾馆投资项目。在这里我受到了热情接待，罗总带我参观了项目施工的情况，这个温泉宾馆已经修建了一半，工人们还在继续建设着。

"余总，项目进展一切顺利。明年开业不成问题。你专程过来，我代表公司向你对项目的关心表示感谢。"

"不客气，罗总。我只是担心现在的宏观调控会影响项目。"

"余总，我们这里是海口前往三亚的必经之路。不管海口房地产怎么样，海口旅游肯定会持续热下去。"

我也觉得他说得有道理。眼见这里总算正常，心里暗自松了一口气。在罗总热情款待下，我在这里呆了一天，然后又立即飞回广州，前往东莞，探望我的高科技项目。当我到达这个所谓高科技园区，以为自己找错了地方。这个耸立几间平房，周围衰草连天的地方就是科技园？我走进那几间平房，果然是广东飞腾高科公司的木牌。难道这里就是生产高科技光盘的场地？我简直不相信自己眼睛。询问当地农民，说这里的人，几个月前便不见了踪影。我走进房间，里面除了破损的桌椅和墙角的粪便，便一无所有了。

我一阵晕眩。中国的高科技公司原始得让人难以置信。

剩下的还有600万的法人股投资，我驱车前往造访。这家公司尚且健在，却被告知不要相信上市的谣传，也不要心存即将分红的奢望，而要做好长期安分地做公司股东的准备。

经过一个星期奔波，我总计带回了防城港的海浪、东莞的衰草和面值为600万的废纸。只有海南兴隆镇的在建工程让我略感安慰。但根据中国"祸不单行"的古老定律，几天后我摊开报纸，噩耗随即传来：

银行停止供血，由于资金链条崩塌，海南兴隆镇的温泉开发宣告停止。

我拿着报纸端详多时，十多天前我才视察过的投资项目，怎么会说倒就倒？海南有两个兴隆镇么？我连忙找出海南项目的电话，里面传来的是标准录音提示：您拨打的电话已停机。

珠江边，浑黄的江水滚滚流过，热带季风吹拂着我充血的头脑，我同时生出几种解决方案：跳江、潜逃、收拾残局。第一个方案很快被我否决，两年前在海口的雨夜，早就该跳海了，当年都没跳，现在就算勉强跳下去，也会想办法游上岸。第二个方案很让我动心，但之前刚刚看了公司报表，账上只剩下十多万，让我卷走这点钱潜逃，用不了几个月就花完了。那时候就算不会沿街乞讨，至少也会背上欺诈银行的恶名。何必呢？如果有 100 万，自己或许会立即消失。我别无选择地挑选了第三种方案：收拾残局。

4

腾云驾雾的日子，过得像雾像雨又像风。

《红楼梦》里，有种神器叫风月宝鉴，里面会播放一些淫秽 A 片，而且还是跟自己性幻想的女主角抵死缠绵，让人欲罢不能，射精如流水。结果醒来后，才发现自己独对空床，那高潮迭起的巫山云雨，原来仅仅是一场又一场梦遗。

还有一本书里记载，有个书生赶考途中，睡在老道士给他的枕头上，那枕头不仅柔韧仿生，而且兼具磁疗辐射效果，总之，书生躺在上面便美梦迭起，从考中状元，到官场步步升迁，官至太师，妻妾成群，荣宠备至，最后梦醒时分，原来仍躺在破庙里，失向来之烟霞，唯有口水流成一条小溪。

只求曾经拥有，不求天长地久；巨富来去如梦，繁华过眼云烟。根据我的切肤经验，上述都是屁话。没有谁能够对财富倏忽来去保持淡然，深夜醒来不伴随心绞痛。我手持风月宝鉴，头枕黄粱，仿佛两年来只是荒淫一梦。

都说人生是一场修行，幻灭感是悟道最好的导师，而巨额现金像被收回的道具。物是人非，目前老子又穷得只剩下感悟。

夜幕下的广州灯火辉煌。我把自己关在办公室里，苦思冥想。风子已经有几天联系不上了，估计在股市上输得一败涂地，无脸见我。他如果知道我输光了公司的 1500 万，一定会提着菜刀跟我理论。风子是不能指望了。现在公司还欠着银行 1000 万，三个月后到期。剩下的时间不多了。

我该如何收拾残局？三个月时间，如果自己拿不出 1000 万，银行诉状和法院封条必然随之而来。可这么短时间，让我如何在账上堆出千万资金？

我仰天俯地，上下求索，在办公室里来回走动了将近一两公里，期望灵感迸现。我半躺在沙发上，将脚跷到桌上，希望能以这种头低脚高的姿势，让疲惫的头脑能够充血并不断产生好主意。

　　下午时分，我在凌乱的办公室醒来，在卫生间的水龙头下使劲用冷水浇淋。广州的冷水温度高达 25 度左右，很难让人骤然清醒。我回到办公室四下环顾，希望能有什么东西启发生锈的思维。书架上摆放着几排装饰性的书籍，我费力地捧起重达两三斤的《资治通鉴》，随手从中间翻开，看到的是晚唐时期一段白话文介绍，大意是那个时期社会动乱，经济下滑，国力空虚，朝廷只好通过卖官授爵的方式敛财。

　　我忽而灵机一闪，照耀世界的灵光穿透头皮，给我一个突破性思路。古人说得真好：以史为镜，可以知兴衰。中国几千年历史无不重复着一个经验：朝廷一旦没钱，便出售一切可售的东西，官职、爵位、学位。这些无形资产尽管带来治理上的困难，却能有效解决眼前的困境。公司目前没有什么可卖，也很难再借到钱，但华伦的经销权却还可以继续出售。

　　长达半年的时间，我和风子都醉心于公司的资本运作，对我们的基础业务鞋业经营反而不再关心。目前我们在全国的经销商总计不过二十多家，跟刚刚开业时基本没有太大变化。一来是我们心不在焉，无心拓展业务；二来是我们设置的代理门槛较高，让许多经销商望而止步。现在，我必须想尽办法招募更多的代理公司，贱卖这个品牌，收集更多加盟费用。唯其如此，公司才能在三个月的时间内，筹集 1000 万资金。

　　我迅速沿着这个思路扩展下去，一套圈钱思路很快形成。一时想得眉飞色舞，得意扬扬，竟没注意一脸丢盔卸甲神色的风子溜进了办公室。

　　"哟，股神回来了。你看看，我们都没列队欢迎，您就这么低调地进来了。"

　　风子像散架的草人跌进沙发里，手脚摊开，四仰八叉瘫倒在靠垫上，

　　"师爷，600 万，我输得精光，要打要杀，你给个痛快吧。"

　　我慢悠悠坐在他旁边座位上，扔给他一支烟。

　　"风子，辛苦了。前段时间，你说账面上快突破 1000 万了，这才不到三个月，你就光着屁股跑回来，真是勤奋败家，夜以继日。说说吧，怎么弄的？"

　　"还不是前些日子赚了钱，证券公司就鼓动我 1∶1 透支，让我越玩越大，结果大盘一路狂跌，几下就爆仓了。妈的，老子现在抹脖子的心都有，一直感觉像在做梦。"

　　"好了，风子，想开些吧。好男儿光屁股来去无牵挂。"

　　"别安慰我，师爷，我现在真恨不得去撞墙。"风子居然不依不饶。

　　"我不是安慰你，是想告诉你更震撼的消息。"

"什么？"风子从沙发里仰起脖子。

我悠然道："你败了 600 万，我裁了 1500 万，咱哥俩并肩战斗，这下终于把公司败光了。"

他看着我，我看着他，两人忽然狂笑不止，前仰后合，咳嗽连声。好一会儿，风子才抬头迷迷糊糊地问道："你不会说真的吧？"

我忍不住又笑，他跟着傻笑。"老子是董事长，败家这事儿当然也得比你干得大气。"说着将桌上文件袋扔给他，"看看吧，1500 万投资，现在都成一堆废纸了……"

办公室里陷入沉默，两人都仰面躺在沙发里抽烟，烟雾升腾缭绕，纠结不散，像香火旺盛的庙堂。

"有啥打算？"良久，风子问道。

我坐起身，掐灭香烟："来吧，开会。研究怎么垂死挣扎。"

"还是叫绝地反击更有文化些……"风子起身道。

5

春交会开幕的时节，广州已经热浪袭人了。

名满天下的广交会，吸引着全国各地客商。设在天河区的主会场，万头攒动。

我们在如潮的观众围合中粉墨登场。我特意请来的专业模特队，个个身材高挑，面容妖娆。随着撩动人心的音乐，她们在精心搭设的 T 型台上扭来摆去，不但吸引了过往的客商，连周围摊主也撂下自己的鞋样，围在旁边叫好不断。

公司的活动造成了严重的交通阻塞、强烈的视觉和生理冲击，还有意想不到的热烈加盟效应。这帮低水平的鞋匠，哪里想得到我会来这一手。两小时表演结束，招商说明会开始时，我们便被围困在经销商人群中，应接不暇。由于我们减半了代理保证金，本着河海不择细流的开放态度，有意向便签协议，见钱就收，一天之内便接待了 60 多家企业，确定了 30 多家新代理商。

春交会结束后的两周，每天都会有几份代理合同签署，有几十万进账。公司出现了投资全面失败后的中兴气象。招商工作告一段落后，我们连夜统计出本次活动的成果：一共新增代理商 35 家，到账的保证金到达 700 万元。这个金额虽没有达到一千万的预期，但远远超过了我们设定携款逃跑的数额。

"董事长，下个月我们得拿出 1000 万还银行贷款。现在还差 300 万左右。"

"下个月银行贷款到期，正好离我们与华伦公司的结算期相差两个月。这样就为我们提供了两个月缓冲期。现在，我们只能大量向经销商灌水，低价发货，保证他们在下个月的回款超过 300 万。"

"这样一来，银行的贷款有可能还清，但两个月后，跟华伦公司的结算怎么办？我们躲过了一个坑，但好像又要掉进另一个井。"

"风子，咱们现在别无办法。还清银行贷款，我们就能延缓两个月崩溃。在这段时间里，如果老天保佑，我们以往的投资可以收回一部分，或是可以贷到一笔款，或是股市忽然好转，我们就有办法真正渡过难关了。说实话，风子，现在的日子，只能是过一天算一天。"

6

当公司里挤满了数十个讨债的经销商，我和风子这才茫然自责。还掉银行的 1000 万，没有选择携款潜逃，是我们最大的决策失误。

公司流动资金已经枯竭。华伦因我们欠款未结算而断货，失去货源的经销商纷纷来电来人询问。公司收不到货款，已经坐吃山空，继续维持下去，毫无意义。

大事倾颓，已难挽回。我们向全体员工通报了公司无法克服的困难，然后每人发放一笔遣散费。人去楼空那几天，我和风子有一种末日来临的绝望。看着辛苦打下的基业付诸东流，独守着空荡荡的办公楼，我们甚至连说话的兴致都没了，只是一支接一支地抽烟。半个月时间很快过去，我和风子唯一的拯救行动，便是将账上仅剩的 20 万取出存入个人存折，然后每天在办公室里坐以待毙。办公室出奇的安静，在我们债务危机全面爆发前的宁静中，我意味深长地递给风子一支雪茄。

"尝尝这个，纯正哈瓦那雪茄。只有四支了。本想留着在今年董事会上给你，现在还是提前享用吧。"我划燃火柴，点燃这大得夸张的香烟。

"行啊，师爷。死到临头了，还沉得住气。"风子接过雪茄，用打火机潦草点燃，"这他妈真叫赤条条来去无牵挂。我们在富贵乡里滚了一圈，现在终于又被打回原形了。"

"风子，做人一定要设定一个底部。咱们现在的日子跟在海南时比，不是还好得多么？有了这个坐标垫底，你还怕什么？"

"说的也是。"风子深吸了一口烟，"那时候，咱们亡命天涯，朝不保夕，也没见谁长吁短叹。"

"人不怕死，但怕等死。"我起身从抽屉里拿出一个文件袋，扔在茶几上。

"干嘛？"风子一脸迷惑。

"风子，咱俩一起在海南患难，一起在广州创业，虽然中间也有些埋怨误解，但总还是同甘共苦的好兄弟。现在，大势已去，我也不想让更多人陪葬。公司是我们两个的，但我是法人。什么叫法人？就是出了事法律要找的人。袋子里有20万，还有一个手机。那是我们最后家当。你走吧。如果这次能扛过去，我会打这个电话来找你。如果那时候找不到你，我也不会怪你，就算是我们两兄弟缘分尽了。"我靠在班台旁，一字一句地将几天来酝酿的话说完。

风子惊愕地看着我，脸上不知是感动、惊讶、羞愧还是激动。

"师爷，我老冯虽然不是什么造福社会的善鸟，但这么多年，我什么时候卖友求荣，贪生怕死过？我这一走，让你挡在这儿，被人乱刀砍死。我不但一辈子窝囊，还得每年给你烧纸钱。我不干，要死要活，大家在一块儿。"

"兄弟，有你这份心就够了。"我在他对面沙发上坐下，"我们欠了经销商和华伦公司一共1500多万，就是把我们全身零件卖了也还不起。我一个人在这儿周旋，为的是能让你脱身，希望你能用20万置一个安身的营生，哪怕等这场劫难过去，我能找到一个能吃碗稀饭的地方。这样不管今后再苦再委屈，至少我还存着希望。兄弟，拜托了。"我伸手握住了他垂在沙发上的手背。

他迟疑了一会儿，然后突然翻转手背，紧紧握住了我的手。我忍住冲动，在这样的告别时刻，自己一定要死撑到底。风子的眼泪却一滴滴地落下。我们再没有说话。这荒唐的岁月即将告一段落，如果有缘，我们也许还会见面。

每一次破产都是一段更壮观人生的开始。没什么大不了的。

我强打精神，忽悠自己。只是心里忽然觉得天地间真的一片空空荡荡。

第十三章
阳光有力地打在我涅槃后平静的脸上

1

1994 年青岛海滨仲夏夜，暴雨如注。泛着海腥味的小餐馆，哗哗雨声中，桌上那个手机地老天荒一直在响……

似曾相识的咆哮海浪与大雨，轮回的场景，一切都仿佛预示着在劫难逃。原本几年前海口那个黑暗雨夜就该了结的挣扎，一直延期到今天。我回忆着自己两次穷途末路之间的历程，中间像放电影样给我展开一个富贵桥段，正过得左搂右抱、口水纵横，故事却已戛然散场。好梦被光线驱散，美女香车皆为临时道具，手中只捏着被撕掉半张的票根。

这么多年兜兜转转，恍然如短短一梦。梦醒时分，终归赤身来，光屁股去。心犹不甘的是，在我一败涂地的人生阅历中，总是贯彻着天道酬勤的信念，勤奋创业，勤奋投资，勤奋地破产，并在破产后，勤奋地招摇撞骗，最终却仍得失明般地面对那张银行对账单，看着几百万的余额眨眼间变成几十块，如中雷击。一切卷土重来的信念和希望都在瞬间坍塌。如果说做垮企业，无非像输光身家的赌徒，沉沦潦倒一阵，收拢残钉废铁，或能一战；那么，被骗子同伙拐走全部胜利果实，却像被人偷走了辛苦卖身的钱，从此，再没有任何翻本的机会。

是的，到现在，我终于明白与孙律师和刘总二人合作，从一开始就是他俩联手做的局。收不到欠款，便拉我下水开皮包公司。一年多来，我放下破产企业家的身段，兢兢业业战斗在行骗第一线，八方奔波，担惊受怕，忍受着行业歧视和白眼，把撞货和跳货当成了一份翻身的事业来做。可笑啊，我一直以为丽春院里有自己的股份，才这么勤奋卖身。直到险些被他们卖给警局，才翻然醒悟。怪不得每次要求阶段性分红，都被他们要做大做强的鬼话糊弄过去。

多么痛的领悟。痛到元气涣散，智商崩溃，意志粉碎。

手机屏幕的绿光仍在不停闪亮。这么多年,很少有贵重物品伴随我三年以上。只有这支摩托罗拉翻盖手机,留在身边,成了曾混迹商业世界唯一的道具。在这腰挂 CALL 机如腰缠万贯的年代,能拥有这样一部手机,应该是有故事的人。尤其在此刻,一个人独占了一个大圆桌,对着七八个空酒瓶,整整一桌子的菜,独自发呆喝酒,听着手机响铃像闹钟一样奏响音乐,却无动于衷。这个伤感故事无论事关殉情或躲债,都已到了结尾。不出意外,等今晚结完账,兜里将只剩下最后的百十元钱。

我晃着手指戳下了接听键,想看看这山穷水尽的时刻,谁还对我充满期待。

"老余啊,我是湖南老秦,跟你联系实在太费劲了。你在哪儿呢?我们的保证金这下有希望还了吧?……喂,喂……"

我黯然掐了电话。对不起了,老秦,咱们还结不了账。

头越来越晕沉。这样醉生梦死,挺好。一个人如果在正道和邪路都找不到出路,那只能是天绝人路,非战之罪。我尽力了。一生遇到别无选择的境地,倒也简单明快,省掉千回百转对智商的磨损,不测算概率,也不接受希望挑逗。就这么哪儿黑哪儿歇,坐以待毙。

餐桌上,手机不屈不挠地第三次响起,又是另一个号码。小馆里的零星客人忍不住向我张望。我醉眼迷蒙,莫名想起在广州一家苍蝇横飞的面馆接听业务电话,侃侃谈完数百万生意后,整个小面馆的人都异样地盯着自己,嗡嗡乱飞的苍蝇都仿佛一时安静下来。手机是个神奇的东西,面对来电,我忽而是逃债的孙子,忽而是跳货的骗子,忽而又变成气壮山河的老板。如今,我的身份取决于跟我通话的人。按下一个键,如开启一扇门。

我再次按下接听键。

"老余啊,你这些日子跑哪儿去了?我们到处找你。"电话里是一个中年女人的声音。

"是……刘大姐吗?你好……好久不见,你的钱可能我暂时还没法还上。"

"说哪儿去了。不是让你还钱。我是想告诉你,前几天看财经新闻,你以前买的那支广西公司股票好像马上要上市了……"

"什么……股票?"

"就是那个生产柴油发动机的公司。"

"哪儿看到的新闻?"

"就在《证券周刊》上啊……"

我头晕得厉害。好像骤然打开了一扇通体透亮的门，强烈的光晃得无法睁眼。股票、废纸、上市……是真的吗？这个欲仙欲死的伟大夜晚，在喝光八瓶青岛啤酒后，天地突然翻转过来。

深夜，雷雨消歇，空气清新如洗。

我醉醺醺再次来到海边防浪堤尽头，默默站立良久。晃晃悠悠从背包里拿出一个塑料袋。里面放着石块和七八个公章印鉴，那是我的过去，万劫不复的身后往事。我要埋葬这段历史，在度尽劫波后，平平凡凡地做一个普通的枭雄。

我用尽全力将袋子扔向远处的大海，一个踉跄扶在栏杆上。一个浪头卷来，这小小的袋子瞬间消失得无影无踪。抱歉了，原本是想陪同这袋子一起下海的。现在，我还有那么多咸鱼翻身的事要做，暂不奉陪了。想着命运如此猛烈转弯，突然有种死去活来的剧烈快乐……

2

当一枚硬币被抛上天空，在它急速地旋转时，它有无限的可能。所谓莫测的命运，不过是在落地之前的这枚硬币。

硬币是我的朋友。这些叮当作响的小钱，总是伴随我度过人生中最关键的时刻。这些年，我住过五星级酒店，也曾潦倒在异乡的屋檐下。慷慨时挥金如土，更多时候与几枚硬币相依为命。在繁华城市的灯火中，不可磨灭的是那哗哗作响的音乐。

就像现在，回到故乡成都的我，曾是七家皮包公司总经理，在十多个行业开展经营，足迹遍及三十多个大小城市。然而此刻，连本带利还清 1500 万债务后，我全部资产只剩 7 块钱。8 年前，我 20 岁生日时，盘点自己的现金为 2.37 元。如今净赚了不到 5 元钱，上帝居然用 8 年时间跟我开了一个面值 5 元的玩笑。

九眼桥上，我卖力地向滚滚南去的府南河扔下一枚石子，远处隐隐传来一声沉闷的轻响。经历了那些上天入地的大幅度跌宕，遭遇过杂技团高空翻腾般的惊险情节，自己明明领衔的是一代枭雄角色，却被支付着叫花子的酬劳。我不怨上蹿下跳的命运，只不甘做那枚破空而去，却只弄出一声闷响的鹅卵石。

负债金额能够从 10 万元一直到 1500 万元，说明我强大的融资能力和折腾能力；而能将 1500 万元完璧还清，除了不屈不挠的意志、苟且偷生的精神，我把光荣献给万能的命运。80 年代末的海南，有人凭图纸成为千万富翁，而给我带来好运的那种印刷品叫做股票。

那个充满神迹的午后，我回到广州，在华伦公司和众多债务人众星捧月簇拥下，前往银行取出那个被托管封存的鞋盒。里面果然有广西柴油机公司250万原始股。股票挂牌那天，我毫不犹豫，刚开盘便以6.5元全部抛出。我迷迷糊糊感觉置身云端，荣誉应该归于万能的主，他是幽默大师，最伟大的戏剧导演。

除了股票款，自己被冻结的资产里，还有一套房子，一辆奔驰，一辆凌志，统统变现后，我用这些钱归还债务赎回新生。

我向紫光手表厂汇去200多万，然后理直气壮电告谢厂长，老子不是诈骗犯，赶紧撤销报案，把发票寄过来。我甚至托人连本带利一共还给严宏10万元，彻底清洗掉这笔最漫长的债务。自己第一次昂首天地间，不再觉得自己像这城市的一个卑贱盲流。

我累了。带着一次罕见的大醉和7个硬币回到故乡。在这故乡亮着温暖灯光的府南河畔，迎接自己的新生……

明天，风子将会从西安赶来跟我会合。一年多以前临别时交给他的手机，他竟然一直用着，等着我的消息。人世间，能有一个在你即将身无分文时前来投奔你的人，还不知足么？

在双流机场见到风子那一刻，我知道他将是我今生的生死兄弟。再没有患难和荣华可以质疑我们的友谊。他早就可以扔掉那个手机，带着20万不死不活地过着日子。当我打通这个电话，他失声痛哭。三天之内，转让了手中商铺，义无反顾前来投奔我。

当我们在机场大厅拥抱时，一股强大的力量同时在我们两个人身上产生。我们都活着，现在，没有什么可以打垮我们。我们一定会再次飞黄腾达，没有什么可以挡住我们。

当有人强大到以动荡生活为乐，他们便具备了一种疯癫气质与枭雄心态。除了死亡和衰老，没有什么可以解脱他们坚韧的野心。在历经沉沦修行后的淡然表情下，掩着一颗狂热危险的心。平静内敛中，暗自涌动滚滚岩浆。这种人注定要在命运轮转中，享受际遇的颠三倒四，一路倒扑得横七竖八。倒霉时狼狈万状，转眼间又弹冠相庆。如果缺少瀑布般跌宕的剧烈生命体验，他们便活不出滋味，尝不出苦乐。他们奔走的方向，正好与神仙与猪所代表的幸福背道而驰。心境反复在油锅里煎熬，在冰水里浸泡，内心早就耐高温抗严寒。在知冷知热的正常人中，他们便像神一般无畏，神经病一般强大。

"享受乱世，享受困境。"

在送往迎来的机场候机厅，两个男人不知羞惭地长时间拥抱，泪花四溅。

他们属于这个时代，享受这个时代。

3

1995 年的阳光有力地打在我涅槃后平静的脸上。我眯着眼，天很蓝。风子在旁边哼哼唧唧地看着报纸，不一会儿，递过一支烟。

"想啥呢？师爷，深沉得离谱了啊。"

我点燃香烟，看着手指间的烟气蜿蜒飘向天空，心情无比自在。

"风子，我预感到命运的召唤了。天将降大任，必先把他弄成神经病。咱哥俩岂止被弄成神经病？疯人院都出入自由了。你说，这世上还有啥挡得住我们成为亿万富翁？"

"师爷，别抒情了。咱现在小本经营，刚满足温饱，你又开始作诗了。"

"你懂个球。就咱俩这几年经历，十本书都装不下。我已经感觉有好几千万在兜里揣着那么踏实。就现在，我躺着就能把生意做了。什么商道秘诀？那就是阅历。一个人历尽人间倒霉，居然没有被灭掉，嘿嘿，那就别怪老子不客气，该我享用的，必须连本带利还给我。房子、车子、票子，女子，四子登科，一样不能少。"

"师爷，你说的啊，咱哥俩从良走正道了。可别反悔，又摩拳擦掌仇视社会。"

"你懂个毛线。老子被逼上吊好几回了，临到想从容就义，又他妈被人把绳子解开，逗我玩吗？看看我这心态，气沉丹田，心如止水，不跟它一般见识。你瞧见对面银行没有？那里面金库的钱，迟早有一大半是我们的。"

风子古怪而严肃地看着我，终于忍不住邪恶地笑了。

"师爷，你不会又想转行当劫匪吧？"

我掐灭烟头，作了个毅然决然的表情："等着瞧吧，那里的钱，一大半是给我们准备的精神损失费。"

4

我不打算打劫银行。事实上，我跟风子开了一家电器小门市。

铺面有 20 平米左右，前端有个小柜台，后面重叠着十几个装电视机的纸箱，透着阔气。纸箱里没有电视，只是装着砖头之类重物，仿真度颇高。大厂彩电根本不愁卖，关键是没有货源。我们经销的，主要是本地无线电厂的电视，每月给我们30台配额，还不是一次到位。得靠那十几个空箱子撑着门面。日子悠长，生意长期处于三分饱，实打实的躺着做生意。渴望上进时，我们就到城北城隍庙黑市去接一些水货，日本东芝、三洋之类机子，价格高得离谱，不容易走货，经常作为镇店之宝，拿来抖抖威风。

几个月前，风子带来的现金不足10万。我几乎分文没有。我们历经数月考察研究，盘下这个铺面，却还没想好干什么。就在苦寻创业方向之际，一天吃小火锅时，隔着热腾腾的汤锅烟雾，邻桌天降一个联大经管学院的同学。我呀呀了半天，喊不出他的名字，他却准确喊着我："余野，好久不见。怎么？记不得我了？赵爽，咱们都是经管学院的。"我邀请他喝了几杯啤酒，倾诉了一下创业的烦恼。他在无线电厂工作，就顺手建议我们搞些电器买卖。说彩电革命来临了，下一步必将迎来全民更换电视的浪潮。尽管我们前面浪费了三个月，但这次我三秒钟就做了决定，当场拿出董事长魄力，拍板了，就这买卖。

两个月下来，生意上路了。每个月开始有上万盈利。不过，缺少货源，周转资金只有几万块。经常有买主没货，只好临时开上面包车去同行那里调货，赚个百元左右的差价。

当人生到了一个阶段后，你会发现自己脑门上好像凿开天眼，任督二脉突然打通。无论做什么买卖，都有了一种自然而然的贯通。别说电视机，卖战斗机都不在话下。可惜，池子浅，两条大龙转不了身。刚赚了1万块，我已经在谋划100万的盈利计划，而风子脸上已洋溢着触摸1000万元钞票的幸福感。别忘了，当年在广东，我们可是险些成为鞋业大亨的两个青年企业家。更别提，这两年，我游走江湖，阅人无数，几乎能够听风辩器，望闻问切，几十秒钟便能读懂客户心思。洛克菲勒好像说过，如果他被人劫了，光着屁股一无所有逃回城市，几年后，仍然可以创建一个企业帝国。我也是，空着口袋回到成都，却依然俯瞰众生，对自己的成功胸有成竹。

有人把那些成功的素质，文学化地总结成吃苦、坚持、耐心等等，或者更神秘主义地归纳为找到了财富的钥匙。这些都是狗屁浮云。生存才是最好的老师。你自然而然地走着，开始有人投掷石块和牛粪，你旁若无人走下去，然后有人开始向你投掷鲜花、钞票。就这么简单。当我们再次数完赚到的1万块，心中充满征服世界的一千个决心，一万个办法。

5

最初回成都的几个月，我们挺迷茫，一直在成都大小茶馆里上下求索。

一般而言，5元一杯的花茶是成都茶馆通价。大慈寺是文人茶馆，里面太多戴着眼镜，头发蓬乱，穿鸡心领毛衣，讨论文章千古大事的穷酸秀才；劝业场背后的悦来茶铺，民国时期便是袍哥大爷吃讲茶之地，三教九流荟萃，听艺人说书、嗑瓜子，喝盖碗三花，在满地瓜子壳与方言笑话中，分享市井杂碎与江湖传奇；钟楼旁艺术宫里的茶楼，属于证券人士，经常听到这些皮鞋都没擦干净的家伙，大谈因美国战斗机莫名坠落，或俄罗斯潜艇紧急下潜，引发期货变盘，让他们一夜损失好几百万；望江公园里，市民们为纪念寂寞投井的古代女诗人薛涛，自发围聚在林间树下，麻将声从早到晚响彻云霄；文殊院里青烟缭绕，目光平和的茶客采气修道，你刚搭上腔，他便神情悠远地告诉你，中功已练至第八重，上周深夜躺在床上练气，身体漂浮，鼻子快贴到天花板。

成都民间主流经济圈主要分布在府南河边的茶铺里，尤其是锦城宾馆附近。那个五星级宾馆里谈的生意都是百万或千万级的，而河边茶铺里生意动辄以亿元为单位。在没明确我们的经营主业前，我跟风子也是这里的常客。

通常，每天清晨最早来河边的，主要是提笼架鸟的大爷和晨练散步的太婆。商务人士一般在午后登场。这里茶铺配套齐全，有卖报纸的小贩，掏耳朵的师傅，擦皮鞋的匠人，甚至还有多个盒饭供应商。每天吃过午饭，我跟风子便慢悠悠地乘坐公交车来到河边茶铺上班。五元一杯的茶，从中午喝到傍晚，从茶清喝到茶白。按惯例，两位爷到了茶铺，坐在嘎嘎作响的竹椅上，惬意燃起小烟，点两杯花茶，花5角钱买份报纸，把皮鞋脱下交给恭恭敬敬候在一旁的擦鞋匠。此地擦鞋业务竞争激烈，这单价值2元的业务经常由十几个擦鞋匠轮流分配。

我们通常会花半个小时读报，研究国内外经济形势，本地花边新闻，纪实小说连载，以及其他市井奇谈。本地报纸旗帜鲜明迎合着市民口味，有次连载了名为《一个堕落的灵魂》的纪实访谈，记述一个鸭子的自白。我们看得余音绕梁，三月不知肉味。尽管我们边看边对鸭子男进行无情嘲弄，不过，从报上登载内容来看，这份职业收入不菲，令人想入非非。可惜，行业门槛较高，除了需要一个堕落的灵魂，还需要一副强悍的身体，脸蛋还得英俊。风子一唱三叹，感慨创业艰难，英雄气短，做鸭无门。

当商务人士陆续到来，我们的生意洽谈也正式开始。这里业务范围广阔，有倒卖钢材、进口汽车、转让土地、原始股票、资产重组，乃至买卖上市指标。每天茶铺营业收入大约数百元，而这里商务人士每天洽谈的业务金额超过数百亿。我跟风子长期漂泊在沿海地带，对家乡商务环境不太了解，经常弄不清倒手的钢材炼出来没有，进口汽车是否还躺在大洋彼岸。某天，邻桌李眼镜以2000万元推销一张上市指标，我们也没弄清这种上市指标究竟是一个证书，还是一纸批文，口头从李眼睛那儿接下，两小时后便加价500万转让给九眼桥茶铺的王胖子。傍晚时分，这张上市指标又回流到锦江河畔我们茶铺里，报价5000万元。诸如此类吧。一个月下来，都要谈成世界首富了，却分文现金未进，消耗的茶饭钱倒已有几千元，入不敷出。无聊。

我狠了狠心，对风子说，进锦城宾馆。他迷茫地望着我，说，大哥，那里一杯"碧潭飘雪"60元，简直是抢人啊。我一阵凄凉。好歹我们当年在广州也曾开奔驰坐宝马，手握大哥大。往事不堪回首，60元一杯的茶，竟让我们如此善感多愁，一江春水向东流。最终，我还是说服合伙人擦亮皮鞋，一起昂然走进锦城宾馆。

在那个层高10米的豪华茶厅里，高档沙发里三三两两坐着聊天的人，穿着讲究，举止商务，并没有河边茶铺自由贸易的氛围。在这儿，主动跟陌生人谈生意是不被理睬的。我们花了几百茶钱，不仅没有找到业务，反而险些成为邻桌两位美女的业务。我俩坐在沙发上左顾右盼之际，她们主动过来搭讪，看她们身材气质，不是业余模特，也是外企高级职员。一番谈古说今之后，她们暗示可以做开房业务。风子眉开眼笑地询价，对方报价2000元，房费由我们自理。风子故作镇定，用眼神暗示我做战略性撤退。走到宾馆门外，风子还一直愤愤不平：

"妈的，老子在深圳，大盘涨到1500点，人家小姐报价才1000元。股市跌破1000点后，人家还搞八折酬宾。成都娱乐业实在太落后，2000元一晚？成都现在哪个公司白领一个月有这么高工资？黑店，真他妈五星级黑店。"

"你就省省吧。其实人家也不容易，打扮得跟高级白领似的，每天还要自带茶钱在五星级宾馆等生意。我看刚才那俩美女素质挺高，不像深圳那边小姐清一色超短裙，过度商业化，见人就喊：领导，有发票……"

最初几个月，我们都不太适应成都无欲则刚的城市氛围。小赌则欢，小富即安。我们从沿海发达地区归来，也把自己当成"海归"，跟这里慢悠悠的氛围难以融洽，空负一天赚一万的才华，却被这里一角一串的麻辣烫和一元一盘的小麻将慢慢蹉跎，坐吃山空，不知该干点什么。

生活虽窘迫，却远远没有到达我们的底线。我们租的房子在南城区，经常会穿过电器商铺一条街，到一个叫"洗面桥"的地方发怀旧之幽情。这里是成都皮革一条街。我跟风子指天划地发誓，不到万不得已绝不做回鞋匠本行。这里既然叫洗面桥，当然是老天暗示我们要洗心革面，重新做人，而不能重走鞋匠失败的老路。

直到遇到我那位联大同学，为我们一语指点迷津，我们才恍然发现，其实我们经常来来回回地路过浆洗街，那个电器门市一条街。人啊，要相信高于自然的那些力量。我的无神论，在广州几次三番将财神像拒之门外，曾经栽过大坑。如今，觉今是而昨非，思财神之可追。

选对了方向，就等于成功了一半。我们找到了谋生主业后，忽然发现目标引领奋斗，世界只剩下电器和电器经营有关的东西。浆洗街的深夜里，经常有两个破产再就业的有志青年，提着啤酒瓶，高唱着杨庆煌的歌：

"今天我们没有财富，至少可以相互拥有……"

6

店铺外的空地上，我励精图治地晒着太阳。晒太阳时，我要么发呆，要么看报纸。在成都初春，灿烂温煦的阳光下，继续工作是违背人性的。

最近，受了些挫折。就像一个明知自己会成为亿万富翁的人，却搁浅在小买卖泥沼里。想打通日本机子的货源，碰了一鼻子灰。在日本三洋经销商那里，一屋子鬼子和二鬼子根本不把我们这些个体摊贩放在眼里。在询问了我们的规模、销售收入后，便礼貌地指着大门送客。既然当不了皇协军，我们索性投奔国军。不久，我跟风子驾驶那辆每百公里熄火两次的老爷面包车远征川北，一路上边推边修，千难万险地开到200公里开外那家著名的天虹彩电厂。结果国军更绝情，连大门都没让我们进。门卫带着把守中南海的严肃神情，问我们找谁？哪个部门的？知道电话么？请他们打电话，这边验明身份后才予放行。我们灰溜溜地转身离开。丢人啊！

被拒绝是痛苦的，像个乞丐一样被拒绝就更是如同践踏。我不是自尊心受挫，而是第一次看到规模这么正规宏大、充满朝气、欣欣向荣的企业，整齐洁净的厂房连绵不绝，穿着整齐蓝色制服的工人佩戴着工牌，进进出出间，脸上洋溢着一种自豪。如同两个讨饭的家伙仰望着宫殿，我第一次感觉自己像个混混，有些自惭形秽。

回去以后，闷闷不乐了好些日子。对那个天虹公司，又爱又恨又敬。就这么在心里刻下"天虹"两字。一个晚上，我们壮志未酬地吃着方便面，看着店铺里的那台样品电视，终于仇人相见了。央视的一个专访节目中，出现了天虹公司的李董事长。那期节目的主题是"弘扬民族品牌，向洋电视叫板"。

李董事长将电视市场的争夺，描绘如一场硝烟滚滚的战争。他发誓要驱逐鞑虏，恢复民族品牌江山。我听得热血沸腾。尽管自己同时遭遇鬼子经销商和国产电视厂的轻蔑和践踏，我却深明大义，强烈同意搁置内部争议，团结抗日。我在电视前一边激动，一边惆怅：李总啊，李总，老子响应你打鬼子号召，你的门卫却将老子拒之门外，让我们这些热血商贩报国无门呐。

看完电视，血涌不息。趁着几瓶啤酒的激情，我拿出一叠复印纸，开始奋笔疾书。风子大惑不解："师爷，干吗呢？还写诗啊？"

"别惹老子。老子写抗日血书呢。"

风子摇摇头，一声叹息："师爷，这两年我没陪在身边，你究竟是咋过的？性情大变啊。"

我没理他，继续狂草。这封信直接写给李董事长，大意如下：

> 尊敬的李董事长，我是一个私营店主，经营一家小型电器商场。以往唯利是图，不辨国产和洋品牌。自从看了央视对您的访谈，深受感动。国家兴亡，匹夫有责。爱国不是一种口号，而应该是具体的行动。我虽然人微言轻，惨淡经营，但位卑未敢忘国忧。从今后，决心再不经销外国电视。在彩电市场里，愿意追随李总的抗战大旗，做一个爱国的无名小兵。

第二天一早，我就到邮局把信寄出。没敢看第二遍，害怕酒劲过了，心劲就没了。当把信扔进邮箱，就对自己傻乎乎的举动后悔了。

那天阳光温暖的早晨，我晒着太阳，点着小烟，摊开报纸的时候，真傻了。

报纸上整整两版的位置，除了对天虹公司扛起民族品牌大旗叫板洋电视的简要报道，主要刊登着各种读者来信。有教师、企业家、消费者、工程师、经销商等等，还有，天呐，还刊登着我写给李董事长的信。这些信总体特点是煽情。那位老师说，他只是一个平凡的教师，位卑言轻，无力改变什么，也很难对经济工作有所帮助，但他可以教育自己的学生，让他们知道爱国首先从爱护民族品牌开始。那位消费者慷慨激昂地表示，从此只买国产电器，用实际行动支持国产品牌。

我再以旁观读者的眼光欣赏自己写的信，自己都被感动了。脑海中出现了一个深明大义，为支持民族产业而主动跟洋品牌划清界限的爱国商人。

"风子，你来看看，太毒辣了。天虹公司这样宣传，要出人命的。我告诉你，天虹彩电很快要大卖了。"

风子拿起报纸，看了半天，还没太回过味来。

"你看看第三位读者来信。"

"不会是你写的？"他有点明白了，却又掺着不确定表情。

"当然是老子写的。怎么样？感人吧？"

"师爷，信是写得不错。不过，你被人当枪使了，还能这么得意扬扬。兄弟佩服啊。"

"是啊，我们给李总当煽情打手，李总总得给我们表示表示，是吧？"

"你别忘了，我们去找他们成都办事处联系做代理，开口就是200万保证金，大老远跑到他们公司，大门都进不去。被人当叫花子打发了。师爷，你爱国，国不爱你啊。"

"风子，你说的对。他奶奶的，咱就算是群众演员，也得赏碗盒饭。我这就再写封信，告诉李董事长，为了民族品牌，兄弟我严词拒绝了日本经销商的利诱、色诱，在整箱人民币和半裸日本妞的残酷折磨下，坚贞不屈，不食周粟，坚决不代理日本品牌。如今已经穷困潦倒，他李总不给个天虹的二级代理，简直就是天理不容。"

我怀着被同伙赚了大钱，自己却没捞到好处的悲愤心情，又给李董事长修书一封。大意是，自从我坚决清退了国外的电视品牌后，却又被天虹办事处拒之门外，没能代理天虹品牌，致使生意清淡，销售大滑，惨淡经营。实在是有心爱国，无力果腹。信中道尽一个爱国商人的艰辛，句句辛酸，字字血泪。最后，还诚恳地向李董事长发问：作为一个实力脆弱的小商人，自己拒绝洋货，却被民族品牌抛弃，在生存的压力面前，不知还能追随李总的爱国理想多久。

我跟风子一起读完信，在店铺面前的椅子上，笑得前仰后合眼泪四溢。

"师爷，怪不得当年海南，龙哥说这帮亡命徒中，数你最有文化，是我们流氓中的大秀才，今后必成大器。哈哈哈，天不怕地不怕，就怕流氓有文化。"

"说谁呢？老子已经从良半年了。记住，今后咱就是爱国小商贩了。哈哈哈……"

7

成都从来就不是一个惨烈的城市。历史上只有张献忠这个变态屠夫血洗过这里。三国时代，这里都是讲道理的地方，无论剑门关战斗有多么残酷，一旦敌军打到绵阳地区，成都这边的城门便早早打开，有条不紊准备好投降仪式。这个传统，千年传承，一直到民国的军阀混战。刘湘、刘文辉、邓锡侯的几拨部队总是相约在城外血战，决不把城里打成破铜烂铁。国共决战，在成都几乎就没费一弹。蒋介石从新津机场飞走后，这里留守的特务们，要么被揪出来正法，漏网那些就地潜伏成了良民。不是说他们多么没有信仰，而是在这城市里生活，不需要拼命。成都盗抢案件中，劫匪很少把事情做绝。大家讲道理嘛。遇到拿着刀子拦路剪径的，群众通常比较配合，主动拿出手表钱包，遇到有素养的劫匪还要退给你几块打的费。这里的小偷总是在春节前掀起业务高峰，但过了除夕，他们也一样放假打麻将喝酒过年，与广大民众一起营造一个安定祥和的春节。千百年来这里衣食无忧，远离战乱，生态系统平衡稳定，谁也没有怀着深仇大恨。偶尔有几件大案，破案后，一看，果然是外来人员，不尊重成都文化，流动过境作案，真是人神共愤，黑白两道共同声讨。

这些历史问题都是浮云，重要的是，成都美食如云，美女如云。这才是我故乡的云。

跟风子一起创业半年，小店生意稳定发展，已经到了饿不死也撑不死的温饱境界。我跟风子过着共产主义生活，店里的盈利每月基本达到万元。董事会讨论，一半用于扩大发展，一半用于我们日常零花。谁的钱用完了，就搜索另一个家伙的口袋。我们俩个头身高差不多，请来洗衣服做饭的阿姨，经常分不清两人衣服，总是混着堆放，我们也混着穿。除了内衣裤和牙刷，彼此几乎都没有专属物品。

风子某天感慨道："师爷，咱们这日子过得，真他妈穿一条裤子了。日后老子有了女朋友，一定给你派发一个。免得咱俩共产不共妻，让你心理严重不平衡。"

"说什么呢？我就这么困难？需要你来给我找女朋友？"

"你对女人心存不切实际的幻想。"

"你懂个毛。老子现在无非就是缺银子，等着瞧吧，三宫六院不是梦，皇图霸业必成功。"

"师爷，跟着你在一起混真好。有钱咱们一起荒淫，没钱就跟着你一起意淫。"

他说着顺手搭在我肩上。

"毛手毛脚干吗？一边呆着去……"

店面的周转资金虽然已增长到十多万，但跟两位企业家的期望值有着巨大差距。我们从良了，除非老天能空降几麻袋美元下来，还有啥法子能瞬间增加流动资金呢？遇到发展瓶颈的夜晚，还能怎样？小酒除心忧，麻将解千愁。感谢故乡的麻辣烫，几十块钱便能消解那些无聊的，郁闷的，幸福的，甚至暧昧得无处安放的夜晚。与我们当年流落海南和广东形成鲜明的价格对比。

风子除了打麻将，看电视，也经常光顾城乡结合部的发廊，跟发廊妹厮混，如今熟到已经能够赊账打折程度。不知从何时起，成都发廊也开始搞多元化经营，里面经常坐满衣着暴露的丰满女人，从事剪头、洗头、全身按摩、全身相互按摩等全产业链经营。像我们这些沿海发达地区回来的"海归"，当年阔绰时，总是金牌夜总会常客，高档风月场嘉宾，哪里肯纡尊降贵去小发廊鬼混？不过，风子最终还是河海不择细流，决定去火力侦察一番。结果，去了一次，又一次，再一次……他的结论是，那里性价比高，是真正面向工薪阶层服务的。况且，有需求就有供给，王侯将相宁有种乎？咱工薪阶层就没有淫荡的权利么？关键是价格便宜实惠。我懒得跟他理论，他也好景不长。有次深夜蓬头垢面地逃回住处，裤子的拉链都敞开着。我诧异地问他，被打劫了？他狼狈道，警察扫黄，包围了整条街的发廊。幸亏他动作快，提着裤子就从后门溜进了居民小区，侥幸躲过一劫，却差点被吓成阳痿。发廊有风险，寻欢须谨慎。风子老实了个把月时间，却又在钟楼附近的地下商场找到了新乐园。他问我，知道啥叫洞洞舞厅不？就是黑洞洞的舞厅，里面光线昏暗，有若干陪舞女候场，10元到20元陪跳一曲。无论什么乐曲，整个场内男女都站着，大家不动脚，只动手。腰部以上可随意摸索，向下探索需要加价。我问他，你的手快活不？他不屑道，这种黑暗中相互摸索的情趣，像前戏，你不懂。我说，你前戏了这么多次，准备什么时候进入正戏？你不会是在洞洞舞厅完成前戏，回来躺在床上继续玩独角戏吧？风子长叹，唉，当官发财真好，情妇都可以凑几桌麻将；贫穷真可悲，连去发廊放荡的权利都没有。

我比风子过得要高档些，平时打牌之余，还要看看书，算是流氓从良，恶补文化。周末去双林小区的小酒吧喝啤酒，看美女。玩得挺素，为风子所不齿。懒得解释。作为海南临时社团师爷级的人物，险些在广州白云区成为十大杰出乡镇企业家。这么多年流窜国内繁华地区，早已惯看秋月春风，阅历美女辣妹无数，剩下的只有一种从容淡定。坐在酒吧里，我总是藏起小商贩的资产烙印，努力浮现出一种沧桑老男人的沉着。

酒吧从来就是寂寞男女相互勾搭的地方。通常总是男士主动搭讪，女人故作矜持，半推半就。风子说，像我这样端坐喝酒，对周边东张西望，却又从不出手的，不是生手，就是鸭子。风子跟我泡了一次酒吧后，断然不玩了。他说在那儿男人女人装神弄鬼，太累。一溜的婉约派骚人。还是发廊好，关灯上床，直截了当。

我每到周末都泡在小酒吧里，喝酒，看美女，谁也不理。气质介于过气鸭子和装 B 犯之间。成都女孩多情而好色，喜欢有钱的，有趣的，有长相的，唯独不爱搭理我这种三无闷罐。

第十四章
今天，命运长得像美丽的天使

1

初夏的一个周末，小酒吧中洋溢着酒精、电子乐、荷尔蒙、超短裙，还有白亮粉腿、暧昧烟熏妆。我坐在吧台边缘，在滚筒灯转动闪烁的昏暗角落里，喝着小酒，阴暗地欣赏着欲望男女的暧昧联络。经常有孤单美女坐在吧台旁，十分钟之内，便会有男士提着酒过来搭讪，聊天，喝酒。一个小时以内，要么各自散去，要么一起离开。我盯着吧台前一个穿吊带裙的美女看了很久，像一个变态色魔，毫不遮掩地目击。那美女仿佛感觉到有火热的目光烫着她光洁的肩膀、大腿，却旁若无人独自喝酒。两分钟后，趁着她撵走一个前来搭讪男士的空档，我提着酒走了过去。

"是你么？"

她转过脸，眼神中有厌倦，惊讶，随波逐流的放纵，和毒辣刺人的透彻。

"谁？"

"秦娅，你好。"我举起杯子，"好久不见。"

"还好么？余野。"她微笑着回应。端起酒杯，我们一饮而尽。这次意外相逢显得如此自然，平淡，而又宿命。

她穿着黑色吊带裙，修长优美的大腿白得刺眼，脸有些清瘦，神色泛着倦怠，口红浓重。不仅仅是美丽，而是妖冶。我看着她，那些广州时光一下子倒流回来，她有着刺痛人的美丽，凌厉而勾魂。我还没有成功到时时回忆往日峥嵘，但面对她，仍然充满怀旧感伤。

曾经跟你一起青春交织的人，若干年后失散相逢，再带给你的，是一种守望时光的苍凉。在我和她的人生短暂分散与重逢之间，隔着几年的沧海桑田，几万公里的物是人非。我久久地看着她，恍惚简单地交流应答。我们都不再是当年的彼此，陌生中，仍有一丝淡淡的亲切。我曾经热烈地迷恋过她，带着广州创业时的所有热情，我无数次地梦见深夜醒来，亲吻着她脸上的泪水。这些年的想念，是我情感中不多的奢侈品。

"秦娅，在成都遇见你真好。都说，相逢的人会再相逢。"

"小鞋匠，你又自作多情。"她无所谓地笑笑，保持着当年的直爽，毫不顾忌。

"秦娅，这些年过得好么？顺便说一声，我当不成鞋匠了，我破产了。"

她忽然笑了起来："喝酒吧，小鞋匠。你当年也没怎么灿烂，破产就破产吧。"

我也破罐破摔笑了起来，很释然地接受了命运的轮回和那些所谓的沧桑。是啊，那些所谓沉浮，远远看去，不过是个人存款上的数字变化。

"你好像没以前那么咄咄逼人了。不过，说话还是那么透彻。我喜欢。"

"我老了么？"她流露着自嘲和瞬间的迷惑。

"更妖冶勾魂了。"我平静地泯了口酒，并没有当年那种狂热。

"你经常来这儿泡妞？"

"我经常来这儿喝酒，今晚是第一次泡妞。"

她妩媚地笑起来，手搭着我的肩膀："行啊，小鞋匠，有长进。开始学会油嘴滑舌了。"

"人总要成长么。"我平和地笑着。

我们一杯杯地喝着。她端着杯子，斜靠在吧台，颓废而又柔和的目光看着我，忽然有些低落。

"我还是挺喜欢那个狂热迷恋我的广州小鞋匠。有热情，傻傻的，挺干净。"

"那个小鞋匠已经被岁月埋了。现在，我活着，做点小生意，喝点小酒，看看美女，过点小日子。"我一脸平静道，"你呢，跟那个大款男友还好么？"

"哪个男友？呵呵，这些年换了不少，记不清你说的哪个了。"她盯着杯子，故作随意而无谓。

"换男友上瘾啊，还是没弄清楚自己想要什么？"

"自由奢侈呗。还能有什么？"

"哎，有爱的人没钱，有钱的人没爱，要不，你再等几年，等我发达后来接你。"我口气玩笑，却面露诚恳。

"你总那么有信心？功成名就，搂着自己想要的女人。这就是你的梦想？"

"当然。我就为这个活着。"

"行了，小鞋匠。我们根本就不是一路人。"她倒满酒，"来吧，喝完这杯，散伙，回家。"

我喝了个满杯："你电话换了，号码总得给一个吧。"

走出酒吧时，她有些漂浮。门外停着几辆出租车。没有小小的告别仪式，她仅仅侧身挥了挥手，笑了笑："再见啊。"

她转身走向汽车，我突然拉住她的胳膊："秦娅，别走。"

"怎么？"她转过身，挑衅地看着我，满脸嘲弄，"想玩一夜情？"

"秦娅，做我女朋友。"

她愣了愣："小鞋匠，你养得起我么？"

"养不起。但我会努力。让我做你的临时男朋友，情人，随便什么都行。我喜欢你。现在还是迷恋你。等有一天，你有了新男友，随时可以离开我。"

我有力地把她拉向自己。她微弱地挣扎着，抵触着，又放弃着，流着眼泪，拥进了我怀里。

2

有时候，你对着苍天倾诉，祈求它带来机遇和运气，它却只为你降下酸雨。当你遗忘了远在高空的神明，他却又现身显灵，带给你意想不到的奇遇。

跟秦娅在一起后，我不能再躺着做生意了。这个世界的真实推动力，除了生存，便是女人。我不能让自己的女人看不到希望。短期内，继续从事这个电器行当，仍然受制于供货渠道。我考虑良久，没有好的对策。

那天，电话响了。风子接听的："找你的。"

我心不在焉拿起话筒："你好，哪位？"

"是余野先生么？你好，我是天虹公司成都办事处的负责人，我姓梁。"

"请问有事么？"我有点迷惑。

"方便的话，能不能请余先生来一趟？如果找不到，我们可以派车来接，大家最好能面谈。"

我应承下来。对方客气得让我有些意外。两个月前，我和风子跑去谈代理业务，对方冷淡得一派冰天雪地，非拿200万保证金，否则免谈。我们散出的香烟被扔在桌上，听他们讲话时看到的总是对方下巴，热情伸出手去握住的却是对方几枚指尖。这非亲非故的热情邀请我去，不知何故？

我跟风子开着老爷面包车，来到位于城市东面的天虹办事处。在梁主任办公室，大家寒暄客套一番。我单刀直入，问梁主任，让我们来有什么指教么？

梁主任笑容可掬道："余先生，爽快。我也直接点。您前段时间是不是给我们李董事长写过信？"

"是啊。第一封被你们还登在报上呢。"

"您的第二封信现在是我们公司全体中干的学习教材。"

我愕然。盯着老梁，想在他脸上找答案。

他转身在桌上拿起一份文件递给我，一看，竟然是我写给李总信的复印件，下面还附有李总的批示：

"这是一个电器商家写给我的信。他告诉我，他拒绝了洋品牌，却也被我们抛弃。他说，不知道还能在爱国理想下坚持多久？我看后，既感动又难过。这么好的经销商，是我们最宝贵的财富。而让我痛心的是，我们自己的官僚作风，粗暴将人拒之门外。我希望集团所有的中高层干部都认真学习这封信，希望大家认真思考，没有高度忠诚的营销渠道，我们拿什么跟洋品牌叫板？在这场战役里，没有销售助力，我们有什么赢的希望？——李剑锋。"

我有些懵了。这真是个雄才大略的企业家。借力打力，用一个小商家的信，结结实实给所有人洗脑。了不起，就凭着这封信能够顺利到达李董事长办公桌前，就说明他的企业每个层次保持着顺畅。

"李总是军人出身吧？看他的胸怀气魄，真是大企业家风范。"我问道。

"呵呵，他在部队待过十年，复原后接手天虹厂。短短几年就把这濒临倒闭的国营企业弄得风生水起。为了你的信，我们成都办事处也成了典型，不过，是负面的。李总发了脾气，责令我们迅速改正。余先生，今天请您来，就是诚恳听取你的意见，为你解决问题。"

有时候，在你心目里，命运长得像一把凌厉的钢刀，一根镔铁打狗棍，一堵铜墙铁壁，但今天，它长得像美丽的天使。

堵在我前方的铁墙消失了。二级代理商，得来全不费功夫。重要的是，我还是一个可以直接跟李总写信对话的商家。这使我获得50%信用交易以及没有配额上限的特权。通常，这项殊荣仅仅给予实力强大、合作多年的经销企业。梁主任给的是二级代理的顶戴花翎，我享受的却是特级代理的权利。

我跟风子咬紧牙关把隔壁铺面盘了下来。"天虹指定销售店"的金字招牌如泰山压顶，让我们先前的小铺面不堪重负。必须破釜沉舟地扩大门面。两间铺面合并后，由梁主任亲自来帮忙制作天虹公司统一LOGO的店招。

扩建后的门店，在南门电器街上如同凤凰高蹈，极为惹眼。那些作为道具的包装箱仍得继续使命。我们几乎把所有的流动资金都投了进去，没钱屯货，只好每天到办事处进货。生意好时，一天去办事处提货三次。平均每天都有几十台销量。我跟风子都明白，这种千载难逢的机会一旦错过，便再没有翻身的机会。李董事长钦点支持的经销商，如果不能为天虹留下一段佳话，那就将传为业内的笑话了。

那是一生中最快乐最忙碌最昏天黑地的几个月。赚的钱几乎原样地投入到周转资金中，从不足 10 万到 100 万的周转金，仅仅用了两个多月，然后是 200 万……那是一种不断提速增长的阶段。疯狂，热烈，像男女最初的热恋。其实，所有白手创业的企业家，都经历过这种神明附体般的成长，如在梦中。

3

秦娅出现在我跟风子的住处时，像一盏数千瓦的碘钨灯照得我们的狗窝四面生辉。

从海南开始，到广州和成都创业，我跟风子长期过着集体生活，无论当初同居一室，还是现在各自一个单间。两个男人贫贱则同居，富贵则单过。生活习惯基本相互适应，互不嫌弃。回成都后，我们在南城区租了两室一厅的房子，离店铺很近，屋里沿用的是房东的旧家具，我们只是添置了冰箱彩电之类电器。平时请一个钟点工阿姨给我们洗衣服整理房间，日子过得简单却也不太凌乱。我定了一个室规，平时在外怎么玩都行，但不能把女人带回来鬼混。

当光焰逼人的秦娅拜访我们小窝时，两个粗糙男人的生活立即显得破绽百出，如同被人看到儿时光屁股的照片。我带着她参观房间，风子的卧室一床一柜，一个躺椅，除了满墙的美女图片，没有多余东西。我的房间里多了一个书桌，错落堆放着几十本书，颇有书卷气。而我们的公共客厅里则堆着几件啤酒和一箱方便面，开敞式壁柜里陈列各式空酒瓶，茶几上放着两个大烟灰缸，几条香烟扔在茶几下的抽屉里。厨房洗衣机上，杂乱堆放着我们的脏衣服，每天下午阿姨会给我们清洗。我们的食品共享、香烟共享、电视冰箱共享，就连装在铁皮柜里的零花钱也共享，标准的光棍共产主义生活。

我在菜根香酒楼订了包间，郑重告别单身，并把秦娅介绍给风子认识。

"风子，这是秦娅，就是广州认识的那个空姐。没想到，我在家乡人海中又把她找到了。你要说这不是缘分，我自己都不信。"

风子局促地看着秦娅："小秦，你实在太漂亮了。怪不得在广州，我这老哥每晚上都疯疯癫癫往航空学院跑，据说他经常在你们宿舍楼下散步，一走就是几公里，神魂颠倒。就是现在，你跟他坐在一起都不太真实。"

秦娅咯咯笑道："风子，说得没错。他死皮赖脸缠着我。我正闲着，就让他做我临时男朋友，试用三个月。"

"师爷，死皮赖脸是你的强项，不过成都这么大，没留电话，你是怎么找到小秦的？"

我笑道："说来你不相信，就在你说我做鸭子的那小酒馆，我每个周末都去守株待兔。嘿嘿，守了不到三个月，这只小白兔就乖乖跑来了。"

"你才是小白兔呢。"秦娅亲昵地拍了我肩膀一下。

风子伤感地端起酒杯，对我们道："师爷，秦娅，我敬你们一杯。从我跟师爷漂泊海南，后来又在广州昏天黑地折腾，到现在看到你俩，才感觉上了正道。祝福你们。"

"怎么觉得我像第三者插足一样？不会破坏你们两个大男人的亲密生活吧？"

"唉，小秦，我跟师爷的衣服现在已经混着穿了，你要再不出现，两个寂寞男人还不知道会发生点什么呢。"风子摇头道。

我端起酒杯道："来，一起喝一杯。"

三只杯子碰在一起。

"等等，我还有话说。"我端着杯子对秦娅道，"秦娅，你是我第一个女朋友……"

"怎么？要我对你负责是嘛？"秦娅妩媚地揶揄道。

"秦娅，你是我第一个真正的女人。当着风子，我的兄弟来做个见证。无论我这临时工能干多久，无论今后我们是否能真正走到一起，记着我的话，日后有我余野的，就绝不会让你饿着冷着。我想说，我会做一个有担当的男人。谢谢你，秦娅，你给了我一种新的生活。"

秦娅愣愣地听着，眼眶发红。她喝着杯里的红酒，用力掩藏着感动："谢谢你，小鞋匠……"

此刻，风子成了我们的大灯泡。

4

上天最好不要在你全力以赴干事业时，再慷慨赋予你爱情。尽管，一个男人只有在全力以赴奋斗时，才最有魅力。

秦娅跟我在一起后，我跟风子结束了光棍共产生活。自己跟秦娅单独租了房。风子黯然神伤，不过，生意繁忙，大家都没空伤感。

秦娅家境颇为富足。父母离异后，生活才有了些落差。前男友是个富家子弟，让她一直养尊处优。家庭的变故，让她缺少情感的安全感，脾气暴躁，性格执着。跟前男友分手后，迷恋酒精，有轻度抑郁倾向，常常情绪崩溃，严重影响工作。后来便辞了职。所有这些，我都能包容。我唯一缺乏的是时间。

经历了多年漂泊历练，我已经有一颗强大的心脏。无畏，无惧。秦娅说我是个杀气腾腾的人，但对她很温柔。我笑说，别把我说成刑满释放犯，我是良民。

秦娅不会做饭。最初的一个月，我每天下班后便跟她一起下馆子吃饭，陪她逛街，看电影。风子说得对，这个女朋友像从别人那儿借来的一样，不太真实。她不是那种居家过日子的女人，远远超越了我目前的生活层级。原本应该是成功后的奖品，却被命运提前预支到我生活中。尽管压力重重，我却喜欢这样的挑战，我活着的目的，就是揭开一切命运给我规定的边界。

我从公司借了 10 万块钱，经营自己的生活。给新居添置家具家电用了大概 5 万元，剩下的 5 万，只坚持了两个多月。我不想委屈了秦娅，竭力维持着她的生活品味。出入全部打车，每天找不重样的馆子吃饭，陪着她在大商场买衣服化妆品。试用期前两个月，我活得神采焕发，仿佛广州的鞋老板归来，直到我银行卡余额仅剩下零头。当米缸空了，思想中便不再响起美妙的音乐，而是噼啪作响的算盘声。我原本是个花钱行云流水的人，可公司正值创业期，不可能无限制地大额借款。我第一次对奢侈生活产生了高能耗的窘迫。

秦娅的闺蜜结婚，跟我商量，怎么也要安排 2000 元的礼金。另外跟以往同事打打麻将至少也需要几千块的本钱。我想都没想，便从风子那儿借了 5000 元，拿给她。她问我，你一起去么？

"算了，我这不还在试用期么。"

她笑道："走吧，陪我一起去吧，我的几个同事已经知道我有新男朋友了。"

"还是你自己去吧。我么，你就先金屋藏娇，先别暴露。"

"你搞地下工作啊？"

"哪儿的话。我怕自己这样一个试用期男友，你暂时还拿不出手。"

"你这人想法太多。"她笑着穿好衣服，盛装离开。

门缓缓关上时，我却对着她的背影一声长长叹息。

有次去近郊出差，风子问道：

"蜜月过怎么样啊？"

"小娅要是早两年，或者晚一年出现就好了。早两年，我还有奔驰。再晚一年，我也会有新车。现在么，她确实不适合坐在这辆二手长安面包车里。"

"师爷，说什么呢？你俩的缘分从广州一直缠绵到成都，跟这破车有啥关系？"

我叹息道："风子，我喜欢小娅，迷恋她。不过，有时候，我总在想，老天爷莫名其妙把她空投到我生活里，会不会是填错了地址和接收人？"

"那你就将错就错吧。只要两个人有感情就好。"

"呵呵，这个世界永远属于强者，一切都要靠实力说话。如果我成为不了强者，就不配拥有这样的女人。这跟感情没有关系。"

5

天虹厂给我们授牌后，店面的生意直线上升。

我陷入了一种亢奋的忙碌中。每星期工作七天，每天工作十七个小时。除了睡觉，就是任职"嘉通商贸"的董事长，兼任公司行政主管、销售经理、会计、工程师、司机、搬运工。巨量增长的业务，让我们的人手远远跟不上。此后两三个月时间，秦娅跟我能够在一起吃晚饭的时间都屈指可数。我已没有体力和心力去给予她玩笑调侃、温柔目光，或是烛光晚餐。从早到晚，满心都是事业。我有一腔的浪漫与风花雪月，也经常为她开出周游世界的口头支票。但事实是，我必须努力，才能最终赢得她。

秦娅是个感性的女人，更是个需要感情为养料才能生存的女人。连续两周，我披星戴月，没有跟她吃上一顿饭。一天深夜，我回家时，发现她不在。半夜里，才醉醺醺地回来。

"小娅，怎么了？"我睡眼惺忪，但明白她已经临近爆发。

她躺在沙发上，没理我。

我起身想把她抱上床。她推开我，满身酒气，一脸鄙夷。

"别碰我。"

"小娅，你醉了，先睡觉。明天我们好好谈谈行么？"

我把她抱上床，盖好被子。人有些清醒，一时没了睡意。明天，是的，明天一定抽出时间跟小娅好好谈谈。

我特意在第二天早早下班。

"小娅，这段时间，我工作忙，让你受冷落了。你生我气了吧？"

她点燃一支烟，没说话，情绪烦躁不安。

"小娅，为了你，我必须成功。这些年，我四处谋生，把人世间的事情都经历了一遍。我被人讨债、追杀，也坑蒙拐骗过别人。但现在，我正正经经，堂堂正正做着生意。我靠自己努力去赢得未来，感觉从未有过的踏实。以前，我一会儿被扔到云端，一会儿又被打入泥地，只有现在，我感觉正牢牢地抓着自己的命运。我需要的，只是一些时间。"

"那你能看到我们之间的未来么？"她抬起头，眼神中充满着一种不安稳不确定的东西。

"小娅，不管你怎么看，只要你愿，我愿意照顾你爱你养你一辈子……"

我的誓言安抚了小娅一个月。然后我再次陷入忙碌。那段时间像中了邪一般，生意多得邪门，好得邪门，我的心不由自主地牵挂着生意。那天，她喝酒归来，我们轻微争吵了几句，她在我面前摔了一个花瓶。彩色碎玻璃蹦乱一地。我脸色铁青，然后慢慢地，慢慢地恢复了平静。我绝不在自己女人面前发怒。

我默默捡起花瓶碎片，将屋子打扫干净。给她倒上一杯温水。事实上，我很疲倦。长期忙碌，让我已经陷入一种几近虚脱的状态。我没有再说话，叹了口气，迅速倒头睡去。

跟小娅已经几天没说话了。自从接了远郊一个大客户单子，我便不能每天回家。各种电器的安装调试接近尾声，夜色初上，我开车奔向成都时，总觉得有点不对劲。打开录音机，听到有为朋友生日点播歌曲的对话时，才恍然大悟。糟了，我把小娅生日搞忘了。死罪啊。

我迅速打电话让当值店员放下手里的一切活路，赶快去买鲜花和蛋糕，自己驱车飞驰到春熙路的金店去买一条铂金项链。

回到家里，小娅不在。我拨打她的电话。关机。忙音。

我摆放好鲜花、蛋糕，还有礼物。安静地坐着，等待她的脚步声在门外响起，心里涌起阵阵不祥的预感。

那晚，她没有回来。天亮时，我忍不住发疯般地四处去寻找。她经常去的酒吧，商场，不见踪迹。我突然觉得自己正在做的一切，瞬间失去了意义。一种几近崩溃的感情，让我跌倒在街上，坐在路沿上，心痛得几乎失去知觉。

6

两天后，秦娅安静地出现在家里。我欣喜若狂，不假思索就想去抱住她，却被她用一种冷静的目光制止了。

"余野，坐吧。我们谈谈。"

"小娅，你回来就好。这几天没看到你，我感觉心里空空的，没魂一样。"

"余野，我们在一起有半年了吧。我们一起吃过几次饭？看过几次电影？你全心全意地忙碌，而我像这屋里的一支花瓶。没有温暖，没有关注，没有自己。有的只是你一次次誓言。也许，我们两双眼睛里看到的，不是同一个未来。余野，我们分手吧，我知道你已经无限接近成功，但这不是我想要的生活。"

我惊呆了。尽管知道我们的关系出现了问题，但当秦娅冷静地提出分手，我还是有一种尖刀刺入胸口的痛。我迅速用镇定的表情将自己包裹起来。

"小娅，现在是9月，再过几个月便是春节。到了春节，我们店面扩张便告一段落。我已经计划好了，春节就去买房买车，让我们实实在在享受到自己努力的成果。我答应你要去过一种优越的生活，绝不食言。"

"余野，你全力奋斗，没有错。你有热情，阅历丰富，但有种东西你可能一辈子不会具备，那就是对财富无所谓的态度。你起点低，所以，拼命赚钱，无限渴望成功。你总是想让别人尊敬你，崇拜你，这一切都必须最大限度地占有物质财富，用存折垫高自己的社会地位。你虽然坚强，却始终缺少一种尊严感和安全感。做你的女人，就得完整地经历你对社会从愤怒到平和的全过程。同时，你想让所有人都看到，你能拥有世上令人羡慕的漂亮女人，并能给她富贵生活。这与其说是爱，不如说是你自己的虚荣。对我来说，当年广州的那个小鞋匠，也许更加真诚。现在的你，心是破碎的。你不能给我一种从容的生活，除非等你我都老了。我的心也被碾碎过，需要情感，却体会不到你的温度。我的前男友是个花花公子，但我们热恋的那两年，他全力以赴爱过我，在那段时间，我就是他世界的中心。除了我，他不在乎其他的一切。余野，爱不是延续一生的事业。虽然每个女人都幻想天长地久，但经历后，我才明白，爱是有时间界限的。在那段时间，我享受过最激情、最迷幻的爱，这样的巅峰体验，让其他所有的情感都变得黯淡。我就是活在那样的阴影下，抑郁难以自拔。我得靠着源源不断的情感活着，而这是你最缺乏的。你对我，是男人的责任，是保护，是患难与共的情谊，不是爱。"

"小娅……"我颓然低着头，已经说不出话。我突然明白，一个男人的成长，不仅仅是血雨腥风的历练，沉浮起落的考验，他更需要一个透彻女人的指引和完善。秦娅不仅仅是一个性感美丽的尤物，还是我成为一个真正男人的导师。她尖刀一般犀利的目光，让我穷形尽相，赤裸于天地之间。我感觉比任何时候都迷恋她，也比任何时候都知道正在失去她。

"小娅，我感谢你。如果有一天，我能成为一个真正完整的男人，平和从容，与世界和解，对别人心存感恩，而不是仇恨，那一切都是因为你，我的第一个女人。你要走了，我的心也空了。现在，我没能给你的东西，我将用我的一生来弥补。记着我说过的话，未来不管贫富，只要我有的，就不会让你饿着冷着。我想让你知道，曾有一个男人对整个世界杀气腾腾，却曾对你温柔相待过。"

我轻轻拥抱着小娅，仰起脸，强忍眼泪，知道一切已无法挽回。剩下要做的，仅仅是全力地维护着一个男人的尊严，对自己曾经的女人付出最后的温柔。

第十五章
这世界从来没有不付出代价的成功

1

我躺在大连滨海路的一个旅馆里静养。每天站在房间阳台上，看日出和日落中的大海，一片辽阔蔚蓝，深沉无边。当一个人的心胸塞着浩渺的天地，那些堵在心里的凝梗心情，便渐渐散作云水烟雾。

从老虎滩到燕窝岭，是一条曲折蜿蜒的盘山路，道路两边，一面是葱茏的山，一面是玻璃般的海。我经常徒步走到燕窝岭的最高处，坐在嶙峋山岩上呆呆面对大海。夏日的阳光清亮透明，面前的大海无边无际。无风时，蔚蓝的大海像一块巨大的镜面，融汇着大半个蓝色天空。对于一个男人，大海是开展自我教育最好的道场。

这世界或许从来没有不付出代价的成功。这些年，我为还债而活着，目标明确，意志坚定，从未动摇。现在，经历了几度大起大落，从穷困潦倒到名利双收，颠三倒四地轮回；从冰窖到火炉，反反复复淬着钢火。我已经回不去了，不可能再按正常人的轨迹生活。命运已经把我弄成了一把充满戾气的弯刀。它总等待一种金戈铁马、万里封侯的嘶嘶鸣响，而不是埋没在平庸生活的匣子里。既然是一把战刀，它只能颠沛或幸福在寒光闪闪、横刀立马的使命中。秦娅说得对，我缺少一种对财富的从容，必须用金子垫起一座高塔，然后站在这金光闪烁的塔尖，俯瞰那个曾经藐视我的世界。我正在这条路上，有进无退。

也许，女人也必然是这场修行的一部分。除了内心那一处柔软的地方，我已经炼成了金刚不坏之身。

夜晚来临，涨潮的大海在黑暗中开始变得躁动。我躺在床上，涛声中，像枕着连绵起落的海潮。

再见，秦娅。你说的对。我心里有一个魔鬼。但这么多年，我最需要帮助的时候，上帝在哪儿？只有这个魔鬼让我不懈地战斗，活着，充满斗志。

我想明白了。自己已隐约看到了那个在远方闪闪发亮的顶峰。以往所历练的一切，都不过是一些体能和生存训练。在攀登那座顶峰的道路上，有死亡的寒光，有恐惧的战栗，有绝望的风雪，但为了登顶的荣耀，爱情、友谊甚至生命，这一切都是可以承受的预算。我现在的位置，不过是通向那遥远顶峰山脚下的一个小小驿站。我必须活在这场攀登的使命中，全力以赴一场生命的博彩，让我毫无意义的生活蒙上光辉。

让平凡见鬼去吧。这个社会踩不死我，就得跪在我脚下。没有其他选择。

2

有时候，人的命运像有一个统一的开关：忙碌，或是骤然停歇。

飞速增长的业务忽而变得平稳。好像遇到一个关口，纷乱的事情重新集合整队，有条不紊地按序列通过。这个世界骤然安静起来。

只有一间小店面时，自己躺着做生意；成为天虹代理商后，开始跑着做生意；店面扩大四倍后，居然又开始躺着做生意。店面持续扩大并不等于带来营业额提升。二次扩张后，感觉不是店面在养活我们，而是我们需要去养活店面。

"冯总，能不能解释一下，我们由两间铺面扩大成四间铺面后，为什么营业额跟原来差不多呢？"我对这种神奇的经济学现象感到颇为神秘。

"因为它们在同一个地方。"风子回答得干脆简练。

两个非科班出身的商贩，面对倍增的房租和不饱和业务，莫衷一是，各执一词。

"唉，吃了没文化的亏啊。"我每每叹息时，风子总是笑道，"师爷，不要太自卑。我知道你没文凭，跟我这个正宗本科生在一起，不要太有压力。"

"压你个球。老子是联大学生，差一年毕业。要是当年拿到文凭，如今一准在省府衙门里当差，像你这种民营小老板，这么近距离参见本官，还不幸福得屁滚尿流？"

"唉，在海南手淫，在成都意淫。师爷，最销魂，梦醒时分。"

我懒得跟他一般见识。作为董事长，生意清淡时，我以身作则带头学习，《笑傲江湖》之后是《天龙八部》，冷兵器时代的侠客，心中只关心绝世武功和绝色女侠，生活单纯，财务自由，快意恩仇，实在令人神往，捧读之不舍昼夜。

几天后，风子忽然兴奋地拉着我去参加学习班。

"师爷，听说过传销么？据说是 20 世纪最伟大的销售革命。"

"有那么邪乎？"

"嗨，好多大学教授听完课都觉得半生白活了。走吧，师爷，知识改变命运。"

我们来到一个老电影院改成的礼堂。这个老影院屈居在鼓楼街后面的小街里，苏式风格的建筑古董，门口的粗笨廊柱对称挺拔，早年也曾观众如潮，结实风光过。可后来电影发展到主要以情侣观众为主，电影画面里大动作，下面男男女女搞小动作，这个一览无余的礼堂大空间便从此失去了吸引力。

我们进去时，里面早已人声鼎沸，贩夫走卒，工人学者，人不分老幼，职业不分三六九等。看面相打扮，大都属于生活落魄，穿几十元的化纤毛衣或皱皱巴巴的地摊西装，头发蓬乱，皮鞋污损，怀着长期被生活欺负的苦闷气质，眼中闪动的却是打劫银行的勃勃野火。

舞台上，一身黑色衬衣和西装的讲师出场，面带威严，不说话，不做任何动作，只用眼神冷冷地弹压着台下的嘈杂。开始时，人们交谈如故，哄笑声时有耳闻，几分钟后，场内忽然奇怪地安静下来。黑衣讲师始终一动不动地盯着大家，令人好奇。终于，场内完全安静下来。讲师向右侧舞台工作人员打了个手势，全场灯光暗淡下来，音乐轰然炸响，是贝多芬的《命运交响乐》。这是一股神奇的力量，与平时在电台录音机里听到的完全不同，随着密集的鼓点，越来越高亢急促的节奏，整个人都会被音乐中那种激昂的情绪所笼罩。

几分钟前奏放完，全场都沉浸在跟命运激烈搏斗的恍惚中。灯光亮起，黑衣讲师浑厚的声音响彻大厅："你们知道刚才听到了什么吗？是你们在跟自己的懦弱搏斗，跟自己的胆怯搏斗，跟自己的无知搏斗。为什么你们还没有成功？因为你们根本就没有了解自己，打开自己，释放自己……"

他劈头盖脸的这一顿棒喝，带着天神附体的威严。

"在座的每个人都渴望成功，但为什么成功只属于少数人？因为，大家都走入了误区，以为必须有雄厚的资本，必须要得到贵人相助。你们总是抱怨社会不公，缺少机会。其实，你们根本就没有认识到自己的潜力。我问你们，你们知不知道自己能认识多少人？100 个？1000 个？还是 10000 个？我告诉你们，你们可以轻松认识的人是 100 万个……不要惊讶。你们回去想想，自己有哪些亲戚朋友，同学同事？假设每个人的核心圈子都有 100 人，这些核心朋友圈中每个人都有自己的 100 人圈子，那么让朋友简单扩展一次，便是 10000 人，照此再推广一层，便是 100 万人。记住，你一直拥有这笔宝贵的人脉宝藏，可你

223

们从未开发，从未经营。如果有一件卓越的产品，你通过这样的人脉网一次便可以消化 100 万件，哪怕每件产品只赚一元钱，你是不是已经成功了？"

我听得目瞪口呆，仿佛在聆听中学物理老师讲课："假如没有阻力，一个作平滑运动的物体将一直匀速前进。""假如有一根足够长的杠杆，你可以撬动地球。"

"简单地说，传销就是省略掉若干中间环节，把产品直接卖给消费者。你们每个人都是一个拥有百万人脉资源的销售中心，关键在于你有没有决心和勇气去开发这块宝藏。这就是我们传销理论中的发展下线。你们一定会问，那些人凭什么成为我们的下线呢？很简单。这世界，永远是先知先觉者，引领那些后知后觉的人。先入行的人就像拿到了原始股，然后加价给下一层，下一层同样发展下线，再加价给第二层。你们每个人，都要尽力成为金字塔顶端的人……"

讲师演讲完毕，场内气氛热烈起来。主持人再次登场，说："现在，让我们请上几名学员，为大家现身说法。"

一名自称以前是教师的短发圆脸女人登场，她用浓郁的四川普通话告诉大家，以前不懂传销，抱着试一试的想法加入了组织，结果，找到了真正属于自己的舞台，现在每月收入达到 10 万元。接着登场的是个瘦小的下岗工人，他说刚刚下岗那阵，整日以泪洗面，走投无路，幸好听了讲师的课，加入了传销大团队，不仅成了百万富翁，更充满成就感和自豪感。现在，他一定要把自己的真实感受告诉大家，希望大家不要犹豫，勇敢地靠自己赢得成功……

我打量着这两位底层气息浓郁的主角，全身上下行头加完也不会超过 200元，别说百万富翁，比起小暴发户，都差着两万元以上的气质。特别是那男的，瘦弱矮小，眉眼滑溜，看着就像火车站一带的假发票贩子兼黑店捐客。有钱没钱，人的穿着会透露一些，关键是底气全然不同。我扭头打量着风子，他穿着一件普通夹克，皮鞋锃亮，全身没有皱皱巴巴的痕迹，眼角透着来看大戏的玩世神情。如今这家伙跟我再次回归百万富翁行列，这神闲气定的做派，绝不是那种为出租车跳表而肉疼的人物。

培训结束，一大半人汹涌围在咨询台前。加盟费 2000 元，会员需要再交1000 元，领走首期货品：三套牙膏和牙刷。据工作人员介绍，这种神奇的牙膏产自瑞士，具有保护牙齿、洗净牙垢、强身健体、滋阴补肾等多种综合功效。国内各大商场均没有销售。每位会员发展到一名下线后，可以领到 20% 的加盟费，同时可以在下线销售额中提成。

我对牙膏没兴趣，但对这种课程挺上瘾。等火热的咨询报名场面渐渐消停，我们问工作人员，还有没有更高级的培训班？一个眼镜回答，报了名的会员明天会有一个高级培训。风子问，我们能不能参加了明天培训，再决定是否报名？眼镜请示了经理后，答复说，可以。不过，每人得交500元培训费。

第二天一早，我们高级班学员被带到一所荒弃了的学校。这所学校即将搬迁，校园里长满荒草，楼宇中的门框、栏杆到处留下了拆除和破坏痕迹。除了一百多个会员，只有草丛中自在飞舞的蝴蝶和悠闲觅食的麻雀。

我们正抱怨校园环境破落，教室里却更破败。窗户玻璃没几扇完整的，门框都被拆掉了，只剩下凹凸不平的水泥黑洞，地面布满灰尘和细碎的建渣。

另一个讲师威严地集合会员，对大家开宗明义道：

"你们一定很奇怪，为什么到这样脏乱地方来？等完成今天的培训，各位学员就会明白，这是公司特意挑选的培训场地，特意让艰苦环境激发人的斗志。现在，就请大家原地坐下。"

坐下？我看了看满地的灰尘和建渣，又看了看风子，他幸灾乐祸地用邪恶的眼光看着我。的确，是我求知若渴，要求董事会成员一起参加高级培训，不得缺席。现在，我只好慨当以慷，迅速盘腿坐下，摆出心平气和、处处生莲花的佛门心态，闭目打坐。风子摇摇头，也唧唧歪歪坐了下来。

培训的课题不再是演讲，而是让大家回忆亲情友谊，轮流讲述最悲伤的事情。一个女人边流泪边叙述自己的遭遇：老公欠下大量赌债后一走了之，留下她跟三岁的儿子相依为命。有段时间，每天都要应对穷凶极恶的债主。那些人闯入她家威逼恐吓，野蛮逼债。有一天她感觉无法坚持下去时，三岁的儿子忽然拉着她的手对她说："妈妈，你要坚强。"诸如此类吧，一些人在台上痛哭流涕地讲，一拨人在台下以泪洗面地听。第一轮煽情之后，开始让大家大声嚎叫，教室里鬼哭狼嚎了半小时，所有的情绪能量都释放出来。几个项目之后，已接近中午，一个学员问讲师，饿了，什么时候能吃午饭？讲师道，今天是高级培训。每人一瓶矿泉水。没有饭。希望大家配合。

下午，讲师抛出了本日主要课题。让两人结成一组，一个拼命借钱，一个坚决不借。借钱的人要想到如果借不到钱，企业将倒闭，家庭将破裂，亲人将无药死于病床。被借钱的人，要铁石心肠，把借钱人想象成杀父仇人，给自己戴绿帽子的龟儿子，绝不借一个子儿给他。

我跟风子一组，我扮演借钱的人，风子扮演黄世仁。

"冯老爷，求求你借两个小钱给我吧。"

"凭啥要借给你？"

"家里都揭不开锅了。"

"要锅干吗？你可以泡方便面嘛。"

"你就行行好借点钱吧。"

"借钱？行啊，去把你女儿喜儿洗干净了抵押给我。"

"去你妈的，你龟儿的不拿二百现大洋来，小心老子组织长工革你的命。"

"我说师爷，你哪儿是在借钱，简直是黑社会勒索嘛……"

讲师一直煽动着借钱人的急迫感，也同时煽动被借钱人的愤怒。比起我们的对口相声，身旁上演着花样百出的节目：有下跪的，痛哭的，苦苦哀求的，抱着对方大腿摇晃的。纷纷深度入戏。借钱的理由有父母得绝症，孩子被绑架，兄弟遭车祸，女儿被拐卖，自己还命债等等，简直惨绝人寰……

总算折腾到傍晚，我又饥又渴，七窍生烟，奄奄一息地绷着。

最后，讲师让一帮濒临绝望的人重新坐下来，深情地让大家想象今天是生命的最后一天，让各自写自己的墓志铭。风子写的是："今天，老子莫名其妙跟一群傻逼饿死在一个破教室里。"

培训结束，我跟风子迅猛奔进一家火锅店，鲸吞海喝。风子边吃边数落我："董事长，你这人太执着。昨天听听新鲜就行了，你非要上这破高级班。花500块钱受这种非人折磨，不给吃，不给喝，疯疯癫癫的，讨债借钱，还写墓志铭。多培训几天，真他妈想死的心都有了。"

"你懂个毛。这传销虽然挺邪门，专烧熟人，我倒觉得大受启发。他们这种不要脸不要命的精神，值得咱们学习借鉴啊。以前，老子被逼还债，每天早晨起来都感觉饥寒交迫，斗志昂扬，随时保持一种打劫未来的激情。回成都以后，小酒小麻将，小日子过得懈怠了。从现在开始，我们需要各自去打通自己的百万人脉。不能再这么坐在店铺里等着顾客上门，还得去四处推销。"

3

梁主任打来电话，乐水市医药局一个朋友，找他订一批彩电，100台左右。天虹有规定，办事处不做销售业务，否则等于抢了经销商饭碗。他想来想去，还是觉得我耿直，想推荐给我来做。

我抑制住干柴遇烈火的燥热，说道："老梁，够哥们。晚上有空么？咱们几兄弟好好喝一台。"

成功没有更多秘诀，找到关键性人物，抓住关键性机遇。

老梁的话，言简意赅。四川话里的"耿直"，有够义气、懂规矩、不装怪等多种含义。耿直的生意人就是懂得走共同富裕道路的商人。老子混迹商海，浪里白条，岂有不懂规矩的道理？这单生意做成，自然论功行赏，见者有份。而我，看得也许更长远。梁主任守着天虹办事处和售后服务中心位置，资源充沛，人脉广远，跟他合作，等于凭空多了一个营销中心。

风子说，以前碰过老梁这条线，不过，对方很谨慎，总摆出一副国营老革命派头。我笑道，老革命以前是天虹元老，李董事长革新后，总部只剩下少壮派。几年前他就被边缘化了，现在更得考虑退休后的退路。猪肉大米年年涨价，人民币年年贬值，老革命就算不思春也得思凡呐。

晚上的酒喝得热烈。我跟风子只邀请了他一个客人。梁主任自报今年55岁，穿着两层鸡心领毛衣，工薪阶层的灰色棉外套，肚子发福，头上谢顶，寥寥几缕发丝难以覆盖辽阔的头顶。平时为人谨慎，崇尚无过即是有功。在这样小范围的聚会上，仍然大量使用隐喻句，擅长国画中的留白，言有尽而意无穷。与我那种三分钟混熟、十分钟见血的交际风格大相径庭。接听电话时，他还拿着砖头手机走出包间通话，像是肩负若干党国机密。等他回到席间，我已经拿出一支最新款摩托罗拉翻盖手机递给他。跟其他人做生意不同，我不是下手更狠，而是敢于在捕风捉影阶段下注。

"老梁，现在砖头手机不流行了。太重。你这么大一个上市公司办事处主任，该换一个了。正好我昨天看到一款最新的，你先拿着用吧。"

这款黑色翻盖手机，两年前价格在3万元左右，现在也要卖15000元。比起手持大哥大招摇过市，是一种更低调含蓄的显摆品。当年在广州，我拿着砖头手机在秦娅面前显摆，却被她掏出翻盖手机，杀得里子面子一起丢尽。

梁主任摩挲着磨砂质感的手机，两眼放光，却一再推辞。这怎么行呢？无功不受禄啊。我故作责备道，老梁，我可一直把你当老大哥，生意算个球，咱们朋友之间不说这些。来来来，喝酒。包间里情绪渐渐高涨，三个人喝出了满桌人的热烈气氛。风子原打算趁热打铁，酒后拉着老革命到夜总会继续战斗。梁主任却推辞了。

风子喃喃道，老革命就是有原则，拒腐化，只卖艺不失身。我笑道，人家思想刚从体制内走出来，身体慢慢来嘛。给他点时间，让身体跟上灵魂的脚步。

几天后，老梁陪着乐水医药局孙科长考察本店。他热情洋溢向客人介绍，这家专卖店是天虹李董事长钦点支持的样板店。余老板是成都地区经销商第一名，服务周到，为人仗义。孙科长40多岁年纪，微胖，也属于肺熏黑、牙齿吃黄的角色。对这些官方荣誉，淡淡一笑，不置可否。中午这台酒，没喝出什么名堂。我原本把主战场地放在晚上的宴请，谁知孙科长已有约在身。当听说他安排司机办事，只有等明晚再回乐水市。我立即嗅到机会，笑道，明天我送你回去吧。孙科长一再推辞，说太麻烦了。我干脆对老梁道，要不大家一起，到乐水玩两天？老梁心领神会，立马表示赞同。

第二天，为了麻将不至于三缺一，我还特意叫上了风子。由于不赶时间，我跟风子一路悠闲换着开，中午在沿途有名的球溪河鱼庄吃饭。天气炎热。饭后，孙科长指着旁边卡拉OK店道，休息会儿再走吧。出成都后，这类卡拉OK道路两旁几乎随处可见。进门便有热情的老板，指着一屋三陪小姐道，我们这儿的小姐巴适得很。风子说，这些鬼话就不要信了。一流小姐早就跑到沿海发达地区，二流小姐汇集成都高档夜总会，三流小姐分布在近郊县城，只有不入流的，才在路旁的卡拉OK。

既然风子对娱乐圈那么熟，安排小姐的任务当仁不让由他负责。小姐们一到，昏暗包间里的气氛果然活跃起来。孙科长是老玩家，老实不客气地搂着小姐，很快便卿卿我我成了一对狗男女。梁老革命目不斜视地点歌，身旁那丰满的妞儿也故作矜持。我跟风子分别搂着各自的小姐，喝酒聊天。这种路边卡拉OK为避免被扫黄，里面三陪小姐大都标榜卖艺不卖身。搂搂抱抱、摸摸搞搞没问题，不开房，不出台。按风子说法，比沿海地区落后十年。

梁老革命纯情地唱着苏联老歌。我们开始起哄，威胁那丰满小姐，再这样素着，等会儿收不到小费。于是小姐主动投怀送抱，梁老革命起初半推半就，随即一脸正气搂着小姐，开始情歌对唱。孙科长更是忙得上下其手，两手轮流从小姐衣服里进进出出。风子不爱玩素的，躺在小姐腿上睡午觉。我心不在焉地等待孙科长完成探索工作。身旁小姐笑道，大哥，这里面就是你最老实了。我说那你不要欺负老实人，只给你一半小费好不好？小姐笑道，那可不好。大哥，领导都带头了，你如果不要，回去一定给你穿小鞋。我笑道，那我也不客气了。随即在她胸口摸了几把，小姐咯咯地笑着。孙科长总算开始点歌，我趁着他消停的片刻，端起酒杯道，孙哥，敬你一杯。借势便凑到他身边，小声道，孙哥，听说你们单位要定一批彩电，交给兄弟做吧，公司有5%的销售提成。孙科长笑笑，端起啤酒跟我碰杯道，兄弟，好说。

玩了一个多小时才重新出发。进入彭山段，一路都很堵，有时候前方是台拖拉机，地老天荒地以 20 码速度嘟嘟前进，没准你刚刚超越拖拉机，便有交警从树后跳出来拦住你的去路。开到下午四点过才过眉山。孙科长说，老余，找个地方上厕所吧。我找了半天没有加油站，只能停在一家卡拉 OK 厅前。老孙方便后，又转悠到小姐面前，忽然两眼放光道：唉，老余，咱们反正不赶路，再休息一会儿吧。

几分钟后，我们再次坐进包间，孙科长亲自从小姐堆里选出让他眼睛发亮的美女，果然身材高挑，有几分姿色。难怪上个厕所就走不动路。梁老革命仍然逆来顺受地接受了风子给他挑选的小姐，那女孩模样秀丽，长得挺干净。老梁亲切关怀道，小妹，是不是学生啊？要趁着年轻，多读书，知识改变命运嘛。很快两对男女分头去偏僻角落谈情摸爱了。隔了一会儿，没听到老梁浑厚歌声了。风子巡场归来说，梁老革命语重心长地给小姐谈理想谈人生，就是手伸在小姐衣服里，没看清放哪个部位。风子心不在焉地搂着小姐跟我喝着啤酒，小声道，师爷，这两位老同志这么摸了一天了，上下半身都充血，晚上得好好伺候啊。

晚上 7 点，我们摆脱一路的盘丝洞蜘蛛精，顺利到达乐水市。大佛寺对岸的酒楼里，四人喝得兴高采烈。话题开始围绕沿途小姐的品相优劣，莺莺燕燕。老梁说，他在眉山遇到的那个女孩最正点，不仅模样乖巧，还是大学生，大家很谈得来。

"你们俩是用手谈吧？"孙科长淫笑道。

"你们这些人思想太复杂。我觉得那女孩真的不错，还给她留了名片。"

我惊讶道："不会吧？老梁，你可是老江湖了。风月场里，公安机关那要顺藤摸瓜，几下不就把你摸出来了？"

老梁无辜地盯着我："我留的是你的名片。"

旁边，风子一口啤酒喷了出来……

酒酣耳热，孙科长和梁主任都仿佛经历了漫长的前戏，脸上都写满了修成正果的期待。我却有些犯难，悄悄问风子，哪儿有可以泄火的地方？他摇摇头，说不熟。我把皮球踢给孙科长，说这里是你的主场，帮忙介绍个好玩的地方吧。他说自己在乐水市下面一个县工作，对市区不熟，以往都是朋友带着去，好像河边就有。

我无奈地让风子开车去河边侦查。在一个厅堂看着貌似热闹的歌厅，门口一个小伙子热情地招呼着我们。风子下车把他拉到一边，小声问，这里小姐出台不？小伙子满口应承，没问题，保管让客人满意。

　　四个人又轻车熟路地开了包间，两位老同志环肥燕瘦地挑选好各自心仪的小姐。我注意到我们几个进来后，歌厅的卷帘门随即拉上了。风子说，有点奇怪。我说你刚才问他们有没有特殊服务，估计是为了安全吧。

　　我们刚刚点好小姐，服务员已经把酒水、水果和几袋大白兔软糖放在桌上。我也没计较，以为是包间里配的东西。跟身旁小姐搭话，奇怪她们非常冷淡。两位老同志在小姐身上的探索工作也没先前那么顺利。小姐们要么忸怩作态，要么推三阻四。我觉得气氛不对，示意风子，酒喝了走人。正说着，孙科长开始对他的小姐发火，装疯弥窍的，到这儿来装处女嗦？老余，走走，这儿太不好耍了。

　　我对老板说，结账。

　　老板拿着计算机过来，一边算，一边给我们报价：大白兔软糖1200元一袋；红酒两瓶，5000元；瓜子两袋，400元；果盘500元一盘，三盘1500元；包间费600元。小姐小费各200元。合计消费9500元整。

　　从坐下到结账，不到20分钟，收费9500元。我明白遇到黑店了。这时候得稳起，探探虚实。我对老板说，你这个价格太离谱，这样搞，大家都不好看。风子一肚子火气，对老板恶声道，兄弟，山不转水转，不要把事情做过分了。老板见风子态度恶劣，随即对门外道，都进来吧。包间门口五个平头大汉鱼贯而入。我跟风子久经战阵，并没有胆怯。老梁和孙科长却吓得发抖。这就不是打架的阵容，我心想，今天只能认栽。于是指着孙科长道，这位大哥就是本地人，今后大家抬头不见低头见，不好处吧？孙科长这才如梦方醒，用本地方言跟老板提劲，他跟本地公安如何熟悉。老板疑惑地看着他，扯皮半天，他才说看在老孙是本地人份上，同意打个九折。

　　1000元买袋九折优惠的大白兔奶糖，既不能去消协投诉，更没法去警局报z，面子丢得太大。风子手里抓着灭火器，我玩着玻璃烟灰缸，犹豫着是否继续讨价还价。老梁悄悄对我道，兄弟，算了，强龙不压地头蛇。我点点头，镇定地对老板说，老大，我们买个教训，拿6000整数给你。都是在外面混的人，你说呢？老板见我跟风子都不善，想了想，让我们给钱走人。

　　风子数了6000元，气呼呼地扔在桌上。卷帘门打开，我笑着对几个一起向外走的小姐道，你们也下班了？她们倒也大方，说，是哦，今天完成指标了。我指着捷达车道，要不送你们回去。小姐笑道，算了，你们没消到火，等会儿肯定把我们拖去蹂躏。我大笑。走上车，还向她们招手道，美女，有空到成都来耍。她们迎合道，帅哥，二回又来照顾生意哈。风子朝窗外吐了口痰，说，不要让老子再碰到你们。

两位老同志连惊带怕，虚汗淋漓，总算消停了。我在酒店开好房间，安排老梁和孙科长先休息。自己跟风子在房间洗个脸，下楼找了一家喝夜啤酒餐饮店，喝酒聊天。

"师爷，刚才，老子真想动手。当年咱们在海南广东什么黑店没见过？怕过谁？这么关门宰人，真他妈欺人太甚。"

"不一样。在海南，咱们自己就是亡命徒。在广东，我们也算半个地头蛇，再说那时候财大气粗，进的都是大场子，这些破歌厅哪里看得上眼。算了，摆正心态吧，兄弟。咱们现在是破产再就业，这次，主要是把老梁的关系维护好，孙科长的单子做不做无所谓。唉，这个社会，你不强大，就只能被踩。等着吧，别让我们翻过身来……"

4

天虹年度大会召开，我作为年度新锐经销商，被邀请到了天虹总部。

天虹集团如今已经是行业龙头老大。被邀参加会议的，除了集团散布在全国的分公司领导，还有各地经销商代表，各类合作伙伴。三千多人的庞大阵容，让人有种群贤毕至的荣幸感。

坐落在这川北城市的集团总部，让我有种神秘的向往。就在一年前，自己跟风子像叫花子般被无情拒之门外，而此刻，集团的接待代表携美丽的礼仪小姐夹道迎接。这判若云泥的际遇，也算是命运整脚的玩笑。

大礼堂年会掀起了整个仪式的高潮。

这座可容纳两千多人的大礼堂本身就是一个企业图腾。一般企业，哪有如此气魄来修建这样的东西？作为上市公司领袖，天虹似乎在每个环节证明自己的领袖气质。进入会场时，我挤在人流中，感觉像个万国朝圣的使臣。

在礼堂门口被梁主任截住，令我惊喜的环节出现了。老梁说，经特别批准，让我在礼堂旁的会客厅等候李董事长接见。

"余总，你可是万般宠爱集一身啊。能够在礼堂被接见的，要么是集团的重要合作伙伴，最次也是地区老大级人物，你真是福星高照啊。"

经历歌厅被宰事件后，我跟梁主任的关系神奇地靠拢。一起扛过枪确实不如一起嫖过娼。那次尽管嫖娼未遂，反被痛宰，但跟老梁已仿佛患难之交，不仅做成了孙科长的单子，他还连连推荐了几个大客户。老梁事后告诉我，孙科长对我佩服有加，说我临危不乱，够朋友，也够大气。对孙科长是一次性买卖，我把 5% 的回扣一分不少地给了他。对老梁，我拿出 30% 利润分给他。整单生意最后落在手上的利润不过一两万。确实是够朋友，够大气。

我被礼仪小姐带到了会客厅。所谓接见，其实是一百多个被荣幸选出的代表排着队，依次跟站在正中的李董事长握手合影，平均每个人 20 秒钟。我终于见到了传说中的李董事长。高大，魁梧，国字脸上带着长期作为领袖人物的沉稳和霸气。轮到我跟李总握手合影时，负责引荐的主持人一时弄不清我身份。我双手紧握李董事长的手，自我介绍道：

"董事长，您好。我就是给您写过信，后来又得到您大力帮助的那个经销商。感谢您这一年来的大力支持。"

李董事长礼貌地握过我的手："呵呵，小伙子，好好干。"接着便是合影，10 秒后，我已被司仪引领到流水线的下一个环节。感觉比当年总理接见掏粪工人的时间还短得多。

大会开始。当李董事长步入场内，全场起立，掌声雷动，一直持续到李董事长在台前伫立好一会儿，仍然经久不息。我手都拍疼了，只好滥竽充数，做踊跃拍掌状。

李董事长站在台上，气场恢弘万千。他开始发言，过程中总被狂热的掌声打断。他特别谈到，天虹不仅要肩扛民族品牌的大旗，驱逐洋品牌。更要廓清海内，占据国内电视市场半壁江山，将那些不具备现代条件和生产规模的小企业，统统用市场手段清洗掉。"这是一场新的战役……"他的讲话再次被潮水般的喝彩与掌声淹没，还伴着声声高呼："李总万岁。"恍惚间，我仰望着这位领袖，像是在聆听拿破仑、任我行、丁春秋的演讲。千秋万载，一统江湖。自己像个无知的乡巴佬，今天真是长见识了。半个多小时的演讲，有大半时间是中途震响的狂热掌声、喝彩与呐喊。走下台来的李总，专程从观众席中的中央通道离场，一时大厅混乱不堪，人们潮水般地涌向主通道，争先恐后地伸出手，想得到伟大领袖的握手。

过了很久，我才缓过神来。渐渐明白，为什么当年走过天安门的红卫兵方队，只要伟大领袖在城楼上转过脸来挥挥手，便能激动得泪流满面，快乐得欲仙欲死。

我后来读了很多书才明白，中国的企业根本就不是单纯的经济组织，而总是越来越靠近政治组织。一沙一世界，一企业就是一个朝廷。那些大大小小的企业家，都有做领袖的强烈愿望。不能君临天下，哪怕君临一个礼堂。

5

"兄弟，看来咱们得另起炉灶。天虹的气数快要尽了。"

风子一脸茫然："不会吧？出啥状况了？你没看天虹的股票一直在涨，行情火着呢。"

"我告诉你，风子，一个国家，领导人出现的地方，群众高呼万岁，一派狂热，如痴如醉，那这个国家就差不多了。不是去打世界大战，就是搞文化革命。如果一个企业，员工都在高呼李总万岁，王总万岁，所到之处全体起立，狂热鼓掌，一副接受伟大领袖临幸的受宠样子，那这个企业气数也就尽了。没有哪个企业家，能在这种唯我独尊的环境中保持清醒。换了你我，一样如此。"

"师爷，你是少见多怪，山猪没见过细糠。听说人家大企业都这样，这叫企业文化。"

"风子，我跟你打赌，不出十年，这样的大企业，有一个算一个，都得完蛋。这就好比几万人只用一个脑袋思考，畸形得可怕。兄弟，今后你要在公司里，看到大家都对着我山呼万岁，哭着喊着跟我握手，热泪盈眶地等着我临幸，你最好发动政变，推翻我这个董事长。要不，公司就得栽在战无不胜、算无遗策的余董事长手里。"

"老余，这可是你亲自授给我的废立大权。我记着了。现在嘛，暂时先留着你，看你表现。你要不励精图治，让公司每年翻一番，我就准备随时废了你。对了，口说无凭，等会儿，我让小刘去工艺品商场买把尚方宝剑去。"

"行了，废话少说，咱们商量正事。从现在开始，我们得另起炉灶，开辟第二战场。我研究过了，大百货商场里的电器市场都挺贵，而且不专业，售后服务也跟不上。我想搞一种专业的电器超市，把各品牌的电器集中起来，用价格和服务两件武器，打败百货公司的电器柜台。"

"听着倒是不错。不过，有把握么？我们现在手头可以调动的现金也就四五百万，你这个计划，没有两三千万启动不了啊。"

"我算过了，最低 1000 万可以启动项目。卖场装修加设备 300 万左右，另外还要准备 700 万作为铺货的保证金。这样规模的卖场没有几千万的货，根本镇不住堂面。所以，下一步，我们得分头行动，联络说服各个厂家给我们供货。另外，我还要去攻一攻银行。总靠原始积累，不知要啥时候才能拉着牛车到达共产主义。"

　　"那天虹那边怎么交待？他们知道我们变节了，肯定不会有现在的待遇。"

　　"我们这是电器销售的创新模式，跟品牌忠诚度无关。你总不能让我为一家企业守贞殉节吧？再说了，我保留这家专卖店，就是告诉天虹，我们心里有她。不过，我们现在更喜欢能有三宫六院，七十二妃……"

　　想到就说，说到就做。我跟风子风风火火而又迷迷糊糊地开始了一场重要的事业转型。初衷就是想海纳百川，多快好省地赚钱。市场调查方式就是目测加推测，决策就是我的决心。风子作为风控官，提出几个问题，见我都能慷慨激昂地回答上，便认定师爷算无遗策，多说无益，狠抓落实。我早年在海南的窝棚里苦读《易经》的场面，已经成为他挥之不去的心灵烙印。

　　卖场地点也初步选好。二环路已经通车几年了，周边口岸渐渐成熟起来。我们在东南二环位置找到一家即将退租的小百货商场，这个位置租金便宜，区域交通方便，提升潜力巨大。商场接近 4000 平米，一旦开业，将是这一带最大的电器专业商场。

　　项目开始马不停蹄地运作。装修投了近 500 万，几乎用光了我们的现金。只好把现有的专卖店全部抵押给银行，贷款 500 万。几家广东厂商起初也只是抱着试一试的想法，趟点浅水，进场货物不多。没有足够的厂家，我们便把商品从电视、冰箱、洗衣机等大件扩展到小家电，什么微波炉、电风扇、热水器，统统请进商场。即便这样，也只占满大半个卖场。其余柜台，我干脆零租金，只提少量管理费的方式，让索尼、东芝等几个领先品牌入驻。

　　整整半年时间，一直风风火火筹备。1996 年初夏，国内电器市场总算露出了些许战国特色。虽然天虹仍占据市场三分天下，但其他品牌仍然想尽办法，顽强扩张。直到天虹石破天惊地宣布控制国内 80% 的显像管供应，准备从源头切断广东企业的原料渠道，大战终于爆发。媒体上一时口诛笔伐，相互攻讦，各方群体见仁见智地评论，莫衷一是。

　　这场神仙大战，让各广东厂商加大了对我们电器商城的重视和投入。面对市场上的巨鳄天虹集团，广东的多家企业开始抱团合作，联吴抗曹。天虹命里注定是我们的贵人。当年投靠他们起家，如今还得靠着他们的大扫荡政策，让广大中小厂家团结在我们身边。

　　趁着中原大战难解难分之际，我们的电器商场悄然开业。我跟风子都没敢露面，只是让我们招聘的卖场经理小吴，在外场支撑台面。以前天虹搞民族品牌的圣战，现在又搞一统江湖的内战。咱们看不清形势，还是占着小山头观望吧。

电器商场开业后，登了几版广告，不断以特价产品促销。热闹了个把月后，忽又冷清下来。就如同向平静的湖面扔出石头，当场溅起层层涟漪，不久又归于平静。我百思不得要领。不知是电器商场知名度太小，还是这种销售模式对消费者过于超前？也许，真得经历一个让大家逐渐认知的过程。

我们如此重要的企业转型像一个半生不熟的笑话。一时死不下去，好像也火不起来。不过，心态决定成败。在没有山穷水尽之前，我跟风子都懒散地坐在自己打造的舢板上，等着好心的流水把我们的船头弄直，穿过那该死的狭窄桥洞。

6

无所事事之际，却从赵爽同学那儿听到了母校百年校庆的消息。

走出校园这么多年，除了跟风子斗嘴，我很少向谁说出母校的名字。自己原本没拿到毕业证，更何况一直混迹社会底层，哪好意思吹嘘自己系出名门？除非功成名就，衣锦还乡，那才是我梦寐以求的时刻。自己梦想的成功里，不知设计过多少次这样的情节：坐着顶级款奔驰车，静静穿过校园大门口的林荫道。透过车窗，看洒满细碎阳光的道路。坐听校园钟声，长吁短叹，忆往昔岁月稠。

只有当你成功了，你才有资本向人倾诉往昔峥嵘岁月与坎坷经历。否则，就是祥林嫂。当年我退学离开校园，发誓不富贵，毋宁死。现在的我，革命尚未成功，奔驰得而复失，仍需继续努力。我不想去显摆成就，在脑门傻傻地刻上"有钱"两字，而是想披着大衣，一脸沧桑走出豪车，抖落岁月风尘，无声见证誓言。这份气质，开捷达车是做不到的。尽管我推测，目前，同学中开奥拓的也不多。

最重要的，是丁兰。我梦里的女孩，她还好么？离开校园，我就跟同学全然失去了联系，像一只离群孤雁。现在的我，仍然胆怯面对她曾经如此清澈的目光。不是因为财富不足，而是必须用耀眼的成功来洗清过往的污渍。

去，还是不去？连续几天，我都在纠结着。校园就在锦江河畔，开上车，不到 20 分钟便能到达。可就是这几公里距离，对我如同鸿沟。我眉宇不展，徘徊往复，让风子以为我正忍受着痔疮之类的难言之隐。直到赵爽告诉我，还有最后一天，不去就散场了，我这才下定决心，微服潜入校园。看看就走，绝不恋栈。

早上，我呆在家里梳洗打扮，穿上最好的西装，从镜子里怎么看都像是保险推销员。脱掉，换上名牌便装。一直耗到黄昏，觉得随之而来夜幕足以遮掩自己怯于见人的身影，才决定出发。还约上风子，让他陪我散散心。

接近校园时，我紧张得几乎想打道回府。犹豫片刻，让风子开车从侧门进校。那个靠近河边，有着长长林荫道的正校门，一定得留着自己有朝一日风光无限地造访。成都，虽是我故乡，可老屋早已不在。只有昔日校园，才是我的温暖家园。我就这么带着一腔败家子回归的紧张心情，走进了母校。看到昔日教学楼的那一刻，眼泪几乎忍不住落下。往事汹涌而来，像潮水一样不讲道理地将我淹没。

我知道自己有些用力过猛的情绪。离开学校八年，有种数度轮回，劫灰飞扬后的沧桑回归。抬头所见，每条道路上都挂上了庆祝联大百年校庆、欢迎校友回家的横幅，温暖而感动。盛会散场，时时见到相互道别的人群。

昔日足球场上奔跑着不认识的年轻人，图书馆里仍然坐满求知若渴的莘莘学子。第四教学楼前面的快活林寂静依旧。这片茂盛的树林，位于校园较为偏僻幽静的一隅。夏天，这里像一片清凉净地。当寂静的校园有歌声响起，总让人如痴如醉。

站在荷花池塘看校园正门，高大梧桐的茂盛枝叶搭成绿色走廊，黄昏的光影无声地编织着岁月的图案。春去秋来，林荫道上每年会送走一群群依依惜别的学生，又总会迎来一副副充满朝气的脸庞。在这条送往迎来的道路上，行走着一个叫做青春的背影。

我呆呆地看着自己曾经生活过的每一个场景，不禁两眼潮湿。

7

我跟风子来到校园外的仁合酒楼吃饭。这是校园附近最好的一家餐馆。当年，这里是我这穷学生不敢问津的地方。通常是教职工请客，毕业生吃高档散伙饭的首选。似水八年，时光像没关闭的水龙头，哗哗流淌，豪华酒楼犹在，里面的学子已换了一拨又一拨。

这几天校友会，酒楼生意火爆，里面坐得满满当当。风子建议到其他地方，我不同意，坚定地坐在门口排号等到一个位子。

"老余，你这是何苦呢？既然是校庆，就大大方方地来。你这么偷偷摸摸微服私访，不知道的，还以为你欠了女同学多少情债。"

"你懂个球。老子当年喜欢的校花还不知在哪辆奔驰车里哭呢。咱现在开辆破捷达车，怎么好意思去丢人现眼？"

"对,对。老余,过两年,我们陕西师范50年校庆,你也得陪着我衣锦还乡。开辆奔驰,扛两麻袋人民币,一路唱着《同桌的你》,一路从校门口撒钱……"

"得了,喝酒吧。" 我脸色不善。

点的菜一盘没上,服务员倒是先麻利地摆上了几瓶啤酒。风子不再造次开玩笑,端着杯子,陪我在无菜无汤的空桌上一杯杯喝着闷酒。

酒楼客满为患。我跟风子只有两人,被服务员硬塞在一个长条桌边缘,相隔邻桌不足十厘米。身旁是一帮热烈的年轻人,男男女女七八个,旁若无人,不时传出哄笑。从他们的热烈议论里,听得出是刚毕业不久的学生。我跟风子相顾无言,只好支起耳朵听他们说。

"清楣,顾老头见着你就眉开眼笑,和蔼可亲。我们跟他握手,最多一秒钟。他握着你手可就不放,看样子真是想把平生所学倾囊传授才肯放手啊。"一桌人大笑。

那女孩恶狠狠道:"老爷子心思重,以前头上还有几根毛,你看,现在都掉光了。你们根本就没注意细节。他握着我的手,眼睛却一直看着晓雅,大家没注意到么?"

"对的,对的,刚才顾大爷跟晓雅握手时,是一只手握,一只手轻轻抚摸。"几个人顿时前仰后合。

一个男生酸溜溜地哀叹:"全院就属你们俩最牛。顾老头对谁都秋风黑脸,仰着鼻孔说话,唯独对你俩和风细雨。一代经济学权威,本想把衣钵传给你俩,结果都不领情,选了老左当导师。"

"其实老左挺实在。按他的资历,早就该做副院长了,就是跟顾老头搞不好关系,现在还是个系主任……"

我越听越好奇,他们说的这几个教授,我好像都似曾相识。

"不好意思,同学,请问,你们是经管学院的么?"趁着他们说话间隙,我侧身问着离我最近的那个女生。

女生转过身来,一张清秀柔美的脸,长发,细眉,长睫毛,唇线细腻,神情舒缓柔和,眼波灵动,看人时满眼的波光粼粼。

"是啊。" 女生声音柔和,举止温柔,让人如沐春风。

"你们刚参加完校庆活动么?"

"今天参加的,主要是院里的活动。"

"哦,我们不光是校友,而且都是经管学院的。听你们聊的教授都是当年我们的老师。"

"你好，校友。" 她温和地笑笑，向我浅浅挥手。

"你们毕业了么？"

"毕业都一年了。"

"那应该是 91 级的。呵呵，我们如果晚两年毕业，就可以在学校迎接小师妹了。"

我说得意尽词穷，开始没话找话。

"回见啊，校友。"她非常得体地微笑转过身去。

我挺喜欢这些尚未被生活消磨掉梦想的女孩，她们对周遭世界流露着善意。当一个人心中装着爱情、诗歌、远方，眼神会轻灵而有神采；而当心里塞满加班费、奶粉钱时，目光只能疲惫粗糙。

我转过头继续跟风子对着光光的桌面喝酒消磨，等待上菜。斜对面一个女孩道："晓雅，又遇到熟人了？"

"哪有啊，是我们的校友。"那个叫晓雅的女孩解释道。

"这几天校友满街走，不是约你吃饭，就是要你的手机号和邮箱，刚才那个，该不会又是暗恋你的吧？"

我好奇地再次抬起头，看看哪个丫头说话这么刻薄。

今天真是撞到美女窝了，说话的又是一个大美女。不过，却是一种咄咄逼人的美。长发，大眼，眸子漆黑，目光凌厉有神，脸上的线条简洁精致，嘴角微微上翘，有种优越和嘲弄感。看到她，我有种被重重撞击的感觉，那是一种狭路相逢的怪异情绪，不会让我猝不及防，也不会让我无端幻想，却仿佛跟她有过长长的心路历史，混合着纠缠不清的战斗对抗，甚至在没见到这个人时便确信她一定会出现的亲切感。我报以内心升起的微笑，却发现早已被她的目光忽略遗忘。

"晓雅，你们老吴压力好大。这些男校友，回学校主要两个目的：显摆成功，重燃旧情。你们俩刚分头行动几个小时，男校友们就蜂拥竞争他护花使者的岗位。老吴不容易啊。"

"大校花，你又拿我开心。其实，班上男生都在偷偷打听你的情况，特关心。大家说是不是啊？"那个叫晓雅的女孩说着，一桌男女纷纷附和。

那校花目光扫视众人，跟大家笑闹时，碰到了我隔岸观火的眼光。我回避不及，只好微笑着向她点点头。她却好像见到空气一般，视若无睹。

"我发现联大的男生都畏畏缩缩，不够大气。"

"哎，清楣，你这一竿子可把一船人都打翻了。我们没得罪你啊。"几个男生挺委屈。

"偷偷打听我情况算什么意思？有本事光明正大地问，清楣，有男朋友了么？怎么？还没有？唉，眼光不要太高么。咋样，觉得我合适不？"

"谁敢这么直截了当问你？大小姐。那几个北方帅哥给你写的信，都被你拿来奇文共赏，游街示众。谁还敢招惹你？"

"一点直面惨淡人生的勇气都没有，算啥男的？"她说着，鄙夷的眼光又扫射过来，跟我微笑的目光撞在一起，火光四溅，"你看，就知道偷听，偷看，偷着乐。"

我又好气又好笑。这女孩也太霸道了。我看热闹，听评书，完全是因为场地狭窄，比邻而坐，况且都是同学院的师弟师妹，好奇而已。嗯，瞧着吧，老哥有的是勇气。

我起身端着酒来到邻桌，诚恳地环视了大家一圈。

"不好意思，打扰一下。我回校晚了，同学老师都没见到。刚才听你们聊天，才知道大家都是经管学院的。挺亲切的。我回学校挺不容易。见不到同学，就借这杯酒敬一下各位师弟师妹，也算是没有白回来一次。"

几个男生见我说得诚恳，已经礼节性地端起了杯子。只有那个叫清楣的女孩，挺不屑地看着我，大家杯子都举在半空，看她没动，又缓缓收回。

"校友，这杯酒有点移花接木了。哎，您该去找找班上女同学嘛，最好还是同桌女生。"她说完，自鸣得意地笑了。一桌人也不禁莞尔。

我端着酒，尴尬地站在那儿。感觉这丫头虽没啥恶意，却喜欢挖苦人，自己被奚落得有些惨。好在，大风大浪见多了，唾面自干的功夫也有一定段位。我明白，这时候一定不能怯，得坚持。

我对着那个叫清楣的女孩道："同学，咱联大有求善若渴、匡世济人的校训。你看，我形孤影单的，你们捡个落单校友，收留他喝杯酒，也算是匡世济人，让我心里暖暖的，对吧？"

"唉，校友，看你说得那么惨，要不我们每人给你捐几块钱，先接济你一盘鱼香肉丝，让你心里暖暖的。如何？"她瞟了眼我们空无一菜的桌子，笑得开心得意。

一桌人也看明白了，她是不忿我冒昧，故意寻我开心。大家索性都看起热闹。

"接济钱就免了，就赏脸喝杯酒吧。等会儿你们这桌的单子记在我账上好了。"我一定是被这丫头逼急了，有点下不了台。

"看，我刚才说的成功人士来了。"她说着又捂着嘴狂笑，"校友，要不，你把这一层楼的单都买了吧。我们一定会很崇拜你，目送你高大成功的背影离开。"

今天算是遇到没心没肺的劲敌了。再耗下去，一定自取其辱。我一口喝下杯中酒，自嘲道："呵呵，同学，冒昧打扰了。当我啥都没说。我这就夹着尾巴走人。"

我回到座位上，身旁那桌笑翻了，风子也笑得趴在桌上。

"赶快买单，闪人，再笑老子揍你。"

为了不显得是落荒而逃，路过隔壁那桌时，我专门笑容可掬地跟她们挥手打着招呼："同学，你们慢慢聊啊。我先走了。"

"校友，慢走啊，经常回来买单啊。"说着，那女孩又笑趴在桌上了。

8

回去的车上，风子一直在笑，弄得我也笑了起来。

刚才狼狈逃离酒楼，我愤愤不平在酒楼下抽了支烟，对风子说，不行，得给那小丫头点教训。风子愕然。我对风子道，你回到柜台把她们那桌单买了。风子更加愕然，我不耐烦道，快去，执行力就是竞争力。

"师爷，我今天又相信雷锋叔叔了。"

"今天老子跟头栽大了。你小子特开心是吧？没想到师爷也有今天，啊？"

"师爷，你闯荡江湖这么多年，如今好歹也是一家企业董事长，让一个黄毛丫头倒了一整瓶海飞丝在头上，洗刷你整整一晚上。这可能么？我都不敢相信。不过话说回来，这是你们男女同学的事情。我就一路过的群众，看看热闹。"

"妈的，你小子幸灾乐祸。良心大大坏了。唉，想当年我在学校的时候，女孩子都挺纯善的。现如今世风日下，女孩咋都傲慢成这品相了呢？个个都没心没肺，逮着谁都要寻开心，仗着长得漂亮，便要鱼肉校园，还有人管么？"

"是你自己撞到人枪口上的，怪谁呢？对了，师爷，我实在不明白，为啥你还要含着眼泪给人买单呢？"

"这叫以德报怨，高年级成熟男人的报复方式。学着点。"

"真没想到你会以这么邪恶的方式报复人。大哥，求你了，今后多报复报复我吧……"

"说实话，风子，这事儿要搁场面上，就算栽了大跟头。在学校里嘛，得算是风花雪月。我可不是自己找台阶下。其实这种女孩没啥恶意，不过是家庭条件好，爱挖苦人。有个性。等着吧，青山不改，江湖再见，指不定哪天就狭路相逢了。你师爷我最爱干的，就是降龙伏虎的事儿。"

风子握着方向盘，歪着头看我："余大爷，刚才没见你这么慷慨激昂啊？你催我买单，找的零钱都不准我收。跑得比兔子还快。不过，有一点我还是同意，那小美女真有意思，'校友，常回来买单啊'。哈哈哈……"

我恼羞成怒掐着他的脖子来回晃动，风子边笑边嚎："救命啊，杀人灭口啊，常回来买单啊……"

第十六章
这颗种子，最终会长成大树还是小草？

1

电器商场开业几个月，仍然半死不活。我们几乎把所有的财产全部押上了。摆出决战姿态，陷入的却是巷战和地道战，打不出个分晓。

新南门桥头的热盆景火锅，我跟风子一边烫着毛肚，一边召开董事会。通常，我们研究如何泡妞时，是团队生活会；讨论公司发展，就是董事会。

"风子，你说在海南的时候，大家为啥叫我师爷呢？"

"这还用问，在流氓里面，你是秀才；在秀才里面，你是流氓。"

"唉，虽然老子智勇双全，可终究还是武将的底子。风子，你看咱俩决策公司大事，什么时候超过十分钟？这么多年，想清楚了干，没想清楚也干。仗的全是胆大。我觉得现在，公司里真得有个摇扇子的军师。要不然就凭咱俩这种敢想敢干的作风，哪天又得流落街头。"

"说什么呢？师爷。现在虽然公司有些困难，嗯……也不至于这么悲观。"风子一边埋头嚼着鹅肠，一边支支吾吾鼓励我道。

"咱们不能成天只想融资，还要融智啊。"我慨然放下筷子道。

"要不，咱们先去庙子里融些运气来？"

以往自己是个穷且弥坚的无神论者，但满额头大包小包的现实，让我开始变得宿命，同意向飘飞在空中的那些超自然力量弯曲膝盖。我终于改变观念，相信不仅在人世需要有力的帮手，神佛两界也应该有些过硬的靠山。通常在命运胶着之际，应该认真考察老家祖坟的方位，测量公司的风水，多佩戴些加持法器，除此以外，还应该去香火缭绕的寺庙烧香拜佛。

听说大邑山里有座古寺，香火灵验，我跟风子随即驱车前往。因为地处偏僻，道路崎岖，这一路边走边问，开车在山间机耕道上蹒跚前进，又从山脚一家农家乐徒步上山，走了半个小时才到达寺门。

虽然寺庙有些残破，但整座庙子依山而建，四周古柏森森，香烟缭绕，与晨钟暮鼓交相应和，法相深沉。一眼望去，实在是风水灵秀之地。人一旦置身如此氛围，自然心境宁和，能够感应到一种超越自身之外的力量。佛堂给人一种心灵清修和世外清凉之感。更重要的是，完成烧香许愿，心情一阵轻松，仿佛把压在自己渺小肩头的重负，交给了一个命运的裁判手中。一副恪尽人事，听候天命的洒脱。

"问个问题，师爷，为什么中国人喜欢拜佛，而不参拜玉皇大帝？"

"玉皇大帝是天庭最高长官，高高在上，官僚，不亲民，不像佛祖一直呆在基层，给老百姓办实事。"

风子点点头，对着大雄宝殿方向又合十拜了拜。

我颇为感慨地道："到了这儿，总忍不住要想，我们折腾一生，最后还是生老病死。从来处来，从去处去，一切归于尘土，这么折腾有意义么？"

"你说呢？师爷。这晨钟暮鼓的地方，气场把你罩着了。等会儿你回到城里，保准恢复正常，继续玩命赚钱，奋勇吃喝玩乐。"

"我现在才明白，为啥人一定要到庙里才能修行？人注定为了欲望生，为了欲望死。欲望就是生命力的一部分。人自己是管理不好欲望的，所以才有了寺庙。"

"董事长，我还以为你是为公司复兴大业来参拜神佛呢。"

"你没听说过，这个世界总要留一些人来仰头思考哲学？"

"董事长，最近最好低头多看看公司报表。"

我当然要看报表，而且知道公司现金流惨淡，呈现入不敷出迹象。

陷入僵局时，说明正反力量对抗的平衡。这个时候，只有注入新力量，才会有转变机会。

烧香几天后，赵爽同学忽而打来电话，说有位北京的经济专家想来看看我的电器商场。我暗自惊叹，不禁对自己在功德箱内的 500 元投资深表满意。

见到这位徐教授，40 左右年纪，戴着眼镜，斯文而干练。自己脑海里立即蹦出了徐庶、许攸、刘伯温等诸多参谋长的名字。心中暗喜。

我亲自开车，殷勤地陪着他转了两天。不仅是电器商场，还到其他百货公司以及专卖店实地考察。古书上说的那些倒屣相迎、周公吐哺之类的过场，我都悄然奉承出来。每天从吃早饭一路陪同伺候到晚餐，表现得礼贤下士，卑躬屈膝，就差一段卖草鞋的履历和远房皇叔的族谱，便堪称一代英主。

第三天交流，徐教授泛泛表扬我年轻有为之余，为我开出的管理药方是，对外的规模化拓展，对内的规范化管理云云。还将需求理论给我云里雾里地阐述一通。我不停点头，感觉有一扇天窗打开，头顶天空高远，仍然摸不到边际。趁着答谢宴会，我郑重向徐教授提出，请他出任公司的管理顾问。徐教授温和地笑笑，以学校课题繁重等委婉拒绝。

"余总，你目前更需要的不是顾问，而是你自己的视野和理念。任何一个企业发展的高度，最终取决于老板的眼界和胸襟。你成长，企业才会成长。"

临走，他给了我一个地址，告诉我北京已经有一家类似的电器综合卖场，建议我去考察学习一下。

"风子，落后就要被人嫌弃。你看看那些猪饲料企业都有智囊团，我们居然连个顾问都请不到。"

"想多了，师爷。猪饲料可是全省的支柱产业，咱们这生意才刚起步，跟人家主流行业没可比性……"

按照许教授给的地址，我在北京东二环附近找到了这家"佳美电器"。两层高的商场，外墙上打满了花枝招展的促销广告。进门的横幅上写着生猛词句："尊敬的顾客，本市范围内，如果您能发现比我店同类产品价格便宜的电器，本店将双倍退还差价。"偌大商场内，人头攒动，生意兴隆。我借着购买剃须刀的机会，跟售货员聊起天来。这家电器商场已经开业一年多，人气兴旺。目前，佳美电器已在北京开设了四家店，听他们经理说，在北京还要再开四家。

商场内装修干净简洁，电器货品都是最新产品，国内外各类品牌俱全，从冰箱彩电等大电器，到剃须刀电吹风小家电，一应俱全。入口处的黄金位置，还摆放着手机柜台，营业范围居然已延伸到专业化极高的手机市场。商场内营业员着装统一，训练有素。管理人员一律西装革履，戴着工牌，所有的货物都有柜台统一收银。整个商场顾客盈门，而始终秩序井然。

我用两天时间把佳美在北京的四家店全部考察完。以前，自己总向风子吹嘘，这种专业电器商场是自己高瞻远瞩的战略创新，属思想专利。没想到，早有高人捷足先登，率先领跑。不仅如此，还把商场搞得如此规范大气，垂范四方。

我也看得很明白，这不是一个技术壁垒森严的行业，所有的管理系统和营销模式，都可以在短时间内复制。怪不得佳美在一年内疯狂扩张成四店。这个老板肯定把行业摸透了：要想立于不败之地，只有实现规模化。

震动，变成了震撼。

回到成都，我跟风子认真地交流一次，不是以师爷身份，而是以董事长名义。

"冯总，现在咱们既不是草寇，更不是流动摊贩，公司越做越大，得有一次正规化转型才行。公司制度必须完善，员工收入要跟业绩挂钩，服务品质得规范化。决策也不能两个人拍拍脑袋搞定。这是内部管理。外部的机构资源和政府关系，也得开拓。等把内部事情理顺后，我们分个工，我主外，你主内。我负责对外拓展，你负责公司内部管理。徐教授说得对，我们成长，企业才会成长。咱们都得读书学习了。当年老子们坑蒙拐骗，吃的是风险饭，竞争对手少；现在走正道，就得面对千军万马。"

"董事长，我同意你的各项改革建议。不过，这得有个过程，慢慢来。要不，一下子会很不适应的。再说，当前，我们的主要问题是如何增加销售，应该解决主要矛盾。"

"既然是改革，就得组合拳打出去。我算看明白了，这个行业，没有管理，销售上不来；没有规模，就活不下去。"

2

我跟风子一起穿上西装来公司上班，俩人一起站在镜子前，相互欣赏彼此新的人生形象。

"董事长，你经常目露凶光，给人以危害社会的倾向，现在要是戴上墨镜，更像独行杀手。"

"冯总，你的狠劲全写在脸上。穿上这身西装，在国内称得上高级不法分子；在香港，可以出演动作片里任何类型的匪徒。"

"董事长，咱们穿成这样，好意思出去见人么？"

"冯总，不要心虚。我们今后每天对着镜子微笑，多看几次就习惯了。"

一个企业的走向是由老板推动的。前提是老板身先士卒，毫不动摇。我们的工作装最初几天遭到了员工偷偷嘲笑。但几天后，三十多名员工都统一穿上了定制的工装，戴上了统一工作牌。整个商场面貌一新。接着是要求微笑礼貌服务，对全体员工进行礼仪培训。有两个嘻嘻哈哈培训不认真的营业员，被我当场开除。杀一儆百，才没有人敢藐视变革。

最大激励来自于薪酬调整。我改变了工资加奖金的模式，变成底薪加提成。

底薪几百元，只能维持基本生活，而提成却上不封顶，一切以业绩说话。每个季度考评业绩，第一名追加奖励，最后一名淘汰。半年内业绩突出者提拔为主管。公司推行打卡制度后，风子率先迟到了两次。

"风子，借你人头用用。"

"啥？"

"还有啥？你小子迟到两次，明天老子押你上法场，罚款一千，全公司通报。然后你还要表现得感激零涕，写血书励精图治。懂么？"

"师爷，拿我开刀祭旗，有啥补偿没？"

"皇城火锅，我请客。"

"嗯，还得有钻石夜总会的花酒。"

"成交。"

新政实施三个月，整个商场，面貌焕然一新。

我开始把主要精力用于对外拓展。整天请客吃饭，广交朋友。天天喝得醉生梦死。风子笑说，董事长现在主要的工作是花天酒地。我没理他。直到我喝回了一张 80 台空调的大单，买主是区卫生局。这下风子开始极力奉承董事长英明神武算无遗策，鼓励我继续勤奋喝酒。我笑道，你懂个球。喝酒只是试探性前戏，后面谈的 5% 回扣才是真正高潮。

"对了，冯总，赶快给我找个女秘书。老子一个人单枪匹马喝酒太没身份。"

风子一脸淫笑："董事长，革命尚未成功，不可以沉迷享乐哦。"

"冯总，你的董事长没有腐败变节。我们现在就定一个规矩：公司里不准有两口子、恋人，等等吧。员工间谈恋爱，就得走一个。对我们股东，只有一个要求，不准吃窝边草，不准在公司养小蜜。"

"你不会真搞这么没人性的制度吧？"

"我们不仅要制定成公司制度，还要把这条写进股东会决议。"

风子见我斩钉截铁，只好一声长叹："唉，董事长，你真是性情大变，不食人间烟火。"

"风子，有了钱，什么女人还不束手就擒？你看看香港，多少当红女星，都标着一夜价格。只有那些土老肥和暴发户才在公司里养小蜜，你我是什么人？邓大爷也不过三起三落，咱哥俩早就八起八落了。要成不了亿万富豪，真的不好意思跟人忆苦思甜，更对不起这几年死去活来的经历。"

"董事长，我真的有点仰慕你了。"

"狗屁，你做了变性手术再来仰慕我吧。对了，我把房子抵押了，再向公司借20万，买一辆奥迪车。你外出打台面时也可以开。徐教授鄙视得对，开捷达确实挺寒碜，汽车才是我们的脸。"

<h2 style="text-align:center">3</h2>

"董事长，你非得要那种戴黑框眼镜，长得像女科学家的秘书吗？"风子嘟囔道。

"那也比你挑的那些妖精安全。董事长也是人，别拿烈火来考验干柴，懂么？"

风子卖力地为我招聘女秘书。面试几轮后，我几乎把风子的嫩模、野模朋友们见识了一遍。一个没选。

在我开着奥迪的企业家风度感召下，他随即也砸锅卖铁弄了一辆A6。开了几天后，深沉地告诉我，师爷，男人必须有辆好车，做人的尊严和泡妞的效率全有了。

中秋节前，风子跟我去工商局送月饼。他将车停上街沿便上楼办事，我坐在车里打电话。几分钟后，身后一声巨响，车身动摇。自己守土有责，赶紧跳下车，看见一辆蓝色奥拓倒车撞上我们的车。我悲愤看了看灰霾蔽空的苍天，这算啥风水呀？停在20厘米高的街沿上也要被撞？

我仔细审视现场，蓝色奥拓不知用了多大蛮力倒车冲上路沿石，追尾到我们车上。事件如此离奇，到庙里烧三柱顶级高香也压不住这妖气。

肇事者下车，是一个挺秀气的女孩。我一腔怒火被她张惶神情无声浇灭。奥迪车价值不菲，听刚才的响动，至少得撞出半辆奥拓的产值。幸运的是，肇事车辆后保险杠半边碎裂，而奥迪车的保险杠漆面只留下约一厘米的破损。

女孩认错态度良好，"不好意思，先生，这会儿我急着去工商局办事。我给你留个电话，还有证件，你先去修车好嘛？"

我摇头："那可不行。车主不在，我做不了主。"

两分钟后，风子哼着小曲从对面楼里出来。

"这位美女刚才把你的车撞了。你们俩谈吧。"介绍他俩认识后，我继续拨打自己的电话。

我打完电话好一会，他俩还在聊。无论女孩如何巧笑倩兮，微笑求情，风子只是不解风情地唠叨：

"姑娘，这真不是几百块钱的事。我这可是刚买的新车。进了 4S 站，没几千块出不来。赶紧找你的保险公司来吧……"

"我真的有急事。要不，先赔你些现金，再把电话留给你行吗？我身份证没带，你看这是我的工作牌……"女孩有些焦急。

"那也行，给钱吧。"

"我只有 300。"

风子绝望地看着我，我装聋作哑。当看着小美女翻开瘪瘪的钱包，数着寥寥几张百元钞票，一种强烈的正义感让我庄严地向风子点点头。得饶人处且饶人吧，反正又不是我的车。

回去路上，风子边开车边埋怨我："新车就这么破处了。心疼啊。哎，你怎么不帮我说几句啊？说你重色轻友吧，标准也太低了吧？"

"刚才那女孩工作牌上，写的是行政助理吧？"我答非所问道，"嗯，老和尚说过，一切皆有缘法，没谁会无缘无故地出现在你的命运里。"

沉默了几公里，忽然听他说道："啥意思啊？你不会看上那妞了吧？"

"风子，交给你个任务。别打电话给那女孩，看她主动来自首不？如果她溜了，算咱们倒霉；如果她主动上门赔钱，那得安排我见见面。"

风子诧异地看着我："你不会这么迷信吧？撞个车能给你撞个女朋友出来？"

两个月后，撞车肇事者小罗被我收编到麾下。不过，时下秘书一职，太暧昧敏感，我把职位定为"董事长助理"，听着很有身份质感。助理罗媛，大学毕业两年，长得算漂亮，以前公司里干过行政文秘，为人大方干练，酒量也不错。

"董事长，当初你究竟是怎么想的？撞了你们的车，怎么会忽发奇想把我拐到嘉通来？"多年后，罗媛总爱不厌其烦问我这个问题。

"罗媛，我们把车停在 20 厘米高的街沿上，都能被你倒车撞上，这要不是缘分，没法解释啊。关键是，你后来又自投罗网，主动跑来赔钱。"我每次总笑呵呵搪塞道。

我逐步腾出手来带着小罗拓展客户。这个女孩很有悟性，思维清晰，做事麻利。以往应酬中，有些客户素质实在低劣，酒桌上对小罗毛手毛脚，还非要带着去 KTV 跳舞。更有甚者明言或暗示她要拿到订单，得陪着到酒店过夜。小罗偷偷哭了几次。我坚决拒绝了这些家伙。老子的公司可以多给回扣，但绝不拿女孩子作交易，那样未免混得太低三下四。

在一次商务应酬后，看出她不太适应。于是非常坦诚地跟她做了交底："小罗，我们这个公司没有你想象的那么大，但我跟冯总决心把公司做大做强。你看，公司的各项运作都非常规范。这里面没有我们的亲戚家属，从我这个老板带头做起，坚持公司的各项制度。"

"董事长，我觉得公司挺好的。有活力，挺上进，真的。您为什么要跟我嘱咐这些呢？"她有些紧张，不太适应董事长如此诚恳的谈话。

"公司要生存发展，现在面临着一些瓶颈。应该说还处在创业期，有很多关系需要去维护拓展。你看，我几乎每周都有四五台酒局。你作为我的助理，常陪我去应酬。经常喝酒，也需要跟各种人逢场作戏。但你放心，我不会让你受欺负。同时，我会非常尊重你，不会对你心存非分之想。这是我们公司的规矩。"

罗媛满脸通红："董事长，有什么工作您直接吩咐就是了。您这么说，实在，实在，太客气了。"

"小罗，其实，我想告诉你，很多生意都是在酒桌上完成的。酒精这东西很神奇。大家原本都很矜持，人模狗样的。一旦喝了酒，便拉近了距离。人常说，酒品看人品。所以，我几乎每次都尽量把自己喝晕，那样可以更勇敢，拉着哪个领导都可以称兄道弟。你需要做的，其实就是活跃气氛。女孩子喝酒可以耍赖，可以热情，但对所有人都要保持一定距离。你不是交际花，而是有职业素养的企业女高管。男人都贱，喜欢漂亮大方而又保有底线的女人。你越是若即若离，别人就越是尊重并且喜欢跟你喝酒。"

"呵呵，董事长，您不但给我讲解业务，还外带剖析男人心态。"小罗笑了起来，虽有些腼腆，但已经初步适应了我谈话的方式。

我的酒局逐渐转向上三路：官员、领导、大企业家。自己比较喜欢跟这些有身份，或者说有身份顾忌的人打交道。他们通常懂得克制，不会漫天要价，对一个人一旦认同，便会长期信任。对风险管理大于利益攫取。当然，也会遇到一些欲望赤裸的客户。其实对回扣的竞标，我也认同。这个世界原本就是阳光下表演一套，阴影中运转一套。就像项目招标，永远是台面上公开竞价与包间酒廊中私下回扣竞标相伴而行。人生如戏，重在演技。职位上的人，其实都是一拨演员。对那些直截了当谈判回扣的客户，我也直截了当给出低价，不试探，不强求。成则握手交易，不成则微笑一拍两散；对那些非要经过酒席、KTV、洗浴中心、夜总会等诸多程序后，才慢慢抛出底牌的家伙，都交给风子打理。这种动辄折腾通宵的风月前线，经常耗得我筋疲力尽，但风子却始终能精神抖擞。

"董事长，你就放心把这些脏活累活交给我吧。"

"嗯，冯总，辛苦了，保重身体。"

"说什么呢，师爷，现在公司艰难创业，我的身体就是公司的身体。"

4

10月的一个周末，我正在张区长家里下棋。

在办公室见到的政府领导，如同在舞台上见到入戏的演员，他们有专属的脚本台词，就连表情也训练有素；在酒桌上见到的领导，虽走出角色却仍带着浓妆，还未呈现本来面目；若在娱乐场里跟领导同乐，或是在家里跟领导对弈交流，才真正被他们认作了自己人。

跟张区长的交情，从他还是分管商贸口的副区长便开始。最初希望结识他，就是庸俗地为了攻下一张300台空调的政府采购单。勾兑手法也老套陈旧，隔三差五约请，变着花样请客送礼。项目招标结果公布，订单被另一家更有背景实力的公司获得。我愈挫愈勇，对领导更加殷勤，不带功利性地伺候领导鞍前马后，无论是打麻将下棋陪酒，总是随叫随到。后来听说他喜欢开车旅游，便直接开了一辆崭新的丰田越野车供他驰骋，令他刮目相看。这份友谊便从当年的张副区长一直延续到如今的张区长。

而真正让我进入张区长核心圈子的，正是围棋。

最初，张区长的棋力在我之上，经常杀得我丢盔卸甲。为了让他保持乐趣，我悄悄到棋院请了个老师，暗中恶补棋艺。很快便跟他旗鼓相当。跟领导下棋，不能让他赢得太轻松，也不能让他经常败绩。最好是让他保持六七成胜率，而且要杀得飞沙走石，盘盘惨胜，那个胜利后的滋味，真叫回味无穷。张区长下棋很认真，对那些精彩对局，总要复盘回味。我让老师只教布局和中盘，收官功夫故意不学。这样一来，每次下棋，我在中盘阶段总是挑起大开大合的搏杀，动辄是几条大龙对杀，惊心动魄，回肠荡气。而一旦中盘不胜，到了收官阶段，便是张区长步步为营的反击战。每次他中盘落后，通过细腻收官挽回败局后，总是无比酣畅。这样棋逢对手的真实对弈，让人上瘾。张区长已经对我有瘾了。只要有空余时间，总约着我来杀几局。

人脉就像矿藏，是一个可以不断向深度和广度挖掘的东西。一两个关键人物，决定的根本就不是一两单生意，而是一个人脉体系。有时候你简直可以用顺藤摸瓜来描绘你的拓展工作。我看到了生意的真正内涵，那就是一个人际关系网络。

那天下午，我们正下着棋，他的电话响了。打完电话，他随口道，晚上一起去锦都酒楼，让你见识一个大老板。

锦都酒楼豪包里，我跟张区长先到了。这个情况有些特殊，通常规矩是请客的人应该礼节性地提前到达，以示对领导的尊重。

"张区长，今晚谁请客？现在都没到，谱摆得有些大啊。"

"小余，你不懂。是我故意提前半小时到。等会儿来的林总，是全省最大的信托投资公司董事长，按级别算是副厅级干部。你知道他手上管着多少资产么？至少500亿。"

我对这个天文数字没太在意，就像不想弄明白银河系究竟有多远。

"林董这个人不简单，家族很有背景，做事也很地道。按说，项目用地的事，他给市上打个电话就能搞定。直接找到我们，而且亲自出面感谢，说明要把人情给我们。"张区长说道。

正说着，有礼仪小姐推门进来，引领两个客人进入包间。

"张区长，失敬啊。我们请客却让你久等了。"

"哪里，哪里，林董客气了。我离得近。十多分钟就到了。"

我在场面上混了有些日子，也算是惯看秋月春风，处变不惊老江湖。但见到林董事长，却还是暗暗惊讶。面前这个人可以用气宇轩昂来形容。他大约50岁上下，目光平和，气度沉稳，骨子里透出儒雅风度，举手投足又有着大企业家的从容镇定。

介绍到我时，张区长说："林董，这是余总，我的一个小兄弟。"

林董不失亲切地跟我握手："余总，年轻有为啊。"

"哪里，哪里，林董事长，张区长想让我见见世面。等会儿还要向您请教呢。"

随林董事长一起来的，是华蓉集团副总，姓周。偌大包间，只有我们四个人。

入席后，林董坐在主位，举杯开场："今天小范围地请张区长来聚聚，两层意思，一来为集团用地的事情表达谢意，二来，今后集团落户贵区，还有不少需要麻烦张区长的地方。"

"林董，太客气了。华蓉集团落户我区，实在是我们的荣幸。随时愿意为林董效劳。"张区长笑容可掬道。

大家喝过三杯，开始边吃边聊。

林董始终是那种以我为主的淡定神色，举止言谈没有江湖气，也不矜持身份。不论谈论什么，总是一股不温不火气度。有亲切感，但让你始终近不了身。

话题大都围绕华蓉的业务，这个集团包括了金融证券实业等多种投资。听着林董淡然介绍这个庞然大物般的企业集团，我暗自赞叹：做企业就要像林董这样，麾下千军万马，自己却置若等闲。以前，我也见过天虹的李剑锋董事长，相比之下，感觉李董未脱草莽气，太醉心于万人欢呼大权一统的荣耀。而面前的林董，更像个天生贵族，万事从容不迫。

我敬了几轮酒，却一直插不上话，只好闷声当个酒囊吃货。

"林董不仅是红顶商人，还这么儒雅，不知以前是学什么专业的？"

张区长这么模模糊糊发问，透着可进可退的余地。这个年纪的领导干部，大多没有正经学历。如果系出名校，自然顺水报出；如果没有大学经历，则可以从事的工作专业替代。张区长是名牌大学毕业，喜欢不动声色地引出这个话题。

"以前在联大，我学的专业是机械动力，没想到现在会转行做金融，呵呵，纯属半路出家。"

"呵呵，林董，我以前在科技大学微电子专业，结果却走上仕途，只能说，我们是革命的实心砖，哪里需要哪里搬。哈哈哈……"

终于找到稻草了。等他们喝酒聊天的间隙，我举着酒杯走到林董身后，执晚辈弟子礼，恭敬地敬酒："林董，您不仅是领导，算起来，还是我的学长。敬您一杯，还希望您能给我些指点。"

"余总是……？"

"您就叫我小余吧。我也是联大的，经管学院。算是您的小学弟。"

"呵呵，遇到年轻校友了。"这次他爽快地将酒一饮而尽，校友身份明显缩短了不小的距离。

"林董，我一直挺困惑。大家说，做实业是做加法，做金融是做乘法。实业应该借助金融的翅膀才能腾飞。但目前银行对我们这些民营企业挺苛刻。我感觉现在实业经营到一定阶段，就会遇到瓶颈。我还年轻，也愿意努力，把企业做大做强。比如，走上市公司的道路。但不知道该从何做起？"

我把公司情况向林董作了简单介绍。这里面草蛇灰线，埋了伏笔。未来某天，林董的集团装修也需要空调之类电器。我先借请教企业发展为名，插播一下广告。

"你目前销售收入有多少？"

"5000万左右吧。"我虚报了几成，今年无论如何也突破不了3000万。

"呵呵，小余，你现在要做的，仍然是踏踏实实做好加法，把你目前的销售收入提高十倍，才会有金融资本关注你。现在，股市容量有限，主要是解决国有企业的转制任务。民营企业必须非常优秀，才会脱颖而出。小学弟，你真的很年轻，现在就能有这样的业绩，已经非常优秀了。不要心急。我在你这个年纪，还一无所成。"

平心而论，林董这番话挺诚恳。但我少小便心怀发财大志，在广州就曾经短暂跻身千万富翁。自己经历的这么多磨难，统统被记入了对未来的投资。天将降大任于斯人，我就是这个必须成功的人。这种不可磨灭的心志只有死亡和衰老才能带来解脱。

我是一个有着强烈预感的人。每当有大的机会或危机来临，便会心神不定，辗转难眠。今天跟林董短暂接触，我便有一种说不出的预感，这个人或许将会成为自己事业发展的另一棵大树。最近几个月，我一直在读《胡雪岩》，这位晚清大商人已成为我的榜样。在通向成功的道路上，你必须借力于际遇的一个又一个贵人。我在心里暗暗下着决心，无论自己跟林董隔着怎样的身份落差，无论出了这个包间，他便将我像路人甲一般遗忘，我也一定要攀上这棵大树。

5

生活充满玩笑，得学会欣赏它奇特的幽默感。它总是不按顺序地给你狂乱的朝气，迷糊的激情，姿态优雅的落败与混乱不堪的奇遇。在我缺少校园菜票的时候，遇到了丁兰；在当掉奔驰车后，遇到了秦娅；在还没能驾驭成功这匹烈马前，便稀里糊涂成为千万富翁；而饱经世事后却又被打回穷光蛋行列。如今我文治武功，内外兼修，成为一个方圆五公里内受人尊敬的小老板。刚刚想沿着财富的阶梯，遥望自己未来成为中型老板、大老板、超级大老板的漫长道路，一个泰坦巨人忽然出现在面前。闪闪发亮的机会瞬间绽放在我头顶，那停机坪般宽阔的巨人肩膀，让我食不甘味，睡不安寝。

可这是一个讲求利益交换的世界。如何让自己对林董事长产生价值？我想破脑壳也无解。一只小木船痛苦地思考着如何跟它见到的那艘航空母舰合作，甚至并肩战斗。一段时间，这就是我痛苦的写照。我手上只有那个周副总的电话，约了两次，电话里传来的是挺茫然的声音，压根就忘了我是谁。

我在办公室里深沉思索，像忧郁的苏格拉底。小罗进来汇报工作，我神情悠远，听得恍惚疏离，她好像说了几件鸡毛小事，我的表情却好像决策三大战役般凝重肃杀。

"董事长，您是不是觉得有啥问题？"

"嗯？哦。你刚才说了些啥？如果有把握，你就自己定了吧。我运筹帷幄，想大事呢。"

"董事长要决胜千里之外，一定是不同凡响的事。不打扰您了。"小罗微笑道。

"等等，现在离年底不到两个月了，公司今年销售冲 3000 万有把握么？"

"我们准备在下个月开始做元旦春节的促销，努把力，应该可以。"

"哎，这小本经营，到什么时候才能翻身？你看，我们这里有十多个品牌的电器，每个厂家年销售额平均不到 300 万，基本是百货公司柜台里一个月的销量。为什么我们对厂家没有谈判能力？实力不如人呐。"

"我们明年努力，想办法把销售再增加 1000 万。"

"小罗，你来帮我参谋一下，现在有个巨人，我们怎样才能站到他肩膀上？"

"您指的是？"她有些迷惑。

"简单说吧，我认识了一个国企大老板。希望借助他们的资金实力来迅速扩大我们的规模。如果我们在成都门店达到四家，东西南北每个区域都布局好，在一年之内便可以将销售收入提高到 1.5 ～ 2 亿。在我们这个行业，销量为王。只要你销量提高，就能够让厂家乖乖地让利。这想法你觉得可行么？"

"董事长，为什么不找银行呢？"

"商场是租的。我根本找不到抵押物。说实话，我并不是急于扩张。不过，小罗，你要知道我必须用一种新模式打败传统卖场。这样的战斗，必须建立在规模基础上。"

"那我们可以做一份商业计划书，告诉他们，这是一个非常有前景的项目。"

小罗一语点醒梦中人。我太习惯于拉关系，走人脉，却忘了真正的商业交易原则是用项目前景打动人。你得用商业术语以及逻辑推理，给别人描绘一座唾手可得的金山，一个蕴藏无穷的宝藏。

电器连锁超市"商业计划书"很快弄了出来。按照我的算法，融资 1 亿元，三年内在成都布下五六家门店，年销售收入超过 5 亿，年税后利润 5000 万元。这笔账算得人心花怒放。我仿佛已经在几公里外看到了成功的身影，那流水般的利润如不尽长江滚滚涌来。当自己的想法变成一篇几十页厚的论文时，我才真正感觉像一名企业家。跟那些茶楼撩起裤脚吃瓜子谈生意的私营业主，至少甩开两站路的距离。我有了一个铤而走险的计划：恳请张区长致电林董事长，给我 20 分钟时间单独面谈机会。自己单刀赴会，争取用这份商业计划，配合 20 分钟的演讲打动林董事长。成败就在这一次。其实想想，即使不成功，除了脸皮，没啥其他损失。而我的面子，在成功之前，不过是一张多功能草纸。

按约定时间去见林董时，我专门选了套朴素而干净的衣服。既不炫耀，也不埋汰。头发梳得一丝不苟，皮鞋铮亮。这样的企业家通常总是注重细节。来到他们集团的总部大楼，经过了门卫盘问，再到秘书核实，终于提前半小时守候在林董办公室旁的会客厅。会客厅很气派，厚厚的红色地毯，两排黑色沙发环绕着里面的两个主位。典型政府机关会客厅布局。坐在里面等候时，心情不免阵阵紧张。如同一个等待大考的学子。

10 点刚过，秘书便走进来，引领我进入林董的办公室。尽管有心理准备，当我进入他的办公室时，仍然感觉被震慑了。这房间相当开阔，右手边的书架排了整整一面墙壁。大班台背后，是一副遒劲有力的字：见贤思齐。进门左手边是一组沙发，临着整面的落地窗，对外部世界有一种俯瞰视野。

林董见到我，礼貌性地握手，浮出浅浅微笑。

"余总，请坐。听说你有个项目，不知想找我解决什么问题？"

我喜欢这样的开场，开门见山，直奔主题。20 分钟太短，只争分秒。

"林董事长，今天冒昧来打扰您，是手边有一个项目，希望得到您的支持。"

我呈上那本商业计划书，开始演讲起来。

"林董，我是做电器销售的。手上有一个电器商城。这是一种创新的电器营销模式，比电器专卖店有着多品牌的优势；对百货商场，又有着价格优势。但目前，我经营的规模较小，市场认同度不高。为了抓住当下电器行业高速发展的机遇，我拟了个商业计划，用三年时间，在成都开六家连锁店，基本铺满各区的商业中心。预计三年后，销售收入会达到 5 亿元以上，每年纯利润至少 5000 万以上。而且，一旦成都布局成功，立刻可以向北京、上海、广州等经济发达地区推广复制。那样的利润就很难评估了。不过，目前来看，我的实力有限。我的电器卖场是租赁的，无法获取银行贷款。所以，要想实施这一战略，必须借助巨人的力量。今天来拜访您，就是想得到您的一臂之力。希望由华蓉集团出资来控股成立一个贸易公司，我仅仅是想在这个大销售公司中当个小股东即可。利润都是其次的，最主要的，我是想实践自己的计划，实现自己的梦想。"

我一口气将整个计划和盘托出。预计只用了 5 分钟。这是在家里反复演练过的。20 分钟交谈，必须留出一定交换意见的时间。每一秒钟都不能浪费。

林董事长一边听我陈述，一边翻看商业计划书。我讲完，他低头又翻阅了一会儿。抬起头，脸色平和，看不出欣喜或不屑。

他想了想，缓缓说道："这么短的时间，不敢说完全了解你的整个商业计划，但基本也听明白你的意思。首先，非常感谢你的信任，来找我谈这个项目。

不过，小余，你可能不太了解华蓉集团。我们目前选择的项目，除了金融领域，在实业方面的投资都是水电公路等基础设施。这一方面是因为资金的规模要求，另一方面也是公司性质所决定的。我们是大型国有企业，投资的项目都是政策导向的公共事业，很少进行商贸类项目的投资。所以，尽管你这个项目可能会有较大的发展前景，但跟我们行业的发展性质不太相关。"

他说着，将那份商业计划书退还给我。

我不知道自己是高度紧张还是无比沮丧。时间可能只用了不到 10 分钟，林董的这个动作已经在逐客了。对于这样的大企业家，几分钟便基本了解了项目并迅速做出了判断。时间对他来说，相当宝贵。他务实而果断地结束交谈，基本算是给了张区长面子，了解了我来访的缘由，并已对此项目做出了决策。我突然不知从何而来一种勇气，也许太多次地面对绝望，才能在绝望中继续战斗。

"林董，您给我的是 20 分钟，是吧？"

他微微一愣，然后迅速明白了我的意图：

"是的，小余。"

"现在还有 10 分钟，能让我继续说完么？"

他微笑起来："你请说。"

"林董事长，您是联大毕业的，我也是联大的学生。我不是在拉校友关系，而是想告诉您，我的学长，我没能从联大毕业。上到大学四年级时，我的父母双双病故。家里徒有四壁，我无力再继续学业，只好辍学谋生。我到处打工创业，辗转海南、广东、江浙，经历一次又一次挫败，有时住五星级宾馆，有时露宿街头。八年多时间，尝尽世间炎凉，很多次都想结束自己在人间的挣扎。而有时候，我也在想，如果我能顺利从联大毕业，我的命运会不会改变？至少，这所百年名校的毕业证，会为我带来一份稳定的职业。前段时间，联大百年校庆，听一个同学说，仅这个学校每年就有上百人因为贫困而辍学。我回成都创业到今天，如您所说，已经有了事业基础。假以时日，必然能拥有同龄人所羡慕的财富。但我想说，这不是我仅仅想要的。我希望有朝一日，自己能帮助这些贫困辍学的少年，希望自己那些痛彻心扉的经历不在他们身上重演。我不赌博，平时也没有娱乐，至今也没有时间去交女朋友。我愿意以全部的精力和热情来做好企业，实现我的梦想。我想设立一个基金，专门帮助那些贫困学子，给与他们一种人间的温暖。我不觉这是一件多么高尚和理想化的事业，仅仅是因为，我 19 岁时在这个世上便没有了亲人。在我被这个世界粗暴对待时，曾无数次幻想能有一双温暖的手紧握。"

我说得有些激动，眼眶已经有些湿润。

"林董事长，我说这些，不是想博得您的同情。在商场上，应该在商言商。那天，我跟张区长正在下棋。他接到您的电话，然后，让我意外地见到了您。我想了很久，还是觉得应该来找您。不为别的，我坚信这是一个前景广阔的项目，我也坚信自己会实现梦想。您的出现，给我一种希望，我总觉得您会成为我的知音，成为我的伯乐。最后，我想说的是，请您作为我的学长，而不是华蓉董事长的身份，帮助我看看这个项目，哪怕是给我一些好的建议和提升。拜托您了。"

我站起身，浑身颤抖，深深给他鞠了一躬。

刚才说话时，我一直没看林董事长。这时却发现他已经有了变化，眼中有些许惊讶，也有一种柔和的光芒。他缓缓站起身，从我手中默默收回了文本，然后握住我的手。

"年轻人，你让我有些意外。好吧，作为你的学长，我会帮你认真看看这份计划书。再见，小余。"

他的脸上恢复了淡定与沉稳，还有一种若隐若现的微笑。

我一身虚脱地走出华蓉大厦，感觉经历了一场剧烈的情绪起落。真是见鬼了。这么多年飘零江湖，也从没有如此低声下气地恳求过人。面对债主，面对恶霸，面对绝境，自己总是一副破罐子破摔的洒脱。如今自己事业起步，虽然步履艰难，可速度仍然惊人。为何反倒有种焦虑？那种探得了宝藏，却总担心被人捷足先登的焦虑。林董事长的态度没有问题，华蓉公司的投资动辄数十亿，鲸鱼的胃口恐龙的午餐是小动物们难以去理解的，让他去关注几千万的小项目反而可疑。

我仰望着沿路的高楼，这个不断在变化的城市，熟悉而又陌生。就像我自己。经历种种往事，感觉已经被深刻改变。我不再像一个穷光蛋那样勇敢，夜晚睡下和早晨起来，牵挂的都是这个正在蹒跚向前的企业。我不再像当年那样纸醉金迷地生活，而是活得像个苦行僧，每天除了睡觉就是工作，偶尔看书也是为现实寻找答案。我也不再有行云流水的洒脱，无法对来到生命中的种种报以无心，随遇而安，不恋栈，不犹豫。如今的自己，开始患得患失，放不下，化不开。

我才刚满30岁，但好像青春已经流逝，心中有一份苍老。在那些被拒绝、被摧毁、被遗弃、被蔑视的岁月里，我一定是耗尽了心力。用尽全力地活着。为了生存，我已经很累了。现在，我开始在意。真的在意。就像被林董拒绝，我感觉有种羞愧。曾以为自己脸如岩石，心如铁石，可此刻，心中充满的是一种挫败感。明明知道即使无法与林董合作，自己毫发无损，可那种无法抵挡的沮丧，不知从何而来？

6

我心灰意冷地吃着早点。小罗坐在对面。两天过去了，音讯皆无。

"董事长，你知道自己什么时候最可爱？"

"什么？哦，可爱？你不会告诉我是吃油条的时候吧？"

"你平时挺严肃，工作时候挺狂热，开玩笑时玩世不恭，发怒时杀气腾腾，只有在被人拒绝心碎的时候，最可爱。你以后要是失恋了，肯定最迷人。"

小罗这女孩冰雪聪明而善解人意，特别懂得在你痛苦郁闷时，非常含蓄得体地劝慰你。我明知她是逗我开心，仍然进了圈套。

"小罗，你是不是特喜欢看领导心碎？不对啊，我记得上个月给你涨了工资的。"

小罗捂着嘴笑道："老板，正因为你给我涨了工资，所以我才努力发掘你的优点。你平时像一只打盹的老虎，心碎时像，像……我说了你可不能生气啊。"

"像啥？"

"像一只受了委屈的小狗。"

"哈哈哈，你这小姑娘，绕着弯洗刷领导。老虎不发威，你当我是哈巴狗。"

跟小罗调侃一会儿，心情不知不觉就好了起来。

"小罗，你是对的。这世界求人不如靠自己，要相信有上帝，但别指望他能帮你。跟林董的合作，从一开始就是我自己一厢情愿。我的心太野。看到了机会，就想全力以赴扑上去。"

我打起精神，从目前的现金流和抵押物进行分析获取小额贷款的可能。几大银行可能不会理睬我，但本区内有几家信用社，前段时间因为国家治理整顿金融机构，一直处于业务停滞状态。听张区长说，很快就会解禁。自己应该去跟几个行长做好铺垫工作。

有目标，有方向的日子，让人充满斗志。我知道自己是一棵孤立的树，忍受干涸，或抵抗着暴雨强风摧折。这样的孤单是正确的，它让人意志坚定，心态从容。让那些浮光掠影般的人和事，从我身边掠过吧。自己应该微笑并心存感谢，清楚磨难和困境是生命必经的路径，成功与光荣必定附带孤独的代价。

我召集风子和小罗开会。三个人现已成为公司事实上的决策核心。还有两个月便是元旦，目前，最主要的任务便是冲击 3000 万元销售目标。我决心再来一次降价促销，血拼年底。而且，借助本地的一份都市报，搞夹页广告。成本较低，每期最多一万元左右。夹页就按那些台湾超市里的宣传单设计，把自己最有价格优势的产品罗列出来，配以全城惊爆价等夺目夸张字样，搞得花花绿绿，喜气洋洋。我们讨论得挺热烈，起初风子对我牺牲利润热切追求销量的做法，心存疑惑。我告诉他，在这个行业，销量为王，利润永远是附带性的。当我们的市场份额超越百货公司时，那些厂家就得乖乖献上最大的折扣。

谈笑风生之际，电话忽然响了。是一个陌生来电。我随意地接听起来：

"你好，请问哪位啊？"

"是我，林铭笙。"

"哦，你好。请问有什么事么？"我随口应答，忽然觉得很不对劲。林董！天呐，我随即反应过来。那声音虽然跟直接交流时有差别，但毫无疑问，是他。

我急忙补充道："不好意思，请问您是林董事长么？"

电话那边传来一声笑意："呵呵，是我。"

"哎呀，林董，刚才不好意思，没听出您声音。您别见怪啊。"我说着，离开会议室，走向自己办公室。

"小余，你在成都么？"

"在，一直在。"

"那你争取在半个小时以内赶过来吧，我下午4点的飞机去北京。只能等你半小时了。"

"好，好，好，您稍等，我马上过来。"我说着，便开始向楼下停车场冲去。

路上等红灯时，我自己都觉得纳闷。这状态真是让小罗说中了，像深陷情网一般，被人拒绝，便了无生趣心碎天涯；而一个召唤电话，便能瞬间让我鸡血澎湃。我真是中了邪。

第二次来到林董办公室，感觉到了一种人生猛烈转弯的兴奋。

林董仍然温和亲切地握手，让我坐在上次的沙发位置。

"小余，等会儿我要去机场，长话短说吧。你的商业计划我认真看了，应该是一个有潜力的项目。不过，项目属于百货商贸类，目前在我们集团还没有这样的产业布局。所以，我还是要郑重地告诉你，华蓉集团参与此项目的可能性几乎没有。"

尽管我有心理准备，甚至在这等待的几天里已经反复明志，要自强不息，靠自己力量打出天下。但风风火火来到这里，听到这番话，还是一盆冰水淋头，忍不住的沮丧。我自认为是个刀刃加颈而色不变的人。此刻，脸上笑容还是有些僵固，像速冻食品那种。

"林董事长，不管怎么说，都要谢谢您。您能在百忙之中两次给我面谈时间，我已经非常满足了。像华蓉这么大的企业，怎么会投资我这么小的项目，我有点一厢情愿了。"

我看着林董，话说得沮丧而真诚。

"年轻人，别着急。刚才我是代表华蓉公司董事长，告诉你华蓉无法投资这个项目。但我还要作为学长给你个建议，在华蓉核心体系之外，有一个我们的参股合作公司，从事商贸票据及短期的商业借贷业务。华蓉在其中只有10%的股份。这个公司的老总姓郑，我把你的商业计划书转给了他。他挺有兴趣。我的建议是，采用一种简单的合作模式，让他借款1000万给你，给你一年时间试验。如果最终你能证明自己的商业模式具有强大的发展潜力，那么可以考虑继续追加投资。"

我一脸愕然看着林董，他不动声色的脸上开始泛起浅浅的微笑。这哪里是建议，根本就是迂回一圈，用外围公司来跟我合作。我毫不隐蔽自己的兴奋，刚死过去的心又猛烈跳动起来。

"林董，让我说什么好呢？这，真是……太感谢您了。"

林董从大班台上找出一张名片递给我。

"这是郑总的电话。你直接跟他联系吧。不过，我想提醒一下，为了保证投资安全，你要准备好抵押物。这两天，我派人去考察过你的商场，你的商场用房是租赁的，无法作为抵押。只有把你的股权和你自己的房产作为抵押品。"

"没问题。我愿意把我全部身家都抵押进去。"

我满脸激动，这个大老板，居然用心到暗中派人来考察我的商场，足见是认真对待了我的项目。

他站起身来，看来是准备出发了。我赶紧站起来。

"小余，你让我印象深刻。有阅历，有激情，足够坦率。我愿意帮助有梦想的人。希望你不要让我失望。"

"林董，我一定竭尽全力。不过，我还有一个小小的请求。"

"呵呵，说吧。"

"今后，您能不能每个月给我半小时的见面时间？让我来向您请教，或是汇报项目进展情况。这就像您在土地里扔了一颗种子，偶尔还是要浇浇水，关注一下，看看它最终是长成大树还是小草。"

林董笑了起来："小余，你的确与众不同。好好干吧……"

7

1996 年的最后一天，深夜街头，我们三人站在灯火辉煌的西门新店前，感慨万分。明天，新年元旦，我们将同时拥有三个门店，而为新店开业筹备的"新年电器节"已经铺排了二十多天的报纸夹页广告。此刻，这个城市每个角落都应该散落着我们的宣传单："嘉通电器，全市最低价"，"倾城巨现，海量电器直销"。此刻，公司账上已经不足两万元。我们罄尽所有，连同那天降的1000 万元贷款，只为新年的希望。我跟风子甚至押上了房子、汽车以及公司全部股权。没有任何退路，要么一贫如洗再次流落街头，要么破釜沉舟走向千万富豪。

三个月来，像是一场全速奔跑的冲刺。装修、铺货、谈判、申办各种手续，有时睡在车里，有时睡在办公室。醒来，便是工作。我陷身在这种狂热的节奏中，像一支奔赴靶心的利箭，周围的一切都晕化为模糊背景。此刻，我感觉自己已筋疲力竭 地把船撑到了岸边。只想静静地看着夜色中它明亮绽放，看着里面员工进出忙碌，准备着明天的决战。

我仿佛只是为着这一刻活着。自己也弄不清，这一刻，心中涌起的是强烈的幸福，还是莫名的感伤？

1997 年元旦，上午 9 点，我睡在西门店的值班室里，被小罗的电话闹醒。

"董事长，快出来看看吧。"她的声音激动无比。

我穿好衣服，以最快速度洗漱完毕。来到店门口，小罗指着门外说，董事长你快看看。

我看见了。门外是排队等候进场的汹涌人群，挤满商场大门前的空地。整整有数千人。我有些虚脱，头有些晕眩。

"董事长，我们成功了。"小罗流着眼泪说道。

我看着她憔悴的面容，突然有种患难与共的温情，像一股电流般传遍全身。人生有许多刻骨铭心的时刻，门外热情涌动的人群，这个女孩的泪水，八年来我跌跌撞撞的道路。一时间，疲惫、欣慰、感伤、兴奋、喜悦、焦虑，不知有多少情绪在沸腾溶解混合着，最后，留在脸上的，只是一种复杂恍惚的平静。